【长篇穿越小说】

梦回大明

MENGHUI DAMING

玉清秋 著

中国華僑出版社

图书在版编目(CIP)数据

梦回大明/玉清秋著. —北京:中国华侨出版社,2012.1
ISBN 978-7-5113-1901-2

Ⅰ.①梦… Ⅱ.①玉… Ⅲ.①长篇小说－中国－当代
Ⅳ.①I247.5

中国版本图书馆 CIP 数据核字(2011)第 239065 号

●梦回大明

著　　者/玉清秋
策　　划/刘凤珍
责任编辑/文　筝
责任校对/孙　丽
装帧设计/周吾设计
经　　销/全国新华书店
开　　本/710×1000 毫米　1/16　印张 20　字数 420 千字
印　　刷/北京中印联印务有限公司
版　　次/2012 年 2 月第 1 版　2012 年 2 月第 1 次印刷
书　　号/ISBN 978-7-5113-1901-2
定　　价/32.80 元

中国华侨出版社　北京市朝阳区静安里 26 号通成达大厦 3 层　邮编:100028
法律顾问:陈鹰律师事务所
编辑部:(010)64443056　64443979
发行部:(010)64443051　传真:(010)64439708
网　址:www.oveaschin.com
E-mail:oveaschin@sina.com

目录

第一章　梦之穿越

1

“雨瞳，雨瞳……你在哪儿……”

又来了，又来了！

这声音，像是从很远的地方传来，却又近在耳边，无论醒着，睡着，走着，坐着……魔咒般，挥之不去。

酒吧里，沐雨瞳已经有些微醉，耳边却又开始回响这个声音，慢慢地，取而代之的是一阵刺刺的耳鸣。

努力支撑起变软的身体，抓了下头发，眯眼看去，扭动的人群，灯光闪烁，忽在人群中看到了个身影……

高大挺拔，翩翩如风，却身着一套长袍，宛若古装戏中的人物。侧影虽然模糊，却让心猛刺一下。熟悉得几乎可怕的感觉，顿时麻痹了全身。

眼见他就要隐没在人群中，雨瞳一急，惊呼一声，扔下酒杯朝他奔去。

人群比想象的更拥挤，好不容易挤到了酒吧的门口，却不见那人踪影……

天色已深，夜幕中只有几颗零星点点的星辰。街道上，一个人也没有。

突的，一个苍老的声音响起。

“小姐，打发点吧。”

她转过头，看见地上一个衣服破烂的乞丐，双腿皆断，半截人似的在地上匍匐，一双如同枯井般的眼，紧紧盯住她。

她微叹，未多说什么，掏出身上所有的现金放在乞丐的碗中，起身便要离去。

“沐小姐，等一下。”

一声“沐小姐”像闷棍一样重击着她的脑门，她傻立在那儿，腿像灌了铅。

缓缓转过身，见那个断腿乞丐一双空洞的眼睛，此刻忽然变得锐利无比，似笑非笑。

“我送你两句话。退却三千浮云，那人在灯火阑珊处……回去吧，雨瞳，哈哈，回去吧……”

随着一阵笑声，雨瞳眼前一阵昏暗，世界在那一刻像消失了一般。

过了几秒，清醒过来，却发现眼前的乞丐不知所踪。

……

回到车上发了会儿呆。

乱，乱得很，难不成着魔了？

深吸了口气，忘了已喝过酒，发动了车子，向夜幕中驶去……

夜，黑得过分。街道，冷得异常。

前面就是自己每天上班都要经过的隧道，原本亮堂的灯光，今晚特别昏暗。几只坏掉的灯泡一闪一闪，显得有些阴森。

雨瞳有些醉了，努力集中精力开着车，却发现自己的眼前越来越模糊，眼皮也越来越重，怎么用劲也睁不开。

一阵强光射来，猛地刺激了她晕眩的神经，待她睁开眼看清楚，却发现一辆大巴车朝她疾驶而来……

所有的神经拧成了一团，脚下意识地踩了一个急刹车，方向盘猛地向右一打，朝隧道的边上撞去。

五米、四米、三米、一米……

完了！这下真的完了！

……

绝望地闭上了眼睛，准备迎接那一声惊天动地的撞击。

一秒、两秒、三秒……

那声撞击似乎很遥远，一直一直没有发生……

她疑惑地睁开双眼，惊异地发现原来隧道墙壁不知怎的不见了，取而代之的是一条深不见底的通道。

身体也不知何时离开了汽车，漂浮在空中，如同失去了重力，不知要漂向哪儿。

她想努力大叫，所有的声音却卡在喉咙口，一个字也发不出来。

头越来越沉重，眼前也愈来愈模糊。很快的，不由自主地闭上眼睛，晕了过去……

2

仿佛沉睡了几个世纪，雨瞳终于被一阵强烈的光线刺得睁开了眼睛。

阳光很刺眼，热泪充满了眼眶，让她的视线有些模糊。

但隐隐约约还是看见了一张脸与她近在咫尺。刚刚晕眩的神经，被这愈来愈清晰的五官刺激了一下，惊得她瞬间睁开眼睛，失声大叫起来。

“你是谁!”

眼前是一张年轻男人光洁的脸庞，看上去二十出头的模样，青涩得很。

男人被她的声音一吓，脸色一变，身体迅速跳离，又深深地鞠下一个九十度的躬，道：

“姑娘，失礼了。在下无意冒犯，在下只是不知道……姑娘是女儿身……在下以为，嗯，在下以为……”

他不停地“嗯”着，像是犯了什么大错，身体也始终保持着九十度，再也不敢抬起头来看她。

雨瞳拍拍身从地上站了起来，眼睛却被眼前的人紧紧吸引住了。

只见此人头发高高绾起，身着一身蓝色的锦袍，腰间还别着一块鸡蛋大小的佩玉，腿上一双黑色靴子……

搞什么鬼？在拍电视剧吗？

记得自己撞车时明明是晚上，可是现在……

她抬头看了下，艳阳高照。

她再次将目光投向那位仍然保持着九十度的仁兄，上下打量了一番，轻轻喊了一声：“先生……这位先生……”

“喂！先生，麻烦你站直了跟我说话好不好啦！”狠狠一拍。

那男人被她一拍，吓得身体一抖，刚刚站直，却又立马鞠躬道：“姑娘，在下不是先生，在下只是太学院的新进学士……在下还没有资格做先生……”

他不停地说着牛头不对马嘴的话，让沐雨瞳更是听得一头雾水。

一种不祥的预感开始涌上心头。

她不死心地盯住这人，继续问道：

“告诉我，这是怎么回事？你们是哪个剧组的？又或者，你是哪个……嗯……”她干咳了一声，挤牙膏似的说出，“哪个医院的……”

那人一脸茫然地抬起头，错愕道：“姑娘，你在说什么？在下是新科翰林学士杨廷和，刚刚下课路过此处，看到姑娘晕倒在‘贵妃井’边，正想上前查看，原本男女授受不亲，不应该离姑娘咫尺之近，但……但……”说到这儿，他停了半晌，眼睛瞟了一眼沐雨瞳的牛仔裤，又连忙收回了目光。

沐雨瞳低头看了下自己的打扮，一件长袖的白衬衫，一条牛仔裤……

可是，自己不会真的这么倒霉吧，居然也赶上穿越这个时髦不成？

她的心拎到了喉咙口，用几乎干涩的声音挤出一句：“这位先生……噢，不对，这位杨兄弟，请问现在是什么朝代？此地又是何处？”

杨廷和一脸无辜地怔了一下，在想此女子为何问如此低级的问题，但他毕竟风度有佳，淡淡鞠下一躬，道：

“这位姑娘，今年是大明朝弘治七年。这里是当今太学院的后花园，姑娘脚边这口井叫‘贵妃井’，宪宗皇帝当年在此偶遇万贵妃，特赐名此井……”

他卖力地解释着，但雨瞳的脑袋却不停地嗡嗡作响，最后变成狠狠的重击，让她腿脚都有些发软。

看他逻辑清晰侃侃而谈，根本不像是在骗人，更不像是精神病人，倒是让她不得不相信自己真的穿越了……

雨瞳看过很多遍关于明清的历史，弘治七年，那不是明孝宗朱祐樘时期吗？

她想着，瞟了一眼眼前姓杨的，脑子又嗡的一声。

杨廷和！

他刚刚说他是新科翰林杨廷和！这不是后来权倾四朝，经历了宪宗、孝宗、武宗、世宗的著名大臣吗？眼前这个年轻人，居然就是历史上最著名的政治家之一？

天哪，这个玩笑开大了吧？

自己一定是在做梦。

她心一急，拿起手腕便狠狠地咬了一口，却痛得大叫起来。

杨廷和见她怪异的举动，上前一步，急得大叫："姑娘，你做什么?"

沐雨瞳抬起头，认真地对杨廷和道："打我一巴掌!"

"什么?"

"快打我一巴掌!"

"什么？在下不敢……男女授受不亲，更何况在下为何要打姑娘……"

他一句一个"在下"说得雨瞳不耐烦极了。她二话没说，抡起手便打了自己一个响亮的巴掌。

随着一声清脆的"啪"，现场变得一片沉静。

杨廷和怔立在那儿，张大了嘴巴，他读了十几年书，却想不明白为何此女子要打自己。

而雨瞳只觉得脸上火辣辣的痛，意识却异常清楚，场景也没有任何转换，除了那张错愕的脸摆在面前。

沉静的场面维持了近一分钟，雨瞳的心已经落到了谷底。

看来这真不是一场梦。

完了，自己真的穿越了!

一股阴冷的气体从脚指头上开始往上蔓延，从大腿慢慢到了头顶，只觉得一身冷汗不住地往外冒……

完了，自己只是个小小的报社美容编辑，祖上虽是中医世家，但却未教过穿越该怎么办?

她所有的经验只限于自己曾经读过的一本穿越小说……

明朝弘治七年！还遇到历史上的著名政治家杨廷和！这个玩笑可开大了。

她傻瓜似的站立在那儿，只觉得冷汗过后，手脚开始直发抖。

……

镇定了自己的情绪，看了下身上的装备：一包餐巾纸，一支口红，一把瑞士军刀，还有几百块人民币。

人民币是派不上用场了，那把军刀可能还能防防身什么的。

……

她沉思的样子，柔美极了，虽然不是倾国倾城，那五官却是清秀得没一点尘土气，宛若清晨带着露珠的花瓣。

这一幕看得杨廷和心神荡漾，他从小努力读书，接触的女子少之又少，今天眼前这名女子，如此清新脱俗，而且一身"男子的戎装"，更显得英气勃勃，别有一番风味。

他努力压抑住加快的心跳，恭敬地问道：

"在下冒昧问一句，姑娘是何方人氏，为何会晕倒在贵妃井边?"

他的话语把雨瞳拉回了现实。

难道她要跟他解释穿越这回事吗？又或者说自己来自21世纪，那儿有汽车，有高楼，有人权，就是没有皇帝……

嗯，算了吧。

沐雨瞳是个现实主义者，这场混乱既然已经开始了，就面对现实吧。眼前这个杨廷和是个好人，胡乱编个理由，他也不会深究，先安身下来再说。

再怎么样，在古代也得先活下来。

她干咳了一声，像古代女子般委了下身，轻声道："小女子姓沐名雨瞳，河北人氏，父母双亡，流落到京城，居无定所，原想到太学院找个差事做做，却误入后花园，由于几日未进粒米，身体弱，晕倒在这井边……"

她这一番悲惨的叙述，说得杨廷和心都碎了，本是春心荡漾的年纪，头脑一热，脱口而出："沐姑娘，别急，在下可以帮助姑娘在这太学院谋一差事，此事包在我身上。"

雨瞳没想到自己的一阵瞎掰也能过关，但此时除了这个杨廷和，还真的没什么人可以依靠了，不管怎么样，得先赖上他再说。

"谢谢杨兄弟。"

第二章　初见君时

1

这位姓杨的仁兄，虽然表面迂腐僵化，行动能力却强得很，短短一天，他便攻破了几个关键人物。雨瞳摇身一变，成了他远方表姐，找到了在太学院当“使唤”的工作，换句话说就是个搞卫生的。刘婆婆是她的上司，替她换下衬衫牛仔，取而代之的是一套简单的素白色的长裙，配了条黄色的丝带，长发也被高高绾成一个螺形的发髻……

她还有个独立住所，屋内有床有桌还有面铜镜，宽敞得很，这若是在现代北京，那得多少钱呢。她苦笑，心想自己还有心思开玩笑。

想起之前，看到的那一座座古代楼阁，长袍翩翩、罗裙飘飘打扮的书生和丫鬟们……怪怪的古代腔，走路像弱不禁风的杨柳……

好吧，还活着，只不过隔了五百年而已！一定要 Hold 住！

……

几日下来，雨瞳很快适应了工作，天色渐晚，完成了所有的工作，她偷偷又溜往贵妃井。

当时穿越到此处，这里肯定会有什么时空隧道的出入口，说不定便是这口井。

途中，会路过一个神秘的红门大院，铁锁紧挂，蛛网重生，从未见人进去过，也未见人出来。不论是书生或是丫鬟，每每走到这儿，常常远远绕开。雨瞳好奇心很强，走到那两扇红门前，透着门缝，朝里面张望。

里面是个普通的庭院，没什么特别，除了一些枯死的花和杂草。

心里犯着嘀咕，终于决定进去瞧个究竟。

拿出身上的瑞士军刀，摆弄了几下便打开了那把铁锈斑斑的铁锁。

走进院子，却只听到呼呼的风声，杂草不停地晃动，更添一份阴森之气。

雨瞳胆子极大，她没有多想，便朝厢房走去。

还未走到厢房前面，身后却传来一记冷冷的声音。

“你胆子真大，竟敢私闯禁地！”

雨瞳脚步一沉，转过身，只见院子门口不知何时多了一个身影。

昏暗的光线下，隐约看清此人的模样，却也着实让雨瞳吃了一惊。

只见此人二十岁上下，修长俊硕的身材，衣服是冰蓝色的上好缎子，羊脂玉发簪熠熠生辉，更衬着那双如钻石般清澈撩人魂魄的眼睛，淡红色的嘴唇斜斜往上弯着，邪魅的脸庞上露出一种玩世不恭的成熟……

世上竟有如此俊美的男子，即便是昏暗的氛围，也无法掩饰他浑身上下透出的非凡贵气。

雨瞳不由得倒吸一口凉气。

说实话，她活了 23 年，还从未见到过如此英俊的男子，那些电视电影中的大明星也不及他的万分之一。原来极品帅哥都留在古代啊。

那人优雅地走上前，手中不知何时多了一把折扇，“哗”一声打了开来，又围着雨瞳走了一圈，上下打量了一番，轻笑道：“头发不够长，发髻不够漂亮，脸上少了胭脂装点，年纪也大了些。除了胆子够大，实在没有理由让我留你一条命。”

他不客气的评价让雨瞳从神魂颠倒中惊醒过来，张大了嘴却不知怎么回应他。

那俊美男子却不放过她，饶有兴趣地继续道：

“看你的打扮，也就个普通使唤，竟敢私闯禁地，按常理，我是否应该将你法办呢?”

他说到这儿，忽然呵呵一笑，用那双钻石般的眸子又扫了下雨瞳，轻蔑地道：“我也在犯难，是留你一条命呢，还是公事公办?”

雨瞳却已经回过神来，她淡淡一笑，轻道：“这位公子，看你的打扮不是王爷就是大人，我一弱女子，生死大权本就掌握在你们这些贵人手中，是死是活，你看着办吧。”

男子一怔，不由得兴致大起。

他一步走上前，竟然用折扇直接撩起雨瞳的下巴，端详了她的脸许久。

雨瞳心中甚是厌恶，但见他衣着高贵，定是什么重要人物，自己身在古代，没什么依靠，可千万不能得罪什么权贵，于是只有强忍着心中的怒火。

那男子看了一会儿，忽然放下折扇，会心一笑，转身向门口走去。

雨瞳正在疑惑，那人走到门口，却轻笑着抛下一句。

“今天你欠我一条命，换句话说，你就是我的人了。”还未等雨瞳回答，他又忽然沉下语气，警告似的道，“还有，奉劝你一句，离这个院子远一点。”

说完，一晃便不知去向。

只留下雨瞳怔立在院中，下巴却掉在了地上。

2

从杨廷和口中知道，原来三年前一个晚上，有个宫女在红门大院中上吊自杀，从此之后，便传出有这女子的鬼魂出没。当朝法师李孜省大人说此处有恶灵作怪，由此皇帝下令，任何人不得进入此大院，如有人违反，便以死罪定之。

“是小弟不周到，没有提醒姑娘，”杨廷和抱歉地解释，又似想起什么道，“对了，姑娘，在下要先行一步，明天是太学院的讲学日，当今圣上和诸位王爷都将驾临旁听，在下要回去准备一下……”

他是个有雄心壮志的读书人，成为翰林学士只是他宏图伟业的起点，这样的讲学日，能在皇帝面前好好表现，如果龙心大悦，肯定会大力提拔他。

雨瞳笑了下，忽然心生一念。

来到古代已经快一周了，明天历史上著名的明孝宗就会光临太学院。

这个皇帝不但为人正直勤奋，治理国家宽厚仁慈，爱民如子，还一生只娶了一个老婆，他和张皇后厮守一生，从未宠幸任何一个嫔妃。

这样的男人，简直是冠绝古今。

她心里暗暗打算着。

不管怎么样，明天一定要瞻仰一下这位伟大的人物。

……

告别了杨廷和，天已成了墨色。雨瞳没有忘记自己的使命，晃到了“贵妃井”边。

她提着个灯笼，反复察看这口井的样貌，一个小细节引起了她的注意。

井里乍一看没什么特别，但在长满青苔的井壁上，却不经意地留着一些凹槽。

这就像是一把梯子，明显是为进入这口井准备的。

如果这口井是一个通道，那么说不定这就是自己想找的时光隧道呢。

她内心一阵兴奋，几乎叫出声来。

正在此时，身后却多出两只手来，忽然环抱住她……

“谁!”雨瞳惊叫起来，扭头看到一张恶心的嘴唇凑着她的脸直亲下去。

雨瞳大叫一声，反身一扭，将那人的胳膊使劲扭成了九十度，疼得他哇哇大叫起来。

父亲是退伍军人，从5岁起，雨瞳就和他学习擒拿术和防身术，对付混混还是绰绰有余的。

“大胆奴才!”另一个声音在身后响起，冷不防一个巴掌。啪！一时间脸火烧似的痛。

过了几秒，她才看清，眼前男人身披织锦大袍，一脸暴戾，酒气冲天，另一个也和他差不多打扮，捂着胳膊呻吟着从地上站了起来，同样恶狠狠地，仿佛要把她吃掉一般。

雨瞳捂着还在作痛的脸庞，上前一步气愤地刚想指责，那男人却又抡起手朝她的脸打来，还好这次她早有防备，伸出手轻轻一拨，那男人一个踉跄向前冲去，雨瞳又在他身后顺势一推，那家伙居然在地上摔了个狗啃泥。

那男人没料到雨瞳竟然会武功，心中甚是害怕，大喝道：“你这奴才，不想活了是吗？你知道我们是谁吗?”

“是谁也不能随便乱抱女孩子。”雨瞳淡淡回应着。

那男人气得酒意全无。他们两兄弟酒足饭饱之后，正想找个小姑娘调戏一下，却没料到竟然遇到这奇耻大辱。

“来人哪!”他大喝一声，忽然从黑暗中走出了几个彪形大汉，身上配着明晃晃的大刀，将雨瞳团团围住，一副要将她生吞活剥的架势。

雨瞳心中思量着怎么对付这几个家丁，黑暗中却传来了一个柔美的声音，隐隐中却透着一股坚定和权威。

“鹤龄，延龄，你们两个少在这儿惹事!”

随着那声音，一帮男人竟乖乖退到了一边，恭敬地迎接这个声音的主人出现。

灯光下，一群仕女簇拥着一个绝美的身影出现。雨瞳只觉得一股冷气从脚底升起，全身血液都僵化了一般。

眼前这女子最多不过二十岁，粉色罗裙缭姿镶金丝边际，外罩品月缎绣花色氅衣，三千青丝华丽地用发带束起，戴着一个光彩夺目的凤冠。那一汪泉水般的眼眸，在灯光的映衬下，楚楚动人，倾城倾国。

这哪是人间的女子，根本就是仙女下凡。

这一看，雨瞳真是吓住了，是被她的美貌吓住了。

刚刚还凶神恶煞的一帮人，恭敬地跪倒在地道：

“恭迎皇后娘娘。”

雨瞳大惊失色，根本没意识到眼前这个女子竟然就是传说中的张皇后，一时呆立，不知从哪儿喝出了个声音：“大胆，见到皇后娘娘还不下跪!”

这才反应过来，连忙刷一下跪下。

张皇后盈盈走到雨瞳面前，上下打量着她，柔声道：“这位姑娘，请勿怪罪，方才是我的两个弟弟喝醉了酒，多有冒犯，请多原谅。”

她的声音像银铃般动听，加之那绝美的外貌，雨瞳心都软作一团了，心想，自己是女人都被她迷成这样，不知有多少男人要拜倒在她的石榴裙下。

她不好意思地连忙回应道：“噢……噢……是我冒犯了两位侯爷。”

张皇后轻轻一笑，并未多言，可能不想在雨瞳这个普通下人身上多花一些工夫，只是向那两个兄弟使了下眼色，不一会儿，一群人便退没在黑暗之中。

雨瞳却还没有回过神来，跪在地上久久没有起来，脑子里还是浮现着那张美得令人窒息的脸庞。

……

从刘婆婆口中得知，那两个泼皮张鹤龄、张延龄是昌国公张峦的儿子，也是当今张皇后的弟弟。由于要参加讲学会，这几日都住在太学院，每晚都喝得烂醉如泥，惹是生非。幸好张皇后救了她。

这古代讲究一人得道，鸡犬升天，两个无赖居然还能参加明天这种高规格的学术大会，真是糟蹋了这太学院的清静和高贵。

朱祐樘是中国极少在位期间实行一夫一妻制的皇帝，那张氏，果然是天仙下凡一般，心肠又那么好，若自己是男人，娶到这样的女子，也心满意足，绝对不会对其他女人有什么想法啊。

不过说起明天的大会，雨瞳立刻精神起来。

“刘婆婆，你能帮我一个忙吗?”

3

太学院讲学日两年开展一次。满满一堂的学士大臣，无一女子，原来历朝历代规定女子不得进入会堂。

雨瞳说服了刘婆婆帮她安置了个位置，又女扮男装了下，也没什么事干，说白了就是做电线杆充充场面。

一声洪亮的男声响起。

“皇上驾到!”

她还没反应过来，整堂的人却已应声跪下，齐声叫道：

“恭迎圣驾!”

雨瞳也连忙跪下，眼角却微微瞟起，只见一行人快步由东门进入。

走在最前面的那个估计就是孝宗皇帝，由于是侧面，她看不清那脸庞。

只见他穿着了一件普通的宽大袍子，头上戴着简单的乌纱巾，大步行走，显得英气勃勃。一冲眼还以为这不是皇帝，倒更像是刚刚从战场上回来的将军。

“都起来吧。”他顺势坐下，靠在了龙椅上，摆了摆手，有些不耐烦这些繁复的礼节。

殿中的所有人都应声起身，雨瞳也终于有机会可以一览圣颜。

可是当她一触到那龙椅上的人的样貌时，竟然浑身莫名地颤抖了一下，心跳几乎停止下来。

龙椅上的这个男人，微仰着头，挺直的鼻梁，嘴角抿成了新月般的弧线，神情孤傲而冷峻，一只手淡漠地抚弄着下巴，似是在思考着什么。那双眸子，透着一股不容你逃脱的威严，又如同是神圣的池水一样深不可测。眼中忽闪而逝的某些东西，让人的心追随而去，不知不觉地沉沦……

这个男人，不能简单用英俊来概括，也不能随便用成熟来表述。他浑身上下散发出一种特别的气质，让人有种说不出道不明的感觉。他即使淡淡望你一眼，你也会从心底最柔软的地方开始隐隐作痛。

嘣嘣嘣，心脏开始剧烈跳动，震得雨瞳的脑子金星乱舞。

这……这张脸庞，自己为何如此熟悉。

她忽然想起那个在酒吧中的侧影，她几乎可以肯定那个身影就是眼前这个大明皇帝，这个让她快要停止呼吸的男人!

为何穿越到此，这一切，冥冥之中，自己像是被他召唤过来一样。

奇怪又不安的感觉开始弥漫全身，雨瞳有些头晕，但还是强撑住自己的身体不倒下。

朱祐樘洪亮的声音再次响起。

“开始吧，各位。”

他没有多说什么，懒懒倚在龙椅上，询问似的看着各个大臣们，准备洗耳恭听。

这时，一位文官走上前，躬身道：“皇上，按照祖制，讲学会要等到诸位王爷到齐以后，才能开始……而七王爷现在还迟迟未到……”

“朕的时间不多，就先开始好了。”朱祐樘的话不多，但字句坚定，容不得别人反抗。

“可是皇上，按照祖制，历年的讲学日皇上必须身着绛纱袍，戴通天冠，着玉带皮靴，前后冕旒各十二……”

“好啦，首辅大人……”

朱祐樘打断了他，眼前这个七十多岁的首辅大人刘吉，是父亲手上的重臣，为了尊重前朝，任命他为当朝首辅，但他思想迂腐不化，皇上忍他已经很久了。

“凡事不要拘于形式，不必将大好的时光和精力浪费在陈旧的祖制中！”

“好一个陈旧的祖制！”一声清脆在殿外响起，随之进来一个身影。见到他时，雨瞳又是当头一棒。

只见眼前这人穿着墨色的缎子衣袍，袍内露出银色镂空木槿花的镶边。腰系玉带，手持玉制的折扇。风度翩翩，气度非凡，正是昨天自己在红门大院里遇到的那个绝美男子。

龙椅上的朱祐樘却一脸严肃，冷冷道：“七弟，你迟到了。”

原来这绝美男子竟然是孝宗的弟弟，七王爷衡恭王朱祐楎！

雨瞳倒吸了口凉气，身体更觉得虚脱。

朱祐楎却不慌不忙，躬身下跪，声音洪亮地回答道：“皇兄见谅！愚弟只是认为，皇兄睿智神勇，治理国家绰绰有余，何必搞什么讲学会，浪费时间呢。趁这时间，还是多去龙榻上休息会，也好养精蓄锐！”

“大胆！”一记响亮的喝声响彻大厅。

只见一位年约六十几岁的老者从人群中走出，对着朱祐楎怒喝。

此人正是当朝吏部尚书王恕。

一个老臣竟敢对皇帝的亲弟弟大骂，也只有王恕这一人了。

他是出了名的火暴脾气，是个连玉皇大帝都敢骂的直性子。而且他异常勤奋，不光自己勤奋，还要求皇帝勤奋……自从当上吏部尚书以后，他不但要求皇帝开早朝晚朝，连中午都不放过……

他快步走上前，盯住朱祐楎的脸，一字一句道：

“大明朝的讲学会，是历朝历代集思广益的好机会，衡恭王殿下怎可说出此等消极怠慢之词！”

看着他一脸正经，朱祐樘暗笑，嘴角淡淡一动。

“王大人，七弟也是为了朕着想，我们不要浪费时间，赶快开始吧。”

朱祐楎也似乎没有生气，只是调皮地对着王恕作了个鬼脸，一屁股坐了下来。

讲学正式开始了。

中厅设立了一个讲台，凡是轮到讲学的人，便走到那讲台前，高谈阔论，恣意发表自己的意见。

学士们讲的东西在雨瞳听来，全是些废话，口号式的话语很多，和自己那个年代领导讲话有的一拼，忍不住又偷偷望了一眼龙椅上的皇帝，只见他眉头深锁，星目紧闭，全无表情，一只手抵着脸庞靠在龙椅的把手上，像是闭目养神，却又似乎认真在听。

只觉得脸上一阵火红，心跳却又再次加速，自己是怎么了。

难道他才是自己的梦中情人?

不会吧。这英武的皇帝可是有老婆的人，而且还是个那么美的仙女!

雨瞳一阵胡思乱想，却看到杨廷和已经上了台，开始侃侃而谈。

这杨廷和还真是个人才，别看他在下面战战兢兢，一上台竟然气定神若，毫无惧色。他的论述谈古论今，引经据典，既有将相之计，又有百姓所忧。龙椅上的朱祐樘紧闭的双眼，也微微张开，有所动容。

看来杨廷和能权倾四朝，世宗时期更是成为首辅大臣，不是没有道理的。

雨瞳心中暗暗感叹着，杨廷和的论述却已经结束了。大厅中响起一阵掌声，杨廷和眉飞色舞，神采飞扬，似乎也在为自己的表现暗暗叫好。

朱祐樘睁开双眼，却没有多说，只是嘴角一动，示意他可以下去了。

杨廷和心中盘算着，是不是刚刚说错了什么，触怒了龙颜，慌乱地走到了一边，却看到雨瞳也站在角落中，吓得大惊失色，压低声音问出一句:

“沐姑娘，你……你怎么在这儿?”

雨瞳朝他使了个眼色，叫他闭嘴。

大殿上，朱祐樘冷冷地吐出一句。

“还有什么人想发表论述吗?”

那一席太师椅上，有个人白眉银须，道袍加身，正是仙派掌门李孜省法师。

他起身，微微作礼道:

“老臣有一论述，不知当讲不当讲。”

“说吧。”

“从古代至今，帝王都是后宫三千，子女成群，但当今圣上却只有张皇后一人，仅有两位皇子。若是圣上真以社稷为重，应该壮大后宫，为皇族多留一些血脉，才是国之本，江山之重啊。昨夜臣夜观天象，见北方有红栾星动，臣愿为陛下到北方五省开选秀女。”

厅上众人都啧啧不止，表示赞同。

朱祐樘却紧锁眉头，没有任何表示，冷峻的目光不知投向何处，似乎在沉思着什么。

一边的朱祐樺却忽然哈哈大笑起来，惹得众人一致侧目。

“选秀女?此事有趣!皇兄，这么辛苦的事，让李法师去办太难为他了。七弟愿意担此任，为皇家开枝散叶分忧!”

他话音刚落，朱祐樘紧锁的眉头忽然解开，微微一笑，坐直了身体，道:“七弟的话有道理，去北方五省这么辛苦的事也不应该劳驾李法师。祐樺，辛苦你了。”

李法师被祐樺打断了心绪，脸上一阵青白，竟然说不出话来，咬着牙硬生生地坐回了座位。

两兄弟的一唱一和，表演得天衣无缝。雨瞳在一旁看得好笑，忍不住“扑哧”一声笑出声来。

这一笑在21世纪没问题，可在这大明朝可不得了，在寂静的大厅中像是装了扩音器般传入了每个人的耳中。众人的眼睛齐刷刷地看向了她。

她脑子嗡的一声，忽然发现此事闹大了。

两个字跳跃在脑海中：

“完了！”

4

张鹤龄和张延龄两个混混本来无聊地坐在一边，正愁着这听不懂的讲学何时结束，一见到雨瞳，精神立即来了。

昨天耿耿于怀，正想寻机报复，沐雨瞳今天自己送上门来，这简直是天大的机会！

张鹤龄首先从座位上跳了起来，冲上前，一把揪住她的衣领，拖到大厅中间，又在她的膝盖后狠踢了一脚。雨瞳重心不稳，“嘣”一下跪在了青石板上。那张延龄也配合地走上前，一把掀掉了雨瞳头上的帽子。一头青丝倾泻而下，殿中所有人发出一阵惊呼：“啊，怎么是个女人？”

还未等雨瞳反应过来，那两兄弟已经跪在龙椅前，大声道：

“启奏陛下，此女子原为太学院的一个使唤，今天竟敢女扮男装混入讲学会，犯有欺君之罪，按律当斩！”

那“当斩”二字一出口，站在一边的杨廷和可吓坏了，他连滚带爬地冲到前面，带着哭腔大叫：“圣上饶命！圣上饶命！这女子本为我河北表亲，望圣上念在她年少无知，饶她一命！”说完，他连连在地上磕头，在大厅中发出“咚咚”的回音。

众人在一旁开始纷纷议论，有说马上杀头的，也有说打入大牢再行发配的。一时间大殿内你一句，我一句，乱作一团。

朱祐樘冷冷地打量了眼前这个女子，只见她清秀的脸庞上毫无惧色，眉目间透着一股难得的镇定和坚韧。

他心中咯一下，淡淡道：

“这位姑娘，你有什么话要说吗？”

雨瞳脸上虽镇定，脑子却乱作一团。

以前在领导面前说话，错了，最多扣点奖金，这儿可不一样，说不定，那脑袋，咕噜噜地掉地上也说不定。

牙一咬。

沐雨瞳，豁出去了！

……

“小女子姓沐，名雨瞳。听闻当今圣上宽厚仁慈，广纳百言，博采众长，千方百计进入太学院想一睹圣颜，一闻圣音，以完成小女子多年的愿望。”

她的话刚说了开头，朱祐樘心中便暗笑了下，这姓沐的女子看来不是简单人，一开口，就给自己戴了顶帽子，宽厚仁慈，这样自己就杀不得她了。

他表面没有任何变化，只是点了下头，示意她继续说下去。

雨瞳又道："雨瞳只因从小爱好读书，想像男儿一样报国，却因是女儿身，没有这样的机会。今天雨瞳进入讲学会，本来就将生死置之度外，但刚刚听闻众大人和先生们的论述，高瞻远瞩、博古通今，让我心生敬佩，此愿了已。今日即便是被砍头，也心甘情愿，死无怨言！"

她这第二段话，把众大臣的马屁也拍了，那些议论纷纷的人也立即闭上了嘴，不好意思再说她了。

坐在下面的七王爷早已听得忍俊不禁，捂着嘴饶有兴趣地听雨瞳继续说下去。

雨瞳转过身又对着杨廷和道："杨兄弟，此事是我一人决断，与你无关。你苦读诗书，彻夜不眠，只为在此讲学会上有所成就，却被姐姐我扰局，反而让你陷入不仁不义之地。姐姐我无颜以对，只有以死相抵，只求杨兄弟你一番报国之心他日能有用武之地！"

这一来，不但把杨廷和的罪卸得一干二净，还显得他忠心耿耿，在仕途上推了他一把。

此女子说话拿捏得当，收放自如，还真是一个可用之才。

朱祐樘心中微笑，站在一边的大臣已经有人忍不住了，请奏道：

"陛下，此女子虽然莽撞犯律，但当今圣上是贤明之君，唯才是用，她虽然是女儿身，但也念在她一片报国之心，请陛下饶她一命才是。"

大臣们纷纷请奏，请朱祐樘开恩，放过这样的奇女子。

眼看着形势急转直下，这雨瞳马上就要脱身了，那张鹤龄和张延龄可急了，他们大声喊道：

"陛下！这个沐雨瞳违反了祖制，还进行狡辩，请陛下不要受她蒙蔽！"

说到这儿，一边的王恕也躬身道："陛下，这女子虽然有她的说法，但进入大殿毕竟违反了祖制，必须按律处置！"

站在一边的李法师本来就看王恕不顺眼，见情形如此，躬身道：

"此女子虽然违反了祖制，但陛下刚刚也说了，不要拘泥于陈旧的祖制，如果按律当斩的话，那么岂不是连陛下都一起斩了？"

这话说到了重点，这下连王恕也无言以对，只好闭上嘴不语。

张鹤龄和张延龄二人还不罢休，又嚷道：

"即使如此，谁又知道她进入大殿安的什么心？"

朱祐樘起身走下台阶，缓缓走到雨瞳的面前，盯住她的脸看了许久，那双深不见底的眼眸，透着说不清道不明的深意，看得雨瞳心都揪成了一团。

"沐姑娘，你说你爱好读书，钻研治国之道，你就像刚才那些言官大臣们一样，论述一下你的观点，让在场的人来评判一下，再作决断。"

朱祐樘不愧为一代明君，他这一来，不但可以从雨瞳的论述中看出她来此真正的目的，也可以从中发现治国的人才，也给了那些想置她于死地的人一个台阶下，可谓是一举三得。

雨瞳感叹了下，秋水一样的眸子坚定地望了一眼朱祐樘，那一眼淡定自若，没有一丝退却，反而带着一股莫名的感伤。朱祐樘的心“咯”一声，像是被谁敲了一下，难受得很。

他干咳了下，抛下一句：“开始吧。”

雨瞳心中早已打算好了，她不慌不乱地站了起来，环视了一圈周围的众人，长吸了口气，清了清嗓子，娓娓道来：

“好吧，要我说这治国，只要做好四个字‘以人为本’。”

她话音刚落，所有的人都窃窃私语起来。

雨瞳才不管这么多，她干咳了一下，继续道：“人，本为天地所生。佛祖说，众生平等。一个好的国家，就要让大家个个都生活得满意幸福。如果一个国家，只有少数人幸福，而大部分人不开心快乐，就不是一个好国家，所以治理任何一个国家，都必须以他的民众的需要为第一国策。这就是以人为本！”

“所以，我们在这儿讲学论经，必须建立在了解广大民众需要的基础上进行，必须了解他们现在少什么，需要什么，害怕什么，谈论什么，然后来制定我们的政策。我建议陛下，各位大人，各位言官，多去民间走走，听听老百姓的心声，再来进行这样的论述，又或者可以将普通的民众请到这个大殿上来，让他们来说说老百姓想说的话。可能更有作用！”

雨瞳一边说，一边坚定地看着朱祐樘。

他的眼神闪过一丝变化，心神大动。这个沐雨瞳能说出这样的话，让他有些吃惊。

他早已对这样脱离实际的讲学感到不满，却没想到这个弱小的女子，竟然在大殿上一针见血地指出了问题所在！

坐在一边的七王爷祐樿也傻了眼，他没想到眼前的女子说话如此特立独行，别出心裁，直直地坐正了身体，眯起那双钻石般晶莹的星眼，认真地观察起这个沐雨瞳。

这女人到底来自何处？

她若是来自乡下，杀了祐樿的头也不相信。

周围的大臣已经在交头接耳，而一边的王恕听了也不由得点了点头。

那张鹤龄却发出一声冷笑，道：“哼！真是一派胡言乱语，这里在座的不是饱读诗书的大学士，就是贵族子弟，哪容得那些贱民来同堂共议！”

雨瞳却不慌不乱走到他面前，冷冷笑了下，问道：“既然阁下饱读诗书，出身名门，那么请问这位侯爷，今日的菜价如何？大米是五钱一斤还是三钱一斤？东河渡口的船价又是多少？”

张鹤龄一时语塞，竟然不知如何回答，引来堂上一片笑声。

七王爷朱祐樿也哈哈大笑，不由得抚掌叫道：“好！问得好！”

雨瞳不再理会张鹤龄，转而径直走到朱祐樘的台阶下，认真地道：“既然各位在这里共商治国大策，怎么可以不知道自己国家老百姓在吃什么，吃得好不好呢？如果连这基本的情况也无法掌握，又谈何国家大事?”

她顿了下，感觉自己还未说完，又补充道，

“各位都是贵族王公名士，过着衣食无忧的生活，很难体会普通老百姓的艰难困苦，正是因为这样，才需要各位走出去看看，又或者让老百姓走进来说说，有何不可呢?”

“好！说得好!”一边的王恕忽然抚掌道，“老臣虽然刚刚要治你的罪，但此回听了你的观点以后，真是一语惊醒梦中人。刚刚多有冒犯，请多见谅!”

说着，他又转向朱祐樘，躬身道:“陛下，老臣非常赞同此女子的说法，老臣觉得像这样的讲学会，应该多多结合实际，商讨一些实用的策略才是上策，而不是闭门造车，夸夸其谈!”

众人也纷纷迎合，表示肯定。

朱祐樘脸上没有任何表情，他淡淡地看了一眼雨瞳，平静地道:“既然大家都这么说，那么今天暂且不治你的罪了。朕赐你旁听的身份，可以参与太学院的研读。希望你身为女儿身，也能报效国家，为国出力。”

他这一番话，非但没治她的罪，反而让她有了等同于学士的身份。古往今来，太学院还从未招过女学生，不过龙口既开，周围的人也无话可说。

雨瞳谢过孝宗，心想，反正只要让自己不离开太学院，什么都好办。毕竟那里是时空隧道最可能出现的地方，自己回现代去的希望全在这儿了。

她偷偷望了一眼坐在一边的七王爷祐樺，却发现他正眯着眼睛贼贼地笑着，像是在看一出好戏一般，于是狠狠地瞪了他一眼。

这家伙，虽然不算是朋友，但好歹也有一面之缘，但他却在堂上见死不救，连句话也不帮自己说一下，真是冷血之极。

第三章　伊为何人

1

乾清宫。

百花簇拥的后花园一侧空地上，两个身影正绕作一团刀光剑影，伴随着刺耳的金属碰撞声，在这寂静的花园中显得格外惊心动魄。

只见身着白衣的男子手持长剑，迎风挥出，直取黑衣人要害，剑气凌凌，犹如起舞的东风，让人不寒而栗。而那黑衣人反手拔剑，平举当胸，韬光养晦，锋芒不露，像是早已准备好了架势，迎接这一招。剑气逼到，黑衣人倒退了七尺，反身顶住身后一棵大树，跃身而起，在空中划出一道优美的弧线，轻巧落在白衣人后。银剑即刻变招，笔直向白衣人刺出。白衣人却灵活一转，随即长剑一挥，与黑衣人的剑气交叉。两道长剑在空中架成了一个X形，形成对峙之势。

一时间，空地上红叶流转，风生水起。二人虽然一动不动，那股气势却是动人心弦。

“哈哈哈，”黑衣人忽然笑了起来，放松了手中的剑，转而拍了拍白衣人的肩膀，大叫道：“皇兄，你的剑法真是与日俱增，小弟自叹不如。”

黑衣人正是衡恭王朱祐樺，而站在对面的那白衣人，却正是孝宗皇帝朱祐樘。

朱祐樘听罢，收起长剑，淡淡一笑道：“七弟，你太谦虚了，我们每每比试剑法，我哪次赢过你，最多也就是打个平手。”

祐樺爽爽一笑，一个箭步在一边那张用上好檀木所雕成的长椅上坐了下来，放肆地搁起双腿，盘作一团，又顺势从边上的仕女手上接过一杯绿茶，大大喝了口，清了下嗓子道：

“皇兄，臣弟知道你一直都在让我，刚才那一记‘苍龙回海’，可不是一般人能做到的。我若是慢上一步，肯定小命不保。”

祐樘淡淡一笑，接过仕女手上的毛巾，擦了下汗，随即坐下，也含了口茶，笑而不语。

过会儿，他又似乎想起什么，低声问道：

“对了，祐樺，你可知那沐雨瞳是何人？”

祐樺一怔，转而坏坏一笑，道：“皇兄今日可真难得，从小到大，我还未听闻你主动问起过一个女子？”

祐樘神情严肃地摇了下头，道：“你少胡闹，我只是对此女的来历有些怀疑。凭她的才思和能力，应该不是普通的乡下妇人。”

祐樺听罢，默默一笑，并没有回答他的话。

莫说是祐樘怀疑，连祐榰自己也有些想知道这沐雨瞳到底是何方神圣。

只叹道："她前几日被杨廷和安排到太学院当差，说是他的远亲，其他都不详。"

"这样……"祐樘低下头，像是沉思一般，这几天他心神不宁，不知为何，脑中总是浮现这沐雨瞳的样子，总觉得这女子有什么不一样的地方。他皱了下帅气的剑眉，一脸愁容。

祐榰看到哥哥的反应，探上头贼贼地笑道："怎么，皇兄，你是看上这妇人了吗？愚弟这不要给你选秀女去吗，要不我把她一起选进来如何？哈哈！"

祐樘知道他在开玩笑，但仍然责备似的瞪了他一眼，叫他闭嘴。

祐榰哈哈大笑起来，朗声道："小弟开玩笑的，天下谁人不知我大明皇帝只爱张皇后一人？此情昭昭，天地可鉴！"

"你们在说谁啊？"

一记清脆的女声在不远处响起，一个盈盈弱弱的身影出现在花丛中。

只见她在众仕女的簇拥下，着了一件紫罗兰色彩绘芙蓉拖尾拽地对襟收腰振袖的长裙，身段窈窕，婀娜多姿，黛眉轻点，樱桃唇瓣不染而赤。正是张皇后。

她媚媚地笑着，走到两兄弟前。祐榰起身作礼，道："皇嫂，你来了。"

张皇后笑着坐下，轻轻倚在祐樘健硕的肩膀边，柔声道："臣妾听说前几日讲学会上有个姓沐的女子一语惊人，朝中议论纷纷。陛下还给了她太学士的身份，心中甚是好奇。刚刚你们在谈论的是不是她啊。"

祐榰刚刚想回答，那朱祐樘却淡淡一笑，道："这些朝上的事，你就不要关心了。"

张皇后点了点头，又忍不住道："朝上的事，臣妾自是不应该关心，只是臣妾听说七弟过几日要替圣上去北方招秀女，此事属于后宫事宜，臣妾关心一下总可以吧。"

祐榰咯咯一笑，调侃道："皇嫂，怎么，你急着吃醋啦？怕年轻美貌的秀女夺去皇兄对你的宠爱吗？哈哈。"

张皇后脸微微一红，轻笑道："你这家伙，就会贫嘴，你皇兄贵为一代天子，有三宫六院是应该的。不是我想阻挡，只是想此事应该早点进行才是，臣妾也想皇上可以纳些个妃妾，也好为皇家多多开枝散叶！"

"皇嫂，你说得是没错，只是我这皇兄专一专情得不得了，心中只放得下你张皇后一人，这可怎么办？再说，皇后艳绝天下，美色无双，这选秀的任务，愚弟可为难得很啊。"

说着，祐榰笑眯眯地望着一边的朱祐樘，示意他该说点什么。

那祐樘轻轻一笑，拉过张皇后的手，温情道："皇后，你别担心，选秀之事本不是朕所意。七弟这次去，也就是走走过场而已。之所以不想让外人插手此事，是怕那些不怀好意之人借此大捞一笔，扰民害国。朕不需要什么秀女，你就不要操心了。"

这一席话说得张皇后心满意足，脸色绯红，一阵娇嗔，倒在朱祐樘怀中。祐樘轻轻抚摸着她如瀑布般的秀发，心中涌起一股怜爱之意。

张皇后与他相识很早，感情深厚，虽然没有那种怦然心跳的感觉，彼此之间却如亲人般难以割舍。

正在此时，一记清亮的声音响起，打断了祐樘的思绪。

“锦衣卫副指挥使、御前带刀侍卫尉青拜见陛下，皇后娘娘，衡恭王殿下!”

随着声音望去，一个矫健的身影单腿跪立在花园中。

只见此人身着褐色飞鱼服，腰系一条镀金兽面束带，下穿一双斜皮靴，边上挂着一把锦绣刀，那刀柄上的青铜铭纹更如星月一样醒目逼人。又见他年纪大约二十一二岁，眉目如剑，坚定冷漠，有着一股与年龄不符的成熟和沉着。

这一英武绝伦的美男子，配着这一身帅气的戎装，站在花团紧簇的后花园中，显得有些突兀，但仍让人惊叹不已。

张皇后惊得从长椅上站了起来，绕着这叫尉青的将军绕了三圈，感叹地道：

“难道这就是传说中锦衣卫第一高手，人称‘锦绣飞天客’的尉青，尉将军?”

“正是臣下。”尉青抱紧双拳，干脆地回答道。

“果然是英雄出少年，英姿勃发，俊秀逼人，今日得以相见，真是感慨万分。”

“谢皇后娘娘。”尉青不是个擅长马屁功夫的人，只是简单地回答了一句。

朱祐樘从座位上站了起来，扶起了跪在地上的尉青，微笑道：“皇后，这位尉将军是朕亲赐的带刀侍卫，是朕最信任的将军之一。以后皇后见到他，要将他当自家人一般对待。”

说完，他向尉青使了个眼色，示意他跟自己走到了一边。

尉青压低声音在朱祐樘耳边轻声道：

“我跟踪了那人一个月，已经确认他们的大本营。”

朱祐樘沉吟了许久，道：“好，记住，不要打草惊蛇。”

2

从乾清宫出来，尉青神色漠然，快步疾飞。

身后一阵风声越过，是种金属摩擦着空气的特殊的声音，以迅雷不及掩耳之速，眼见就要到达尉青的后脑勺。

尉青却依然淡定自若地向前迈步，等到那金属离他后脑只有一毫米之时，忽然头轻轻一摆，避过了它，左手如闪电般伸出，轻轻一捏，竟然瞬间抓住了那金属之物。

那是一银制的飞镖，上面还秀气地刻着凤凰的铭纹。

一个清脆略带撒娇的声音在身后响起。

“尉大哥，我的飞镖可有长进?”

尉青知道身后是何人，他嘴角一动，漠然地转过身，向下躬身作礼道：“尉某参见德清公主!”

眼前站着一位十八九岁的美丽女子，白皙的脸庞上是粉嫩的朱唇，显得娇小可爱，一双透亮的大眼睛，闪烁着调皮，带点任性的光彩。

此人正是朱祐樘的妹妹德清公主。

“喂！我在问你，我飞镖的技术如何?”她看到尉青恭敬的模样，有些不耐烦，一个箭步上前，将他硬生生从九十度扶了起来。

尉青淡淡道：“很好。”

“喂，你这明摆是应付之词吧。尉大哥，当初祐樘哥哥让你教我武功的时候，可没让你这么随便地打发我啊！我要听实话！快说实话!”

面对她的使起性子，尉青英俊的脸庞上没有任何表情，只是淡淡地道：“在下是实话。”

他像是块顽固不化的石头，连回答的字都少得可怜。德清公主有些气恼，但仍不死心，一把抓紧尉青的胳膊，态度变得柔和许多：“尉大哥，那么你说我新做的飞镖漂亮吗?”

尉青拨开她胶糖似的双手，将手中的飞镖恭敬地奉在德清公主面前，躬身道：“在下奉还飞镖!”

“你还没回答我，漂亮吗?”德清公主眯起那双明亮的眼睛，媚笑着。

尉青皱了下帅气的双眉，道：“飞镖讲究速度，公主在上面刻了花纹，只会影响它的速度，不利于飞镖的使用。”

公主一脸喜色，撒娇道：“尉大哥，你等下有空吗？再陪我练几手吧，好吗?”

尉青却冷冷道：“德清公主请原谅，尉某还有要务在身，恕不能陪公主了。”

说完，他竟没等德清公主反应，就抛下她的纠缠，转身向宫外走去。

德清公主急追了几步，却赶不上他的脚步，气得在原地直跺脚，大喊道：“尉大哥！尉大哥！尉青!”

看着他头也不回的样子，德清公主心落到谷底。

这傻瓜，为什么就不领自己的情呢，枉自己为他朝思暮想，牵肠挂肚，真是个愣头青!

第四章　迷雾重重

1

“所谓齐其家在修其身者，人之其所亲爱而辟焉，之其所贱恶而辟焉……”

念完《大学》中的这一句，昌国公张峦忽然停顿下来，眼睛却抛向角落中一直在东张西望的沐雨瞳。

说实话，他已经忍她很久了。

原本就因两个儿子在讲学会上被雨瞳羞辱而耿耿于怀，再加这女子上课如此漫不经心，根本不把太学院放在眼里的样子，让他更加懊恼。

“沐姑娘，请你背诵接下去的诗句。”

思绪早已游离在外的雨瞳猛地惊醒过来，张大了嘴，有些茫然地看着高高在上的老师。

“沐姑娘，请你背诵接下去的诗句。”张峦有些嘲笑地又重复了一遍。

周围的学士们开始交头接耳，小声议论。

雨瞳已经反应过来，知他想为难自己，心中暗道，真要命，虽然自己这四书五经也翻过一些，但要她逐字逐句地背诵出来，哪有这个水平。《大学》没读过，可复旦大学倒是读过四年……

“之其所畏敬而辟焉，之其所哀矜而辟焉……”

一记小得不能再小的声音在雨瞳耳边响起，雨瞳转头一看，只见杨兄挤眉弄眼，一脸焦急。

她连忙学着道：“那什么，之所所谓……而屁……所哀而……而屁……”

一会儿“屁”一会儿“哀”的，说得满堂大笑，气得那张峦脸色发红，喝道：“沐雨瞳，你在胡言乱语什么！”

雨瞳一脸委屈，虽然这在古代是属于小学一年级的东西，但对现代的她来说，根本就是本天书。她不好意思地朝张峦挤了下眼，吐了下舌头。

“哼！连背诵《大学》都不能成文，真是污蔑了我太学院的清高和名誉！”张峦一脸暴怒，正好借机发挥他对雨瞳的怒气，“给我滚出去！”

这下也正中雨瞳下怀，她根本不想参与这种无聊的书呆子的集会，一听到张峦叫她走，高兴地从座位上跳了起来，连“再见”都没说，就直奔屋外。

一走出屋外，她深深地吸了口空气，心情顿时舒畅许多。

这古代的教育制度也真该改一下，一群书呆子拿着一些古书在那儿诵啊念啊，跟和尚差不多。看来这大明朝也蛮富裕的，养着这群光拿钱不干事的家伙也绰绰有余。若不是她心念着想回到现代，定要和那张峦斗上几回嘴才行，告诉他们，既然是国家的研究院，就要与时俱进地拿出点科研成果来，别老啃祖宗的东西。

雨瞳脑中胡思乱想着，脚步却没有停，不知不觉地就到了贵妃井边。

天色已经有点暗下，此时正好是一探究竟的好时候。

雨瞳摸索了井边，确认它不太湿滑，于是壮起胆子，往井下爬去。

……

雨瞳学过武艺，所以这点爬爬摸摸的事难不倒她，三五下就到了井底。

果然不出所料，在井的左侧有一小洞，刚好可以容一个人穿过。

只是这洞内伸手不见五指，只有嗖嗖的阵阵阴风，吹在脸上还真有股毛骨悚然的感觉。

……

黑暗似乎很长，但又似乎很短。雨瞳在黑暗中摸索着，却感觉到风越来越强烈，照这个推断，应该是到了出口处了。

眼前渐渐有了光线，随着光线的变强，雨瞳一阵炫目，定神一看，却差点叫出声来。

眼前不是红门大院里的园子吗？

那杂草重生的落败，以及黑漆漆的厢房，那股阴森恐怖的气氛，告诉雨瞳，这不是别处，就是红门大院里面！

原来从贵妃井到红门大院之间，居然有一条暗道！

此时天色昏暗得很，这寂静无人的院子加上杨廷和那个故事，让雨瞳浑身上下的汗毛顿时一个个竖了起来。

看来找到时光隧道的希望是没了，倒是发现了条暗道，但为何会有这条暗道，却让她有些恐慌。她正想从通道再爬回贵妃井，耳边却传来一阵极其细微的人声，像是有人在谈话。

她的心嘣嘣跳了几下。

这黑厢房中黑漆漆的一片，根本是没有人的，而且据说这地方封闭已久，别说是人，连只鸟都未必有。

可此时，那厢房中明摆着是有人在对话。

……

难道自己真的见鬼啦……

她下意识僵硬了，很快镇定下来。

不管怎么样，既然来了，就一定要一探究竟。

雨瞳壮起胆子，轻手轻脚地从草丛中爬了出来，趁着夜色摸到了黑厢房的一角，又在纸糊的窗上擢了个洞望了进去。

这不望还好，一望，真是把她吓坏了。

月光照射下，房间内有两个黑色的身影，正面对面站着。而面朝雨瞳这边的那个人，不，确切的不能说是人，而是一头枯黄的长发，将半张脸都盖住，只露出一只空洞的眼珠，透着死鱼肚皮的那种惨白色，鼻子几乎没有，只有一个深不见底的黑洞。

雨瞳觉得一阵头晕，恐惧的感觉转化为一阵恶心的呕吐感，在胸口盘旋。

这与《午夜凶铃》上的贞子没什么两样，而它此刻正离自己不过两三米……

她深吸口气，坚定自己的信念，绝不相信鬼神之说，于是鼓起勇气，再望了进去。

再望进去，那两个身影却已经不见了，只留下个空空的房间。

正在迟疑时，她听到厢房的门发出“吱呀”一声。

她连忙绕到房间的另一侧，偷偷探出头去。

只见走出房门的只有一人，是刚刚背对自己的那位。而那长得像贞子一样的厉鬼，却不见踪影。

她又仔细一瞧那走出的身影，总觉得异常面熟。

此时，那身影却刚好一回头，雨瞳一见她的脸庞，却几乎失声叫了出来。

那人不是别人……

竟然，竟然是——

刘婆婆！

雨瞳惊得一身冷汗，努力捂住自己的嘴，不让自己叫出声来。

那刘婆婆没有看到雨瞳，只是回看了下四周，继而钻进草丛，从雨瞳刚刚出来那条通道处消失了。

园子里只留下雨瞳，脑子像被人重重敲了几下，站在原地，怎么也找不回意识。

过了许久，她才反应过来。

这……这……

刘婆婆，刘婆婆，她居然知道这条通道，而且通过这条通道，进入红门大院，和一个“鬼”交谈？

这简直是晴天霹雳！

天哪，这个太学院太可怕了，竟然有这么多不可告人的秘密！

一股阴森的冷气包围了雨瞳。

她忽然意识到未知的危险正在包围自己。

此处不可久留！

2

回到住所，雨瞳翻来覆去不能入睡，满脑子都是那贞子一般的鬼脸，和刘婆婆神秘身份给她带来的惊恐。

寂静的夜空中忽然响起一声凄厉的惨叫……

“啊！”

她的心立刻被拎到了喉咙口，脑子嗡嗡作响。

循着惨叫的声音追去，却发现许多人也披头散发地从屋子里跑了出来。大家一脸茫然，相互询问刚刚那声惨叫到底是怎么回事。

众人冲到那声音处，雨瞳却惊呆了。

刘婆婆的住所！

刘婆婆，此刻却倒在一片血泊中，胸口一摊血还未干，但却已气息全无，眼睛翻白，那一眼的恐惧，似乎看到了什么可怕的东西，却死不瞑目！

门外已经围满了人，而发出惨叫的那个人是与刘婆婆同住的小姑娘小花，刚刚做完事回到住所，却发现刘婆婆死在了房间，吓得发出一声惨叫，惊动了所有人。

人群挤成一团，而雨瞳连手脚也动弹不得，她已经没有感觉了，因为她已经被眼前这一幕震惊了。

她无论如何也想不到，刚刚不到一个小时以前才看到的刘婆婆，现在却已经成了一具死尸。

她甚至已经开始怀疑刚刚看到的刘婆婆到底是人是鬼！

满脑子的念头像是快要爆炸一般，她感觉自己手脚开始发软，几乎要晕过去了。

“让开，让开！”

人群开始骚动起来，继而退到了两边，中间瞬间让出一条路，眼看着一队卫队手持武器，进入了刘婆婆的房间。

带头的正是尉青，他听说了此处的谋杀，即刻带着锦衣卫队来到这里。

他一见到倒在地上的刘婆婆的尸体，脑子便嗡地一声，意识到“完了”。

这刘婆婆正是他跟踪了近一个月的人。

他冷峻的眼神扫视了一圈周围的人。那些丫鬟书生们，个个吓得腿脚发软，浑身发抖，连眼睛都不敢正视他。

天下谁人不知锦衣卫的心狠手辣，要是谁被他们瞄上了，真是生不如死。

尉青低声地对身边的白校尉吐出一句：

“封锁院门，所有人不得出去！”

他一声令下，所有人的心都拎到喉咙口了。

尉青蹲下打量着尸体，摸了下刘婆婆的胸口，发现仍有温度，应该才刚刚死。那冒血的伤口像是一种暗器在她心脏内爆炸，炸成了一个洞。

他拿出身上配着的小刀，在刘婆婆的伤口中轻轻一挑，竟然挑出一颗花生米状的“暗器”。

它似乎是铅制的，尾部圆圆滑滑，顶部尖尖。

站在一边的雨瞳当头一棒，几乎一屁股坐在地上。

如果她没看错的话！

那么，这从刘婆婆胸口中取出的“暗器”，分明就是一颗子弹头！

一颗子弹！难怪这伤口会炸作一个洞。

明朝的确有火枪的存在，但这颗子弹的形状和爆炸威力，却不是这个朝代所有的，最起码是四百多年以后的科技水平。而且，若是古代的火枪，那开枪的声音早震耳欲聋，然而方才却没有听到枪响……

雨瞳愈想愈乱，受到的刺激实在太大。她不由自主地将手支撑到一边的庭柱上，手掌捏作一团，手心却在不住地冒汗……

这一切实在太过离奇!!!

首先是古井和红门大院居然有暗道；接着又看到刘婆婆和一个“鬼”在交谈；不到一小时，这刘婆婆又被一颗现代子弹打死在自己的住所中。这一连串的变故，让雨瞳的心中乱作一团。

她深吸了口气，心中默默念道：

“不要慌，不要慌！自己应该好好分析一下情况，一定会理出头绪的。”

……

尉青看着手中的子弹，疑惑地皱起了双眉。

他顺势放入怀中，又开始巡视房间。

房间内没有任何打斗的痕迹，再看那刘婆婆死之前的脸色，一脸惊恐，那表情似乎没有意识到凶手会杀她。据这样的推断，凶手应该是她认识的人。

尉青看了一圈众人，思索了下，道：“全部抓起来，一个个审问!”

此话一出，所有的人全齐刷刷跪下了。一时间，房间内哭声和哀求声一片。

那杨廷和也跪下浑身发抖，大喊道：“尉大人！我们只是读书人，都是手无缚鸡之力的人，我们怎么可能杀刘婆婆啊!”

雨瞳却一脸茫然，她扯了下地上的杨兄，问道：“你们怕什么？跟他们好好解释不就行了?”

杨廷和哽咽道：“沐姑娘，你有所不知，凡是被锦衣卫抓去审问的人，即使没罪，也会打成有罪；即便你不被屈打成招，最后回来也半条命没了，废人一个!”说完，他便哇哇大哭起来。

这锦衣卫也太不负责了！即便没有现代社会公检法那么正规，再怎么样，也要有个逮捕令什么，怎么可以说抓人就抓人呢!

雨瞳一时怒从心起，一个箭步走到前面，大叫道：

“凭什么抓人!”

尉青没想到一个年轻的女子竟然敢胆大包天地冲到前面，眼睛和口气根本要将他吞下去一般。

他有些吃惊，成为锦衣卫以来，他还从来没有遇到敢这样对他说话的人。

他冷冷地打量着眼前这个女子，只见她身着一条简单的素色长裙，脸上和头上没有任何的装饰，五官清晰得就像从画中出来一样，只是那眼睛炯炯有神，没有一丝退却和害怕。

尉青还未回话，那雨瞳又上前一步，鼻尖都快要顶住他的鼻尖了，恶狠狠道：“你们……你们不是有个什么刑部吗？难道抓人不需要刑部的批准吗?”

她的脑子里也不知怎的，冒出个刑部来，反正推断一下，这刑部可能就和现代那检察院有一样的功能。

那刚刚齐刷刷跪着发抖的一群人，此时已经僵硬成一群木头人，个个张大嘴巴和眼睛，被惊得目瞪口呆，无所适从。

他们无法理解眼前这个女人是不是处于疯癫的状态，以至于会说出这种匪夷所思的话来。

……

尉青冰一样的目光，扫了一眼雨瞳，淡淡道：“根据大明律法，锦衣卫逮捕任何犯人无须任何批准，你明白否？”

他说起话来，冷得一丝感情也没有，就像冬天里寒冷的西北风，瞬间夺走你全身的温度。

雨瞳抖了下，思绪一转，又道：

“即便是这样，你何必要抓走所有的人？这里有求学的学士、新科翰林，这些以后都是可能成为朝廷重臣的人才，你现在把太学院的人洗劫一空，万一出个乱子，你怎么向皇上交代？”

她这话却说到了尉青的死穴，的确，如果这次抓人得罪了一些人，这些人以后若是得势了，肯定不会放过自己……

想到这儿，他英俊的脸上闪过一丝不安。这丝不安没有逃过雨瞳的眼睛。

她又继续道：“这位尉大人，既然你是锦衣卫的头，那么自然判断力超乎常人。”

说着，她走到了刘婆婆的尸体边蹲了下来，指着那个伤口道：“凭这伤口血液凝固的程度来看，她的死应该不会超过十分钟……噢，不对，是一炷香的工夫，而这里的人，很多都从很远的地方赶来，所以，就凭这一点，这里有大部分的人都可以洗清嫌疑，不受牢狱之灾！”

她的话音刚落，屋子里所有的人都高声应和起来。一时间，屋内你一句，我一句，热闹得很。

尉青没料到她分析得如此头头是道，眼看众怒难犯，他冷冷地抛出一句：

“好吧，就算你说得对，那你说我应该抓谁呢？”

雨瞳嘴一弯，道：“抓谁，那是你们锦衣卫的事，只是不能用屈打成招的办法，毕竟只是嫌疑，并不一定是真正的罪犯。”

尉青冷峻的脸上，忽然闪过一丝不经意的笑容。

他心一动，但脸上没有任何表情，只是淡淡道：

“这位姑娘，我刚刚只是说抓人，谁说要严刑逼供他们？”

这下轮到雨瞳有些尴尬了，她眯起眼睛，狠狠地瞪了一眼一边的杨廷和，心中咕哝道：“完了，自己太过冲动了，自作聪明。”

她有些不好意思地干笑了下，擦了下额头的汗，支支吾吾地不知应该说什么。

尉青嘴角一动，拂了下袖子，对着众人道：

“今天一事，尉某必定会查清楚，今天就不带各位去牢里了，各位回屋好生休息，近三天内不许离开居所，违者必究。”

他这一“软禁”的做法，让众人都放下心来。大家连身作谢，表示愿意支持。

尉青走到门口，忽然转身对着目瞪口呆的雨瞳微微一笑，然后头也不回地向屋外走去。

雨瞳的心这才放了下来，想起他刚刚一笑，忽然意识到原来这恶狠狠的“锦衣卫”头目，其实还是很帅的，而且笑起来很好看啊。

历史上对锦衣卫的评价都是走狗豺狼什么的，可是今日一见，却完全不同。这若是搬到现代去，根本就是一个万人迷吗。

……

雨瞳回到屋里，丝毫没有睡意，只是呆坐，把今天发生的一切怪事，进行了一个梳理。

井底到红门处有条通道。

而那鬼贞子在厢房内瞬间消失，说明厢房里肯定还有另一条通往外界的暗道。

外界……红门大院……贵妃井……太学院……

这说明，有人可以神鬼不知地进入太学院，而进入太学院，就等于进入了半个皇宫！

刘婆婆很可能就是被那鬼贞子所害，之所以选择不在红门大院里杀她，是怕锦衣卫发现通道的秘密！

晕，这大明朝太危险了。

雨瞳一头雾水，但忽地想起了那颗子弹。

一颗现代的子弹！

在这个大明朝，会不会和自己一样也有现代人的存在呢！

惊喜、恐惧交错着在雨瞳的脑海中盘旋，她却越想越头晕。

一边的纸窗上，不知何时被戳了一个小洞，一枝细长的竹管伸了进来，正滋滋地冒着一股毒烟。

头渐渐变得很重，刚刚无迹可寻的睡意，在这一刻忽然变得浓郁起来，眼前模糊了许多，四肢也没有了力气……

终于像失了骨头般向地面瘫去……而一个黑色的身影正缓缓朝她走来。

第五章 凤落平阳

1

又是一阵不知多久的昏迷，雨瞳努力睁开双眼，却发现自己倒在一个榻上，而周围却围坐着几个人。

她擦拭了下酸痛的眼睛，坐正了身体，环视了一圈众人。

只见一名浓妆艳抹的中年妇人，正弯着嘴斜斜笑着望着她，那眼神像是在打量一件货架上的商品。

雨瞳眼光又转向另一边，却大惊失色。

正是张鹤龄和张延龄两个无赖。

此时二人正坏坏地笑着，一脸兴灾乐祸的样子。

她用干涩的声音挤出一句："这是哪儿?"

张鹤龄笑着走上前，盯住雨瞳充满疑惑的双眼，道："沐姑娘，这里是京城最红的'艳雪楼'，也是姑娘后半生要住的地方。姑娘可以多多参观一下，别客气。"

艳雪楼!

这名字听上去，就是妓院!

一瞬间，雨瞳明白了自己的处境。

看来，昨天晚上就是被这两家伙劫到了这儿。照这架势，应该是把自己卖给了这艳雪楼!

她的脑袋嗡嗡作响，意识到事态的严重。

张延龄一见她的样子，忍不住大笑起来。他也上前一步，围着雨瞳走了一圈，道："沐姑娘，这里灯红酒绿，富仕盈门，也没什么不好，说不定沐姑娘能遇到自己的真命天子，为你赎身也不错啊。哈哈哈!"

这两个混蛋!

"你们是怎么把我掳出来的?"雨瞳忍住怒火，镇定地道。

张鹤龄笑道："沐姑娘，你忘记我们是堂堂的国舅？哈哈，不过，沐姑娘，你可要小心。我听说那刘老婆子死了，太学院封闭三天，任何人不得出入。而这时候，沐姑娘突然失踪，只怕成了怀疑对象，危险得很啊。所以呢，在下告诫姑娘，可不要随便出门，现在你可是朝廷的通缉犯啊。哈哈哈!"

雨瞳气得皓齿咬得咯咯作响，没想到这二人竟然如此阴险毒辣。

这一招可谓是一箭双雕，即便自己有一天能逃出这地方，等待自己的也可能是锦衣卫的严刑拷打。

太狠了!

她正杵着想应对之策。那浓妆艳抹的妇人却笑眯眯地走上前来，用一种怪异的、像是盒子被挤压一般的声音，道："这位沐姑娘，我是艳雪楼的都知（老鸨），你可以叫我月娘。姑娘，我给你艺名都取好啦，叫倚月，你觉得如何啊?"

这月娘倒是干脆，一上来就直接告诉雨瞳她的艺名，等于在说，你等下可以接客了。

雨瞳的头嗡地一下，瞬间变作了两个大。

她做梦也没想到，自己有朝一日会被卖到妓院，还是古代的。

深深吸了口气，努力镇定自己的情绪，咧嘴道："月娘姐姐，我最近身体欠佳，能不能让我休息一阵子再开始……开始那个……工作?"

那月娘呲道："倚月姑娘，我知道你的心情，每个姑娘第一天到这儿，不是寻死觅活，就是装疯卖傻，我见得多啦。既然你是张侯爷介绍而来，我也不为难你，就让你休息三天。第四天，月娘我就把你的牌子挂出去了!"

她说完，也没等雨瞳回答，转身就走出门去，临走还不忘记在屋外哐啷一声锁起了大门。

只留下雨瞳傻傻地站在原地。

……

三天的时间很快就过去了，在这期间，雨瞳想了很多办法，想从这二层小楼的顶层逃出去，可是每个出口处都有一群彪形大汉拿着明晃晃的大刀等着，看来这月娘可是极有经验的老鸨，对付这些新进的妓女绝对有狠招。

第四天，月娘就毫不留情地将雨瞳的名牌挂出，广告词居然是"清水芙蓉，别具风味，倚月姑娘，为君守候"。

雨瞳天没亮就被月娘从被窝里揪出来，又冲上来一帮女人，将她的头发又抓又梳，逼着她穿上了一条袒胸露背的纱裙，又硬生生地将一些怪香味的东西，抹在她脸上，熏得她快睁不开眼睛。

被众人折腾了一番，雨瞳看到镜中的自己，差点没晕过去。

她哭笑不得，却又不知被谁一推，推到了窗台外，只见那窗台上已经站满了一排和她一样的妓女，正朝着下面来来往往的路人搔首弄姿，卖弄风情。

她正不知所措之时，身边一身穿粉红色纱裙的年轻姑娘推了她一下，柔声道："新来的?"

雨瞳一惊，仔细打量了下这粉红少女。

只见她年纪十六七岁，头上插满了各种各样的装饰，皮肤有些油腻，还冒着几颗青春痘，但由于脂粉过厚，油油的脸上反而脱粉严重，让雨瞳忍不住倒吸了口气。

看来这古代的"坐台小姐"和现代没什么两样，过夜生活的确对皮肤不利啊，年纪轻轻这肤质就已经这么差了。唉!

她叹了口气，道："我叫倚月。"

"噢，我叫嫣儿。倚月姐，别怕，我刚刚来的时候也像你一样，不过几天就好了。来这儿的人都是苦命之人，哪个背后没个冤屈什么的。其实这青楼和外面没什么不一样，外面的男人比青楼的男人也好不到哪儿去。还不如在这儿，有饭吃还能留点积蓄。”

雨瞳没想到一个十六七岁的“高中生”，居然看破红尘教育她，哭笑不得，只好干笑着点了点头。

那嫣儿兴致正浓，又继续道：“倚月姐，这招揽顾客可不能像你这样，板着一张脸。你若是老这样，就没收入啦。到时月娘不会给你好脸色看，你也留不下积蓄，那你想赎身可就遥遥无期了。”

雨瞳脑子里乱得很，正在此时，身后却传来月娘咯咯的笑声。

“倚月姑娘，恭喜恭喜，刚刚楼下有位爷看上姑娘啦，快去陪这位大爷。”

月娘走近雨瞳，一把拉住她的胳膊，还未等她反应过来，就把她拉出了阳台，一边走还一边在她耳边轻语：

“你运气真好，第一天便遇上这么大的主，这位大爷是雍靖王爷府里的管事爷。那可是宫里的人，你要好好服侍才是。”

话没说几句，雨瞳已经被月娘拉到这人面前。一见这人，雨瞳几乎没把昨天晚上的晚餐全吐出来。

只见眼前这男人大约五十岁光景，圆圆的脑门像面镜子，几乎可以照到人。那眼睛却小得出奇，眯着眼咧牙笑着，几乎都看不清它到底在哪儿。只看到两条厚厚的嘴唇，像两根烤焦的香肠，一动一动恶心之极。

他一见雨瞳，两颗眼珠子都快掉出来了，恨不得冲上来一口吞下她。

“这位是何爷，倚月还不快见过何爷!”月娘媚笑着，却用着命令的口气道。

雨瞳冷冷地看了一眼那叫何爷的家伙，动了动嘴角，算是笑了下。

月娘一见，连忙道：“何爷别见怪，这倚月姑娘才第一天来，不懂得规矩。您大人不记小人过，可千万别放在心上。”

她话音刚落，何爷哈哈大笑起来，二话没说，一个箭步上前，竟然拦腰将雨瞳抱起，直接向内厢房里走去。

这个色鬼还真猴急，话没说上几句，便开始动真格了。

雨瞳拼命挣扎，却没料到这何爷臂力大得惊人，死死抱住她，竟然脱不了身。

眼见着他一脚踢开房门，几个跨步走到床前，双手一松，将雨瞳的身体重重地抛在了床上，痛得她几乎叫出声来。

还未等她反应过来，那何爷就已经像饿狼扑食一样压了上来。眼见那张恶心的嘴唇就要碰到自己，雨瞳一急，飞起一脚，对准他肥硕的肚子狠狠踢了下去。

“嗖”一下，何爷硕大的身体在空中划过一个小小的“抛物线”，重重地落在了地上。可能是摔得过重，竟然一声不吭，过了许久，才听到了沉闷的呻吟声。

那何爷气得浑身发抖，揉着屁股从地上站了起来，指着雨瞳大吼道：

“大胆！你竟敢踢本大爷，你不想活了?”

说着，他便抡手向雨瞳打来。

雨瞳不慌不忙躲开他的攻击，脑子一转，忽然想起刚才月娘说他是雍靖王府里的人，那雍靖王不就是朱祐樘的第八个弟弟吗？

思绪快速转动着，她忽然有了主意。

眼见那何爷又要冲上前，她厉声喝道："何爷是雍靖王爷府的人？"

她话音一出，那何爷的动作在空中僵硬下来。

雨瞳轻笑了下，盯住何爷，道："要我服侍大爷也没问题，只是小女子我心直口快，又刚好认识七王爷衡恭王殿下。只怕是那七王爷有朝一日遇到八王爷的时候，失口将何爷你光顾青楼的事说出来，恐怕这对何爷你不太好吧。"

何爷惊住了，他来青楼的事，八王爷若是知道了，肯定不会放过他。但他转念一想，马上又问道："你说你认识七王爷，你有什么证据？"

雨瞳轻轻一笑，道："七王爷是冠绝古今的天下第一美男子，手持一玉制的折扇，我可否说错？"

何爷脑子嗡的一声，额头上冒出了汗，心想这宫外的人，知道七王爷样貌的人并不多，虽然不能肯定她一定认识七王爷，但不怕一万，只怕万一，自己没有必要去冒这个险。

想到这儿，他擦了下额头的汗，狠狠抛下一句：

"好，今天就算放过你！哼，今日之事不可与任何人说，否则有你好看。"

他威胁了几句，赶快溜出了房间。

2

接下去的日子，雨瞳虽不好过，但却还能应付。

每次客人来找她，不是被她拳打脚踢，就是戏弄一番，搞得几乎没人敢招惹她。月娘看着她，气得七窍冒烟，却又无能为力。

这天，月娘实在忍不住了，冲进了雨瞳的房间，准备和她摊牌。

只见那雨瞳被一群妓女们围着正谈得兴起。

一听到月娘进来，一群人齐刷刷转过脸，却没把月娘吓得半死。

只见这群姑娘们个个脸上抹满了黑黑、黄黄、白白的糊状物体，只露出两只眼睛骨碌碌地转，还有一张会动的嘴巴。

"这……这……你们是人是鬼？"月娘吓得手脚发软，几乎坐到了地上。

一记清脆的声音响起，正是嫣儿，她笑着上前，拉起了跌倒在地的月娘，咯咯道："月娘，是我嫣儿。你别怕，这是倚月姐姐在教我们做面膜呢。"

"什么？面膜？"月娘听得云里雾里，丈二和尚摸不着头脑。

嫣儿笑道："月娘，你看你脸上有很多的斑点，快叫倚月姐姐帮你调制一个美白面膜吧。"

月娘彻底呆了，她反应不过来青楼里的姑娘们在胡言乱语什么。

人群中，雨瞳走了出来，淡淡地笑道：

"月娘姐姐，你日夜操劳，睡眠不足，又烟酒过度，内分泌失调，所以脸上毒气聚集，才会产生斑点。我用杏仁、雪莲以及珍珠粉为你磨制一个美白的面膜，只要坚持用一个月，我保证你白里透红，年轻十岁。”

她说完，那身后一群姐妹们都围了上来，啧啧赞道：

“对啊对啊，月娘，倚月的方子可有用了，你也试试吧。”

“我都偷偷用了半个月啦，还真有效呢。”

“就是，只要用她的方子，调成糊状的面膜，抹在脸上，等一下去洗掉，皮肤就嫩许多啊。”

“月娘你也来试一下吧。”

……

三五个人也没等月娘同意，硬生生地将她按倒在座位上，让雨瞳给她抹上面膜。

一番折腾以后，月娘洗去那糊糊的面粉，对着铜镜一照，果然发现自己的皮肤比先前光洁亮丽了许多。

她惊喜地转过头，大叫道：“倚月，想不到你还有这本事？”

雨瞳心中暗暗苦笑。

自己在报社混了这几年可不是白混的。现代的女人，捣腾起这美容的方法，那是层出不穷，五花八门，自己写了那么多美容专栏文章，在这古代混混绝对绰绰有余。

这帮青楼女子，夜夜歌舞升平，醉生梦死，皮肤不差才怪呢，这对她们来说简直是雪中送炭。

她正想着，那月娘已经坐到了她身边，笑眯眯地道：

“倚月，我也知道你性情刚烈，叫你接客也的确为难你了，但你也知道，这京城里大大小小的青楼不下百家，竞争有多激烈啊。花了银子把你买下来，总不能做赔本买卖吧。要不这样，你做个女校书如何？”

“什么女校书？”雨瞳不解地问道。

“女校书就是不用接客的那种。”旁边的嫣儿忍不住插嘴道。

一听不用接客，雨瞳高兴地立马道：“好，只要不接客，什么都好办。这样吧，我干脆成立一个美容工作室……噢，不对，叫美容工坊吧，对，就叫美容工坊，我来负责各位的美容服饰打扮，保证各位姐妹个个年轻貌美，青春永驻！”

“好！”一群女人高兴地拍起手来。

这青楼女子靠脸吃饭，什么都比不上保留青春美貌重要。雨瞳这句话，简直是说到她们心坎里去了。

……

接下去的日子，雨瞳可忙坏了。

她把自己所有的美容知识都搬了出来，西瓜面膜、牛奶面膜、珍珠面膜，一套接着一套，后来又干脆开设了美容讲座，专门分析每一个妓女的肤质，为她们量身定制相应的脂粉，调配合适的面膜。后来又发展到为她们设计个人形像，从服饰、头饰、化妆到保养，一应俱全，又将那些老套的舞娘服装进行了改革，发展出短袖、无袖、低腰服，搞得这“艳雪楼”名声大作，顾客盈门。

没过几月，雨瞳的“美容工坊”的名声便传遍京城。很多其他青楼的妓女们，也纷纷闻讯而来，向雨瞳讨学。这月娘可没那么客气，来者一律收取授课费，一两银子一个，没过几天，便赚得满盆满钵，甚至超过了接客的收入。

到了后来，连京城中很多名媛也听说了雨瞳的名声，偷偷地听她的讲座，花了大把的银两，买她开出的美容秘方，乐得那月娘睡觉都合不拢嘴。

雨瞳也乐在其中，她发现古代女人和现代女人本质上没什么区别，为了吸引男人，什么法都愿意试，为了青春美貌，什么钱都愿意出。

借着这美容讲座，雨瞳随便也讲了些“妇女也顶半边天”的理论，唤醒这些古代的弱势群体，为争取属于自己的权利作出大胆的抗争。

一时间，雨瞳成了古代的妇联主任，一会儿这家“家暴”了，她要出面去调停；一会儿那家小妾跳楼了，她要出面去讨说法。那些古代的女子们，在雨瞳的鼓励下，也开始勇敢挑战男人的权威，虽然有成功的，也有不成功的，但毕竟迈出了这一步。

第六章 峰回路转

1

这一日，雨瞳正结束了一天的讲座，拖着疲倦的身体回到屋子，却被月娘神秘地拉到了一边。

“倚月！”月娘有些紧张，脸色不同于往日，这让雨瞳的心一下子拎到了喉咙口，意识到她一定是遇到了为难之事。

“唉，原本我月娘答应过你不再接客，定言出必行，只是……只是……”

“只是什么?”雨瞳急了。

“只是，此爷是宫中之人，他一进来，点名就要你陪客，而且包下了全场，说是若你不接这客，立马叫这艳雪楼关门!”

……

房子的中间站着一个颀长的背影，雨瞳一见，只觉得有些眼熟，正思量着，他却转过身来。

只见他一袭青衣，玄纹云袖，修长而优美的手指间随意地拨弄着那透着晶莹光泽的玉折扇，嘴角斜斜地笑着，配合着那双晶莹剔透的钻石眼眸，浑身上下散发着一股邪邪的魅力，让人深陷其中，欲罢不能。

此人正是那“冷血”的七王爷——朱祐樺。

看到他，雨瞳的脑子里那口铜钟又开始嗡嗡作响了。

这家伙，怎么会来艳雪楼?

照这样子，他明显是冲着自己来的!

见鬼了，难道他是来抓捕自己的吗?

雨瞳脑子里胡思乱想着，眼睛却瞟向了一侧的窗户，心想着若真不行，就不管三七二十一先跳出去再说。

朱祐樺看到她挤眉弄眼的样子，心中觉得有些好笑，忍住笑道：“倚月姑娘，你们艳雪楼是这样接客的吗? 还不快坐到大爷身边来?”

雨瞳倒吸了口气，淡淡道：“你来这儿干什么?”

“我衡恭王是当朝七王爷，这朱家王朝哪个地方我不能去?”朱祐樺笑道。

“我不接客!”

“青楼女子不接客? 那在青楼干吗?”朱祐樺越来越觉得眼前这女子有趣了。

“我是女校书，不接客。”雨瞳不客气地回答。

朱祐樺哈哈大笑起来，他一步上前，用折扇撩起雨瞳心形的脸庞，邪魅地动了下嘴角，道：“本王不懂什么女校书，反正本王已经给了那老鸨三千两现银，莫说是接客，你现在根本就是我的人了。再说你还欠本王一条命，本王想让你干吗，你就得干吗，由不得你啊。”

说完，他轻轻一撩。一阵力道传来，那雨瞳竟然站立不稳，应声向床上倒去。

雨瞳急了，正想从床上爬起来，没料到那朱祐樘用折扇轻轻地一点，却仿佛有千斤重力，压得她动弹不得。

雨瞳是练过武功的人，但在这朱祐樘面前，她那点功夫，简直是小儿科，根本不起作用。

“你……你……你快放开我!”这下雨瞳真急了，她还从未遇到过这样的窘境，眼角闪着一丝泪花。

朱祐樘看到她着急的样子，心中暗笑不已，伸出手来，轻轻拨开她胸口的纱衣，露出了里面的猩红内衣，低叹道：“唉，虽说不是什么绝世美女，但底子还不错，难怪开设美容工坊，生意那么好!”

“啪!”一个耳光毫不留情地落在了朱祐樘英俊的脸庞上，五个红手指印鲜明地印在了光洁的皮肤上。

朱祐樘根本没想到眼前这女子竟然敢打他，惊得张大了嘴，半天没有反应过来。

雨瞳一溜烟从床上爬了起来，直冲到门口，却发现门已经被反锁，她想都没想，就往那窗外跃去。

还未起身，身体却已经被朱祐樘一把扯住，顺势在原地转了三圈，等到停下来，已经被紧紧拥在他的怀中，连他有力的心跳也能感觉到。

雨瞳这才发现自己离这朱祐樘只有0.01毫米，那坚挺的鼻尖已经顶到了她的额头上，高高俯视着自己，像只被抓住的小羔羊。

他坏坏地笑着，手中的力道却更甚一倍，让怀中的雨瞳连根手指都动不了。

“你……你干什么!”雨瞳挤出一句怒吼。

“不干什么，”朱祐樘轻轻对她耳语道，“本王只是想告诉你，今后你是本王的人，你不光欠我一条命，你还欠本王三千两银子。从此之后，本王要抱你、亲你，你都不能反抗，你可知否?”

雨瞳怒火中烧，但全身的武功根本施展不开，只能任由那七王爷摆布。

正在犯难之时，那朱祐樘却突然放开了她，轻轻一笑，转身从桌上撩起一物体，抛到了雨瞳的怀中。

雨瞳定神一看，是一个包袱。她迟疑地打开一看，却看到一袭水粉色石榴裙淡黄色的织锦衣和一条粉色的绸带。

她正在疑惑，朱祐樘一边的声音却响起。

“换上!”

“什么?”

“换上！你不会穿着这一身青楼的打扮让我带你走吧。”

“带我走？你带我去哪儿?”

朱祐樘清了清嗓子，走上前来，灿烂的星目盯住雨瞳疑惑的双眼，淡笑道：

“本王马上要出发去北方五省为皇兄选秀女，你陪本王一起去！”

“我为什么要去！”雨瞳毫不犹豫地拒绝道，“我不去！”

陪这凶神恶煞去，自己宁愿留在青楼。

朱祐樘坏笑着“哗”一下打开折扇，笑道：“本王说过，你是本王的人了，我要你干吗，你就干吗！”

雨瞳哼了一句，道：“我只是一个青楼女子，若是跟着你去选秀女，岂不是被天下人笑话，还损了你皇兄的名誉。我劝你还是打消这个念头吧。”

朱祐樘哈哈一笑，道：“沐雨瞳，你现在已是京城的红人，你不知晓吗？精通美容之道的倚月姑娘，正好为新选上的秀女服务，这不是顺理成章的事吗？”

雨瞳没想到他还有这一招，一时语塞竟说不出话来，但忽生一念。

对了，这朱祐樘虽然讨厌，但他是自己回到太学院的唯一希望，说不定这也是一次机会。

想到这儿，她莞尔一笑，朝朱祐樘道：“要我服务也可以，但你要保证选完秀女，让我回太学院读书！”

朱祐樘没想到她这种时候，还有工夫来和自己讨价还价，不觉得有些好笑，忍住笑道：“好，本王答应你，回到太学院不光让你读书，还让你教书！”

“好，这是你说的，你是王，说话要算数！”

朱祐樘点了下头，却没打算放过她。

“既然这样，沐姑娘赶快把衣服换上吧。”

“你出去！”

朱祐樘却竟当没有听到一般，转身在桌边坐了下来，还抿了一口茶，饶有兴趣地打量着她，似乎准备好好参观她换衣服的过程。

“喂，你出去！你不出去我怎么换衣服？”雨瞳急了。

朱祐樘哈哈笑道：“沐姑娘又忘记了，你是本王的人，你的浑身上下每一寸肌肤都是本王的，还顾及这些作甚？”

这个下流坯，简直下流到极点了。这即便在开放的21世纪，也无人敢说出这种厚颜无耻的话来。

雨瞳气得咬牙切齿，却无能为力，只是傻站在那儿，不知该如何下手。

“怎么，不会？这样吧，本王来帮你。”

朱祐樘还真来劲了，他随手拿起桌上的三颗花生米，手指轻轻一动，三颗花生米“嗖嗖嗖”飞出，准确地落在了雨瞳的三个穴道上。一时间，雨瞳竟像木头人一样动弹不得。

他微笑着走上前，竟然二话没说，走上前来便动手开始解开雨瞳身上的衣物，一件一件地往下扒。很快，雨瞳全身上下只剩下少得可怜的亵衣，可怜巴巴地掩盖着重要的部位。

一时间，雨瞳又羞又气，却怎么也动不了，只能由他轻笑着观赏自己的身体。

“你干什么！干什么！你这个下流坯，无耻小人。”雨瞳气得只能轻声怒吼。

那朱祐樺却根本没把她的话当回事，反而饶有兴趣地道："沐姑娘，你急什么？本王见过比你美上千倍的女子。凭你这样貌，本王一点兴趣也没有。别自作多情了，哈哈哈。"

说着，他撩起衣物，手脚利落得很，三五下就将她穿戴得当，又嗖嗖嗖点了三下，解开了她的穴道。

雨瞳气得面红耳赤，等到手脚可以动弹了，抡起手便向朱祐樺的脸上打去，却没料到那朱祐樺这次早有准备，一把抓住她的手，轻轻地一笑，道："本王从小到大，你是第一个打本王的人，打了一次你已经赚了，别太贪心！"

说完，他二话不说，用力一扯，便将雨瞳拖出门去。

2

这朱祐樺行动还真迅速，将雨瞳从妓院揪出来以后，直接就将她扔进了一架马车。等她定下神来一看，却看到一支长长的队伍已经绵延在山路上，浩浩荡荡地往北方开去。

而那朱祐樺已经飞身上了一赤兔马，扬鞭一挥，瞬间就没了人影，估计是到队伍前面带头去了。

雨瞳镇定下情绪，这才看到马车中还有一人。

见到此女子，雨瞳也不由得惊叹了下，只见她一双青春灵珠，泛着珠玉般的光滑，眼神清澈，如玉的耳垂上带着淡蓝的璎珞坠，随着马车的颠簸有节奏地舞动，别有一番韵味。

这女子虽比不上张皇后优雅绝伦的美貌，却胜在青春可人，俏丽无比，可谓是人间一极品美女。

她看到雨瞳，微微笑道："你就是雨瞳姑娘？"

"你怎么知道我？"

"呵呵，我常听七王爷提起你。"

"他提起我？还经常？"雨瞳一头雾水，不知所云。

"嗯，七王爷迟迟没有出发去北方五省，就是为了寻找雨瞳姑娘。为了找你，他可是费了一番工夫的。"

……

雨瞳心中震了一下，这七王爷有心来找她，不知出于何意。但她也不愿意多想，于是问道："姑娘是何人？"

"噢，我是七王爷第十八妾妃，名叫珊瑚。这次选秀，七王爷特意叫上臣妾一起陪同前往。"

晕，这下流坯果然名不虚传，居然有十八个老婆，出趟远门还把小老婆带上，做个慰安妇，真是卑鄙无耻下流之极。

看着雨瞳咬牙切齿的样子，珊瑚有些奇怪，问道：

"雨瞳姑娘，你看上去好像不太开心，难道被七王爷选中不是你情愿所为？"

“这个流氓，谁会喜欢这种人。珊瑚姑娘，你也一定是被这家伙给逼的吧。”

珊瑚一脸茫然，不知她在说什么，迟疑了半天，才吞吞吐吐说出一句：

“雨瞳姑娘，你在说什么？你怎会说出这话来？七王爷是天下少有的好男人，若是被他看中，可是你三生修来的福气。”

雨瞳无语。

要命，这珊瑚是不是脑子锈住了，被这朱祐樘洗过脑不成？

珊瑚却继续道：“七王爷不光是翩翩美男子，而且熟读诗书，文武双全，待我们也很好，这样的男子，雨瞳姑娘为何要讨厌他？”

呸，一个花花公子，却成了好男人，这古代的女人都疯了。

就这样，想着，谈着，车队愈走愈远，隐没在了黑暗之中。

……

古代的出门可不比21世纪那火车飞机来得舒适干脆，这行程可都是按天按月来算的。即便是皇家的队伍，那马车也是震得你头晕眼花，翻江倒海，什么胃口都震没了。

好不容易震到了第一个目的地，当地的官府已经排成了一条长长的队伍，早在五十里外等候了。

雨瞳从车窗外望出去，看到队伍的前列，齐刷刷地跪着一大批官员，齐声叫道：

“恭迎衡恭王殿下！千岁千岁千千岁！”

那朱祐樘一身金黄袍子，脸上竟毫无倦色，反而神采飞扬，气宇非凡。他傲慢地望了一圈跪在地上的众人，轻轻吐出一句：

“起来吧。”

随着稀里哗啦衣服的摩擦声，那几百名官员齐刷刷地站了起来，场面甚是壮观。

这大明朝还真是气派，王爷亲临，那些地方官怎会不诚惶诚恐，唯命是从，生怕怠慢了皇上派来的人。

“殿下，这是本省十七县，十五岁到十八岁适龄女子的名册，请王爷过目。”

一个身着官服的老者，递上了一本厚厚的册子，送到朱祐樘的面前。

朱祐樘冷冷一看，道：

“第一页到第十页的女子，明日一早叫她们到官府集中，其余都回去吧。”

那官员差点没一屁股坐地上。

说实话，这一册上本来有几百页，加起来有上千的年轻女子。按例的话，这头一轮的选秀就要经历三天三夜，而这朱祐樘竟然齐刷刷斩了一大半人，就留了十页的名字，加起来才一百多号人。这点人，怎么选秀啊，也太随便了些吧。

官员一急，连忙道：“七王爷，这，这不符合祖制吧，秀女太少，王爷很难选出精品来的。”

朱祐樘却像没听到一般，反而大声喝道：“沐雨瞳，你出来！”

雨瞳刚刚听得兴起，突然听到朱祐樘叫她的名字，一惊，差点从马车上摔下来。

镇定了一下，她疑惑地拂了下袖子，木讷地走到队伍的前列，不知道朱祐樘为何要叫她出来。

她走到面前，正想问朱祐樘什么事。那朱祐樘却冷冷地对着那官员道：

“明日叫那些女孩儿到堂上集中，一一与这沐雨瞳对比，凡是比她丑的都回去，比她漂亮的留下。”

说完，他竟头也不回地往前面策马而去。

有些酷热的阳光照在雨瞳的脸上，一滴汗慢慢地从额头流下，顺着鼻梁又慢慢流到了她的脖颈上。

这朱祐樘，葫芦里卖的什么药？

自己又不是商店里的标尺，什么叫比自己漂亮的都留下？这……这简直不把自己当人看！

她气得双手捏成了一团，恨不得冲上去，狠狠揍那朱祐樘一顿。

……

夜幕降临。

那地方官府虽比不上皇宫豪华气派，但却也是精致舒适。

雨瞳头一次坐那么长时间的马车，已经是筋疲力尽，胃口尽失，晚餐没扒上几口饭，就回房休息了。只见那大厅灯红酒绿，一片热闹，想必是地方官员，正在招待朱祐樘一行。

这家伙，人贱嘴贱，连胃也那么贱，这么颠还吃得那么开心，不愧是贱男人的胚子。

她一边骂着那家伙，一边推门回到房间，却发现房间中的桌上不知何时多了一碗清粥。

看着那滋滋的粥冒着热气，应该是刚刚煲出不久。

她正疑惑这粥来自何处，房间里却多出一个声音，整个吓了她一跳。

“吃点东西吧，明天可是辛苦的一天，你撑不住的。”

她转过身，看到朱祐樘不知何时站在她的房间里，正笑眯眯地望住她。

她整个神经顿时紧绷，倒退了一步，惊叫道：“你在这儿干什么？”

朱祐樘看到她的样子，实在有些好笑，不由得扑哧一声笑出来：“沐姑娘，你为何这么害怕本王？本王关心你，特意让厨房准备了清粥为你养胃，你却不领情？”

“哼，我才不要吃什么清粥，你拿回去吧。”

朱祐樘轻轻一笑，道：“你可别后悔，本王是为你好。明天的选秀可是皇上的任务，要是你有个什么闪失，可是小命不保呢。”

“哼。”雨瞳轻笑道，“你少来这些冠冕堂皇的话，你那点心思我会不知道？”

“噢？沐姑娘居然知道本王的心思？”朱祐樘一惊，饶有兴趣地想听她讲下去。

雨瞳瞪了他一眼，转身在桌边坐了下来，看着那碗清粥暗暗咽了下口水，鼓起精神大声道：

“你和你那皇兄，根本就是在演一出戏，说什么选秀女，简直就是浪费时间浪费金钱，还要那么多地方官员劳民伤财来配合你们。其实你们根本不需要选秀女！倒是你七王爷乘这机会来游山玩水一下，享受人间美色才是吧。”

朱祐樿没想到她竟然参透他与三哥的心思，着实吓了一跳。

此女子为何人？竟然有这样的观察力？

说实话，那日在红门大院见到她，已经对此女产生了怀疑，总觉得不是一般人。再加上那次讲学会上的表现，他更确定了这沐雨瞳可能是个有背景的人。

但见她所言所行，又不像是敌人的内应，反而有种捉摸不透的魅力，吸引着自己，此刻的她对着自己大喝大叫，自己的心中竟然没有一丝生气，反而觉得很温暖。

朱祐樿镇定下情绪，微微一笑，道：“你既然这样了解本王的心意，那么这选秀之事，由你全权负责如何？”

雨瞳脑子嗡地一下，怔住了。

朱祐樿哈哈一笑，走上前，用手轻轻刮了下她的鼻尖，轻轻念道：“希望你能照着本王和皇上的心意，好好地给我们选好这秀女，千万不要让我们失望噢。哈哈哈！”

他笑着，帅气的脸庞形成了一个完美的弧线，一瞬间美得像幅画一般，让雨瞳有些晕眩的感觉。

“对了，既然沐姑娘不想喝粥，那么也不要浪费，本王先拿走了给珊瑚去喝啦。哈哈哈。”

说着，他的身影像阵风一样隐没在了门口。

第七章　君亦倾心

1

肚子咕咕叫了一晚上，终于熬到了天亮，可雨瞳还未等到用早膳，却已经被地方官员迎到了大厅中。原来这选秀的仪式一早便开始了，雨瞳看到满满一堂的人都在等自己，也不好意思提出来吃个馒头什么的，只好咬咬牙吞了口口水，硬着头皮走了进去。

一进去，那官员就齐齐地跪下，齐声喊道：

“恭迎沐姑娘。”

雨瞳吓了一跳，还未反应过来，却已经被一官员迎到了大厅中间，示意她坐到中间的太师椅上，又对着她恭敬地道：

“沐姑娘，七王爷吩咐了，今天的选秀由沐姑娘全权负责，凡事由沐姑娘定夺。”

雨瞳的额头上已经冒出了汗，但见众人一派恭敬的模样，只好死撑着镇定地点了下头。

不到一刻，一百多位十几岁的少女由东门盈盈走进，在大厅中间排成了五排。

只见她们个个朱唇皓齿，胭脂满面，显然是精心打扮过的。

雨瞳清了清嗓子，喝出一句：

“那个谁?”她的眼光指向了一边的那个官员，“你叫什么?”

“噢，下官是清川巡抚李志，沐姑娘有何吩咐?”

“噢，李大人，你现在上去，察看一遍众少女，凡是你觉得她比我漂亮的，就留下，比我难看的，就让她回去。”

李志是个老实人，他虽然疑惑这样的做法，但也没有多说什么，转身便按她的命令去做了。

没想到这李志还老实到家了，他来回仔细观察每一个女子，从身高、脸形、发质、皮肤，一一比对，仔细得不得了，这一搞竟然花了大半个上午的时间。

雨瞳本以为他几十分钟完事，没想到他竟然认真到这种地步，肚子已经咕咕叫个不停，那李志却还没有结束的意思。

眼见太阳都当头了，这李志总算是完成了使命，将厅中的女子删除了一半，留下了大约四十几人。

雨瞳笑了笑，心想这李志还真是不会拍马屁之人，若是换成个滑头，有可能会说：“沐姑娘太漂亮了，这里谁都比不上，这可就进行不下去了”。

李志走上前，躬身作礼道：

“沐姑娘，下官已经完成了姑娘的任务，姑娘可满意否?”

雨瞳干笑了下，继续道：

“好吧，那么继续，请李大人看一下这些少女中，哪个比珊瑚娘娘难看的，将她留下；反之，比珊瑚娘娘漂亮的，叫她走。”

李志怔了下，有些疑惑地看了下坐在一边的珊瑚，但没有违抗，恭敬地应了声，立马开始。

那珊瑚坐在一边，也怔怔地望着雨瞳，不知道她想干什么。

而大堂的屏风后，却悄悄坐着朱祐樘，悠闲地喝着茶，听着雨瞳的表演，露出了满意的笑容。

那外面的雨瞳却已经饿得头晕眼花，恨不得冲上去对着那木讷的李志大喊一声：“大哥，麻烦你快点行不？”

还好这次要快点，因为那珊瑚实在太美，比她美的人不多。那李志按雨瞳的要求，又挑了一位美得不行的少女，告之她回家，总算在堂上又留下了几十位少女。

这时，雨瞳支撑起发软的身体，晃晃悠悠地走到这几十名少女面前，大声道：

“你们当中，哪些家里很穷的？”

听到她的声音，大约有十八九只手缓缓地举起来。

雨瞳笑了下，道：“好，你们留下，其余回去！”

这一来，富家少女又稀里哗啦地走了几个，留下一群穷人姑娘。

“再来，你们谁已经有心上人了？”

这下，谁也不敢举手了，雨瞳用尽力气又喊出一声：

“我再说一遍，有心上人的，可以直接回家。就说这一遍，错过可不要后悔！”

她的话音刚落，两个少女便相互使了个眼色，慌忙作了个礼，逃命似地向大厅外跑去，一溜烟没了人影。

这下，堂上只留下了九个人。

雨瞳顿了下，清了下嗓子，用力道：

“好，接下去我要说的话，你们九个人都得听清楚了，也要想清楚了。人这一辈子，糊里糊涂过也可以，但关键的时候只有几个，现在就是你们人生关键的时候，所以要听清楚我的话。”

“想一想你们自己，够不够耐心，够不够勇气，够不够聪明，以至于一辈子住一个地方，守着一个可能一辈子也见不到的男人，也无怨无悔。你们是不是有雄心壮志要成为光宗耀祖之人？如果你们够这些条件，那么请留下。其余的回去！”

那九人面面相觑，不光如此，堂上所有的人都面面相觑。不知道雨瞳在说什么。

屏风后的朱祐樘却心神大动，他开始确认一点，自己已经喜欢上这个女人了！

……

“沐姑娘，你刚刚为何要这般选秀女？”开始用午膳了，珊瑚憋了很久，终于忍不住问道。

雨瞳却看着满桌子油腻的菜犯难，刚刚快饿晕了，可是一见这些大鱼大肉，却一点胃口也没有，正在翻江倒胃之时，听到珊瑚这疑问，于是强撑住镇定的语气，淡淡道：

“这是皇上的心意，我只是照办而已。”

“皇上的心意？”珊瑚惊得张大了嘴，“沐姑娘，妾身实在不明白你的意思。”

雨瞳轻笑了下，转过头对珊瑚认真地道：

“选比我漂亮的，是怕秀女太丑，丢了皇家的面子，选比你难看的，是怕秀女太美，抢了张皇后的风头。You Know?”雨瞳忍不住吐出一句英文，说得那珊瑚更是丈二和尚摸不着头脑。

她轻轻笑着继续道：“选家里穷的，是那家人可以指望自己女儿选进宫的荣耀，而改善家庭条件。如果是富裕人家的孩子，本来就衣食无忧，怎么会忍得了宫内的寂寞和争斗？”

“噢……”珊瑚有些听明白了，不由自主地点了下头。

“再说，那些有心上人的，心神不定，大多是不情愿来参加秀女选拔的，这些人怎么可能进宫呢，选上她们岂不是害她们？”

“只有那些心志极高，真正想通过这样的选秀来改善自己的命运，从而光宗耀祖的女人，才能选进宫。”

说到这儿，雨瞳顿了下，若有所思地道：“每个人都有每个人的位置，只有找准自己的位置，才能得到真正的快乐。珊瑚姑娘，你懂吗？”

珊瑚似乎是听明白了，她认真地点了下头，道：“我想我也找到了自己的位置，就是服侍七王爷一辈子！”

雨瞳脑子里噔噔噔像是被人敲了三下。

这浑球还真是魅力无穷，有他一套啊。

“那沐姑娘，你的位置在哪儿呢？”珊瑚又忍不住问道。

这话说得雨瞳发了愣。

时空混乱加精神错乱，莫说是位置，连自己到底是谁，都几乎搞不清楚。

想到这儿，她苦苦一笑，却感到胃中泛起一阵酸水，也顾不得那么多，起身向外面跑去。

……

那朱祐樿被一群官员围着连番敬酒，正有些不耐烦，却看到那沐雨瞳突然起身，捂着胸口向屋外跑去。

他心中一急，拔腿追了出去。

他冲到外面，见那沐雨瞳扶着一棵大树，正在不停地呕吐，哗啦啦吐出来全是黄水。他正想问个究竟，那雨瞳却身体一软，向地上倒去。

祐樿急了，他一个箭步冲上去，一把抱住软作一团的雨瞳，大叫道：“快来人！”

……

雨瞳是被胃里空荡荡的感觉饿醒的，她微醺地睁开双眼，却看到朱祐樿着急的脸庞。

一见她醒来，那朱祐樿面露喜色，激动地大叫道：“大夫，大夫，她醒了！”说着，又关切地握住雨瞳的手，温情地道，“你怎么样了？”

那一情景，着实让雨瞳感动了一回，瞧他这模样，还是蛮关心自己的。那种喜悦和关切，装是装不出来的。

大夫走上前，轻轻搭住雨瞳的脉搏，一脸严肃地道：

“沐姑娘气虚体弱，加之寒气入侵，体内真气乱作一团，游走不定，气血两虚……”

大夫故弄玄虚喋喋不休，与现代的非法游医有得一拼。

雨瞳实在忍不住了，强撑着从床上坐了起来，用微弱的声音挤出一句。“你别啰唆了，现在去厨房，用一碟盐加三十倍的清水给我调一碗来，快！”

那大夫傻立了半晌，没反应过来。

旁边的朱祐樘急了，大叫道：“愣什么，快去！”

大夫连忙从命，连滚带爬地出了门。

朱祐樘扶起雨瞳，关心地问道：“你没事吧，为什么不叫大夫好好给你看一下？”

雨瞳苦笑下：“我这就是饿的，血糖偏低，加之出门在外，肠胃功能紊乱，喝点盐水，然后再吃点流质食物就成了。”

她一番理论，说得朱祐樘一头雾水，他微微一笑，道：“真想不到，你还懂医术？”

雨瞳继续苦笑。

这也叫医术？这只是现代上班族经常遇到的现象，大家都见怪不怪了。

这时，大夫的盐水也送到了，雨瞳喝了一口，精神好了许多。朱祐樘面露喜色，温柔地道：“你好好休息吧，本王先出去了。”

那一眼温柔的神情，看得雨瞳心都酥软了。这下流王爷，温柔起来简直要人命，加上那俊秀得有些过分的脸庞，真是着实让她晕眩了一回。

唉，帅哥的杀伤力就是强，连自己那份讨厌也开始慢慢动摇了。

2

吃了些半流质的米粥，胃恢复了大半，雨瞳不是个娇贵的女子，很快就挺起精神，从床上一溜爬了起来

唉，睡了一天，骨头都快断了，还是出去走走。

屋外天色已黑，但却是明月当头，夜色美得很。

这西北的高原地区，本来就比京城的空气透彻很多，所以夜空也特别美。那轮明月，看上去比平常大了一圈，仿佛离自己只有咫尺之遥。

雨瞳深深吸了口气，正觉得心情舒畅时，却冷不防看到不远处的草堆上坐着一个身影。

只见他衣袂飘飘，侧面俊秀的脸庞，线条完美而立体，与这夜空结合在一起，美得像幅画一般。

她意识到此人是谁，心中一惊，犹豫了一下，还是准备转身回去。

正当她转身之时，那人却淡淡道：

“既然来了，为何要走。过来，坐本王旁边。”

他命令式的话语，竟容不得她一丝反抗。雨瞳只得乖乖地走上前，正迟疑要不要坐，却被他伸手一拉，一个趔趄一屁股坐到了地上。

“你很怕我？”朱祐樘目不转睛地看着前方，他身上有种淡淡的木棉花的香气，很好闻。

“嗯……啊……这个……”雨瞳嗯啊了半天，却不知如何回答。

“因为我是王爷？”

“不是。”

“那是什么？”

雨瞳有些紧张，不知道为什么，这几次看到他，都会有些紧张。雨瞳本不是拖泥带水之人，此刻说话，却有些吞吞吐吐。

要命，自己这是怎么了。

难道喜欢上这个下流王爷了吗？

不行，不行，不对，绝对不对。

自己不会这么没出息的。

她深吸了口气，没有直接回答他的问题，反而干咳了声道：

“七王爷，听说你有十八个老婆？”

他没想到她会说这事，觉得有些好笑，饶有兴趣地转过头，上下打量着沐雨瞳。

“你想说什么？”

“没什么，就是很好奇，你放着这么多老婆在家里，怎么摆得平她们呢？”

朱祐樘忍住镇定道：“我是王爷，有十几个妾妃是很平常的事。摆不摆得平，很重要吗？”

“怎么会不重要？一个女人，像花一样地开放，却只能与其他人分享同一个丈夫，这是多么可怕又可怜的一件事。她们和你一样，都是平等的人。若是倒过来，她们有十八个丈夫，你能忍受吗？”

朱祐樘倒吸了口凉气，上下打量着眼前这个女子。他简直是无话可说，这沐雨瞳，到底是从哪儿冒出来的？

有时聪明得要命，有时却胡言乱语。

她到底是谁？

是敌是友？是恶是善？

他怔了许久，僵硬的脸上慢慢化成了一个笑容。

“沐雨瞳，你到底是什么人？你真是杨廷和的表亲？”

雨瞳被他灼热的眼神看得心里发慌，想到自己这段时间的遭遇，心中更是一阵怅然，忽然莫名涌起一股伤感之情，叹了口气，望着远处零星的几颗星星，淡淡地吐出一句。

“七王爷，你曾经迷失过吗？”

朱祐樘一惊，俊眉微蹙。

雨瞳却没有顾及他的反应，忽然缓缓地起身，轻声道：

“从小到大，我都认为自己活得很清醒，但是，命运却与我开了一个大玩笑，让我掉在一个不属于自己的世界中。我不知道，我为何来此，也不知道怎么离去，我就像是被困在这儿，想大声疾呼，却没有人会听见。我这才知道，原来我真的迷失了，迷失在你们的世界中。”

她一脸落寞，原本闪亮的眼睛，顿时失去了光彩。朱祐樘心像是被谁揪了一下，难受得很。

他一直很怀疑这女子的身份，但不知为何，有种潜意识，感觉她有很多的难言之隐，看到她一脸怅然的模样，心中竟有种隐隐作痛的感觉。

他忍住心情，淡淡地问道：

“我们的世界和你的世界不一样吗？”

雨瞳苦笑了下，叹了口气，也没有回答他的问题，只是轻轻转身，想向屋里走去，却不料那朱祐樘忽然伸出手来，猛地将她拥入怀中。

她再次与他只有0.01毫米，连呼吸都能感觉到。

她想挣扎，却无奈朱祐樘的劲道极大，根本由不得她动弹。只见他弯着嘴角，高高地俯视下来，眼神中闪着火焰。

“记住，你在本王的世界中，就是本王的人。即使想回去，也要征得本王的同意。你懂吗？”

说着，他的嘴唇慢慢地靠近她有些僵硬的双唇，轻轻地若有若无地触碰了下，却没有亲下去，反而忽然放开她的身体，魅惑地一笑，转身径直向屋里走去。

看着他的背影，雨瞳的心却像小鹿般乱跳，怎么也安静不下来。

3

选秀进行得很顺利，一个月光景下来，跑遍了五省。雨瞳除了担任选秀的生杀大权，更是被要求负责各秀女的美容和装扮。一时间，她忙得不可开交。

这选秀活动虽然看上去简单，但其实是地方各势力拉帮结派、壮大实力的过程，那些秀女们身后往往跟着一个利益集团。一时间，送礼的，说情的，威胁的，相互诋毁的，林林总总，各色人都有，全包围着雨瞳，让她有些喘不过气来。

她心想，原来这古代的选秀和现代的超女没什么两样，想要有番成就的，往往需要大财主和大官僚的支持。

不过，她心中早已把好舵，反正自己也就一平民女子，说难听点还是一青楼女子，做什么说什么，都可以肆无忌惮。所以她一概不收礼见客，办事雷厉风行，效率极高，那些地方官员也拿她没办法。

朱祐樘是个聪明人，看中她这一优势，所以才让她来负责此事，自己倒清静成了闲人，一天到晚地不见他的身影，一路和珊瑚游山玩水，好不悠闲。

雨瞳心中不甘，嘀咕这家伙倒好，把任务全抛给自己，还抱着个珊瑚美人享尽齐人之福，自己咬牙切齿却又无能为力，特别是看到他与那珊瑚亲热的样子，更是让她内心像是倒了五味瓶，说不出的难受。

这日工作结束，雨瞳累得头晕眼花，随便地用了些晚膳，正想回房休息，路过朱祐樺的厢房，遇到这家伙正一脸酒足饭饱的样子，见到她，英俊的脸上闪过一丝不经意的微笑。

“沐姑娘，你在这儿作甚?”

雨瞳一见他玩世不恭的样子，又想到自己累得不成人样，气不打一处来，恶狠狠地道：“路过!”

朱祐樺轻轻一笑，走上前来，撩起她疲倦的脸庞，啧啧叹道：“这脸憔悴成这般，沐姑娘这是不是应该为自己做几次燕窝面膜呢?”

雨瞳气已经鼓到了胸口，恨不得全吐在他那贼笑的脸上。她忍住怒火，冷冷道：“我就是一劳碌命，哪有七王爷的福分，每天美女相伴，游山玩水，好不自在。”

她的话酸溜溜，几乎都写在脸上了。朱祐樺看得心中暗笑，瞳仁灵动，闪过一丝狡黠的表情。

“原来沐姑娘是抱怨本王冷落了你是吧。”

“呸，谁稀罕!”雨瞳气得牙齿咬得咯咯响。

朱祐樺哈哈一笑，却也没多说什么，伸手一把抓紧她的胳膊，便往府外跑去。

雨瞳没想到他会来这一招，大叫道：“喂!喂!你这家伙，你带我去哪儿!”

她连声疾呼，却丝毫没有作用。那朱祐樺速度极快，像风一样将她拖到府门口，又不知从哪儿牵出一高大的赤兔马，将她身体一拱，“嗖”一下将她推上了马。而他也随即一跃而上，从雨瞳身后将她环抱在胸，扯住缰绳，双腿一夹。赤兔马一声嘶叫，拔腿往黄昏中跃去……

那马儿的速度极快，雨瞳只觉得风呼呼在耳边吹，一头青丝早被吹散，随着风起舞……她努力支撑起自己清醒的意志，却感觉到朱祐樺整个人将她包围在中间，一时面红耳赤，好生难堪。

一阵疾奔以后，马儿终于慢下了速度，雨瞳这才看清眼前的景象，却几乎叫出声来。

只见眼前一汪湖水，如镜子一般清澈，光明正大地照映着一轮明月，有如盘中一硕大的夜明珠。周围群山缭绕，起伏着昆虫的鸣叫声。一时间，天地之合，神色一体，美得让人如痴如醉。

那朱祐樺却已经下马，二话没说，将已经被美景怔得傻傻的雨瞳一把抱下马，又拉住她的手，将她带到湖边，微笑而不语。

“这是哪里?”

“这是月亮湖。”朱祐樺淡淡道，那对灵动着光彩的双眸，与这湖水交相辉映，竟如天作之合般和谐，“本王5岁时，与母亲德妃来此住过一段时间。”

“真美……”雨瞳不由自主地感叹。

她正迷恋在这一片景色中，不知不觉却发现身边的朱祐樺不见了人影。

她疑惑地看了一下周围，却发现周围空无一人。她有些急了，大叫道："七王爷！喂！七王爷，喂，朱祐樺！你在哪儿?"

过了许久，远处的草丛中传来一记声音。

"胆大包天，敢叫本王的名字，快过来!"

雨瞳循着声音过去，却看到那朱祐樺正弯着腰，在草丛中拨弄着什么东西。

"你在干什么?"雨瞳好奇地问道。

"你过来瞧瞧，推测一下，这堆粪便是几天前的?"

雨瞳一看那草丛中的污物，差点没把晚饭全吐出来。她强忍着恶心，心中念着，这朱祐樺，葫芦里卖的什么药？半夜三更把自己拖到这儿，居然指着一堆粪便来研究。这家伙果然不是一般神经。

她狠狠盯了一眼朱祐樺，咬牙切齿地道：

"不知道!"

朱祐樺微微一笑，淡然道：

"想不到聪明绝顶的沐雨瞳，也有不知道的事。哈哈。"

"……"

"本王告诉你，这是马的粪便，照这干裂的程度，应该是三天前的。本王这次来五省，发现了很多这样的粪便，有规律地在路边分布。这说明什么？沐雨瞳，告诉我。"

他说到这儿，故意停下，让雨瞳说下去。

雨瞳心一惊，忽然意识到他想说什么，想了想，接上话道："这说明这周围有军队，经常在这一带出没。"

"哈哈，不愧是沐雨瞳，脑子还算长根筋!"他轻轻地刮了下雨瞳的鼻尖，弄得她措手不及。

朱祐樺却拂了下袖，娓娓道：

"这五省的军队应该驻扎离此五百里外的平原上，却在此发现大量的马粪和人走动的痕迹，说明这一带有军队正在进行调兵遣将，有何目的，值得怀疑。你说是吗?"

原来他这些日子游山玩水，其实是这目的。

的确，古代的通信不发达，地方上又有自己的势力，图谋不轨的大有人在。这五省有军队正在调动集结，说明有势力想要搞什么阴谋。看来这选秀活动，并不是表面上看得那么简单。那孝宗皇帝和这七王爷，一定是对这早有防范，才会合起来唱这出戏。

朱祐樘和朱祐樺的心思真是深如海洋啊。

看着雨瞳的表情，朱祐樺淡淡一笑，拉过雨瞳的手，顺势将她拥入怀中，用嘴轻轻咬着她的耳朵道：

"这就是本王的游山玩水，这下不用吃醋了吧。"

雨瞳早已被他说得面红耳赤，心想这下流王爷自我感觉还真良好，呸，为他吃醋，简直是天方夜谭！

她忽然心生一念，坏坏地笑了下，乘他不注意，刷刷刷点了他身上三个穴道。

那朱祐樘没想到她会来这一招，惊得目瞪口呆，但身体却被雨瞳点了穴道，居然也动弹不得。

沐雨瞳从他身中逃了出来，哈哈笑道："七王爷，怎么，你没想到我也会点穴道吧。我告诉你，我祖上是中医世家，这点功夫是小儿科，对付你这种无耻王爷，刚刚好。"

她说着，又围着木头人似的朱祐樘缓缓绕了一圈，拍手道："哈哈，这穴道要一个时辰以后才会解开，七王爷就在这儿好好地欣赏月亮湖的美色吧！小女子就不陪你了。"

说完，她跃身上马，一溜烟地冲入了夜色中。

……

雨瞳出了口恶气，欣喜之余，更扬鞭一挥，想快点回到府地。

长长的暮色中忽然响起了一阵尖厉的哨子声，雨瞳身下那赤兔马突然一下止步，任雨瞳怎么鞭打，也不愿意往前跑。折腾了半天，它竟然转头向月亮湖的方向跑去。

雨瞳心中惊叫着，不知道怎么回事，却已经回马到了那月亮湖边。又是一声尖厉的哨声，那赤兔马高高跃起前腿，竟将雨瞳从背上摔了下来，"嘣"地一下，重重地将她摔在泥地上。

雨瞳一身烂泥，浑身骨头咯咯作响，呻吟着爬了起来，定神一看，这才发现那朱祐樘早已跷起一条腿，悠闲地坐在一块大石头上，笑眯眯地看着自己。

雨瞳狼狈之极，这才意识到刚刚二记哨声是朱祐樘发出的，这赤兔马听着朱祐樘的哨声，乖乖地又把雨瞳送了回来。

而且最让她难堪的是，那朱祐樘身上穴道却不知怎么解开了，手脚活动自如，跷着二郎腿，像在嘲笑雨瞳。

她揉着摔痛的屁股，刚刚想说什么，那朱祐樘却哈哈大笑起来。

"沐雨瞳，本王没想到你会点穴，但可能你也没有想到，本王会解穴吧。而且，那赤兔马只听本王的命令，我若是骑上它扬鞭而去，将你一人丢在此处，这一带强盗出没，野兽横行，你又不认识回去的路，岂不是很糟？可本王接下去就想这么做。你若是觉得委屈，可以求求本王，说不定还能说动本王改变意愿。"

雨瞳气得肺都快炸了，却意识到如果他真的这么做，把自己扔在这荒郊野地，可真不是玩的。

她心神大乱，脸上现出为难之色。

"本王有些累了，要回去了。姑娘若是没有想好，那么本王就先行一步了。"

朱祐樘哈哈大笑，起身向赤兔马走去。

雨瞳急了，连忙道："你别走！"

"你是想求本王吗？"这朱祐樘还真来劲了，坏坏地望着雨瞳，像是要把她吞下去。

雨瞳忍住气愤，吞了口口水，支吾道："七王爷……求你带我回去！"

"什么，本王没听清？"

"那个……我说麻烦你带我回去！"雨瞳提高了八度，大叫道。

这朱祐樘故意装傻，就是想让她受辱。

一阵风吹来，将雨瞳的头发吹得蓬头散发，更加狼狈。

朱祐樘看着她可怜巴巴的样子，忍俊不禁。

他上前一步，盯住她明亮的眸子，轻轻笑道："好啊，本王可以带你回去，不过你要给本王做件事。"

"做什么？"雨瞳警觉地向后退了一步，又不由自主地将身上的衣物紧紧抓住，生怕这条大色狼冲上来。

"唱首歌给本王听，若是本王听得开心，就带你回去，如何？"

那朱祐樘还真的会捉弄人，竟然叫自己唱歌。

她为难地迟疑着，那朱祐樘却径直走到马边，眼见着他要上马扬长而去，急得雨瞳大叫起来。

"喂！你别走，我唱就是了。"

她理了下脑子，却理不出一首能记住歌词的歌曲，想了半天，终于想到一首，清了清嗓子，唱道："两只老虎，两只老虎，跑得快，跑得快。一只没有耳朵，一只没有眼睛，真奇怪，真奇怪……"

她一边挤眉弄眼，一边摇头晃脑，唱得倒是极认真，但这调走得七上八下，喉咙又哑得上气不接下气，差点没把朱祐樘笑死。

他忍不住哈哈大笑起来，一屁股坐到了石头上，捂住肚子怎么也直不起腰。

雨瞳看着他的样子，心想："好吧，这下你捉弄我安心了吧。"

她干脆狠了狠，提高了音调，又唱了起来："一只没有耳朵，一只没有眼睛，真奇怪，真奇怪！"

她唱得越来越起劲，后来干脆拂开了长袖，边跳边唱，在这月亮湖边开始手舞足蹈起来。

朱祐樘却看得如痴如醉，他的心都快被眼前这女子化成一摊水了，内心忽然涌起一股莫名的冲动，竟然有种燥热不安的感觉。他一个箭步上前，二话没说，一把将那舞蹈的雨瞳拥进怀里，对准她殷红的嘴唇，狠狠亲了下去。

雨瞳惊得浑身血液凝结，手脚麻木，半天才反应过来。这朱祐樘竟然在亲自己。

她开始有了力气，努力想挣脱，却无奈他的嘴唇霸道得很，根本由不得她溜走，反而得寸进尺，将那滚烫的舌头探了进来。她一阵颤抖，几乎晕眩过去。

猛地意识清醒过来，脑中大叫着，这下流王爷！无耻之徒！有着十八个老婆的花花公子！居然在亲自己！这简直是对她莫大的侮辱！

他把自己当作什么人了？是那可以随意侵犯的青楼女子吗？

他以为他是谁？他凭什么可以这样做？

想到这里，心中一阵愤恨，雨瞳用尽全力，一把推开朱祐樘，接着"啪"一声，给了他一个重重的耳光。

那朱祐樘根本没想到雨瞳竟然会打他，惊得张大了嘴，半天说不出话来。

这女人，简直胆大包天，从小到大，还从未有人敢这样对待自己，而认识这女子不久，竟被她打了两次巴掌，真是无法无天了。

朱祐樘一阵怒起，一个箭步上前，恶狠狠地盯住她的脸庞，那眼神像是要把她吞下去一般。

那雨瞳却眼角闪着一丝亮晶晶的东西，倔犟地望住他，似乎在告诉他自己不容侵犯。

两人对峙望着，一时间气氛有些凝结。

不知过了多久，朱祐樘叹了口气，嘴角轻轻一歪，也没说什么，只是默默上前，将雨瞳抱上马，又飞身上马，扬鞭一挥，向回去的方向跑去。

第八章 人生可意

1

选秀终于接近尾声，大队人马开始了返途。

回程中，朱祐榰像是对雨瞳冷淡了许多，始终一言不发，似乎当雨瞳不存在。

那雨瞳心中也有些懊悔，心想他毕竟是一人之下万人之上的尊贵的王爷，自己是不是有些过分，一路心神不宁，但也不知怎么和他解释，终于带着复杂的心情，在傍晚时分，回到了京城。

皇城外，早已有一队人马在等候。

带头的是皇宫太监总管梁芳，他是一个年逾七十的老太监，在这宫里已经干了大半辈子，从宪宗手上就接过这总管之职，一直干到现在。

和梁芳简单地做了下交接，那从五省中选出的二十个秀女，就在梁芳的安排下，在长春宫暂且安顿下来。

雨瞳终于有了回安定的睡眠，所以昨晚睡得最沉，天已经大亮，她还没有醒的意思。直到有人在门外“咚咚咚”地用力敲门，她才眯着眼睛从床上挣扎着起来，一边嘟囔着，哪个家伙一早来敲门，真是烦透了。

她还未穿戴得当，那门却咣当一声大开，朱祐榰健硕的身影出现在了门口，吓得雨瞳差点没从床上掉下来。

“你！你这家伙，你干什么?”

朱祐榰微微一笑，顺势在厅中的八仙桌边坐下，朗声道：“真是不像话，太学院的先生，怎么还有工夫睡懒觉?”

“什么?”雨瞳袖子穿了一半，停在了空中。

朱祐榰却二话没说，不耐烦地走上前，三五下把她的衣裙整理得当，又一把揪住她的手，向门外走去。

“喂！喂！你带我去哪儿?”

……

太学院内，张峦正表情严肃地看着下面一群学生在纸上疾笔飞书。这些学士们，正按着他的要求，写一篇关于《论语》的心得。

自从朱祐樘登基以后，这太学院也不那么好混。朱祐樘是个勤奋的皇帝，所以这些太学士们也不能闲着，隔三差五地要上交一些文章给皇上过阅。那张峦虽是皇帝的丈人，但也慑于皇威，不敢多言。

正在此时，房门大作，冲进来一对男女，男的正是七王爷朱祐榰，女子却正是被自己赶出去的沐雨瞳。

张峦还未反应过来，祐樘一个箭步冲上讲台，又将那沐雨瞳一拉，将她的身体摆正，然后清了清嗓子，大声喝道：

“各位，这位是沐学士，从此以后，你们都要叫她先生，现在请沐先生为各位授课!”

说完，他将沐雨瞳一扔，转身在旁边一红木榻上躺下，笑眯眯地看着那一脸茫然的沐雨瞳，有些兴灾乐祸的模样。

整堂的人被这一情形惊得呆若木鸡，竟无一人发言。不知过了多久，那张峦终于反应过来，连忙躬身道：“七王爷，这……这是哪般为何?”

朱祐樘嘴角一动，傲慢地道：“张大学士，本王刚刚说的话你没听到吗。你年纪大了，先回去休息一段时间吧，我想听听这沐先生的课。恕本王不远送。”

张峦差点没晕倒，脸变青色，刚刚想说些什么，却又被那朱祐樘打断。“沐雨瞳，本王说过，不但让你回太学院读书，还让你教书，今天本王实现了诺言，你还满意否?”

这一席话，真的没把雨瞳气晕。她想回太学院，又没想过要教这帮书呆子读书，今天他明显是想看她的笑话。

那下面，全是各地的高考状元、榜眼什么的，那读的书比自己吃的饭还多。在21世纪，这根本就是国家科学院的院士的等级啊。给他们上课，这不是要自己的命?

她脑子嗡的一声，咕噜一转，定了下神，清了下嗓子，道：“好吧。那个……那个什么。”

她不停地“那个”着，逗得朱祐樘心中不断暗笑，越发感兴趣地望住她。

雨瞳“那个”了半天，心想，罢了，反正死马当活马医了，自己豁出去了。

她镇定下情绪，认真地道：

“听着，各位现在立刻走出太学院，到城内找到一个年收入不超过三百钱的老百姓，作一次访谈，谈什么你们随便定，然后把访谈的记录带回来，再逐一向我汇报。时间为一个时辰，OK，开始!”

她话音刚落，那满屋子的学士就像是装上了喷气式的发动机，嗖一下没了踪影。

一时间，房间内空空如也，只留下张峦、祐樘和沐雨瞳三人。

那张峦的脸已经从青色转为了白色，差一口气就要一命呜呼了。他颤抖着双手，指着雨瞳，却一个字也说不出来。

这……这哪儿来的妖女，来授课不说，还竟然把一堂子的学士全放了出去，简直……简直无法无天了。

他一下跪倒在地上，对着朱祐樘泣道：“七王爷，七王爷！这……这……这简直……老臣做错了什么？要这般对待老臣。”

那朱祐樘却淡淡一笑，一下子扶起那颤颤巍巍的老家伙，口气坚定地道：“张大学士，本王说了，你老了，回去休息一阵再来吧。”

张峦见那朱祐樘根本说不通，气得刷一下站了起来，狠狠地拂了下袖子，转身走出门去。

看赶走了那老家伙，朱祐樘看着脸色通红的沐雨瞳，咯咯一笑，道：“沐姑娘授课果然与众不同，才不出片刻，满屋子的学生都已经不见了，真是绝啦，哈哈哈!”

雨瞳狠狠地瞪了他一眼，不语。

“过来，本王腰酸背疼，快给本王按摩一下。”

这朱祐樘，真是个无赖，自己根本就已经成了他的玩物。他每天拿自己寻开心，比看戏还带劲。

雨瞳气得咬牙切齿，却没法，极不情愿地走上前，在他的榻旁跪下，伸出手，在他的腿上胡乱按了几下。

那朱祐樘还似乎很享受，心满意足地闭上眼睛，像是睡着一般。

真是一头猪，大清早又开始打盹。当王爷就是好，每天游手好闲，也饿不死。

雨瞳心里不断地诅咒着，那副挤眉弄眼的模样，却全被微醺着双眼的朱祐樘看在眼里。

说实话，他最爱看的就是这沐雨瞳焦头烂额的样子，可爱极了。

他忍不住伸出手来，一把抓紧雨瞳的手。

“喂！你又要干什么?”雨瞳大叫，以为他又要开始性骚扰。

朱祐樘却不语，只是温柔地将她的手掳过，轻轻地放在自己的胸口上，又将双手盖在上面，仿佛捧着一份最珍贵的珍宝一般。

雨瞳一惊，那手心却已传来他猛烈而有力的心跳。她忽然脸红了，心跳得比平常快了几倍。

“来我府上住，如何?”朱祐樘闭着眼睛，淡淡吐出这一句。

“……”

什么意思?雨瞳一怔，心中一乱。难不成让自己做他第十九妾?

开什么国际玩笑。

雨瞳想都没想，直接吐出一句：“不行!”

“为什么?”朱祐樘疑惑地睁开双眼，说实话，这天下第一的美男子还从未遇到过这样的女子可以拒绝自己这么多回。

“我要回太学院住。”雨瞳从他手中抽回自己的手，站了起来。

“为什么你一定要回太学院住?”朱祐樘坐起身子，好奇地望着她。

雨瞳吞了下口水，神色凝重了些。她看了一眼窗外的天空，那儿万里无云，却看不到自己的世界在哪个方向。

“因为这儿有我回家的路。”她淡淡地伤感地吐出这一句。

回家?

这沐雨瞳为什么老是说要回家?她的家到底在哪儿，为何每每提到这儿，她便一脸伤感之情。

朱祐樘英俊的脸上闪过一丝不安，他忽然觉得自己不能完全掌控眼前这个女子。这种患得患失的感觉，让他很不舒服。

他一个起身，拉住雨瞳的手道："你的家在哪儿，本王陪你一起回去。"

雨瞳微微一笑，叹了口气，并不回答他。

正在此时，那些外出访谈的学士们纷纷回来了。

朱祐樺虽然很不舒服，但也只好闭口不语。

2

二十位美丽的少女，亭亭玉立在御花园中，个个人比花娇。一时间，花园内体香缭绕，脂粉漫天，好一派人间美景。

那朱祐樘坐在花园中间的一张硕大的龙椅上，而张皇后盈盈走到秀女面前，梁芳卑微地跟在后面，一一向她介绍。

走到一名女子面前，张皇后心一惊，只觉眼前这女子虽算不是绝色，但那股妖娆的模样，别有一番风韵。她正想说什么，那梁芳却一步上前，躬身道："皇后娘娘，这位是桑扶烟，她父母双亡，无依无靠，是个可怜的孩子。"

张皇后听毕，温柔地朝扶烟看了一眼，道："嗯，可怜的孩子，桑扶烟，这就封为昭容吧。"

这昭容，比淑女高上二级，已经差不多是妃子的待遇了。

桑扶烟激动地跪倒在地，连声道：

"谢圣上龙恩，谢皇后娘娘恩典。"

正在此时，一个侍卫走进了花园，在朱祐樘的耳边耳语了几句。朱祐樘脸色一变，起身向外面走去。

……

那张峦跪在体元殿内已经快一个时辰了，老眼昏花，几乎要晕倒在地。

一见张峦跪在地上，朱祐樘连忙上前，恭敬地扶起他道："昌国公，这是为何？"

张峦老泪纵横，泣不成声地把刚才七王爷和沐雨瞳导演的一幕一五一十告知了朱祐樘，说完哭得泪如雨下。朱祐樘神色严肃，他二话没说，起步便向太学院走去。

……

"在下找的是邻街卖菜的刘大伯，今年四十有一，家有二儿一女，猪三头，老母鸡四只。女儿今年已经嫁人，大儿子娶了一媳妇是后街杀猪匠的女儿，今年年方十六……"一眉清目秀的年轻人，正恭敬地向沐雨瞳汇报他访谈的结果。

"好了好了……下一个。"雨瞳听得心烦，心念道，这家伙若是在现代，应该进人口普查办或者是派出所管制流动人口的，绝对是个人才。

接着上来的，是一个长得略肥的年轻人，他恭敬地施了下礼，清了清嗓子道："在下访谈的是金家当铺的长工黄小虎，他说他心中暗恋隔壁家的侍女王氏已经多年，但苦于那王氏心仪的是肉铺的张大祖，所以迟迟不敢开口提亲……"

雨瞳额头一阵冷汗，心中暗笑道，这家伙，应该去作狗仔队，专门打听这些花边新闻。

“好了，下一个。”她有些不耐烦。

上来的是杨廷和，他作礼道：“在下访谈的是隔壁卫家的一个侍女，她说最近稻米欠收，米价比上月贵了一倍。东街有一对母子就此饿死在家中，过了数月才被人发现。她还说，东街的秦兰公子，仗着自己的大伯是吏部一官员，在城内作威作福，好不威风，上个月，还抢了个民女，纳为小妾……”

“很好。”雨瞳点了下头，这杨兄弟果然是治国的人才，看问题能看到关键。今后他成为首辅大臣，还真不是挂的。

她清了下嗓子，道：“各位辛苦了，刚刚雨瞳听了大家的汇报，觉得都很精彩。在此想请各位，从刚才的汇报中，总结出个人的感想，现在开始。”

她的话音刚落，各个书生都面面相觑，不知道她到底要他们说什么。

那朱祐樘在一旁心生佩服，轻轻抿了口茶，却不知觉此时屋外，早已站了一席人，带头的正是孝宗朱祐樘。

他示意传唤不要发出声音，只是悄悄地站在门外，耐心地听着里面的情景。

屋里，终于有人发言了。

那杨兄弟清了清嗓子，不慌不乱地道：

“那邻街的刘伯家人丁兴旺，家中鸡犬俱全。而那当铺的黄小虎，在做工之余，还有闲情逸致谈情说爱，说明他们衣食无忧，城内的普通老百姓整体生活水平不错。但那位侍女说到稻米欠收，此为天灾，朝廷的应急机制却还不够完善，所以导致米价暴涨，最底层的百姓也就受了直接的影响。那秦兰公子为非作歹，无恶不作，却至今没有受到律法的惩治，说明我们的律法还不够完善，执法还有失公正！”

他话音一落，雨瞳满意地点了下头，又看着各位学士走了一圈，忽然指着那“人口普查”的书生道：“你！头脑清晰，为事循规蹈矩，今后可以考虑去户部发展。那儿适合你。”

她说着，又转身对着那“狗仔队”道：“至于你嘛，旁门左道，却能深入人心，探得人的秘密，知道别人的心里话，这种功夫，也是难得的水平。我建议你到城外开个心理诊所或是侦查所，应该有所成就。”

那肥仔被她说得一头冷汗。雨瞳气宇轩昂地走上讲台，高声对着下面的学士道：

“各位，小女子才疏学浅，本没有资格在此教授大家，小女子只想告诉各位一个简单的道理，最深刻的东西，往往只隐藏在平常的事物中。先人的学问卓越高深，但只知其言不知其意，不付诸实践，有何用？各位身为国家栋梁，是皇上的眼睛、耳朵和鼻子，你们要尽可能地多看看、多听听、多想想，才能为皇上奉献有用的治国之策。”

她一口气说完了这些，一旁朱祐樘却猛地从榻上坐了起来，狠狠拍起手来：

“好，说得好！”

他掌声刚落，却发现一席人从门口走入，带头的正是自己的皇兄朱祐樘，而后面跟着的，正是那气鼓鼓的张峦。

屋内的人根本没有意识到皇上竟然大驾光临，吓得腿脚发软，齐刷刷地跪下，高叫道：

“恭迎圣驾！吾皇万岁万岁，万万岁！”

雨瞳也没料到朱祐樘会来此，连忙跪下，心想这下完了，自己刚刚那一番胡言乱语，给那七王爷浑球听到也就算了，可给这孝宗皇帝听到，可不是闹着玩的。说不定他龙颜大怒，立马将自己拖出去斩了也说不定。

心已经提到喉咙口，却听到那张峦对着她大叫道：“哼，你这沐雨瞳连个《大学》都没读过，却在这里胡言乱语，口出狂言，竟然敢教训这满满一堂的饱读诗书的学士，真是……皇上，您要为臣做主！”

一旁的朱祐樺急了，他一个箭步上前，向朱祐樘抱拳道：“皇兄！此事是臣弟的安排，与这沐雨瞳无关。皇兄若要怪，就怪我好了。”

朱祐樘淡淡看了一眼朱祐樺，心下犯奇，他从来没有看到过七弟为哪个人求情过。

他转头看了一眼跪在地上的沐雨瞳，冷冷地道：

“抬起头来。”

那声音威严傲慢得很，雨瞳听得是心惊肉跳，她鼓起勇气，与那对如鹰般锐利的眼神相遇。

眼前这男人，身披龙袍，气宇轩昂，浑身上下透着一股不容你逃脱的威武和庄严。雨瞳的心嘣嘣跳个不停，几乎快要冲出胸膛了。

不知怎的，看到他，并不是慑于他的身份，却是一种天生的紧张和沉沦……

“刚才那些都是你真心所言？”朱祐樘淡淡地问了一句。

雨瞳点了点头，深吸了口气，道：“皇上，刚才我只是把觉得对的道理，告诉各位学士，皇上若真要罚我，我也没有办法。”

她几乎用了吃奶的力气，说完了这些话，然后低下头，心想，要杀要剐，你看着办吧。

朱祐樘俊秀如细叶的眉毛，不经意地微微上扬，淡淡一笑道：“你才学还不够，教授这些大学士们，的确不够格。朕安排你，到宫中教学厚照和厚炜两位幼皇子如何？”

他这话一出，全屋的人都倒抽了口冷气。连那朱祐樺都张大了嘴，半天说不出话来。

张峦更是惊得无语，连手脚都发抖不已。

教授两位皇子，那不正是皇子的讲读吗？这可是官至二品的大职位啊。

这……这皇上到底在想什么？

非但没有罚这个沐雨瞳，还升了她的官！

古往今来，还从未有过女子当过皇子的讲读一职。

乱套了，简直乱套了。

……

雨瞳额头上已经冒出了汗。

开什么玩笑，皇子的老师？这朱祐樘是不是疯了。

她还没多加思索，那朱祐樘却已走到杨廷和的身边，淡淡道："你是杨廷和？"

"在……在下……杨……杨廷和"杨廷和吓得语无伦次，连声音也是抖的。

"好，朕安排你去邱浚那儿，协助他共同编写《宪宗实录》，完成朕自有嘉奖！"

邱浚是太学院的副总裁官，是孝宗非常欣赏的一个史官，能够成为他的副手，定会前途无量。

杨廷和没想到皇上居然会提拔自己，又惊又喜，连声在地上磕头。

朱祐樘又转身对着张峦道："昌国公，你继续上课吧。"说完，向七王爷朱祐樿使了个眼色，示意他跟着自己，转身向门外走去。

祐樿笑意爬上脸庞，朝呆若木鸡的雨瞳作了个鬼脸，便跟着朱祐樘走出门去。

只留下雨瞳怔立在那儿，此时还未反应过来到底是怎么回事。

……

悠长的阁廊，一席人正在缓缓而行。

带头的正是孝宗皇帝朱祐樘和七王爷朱祐樿。

"北方五省的动作如何？"朱祐樘目光如注，一脸严肃。

朱祐樿神色也凝重了许多，认真回答道："这次去了五省，果然发现很多可疑的迹象。照这样看，不久将有行动。"

"嗯，我让尉青查到了他们在京城中的联络点，但似乎他们已经有所察觉，线索断了。"

"干脆一不做，二不休，把这些人全部抓起来。"朱祐樿狠狠道。

朱祐樘淡淡道："都是些小啰啰，抓他们何用？我们要等的是幕后的那条大鱼。"

"皇兄的意思是……"

朱祐樘微微一笑，道："门开了，放他们进来，才能关门打狗。你即日起程，亲自前往辽东，找到都察院左副都御史马文升，请他集结三万人马，到京城外三十里候命。"

"好！"

朱祐樿点了下头，说实话，他心中唯一佩服的就是这位皇兄朱祐樘，坚忍内敛，深威不露。自己与他相比，还是冲动了些。

"你和那沐雨瞳到底是什么关系？"朱祐樘忽然冷不防冒出一句。朱祐樿心一拎，脸上现过一阵笑意。

那笑意没有躲过朱祐樘的眼睛，他嘴一斜，玩味似道："怎么了？为何说到她，你这般紧张？"

朱祐樿微微一笑，道："她是个很特别的女子。"说着，脑海中现出她焦头烂额可爱的模样，脸上的笑意更浓。

这七弟，放荡不羁，可今日看他的表情，根本在心里已经藏进了这沐雨瞳。

这沐雨瞳到底是什么人物？居然可以收了这七弟的心？

忍不住笑眯眯地道："看你这模样，莫非你想收她做第十九个小妾？"

朱祐樘摇了摇头，瞟了一眼朱祐樘，并未多说什么，反而大笑着挥了下长袖，朗声道："皇兄！臣弟这要出发去辽东了。这沐雨瞳就托付给皇兄，皇兄可要保证她完完整整，白白胖胖，等臣弟回来！"

说完，他大笑着向廊桥的尽头隐去。

第九章　悲从心来

1

“沐姑娘，在下这次能得到皇上的赏识，也是因为姑娘，在下在此谢过了。”杨廷和恭敬地作了个礼。

雨瞳不好意思地笑了笑，道：“杨兄弟，你本是一个大才，他日即可飞黄腾达，前途不可限量。”

几乎忍不住要把“你以后会是首辅大臣，一人之下万人之上”这话说出口去，但想了想，还是忍住了。

“好，那姑娘好生休息，姑娘后日要到乾清宫报到，可别忘记了。”

这杨兄弟的确细致得很，总是交代这个，交代那个，这要是在现代，一定是个模范丈夫。

雨瞳想着，会心地一笑，道：“谢过杨兄弟。”

送走了杨廷和，雨瞳顿觉得有些疲倦，这早上还没睡醒，就被那七王爷拖进了一场闹剧，这一安静下来，那眼皮就开始打架了。

雨瞳也没多想，和着衣，一溜上了床，埋头便睡。

……

刚刚在迷迷糊糊之际，忽然听到房门咣当一下被踢开，一阵杂乱的声音，她惊得猛地睁开眼睛，从床上刷一下坐了起来。

这一看还真不得了。

只看到满满一屋子带着明晃晃大刀的锦衣卫。

带头正是那白蛟堂校尉，只听猛喝一声：“抓起来！”

她脑子嗡的一声，还未反应过来，只见两个锦衣卫一把将她从床上揪了下来，直直地拖了出去。

……

“你们……你们快放开我，放开我！”

雨瞳拼命叫着，几乎喊哑了喉咙，奋力挣扎却无能为力，只能由着那一群锦衣卫架着她，连拖带爬地进入了一间黑黑的房屋。

她惊魂未定，这房间不知何时亮了起来，中间一张太师椅上正襟危坐着一个中年男子，头戴一官帽，身着金色的飞鱼服，满脸大胡子，带着一股杀气。

又见他身边站着一人，极为面熟，仔细一看，正是那日调查谋杀案的“帅哥”锦衣卫尉青。

两个凶神恶煞二话没说，将雨瞳弱小的身体架起，擒到了一侧的刑架上，将她两只手臂在那铁链上一套，顿时雨瞳的身体成了一个“大”字，牢牢锁住，动弹不得。

“你们干什么！”雨瞳急了，看这架势，好像不是闹着玩的。“快放开我！”

那中年男人冷冷道：“沐雨瞳，你还不老实交代！”

雨瞳嗡的一声，张大了嘴，半天没反应过来他在说什么，一急冲口一声大喝：“大胡子！凭什么抓我？你是谁？”

中年男人哼了一声，从座位上站了起来，径直走到雨瞳面前，紧紧盯住她的眼睛，一字一句道：“本座是大明朝锦衣卫司总指挥使——左宗海！”

左宗海，要命，这是哪儿冒出来的家伙。

雨瞳的额头上已经冒出了汗，道：

“你抓我来这里干什么？”

左宗海冷笑了下，道：“这要问沐姑娘你自己？快说，那刘婆婆是不是你所杀？”

雨瞳意识到问题的严重性了，她想起前几月谋杀案时，自己突然失踪，看了一圈室内的摆设，心中更是打了个冷战。

只见屋内刑具林立，还有只大火炉，正熊熊冒着烈火。一个马蹄形状的大铁铲，正烧得通红，嗞嗞地冒着烟。

这锦衣卫司的私刑天下闻名，自己今天落入他们手中，看来是凶多吉少。

想到这儿，雨瞳的心整个拎到了喉咙口。她咽了口口水，用干哑的声音道：“我不知道你在说什么，我与刘婆婆无冤无仇，为何要杀她？你有什么证据？”

左宗海冷冷一笑，从边上的侍卫手上接过一叠东西，啪一下扔在了雨瞳的脚脖子前。

雨瞳定神一看，差点没叫出声来。

那一叠正是自己从现代穿越带来的百元人民币。

“这是从你住所里搜出的东西，是不是妖道所用的邪符？你带进太学院，是不是想兴风作法，加害皇上？沐雨瞳，快说！”

雨瞳真是当头一棒，汗如雨下。

这是哪门子的霉运啊。

那要放在现代，这可是大家抢着要的东西，可此刻，简直比扫帚星还扫帚星！

她苦笑着道：“左指挥使，你的意思我明白，不过，你总不能拿些自己不认识的东西出来，就说这是我害人的证据吧！”

这话说到了左宗海的要害，他迟疑了一下，皱起眉头。

说实话，这点证据的确不能治这沐雨瞳的罪，但今天抓她来，是受了昌国公张峦所托，特意教训她一番。

想到这儿，他冰冷喝道：

“大胆！看来不用刑，你是不会说的了！”

说完，他向身边两个锦衣卫使了个眼色，其中一人径直走到那大火炉前，拿起那烧得通红的铁铲，向雨瞳一步一步走去。

尉青在一旁看得忍不住了，从一开始，他就不赞成抓沐雨瞳来。

他上前一步，抱拳道："左大人，现在还没有确凿的证据，用刑不太好吧。"

左宗海本就看尉青不太顺眼，冷笑道："尉副使，本座对一女子用刑，这点权力还有吧?"

尉青只好把话又咽了回去。毕竟他比自己高上一级，官大一级压死人。

那左宗海走到沐雨瞳跟前，伸出手，一把捏起她纤弱的下巴，狠狠道："你还是快点承认吧，省得吃皮肉之苦!"

雨瞳是个倔犟的女子，咬起嘴唇，坚定地道："我没有害人!"

左宗海狠狠一笑，向身边的锦衣卫使了下眼色，那厮一步上前，走到雨瞳的身后，"哗"一下，撕裂了她身后的纱裙，露出了大片雪白的皮肤。

接着，那拿铁铲的人，一个上前，将这烧红的铁铲对着雨瞳嫩白的背脊狠狠压了下去……

随着一阵皮肉烧焦的味道，雨瞳只觉得整个人像是被撕裂一般，所有的神经和血液都揪结在一起，形成了一股巨大的冲击，将她吞没……她想叫出声来，却发现已经没了声音，嘴唇被咬得血流不止，只觉得眼前一黑，晕了过去……

不知过了多久，雨瞳被一盆冰凉的冷水浇醒。她迷糊地睁开双眼，发现自己还被绑在那刑具上，而后背却阵阵传来钻心的痛。

她浑身颤抖着，却依旧怒目而视，眼神中冒着火焰。

左宗海狠狠一笑，又走上前来，道："沐姑娘，快点承认吧，这火蹄子的味道不是那么好吃的!"

"呸!"雨瞳的口水不偏不倚地吐到了左宗海那张恶心的脸上，她咬着牙狠狠道，"你去死!"

左宗海没想到这女子竟然没有屈服，气得双眼冒火，一个巴掌打了下去。雨瞳纤细的身体被打得东倒西歪，像一片被风吹落的叶子。那冰冷的铁链子，发出了一连串刺耳的撞击声。

尉青看不下去了，他一个箭步上前跪下，高声道："左大人，此女子是圣上刚封的皇子讲读，大人千万不可太过分了，以免惹了圣怒!"

他这话，倒真说到死穴了。

左宗海虽然与那张峦交好，但关系再好，也不能得罪皇上。今天抓这沐雨瞳来，已经教训了一番，太过分也不好。

想到这儿，他眯了下眼，拂了下脸上的大胡子，对着雨瞳喝道："好，今天看在尉指挥使的面子上，暂且放过你。不过以后你给本座当心点，不要搞什么花样，下次就没那么容易放过你!"

他说毕，拂袖一挥，径直走出门去。

见左宗海走远了，尉青怜惜地看了一眼仍然吊在刑具上的沐雨瞳，心中隐隐作痛，走上前，轻轻解开雨瞳手上的铁链，将她抱了下来。

那雨瞳已经气若游丝，显然又晕了过去。

这女子性情刚烈，如此大刑却仍不屈服，这若换成其他人，还未用刑都已经晕了。尉青还从未见到过这样的女子，佩服之余，更是有些心动，加之她那被撕裂的衣物杂乱一气，大片的肌肤裸露在外面，那尉青看得既心疼又有些脸红。

他虽已成年，但从未亲密接触过任何女人，此刻的雨瞳倒在他怀中，衣不掩体，柔弱无骨，竟让他有种冲动，想要好好保护这女子。

他俊眉一皱，定了下神，抱起雨瞳便向外面走去。

……

雨瞳睁开沉重的眼皮，却看到自己不知何时，已经躺在了小屋的榻上，而自己的后背阵阵的疼痛也似乎弱了许多。

她定了下神，这才发现自己整个后背空空如也，而此时的榻前正坐着一男子，正在往自己的后背上不知抹什么。

她吓得从榻上刷一下坐了起来，却因为拉扯了伤口，痛得“啊”一声叫了出来。

那男子正是尉青，此刻他的脸上没有一丝表情，淡淡道：“别动，我在给你抹金疮散，抹上它几日便好了。若是不抹，伤口会发炎，搞不好要你的命。”

雨瞳看到自己几乎半裸一般在那尉青面前，虽说是现代人，但仍然有些害羞，但见那尉青，气定神若，只是专注于抹药，看上去倒真像是个正人君子。

他为什么要帮自己？

雨瞳心中跳出了个疑问，但却忍住没有问，只是乖乖地任由他摆弄。

尉青抹好了药，细心地将几层纱布缠在了雨瞳的后背与手臂之间，又轻轻拂起雨瞳的薄纱裙，将它盖回了雨瞳的身体。

想不到这凶神恶煞的锦衣卫头目，竟然还有这样细致温情的一面。

尉青做完了一切动作，起身作礼道：“沐姑娘好生休息，伤口只要近几日不发炎，定会没事。在下先行告退了。”

他说完，竟然头也不回地向门外走去。那沐雨瞳急了，也顾不得伤口的疼痛，大叫道：“喂！喂！那个谁，尉指挥使！”

尉青停下脚步，也没有转身，只是怔立在门口。

雨瞳干咳了一声，想了半天也不知该说什么，最后轻轻地吐出一句：

“谢谢！”

那尉青也没有多说，只是微微嘴角一动，算是回应她了，径直走出门去。

2

这天是去乾清宫报到的日子，天才一亮，坤宁宫的仕女小青来接她去乾清宫为皇子上课。

很快到了乾清宫的后花园。

这后花园好大啊，比个苏州园林还大上几倍。雨瞳正感慨大明朝的富裕，忽然花丛边冲出一个宫女，蓬散着一头青丝，沾满肮脏的粪便，浑身上下一股臭气，捂着嘴，一边哭，一边跑，从呆若木鸡的雨瞳身边跑过。

雨瞳张大了嘴，指着她的背影奇怪地问："这……这……"

小青脸上现出奇怪的难色，她支吾着刚刚想说什么，但还是咽了下去，连忙拉着雨瞳继续往里面走去。

雨瞳走到花园中间，便发现其中有一圈人正吵吵闹闹地围着两个小小的身影，不停地在叫喊着：

"大皇子，二皇子，别闹了，快把夜香桶给我!"

……

雨瞳才闻到了股恶心的臭味，却冷不防一股臭气熏天的液体，直直喷向了自己。

她惊得往后一退，却还是被它淋得一身，只见自己满身污物，她忍不住，哇地一下将昨晚吃的东西全吐了出来。

直吐得肝肠寸断，她回过神来，这才发现眼前站着两个穿着一黑一白袍子的男童，一个大约三岁，一个大约七八岁，正指着她狼狈的样子，哈哈大笑。

其中那七八岁的男童，手上拿着一支水管一样的东西，直直地对着自己，上面还残留着几滴黄黄的液体。

她又是一阵恶心，哇地一下，捂着肚子开始狂吐。

"哈哈哈哈!"那两男童的笑声更甚了，笑得连腰都直不起来了。

"好玩，好玩，真好玩!"

"哥哥，你做的粪枪太好玩了!"那 3 岁小童闪着一双天真的眼睛，崇拜似的看着那大一些的男童。

那明显是哥哥的男童，眼神中明显比那弟弟狡黠很多，傲慢地鼓起嘴，嘲笑似的看着满身粪便的沐雨瞳，像是在看一件战利品。

雨瞳气得肺都快炸了，她一步上前，真想扇他们两个耳光。

正在此时，那身边的小青连忙拉住她的手，急切地道：

"沐姑娘，你……你别生气，这两位是厚照皇子和厚炜皇子!"

"噔！噔！噔!"

雨瞳脑海中蹦出三个惊叹号，眼冒金星。

天哪，这是走哪门子的霉运啊，竟然让自己遇到这样两个天杀的混蛋小子，一上来就给自己吃记自制的"大粪枪"! 难怪刚刚逃走的那个宫女那般模样，原来也是被这两小子欺侮!

她气得牙齿咯咯响，却只能咽下这口气，手却已经握成了一个拳头。

"沐姑娘，小青陪你去换套衣服吧。"小青看着她几乎要抓狂的样子，连忙道。

和小青混得有些熟了，雨瞳才从她口中得知，原来这大皇子朱厚照和二皇子朱厚炜是宫内出了名的小霸王。那大皇子朱厚照，今年 7 岁，鬼主意坏点子特别多，那二皇子朱厚炜只是他的小跟班，跟在他屁股后面瞎起哄。那些先生宫女们，没有一个不被他们气得吐血回家。别说是让他们读书，就连走近这两小魔王半丈之内，都会让人心生寒意，胆战心惊。

接下去的几天，雨瞳也没好日子过，每次到了乾清宫，都被这两魔王暗算，不是摔得狗啃泥，就是被整得蓬头垢面，没一次完完整整回去。

这天，她提着颗心刚刚走进后花园的亭子，却看到了一帮宫女急得哇哇大叫。

“大皇子，二皇子，你们在哪儿？”

“怎么了？”

“皇子不见了，刚刚说跟我们玩捉迷藏，可是一转眼的工夫，连影子都不见。怎么办，怎么办，我们怎么向皇上交代！”

宫女哭得半死，雨瞳脑子嗡的一声，不过马上镇定下来。

“别急，我们慢慢找。”

……

一群人在硕大的花园中找了整整一个下午，也未见人影，眼见太阳下山了，宫女们是急得焦头烂额。

雨瞳看到那假山下有一小洞，正好容一人穿过，这两小家伙会不会躲在这儿呢？

她好奇地探进脑袋，猛地看到两双贼溜溜的小眼睛，正坏坏地望着自己。

“大皇子，二皇子！你们怎么在这儿，快随我出……”

那“出去”两字还未说出口，雨瞳却只觉脚下一空，整个人向下坠落下去，“嘣”一下，狠狠地摔进了一个大洞。

她惊魂未定，从地上挣扎着爬了起来，抬头望去，只见自己落入了一个二米深的大洞，而那洞口露出了两张尖嘴猴腮的小脸，正笑眯眯地望着自己，还不断地拍手叫好。

她知道自己落入这两个小家伙的圈套了，脑了嗡的一声，大叫道：“喂！你们快放我出去！”

那两家伙哪会理她，蹦蹦跳跳地走出了假山，又找到那些着急的宫女，谎骗她们说雨瞳已经回去了。

只留下那可怜的雨瞳一个，在那大洞中干哑地叫道：“救命！”

……

雨瞳想尽办法，终于从那深坑中爬了出来，已是满身尘土。

天已经黑了，几颗星星点点在天空中显得更加惨淡。雨瞳背后的伤口已经由于拉扯，重新破裂开来，鲜红的血液渗着她薄薄的纱衣向外面渗透出来。

而此时的她，已经感觉不到身体的痛，而是从心底弥漫开来一种失落和彷徨。

她傻瓜一样地站在那里，突然之间，就泪流满面。

自己这是怎么了。

为何流落至此，为何会落到这样的田地。

从被卖到妓院，到被锦衣卫严刑拷打，到现在的狼狈之极，自己那点勇气和抗争被一点一点地磨灭，对现实的信心一点一点被消除。

自己做错了什么，上天要这样对待自己。

如果说上天要自己完蛋，为何不干脆一点，直接取了自己的性命就成了！

为何要把自己扔在这个陌生和不属于自己的世界中，让她受尽凌辱和磨难，却不告诉她这是为什么。

我为何要来此！

她不断地重复着问自己同样的问题，眼泪像止不住的线，不停地往下落。

……

朱祐樘终于完成了桌上厚厚一叠的奏折，目光凝重地看了一眼宁静的夜色，决定到后花园中去走一下。

他缓缓走到了花园中，正想在一处坐下，却突然看到那湖边站着个女子的身影，熟悉得很。

他定神一看，发现她正是自己前几日刚刚封的沐雨瞳。

只见她衣着零乱，蓬头垢面，满脸泪水，怔怔望着眼前的湖水，一言不发。

那湖面泛起阵阵粼光，反射在她泪盈盈的脸上，竟如一道圣洁的光圈，让她整个人都朦胧起来。

这沐雨瞳怎么了。

她不是一向争强好斗，临危不惧吗？而此刻的她，就像那一树被风吹落的梨花一般，弱不禁风，人见犹怜。

那滚烫的眼泪，从她那苍白的像纸一样的皮肤上慢慢流淌，滚落下来，像着了温度般，忽然湿润了他心里那块最柔软的地方。

他一个战栗，竟然不由自主地晕眩了一下。

……

只见那沐雨瞳扬起袖子，狠狠地擦拭了下脸上的泪水，忽然指着那夜空，朗声高叫：

“老天爷！我沐雨瞳在此，你要打击我，折磨我，消灭我，随你便！要我投降，没那么容易！从今天开始，我要吃得好，睡得好，养得好！我要铆足了劲向你挑战，我要让你知道，我沐雨瞳不是好惹的！”

说着，她憋红了脸，朝天空大叫了一声，狠狠一挥手，转身走去。

只留下朱祐樘看着她的背影，怔立半晌，忽然哑声失笑。

这沐雨瞳，果然是个特别的女人。

他想着，慢慢地露出了会心的微笑。

第十章　绝地反击

1

“你身上这个漂亮的盒子做什么用的?”朱厚照一早看到雨瞳身上挂着一个亮闪闪的锦盒，忍不住好奇地问道。

雨瞳却丝毫没有理他，故意一躲，将锦盒搂在怀里，对着旁边三个宫女大叫：

“快，我这儿有好玩的东西，你们快来玩!”

那三个宫女围了上来，都惊奇地望着雨瞳手中的盒子。

这下可把两位皇子急死了，他们哇哇大叫：“喂！你快给我们看，是什么东西?”

雨瞳一鼓嘴，大叫道：“你们这般没有礼貌，我不给你们看！叫我沐先生，才行!”

那两小鬼怔了下，相互看了眼，脱口而出：“沐先生!”

“这还差不多!”雨瞳笑眯眯地说着，将怀中的锦盒打了开来，神秘地道，“想知道这是什么吗?”

“快说!”那朱厚照真是急坏了。

雨瞳从盒中拿出了一块白丝布，摊在了地上，只见上面画满了整齐的格子，还有很多奇怪的数字，还写满了字。

她又从锦盒中拿出了一叠纸，每张纸上写着100、200、500不等的数字，另外还有一些小竹片，上面写着“房子”“水坝”“店铺”等字样，最后从锦盒中拿出了两颗骰子。

“哇，这些是什么?”朱厚照张大了嘴，不由得感叹着。

雨瞳笑了笑，道：“这游戏叫大富翁。”说着，她转向那三个宫女，道，“来，我们四个人玩!”

她故意抛开那两小鬼，拖着那三个宫女到了一侧的花坛边，将白丝布一摊，开始讲解起游戏的玩法。很快，笑声一片。

那两小鬼本来就无聊，看到她们四人玩得这么起劲，急得是抓耳又挠腮，忍不住跑到沐雨瞳的身边，低声叫道：

“沐先生，让我们也玩一下吧。”

雨瞳瞪了一眼他俩，故意抬高了三度音，道：“我们这儿还差一个，你们谁上?”

“我上!”

“我上!”

两个孩子急了，都争着要上这游戏，大眼瞪小眼，一派要打起来的模样。

雨瞳暗暗一笑，清了清嗓子，一本正经道：“你们谁听我的话，谁上!”

“我最听话……”那朱厚炜一声稚嫩的尖叫，还未说完，头上却被那朱厚照狠狠打了一拳。只见那朱厚照一把推开朱厚炜，冲上前来，道：“沐先生，我最听你的话了！”

雨瞳轻轻一笑，道：“好吧，就你上。”

那朱厚照兴奋极了，一个跃步跳上了花坛，盘腿一坐，随手便拿起骰子，大叫道：“我来扔，我来扔，我要在这儿造一个水坝！”

那朱厚炜则是灰溜溜地跟在一边。他本来就比厚照小上几岁，斗不过他，只能由他做主。

这一玩，就是一个多时辰，那朱厚照玩得极其开心投入，投资天分又极强，这一来二去的，竟然让他赢了好几回，一时间，兴奋之情溢于言表，激动得不得了。

这家伙，看来不是什么当皇帝的料，成为个奸商倒是极有前途！

看到刹车的时候到了，她哗一下收起了玩具，利落地放进了锦盒，大叫道：“好啦，好啦，我要回去了！”

“沐先生！为什么要走？时间还未到呢！”朱厚照有些失望。

雨瞳笑道：“我还有事呢，今天早点下课。”

“你就不能再陪我们玩会？”

“不行！”

“那你把这大富翁的玩具留下，给我们玩怎么样？”朱厚照是个狡猾的孩子。

“你要我把这玩具送给你也成！”

“真的？”

“不过有个条件！”

“什么条件？”

雨瞳说到这儿，故意顿了下，像是在思考什么，然后撇嘴一笑，道：“你和二皇子要一人讲一个故事给我听！我若是听了开心，就把这玩具送给你们！”

两皇子相互看了看，齐声道：“讲故事容易！”

“可必须是《春秋》这本书中的故事！”雨瞳接上一句，也没等他们反应过来，直接道，“好！现在开始，一个时辰，你们两位皇子比赛，看谁能讲得又快又好！”

她话音刚落，那两个小子嗖一下没了人影，估计是去书房找《春秋》这本书去了。

那三位宫女在一旁看得好笑，问道：“沐先生，这两个小魔王怎么变得这么听话？”

雨瞳微微笑了一下，忽然道：“你们知道有什么办法可以让任何人做任何事吗？”

那些宫女一怔，不知如何回答。

雨瞳嘴角轻轻上扬，轻笑道：

“只有一个办法，那就是让他想做此事，请记住，除此外别无他法。”

宫女们听得是丈二和尚摸不着头脑，雨瞳却心中暗笑。

这是伟大的成功学家卡耐基老先生说的话，她们当然听不懂。

哼！对付这两个小家伙，自己还有很多招没使出来呢。

2

“那沐雨瞳这几日如何?”放下手中刚刚批完的那一奏折，朱祐樘忽然抬起头，冷不防地问了身边的太监李广一句话。

那李广今年25岁，但进宫已经快十年了，深受朱祐樘的喜爱，每天形影不离。

他微微躬身，道：“小的听说这沐雨瞳被两皇子连番地欺侮，每天焦头烂额……”

“真有此事?”朱祐樘一惊，从龙椅上坐直了身体。

两个皇子的任性调皮自己是知道的，看来这沐雨瞳真的是受了委屈。

李广看到龙颜将怒，心急了连忙道：“两皇子可能也是和沐先生闹着玩的。”

朱祐樘皱起眉头，沉思不语。

那李广又补充道：“那沐雨瞳也蛮可怜，前几日我听说她被锦衣卫抓去，毒打了一顿，受了重伤，至今还没有痊愈。两皇子又调皮捣蛋，也的确为难她了。”

“锦衣卫为何要抓她?”朱祐樘一脸惊色。

“小的听说锦衣卫怀疑她是妖道，想混入宫中作乱，但那沐雨瞳宁死也不承认，只好将她放了。”

李广一席话，说得朱祐樘心都揪成一团了，他一拂袖，起身向后花园走去。

……

“你做刘备，我做关羽!”

沐雨瞳指着朱厚照，一字一句道。

那朱厚照已经服服帖帖，赶紧点了下头。

说实话，这三国杀虽然好玩，但自己就是玩不过这沐先生，这让他心中油生佩服。

“沐先生，是不是等下我和厚炜再讲两个故事，你就可以多陪我们玩一会儿这三国杀?”

“嗯。”雨瞳淡淡点了下头。

“沐先生，你干脆住到坤宁宫去吧。我们想你天天陪着我们玩！我和厚炜天天讲故事给你听好不好啊?”

雨瞳瞟了一眼那朱厚照，鼓了下嘴，傲慢地道：“这些故事听得我有些烦了，你们要换些有趣的东西给我听。”

“沐先生想听什么故事?”

“我听说《诗经》中的诗词可好听了，我想听你们唱歌给我听。”

“好啊，唱歌我最拿手了!”朱厚照拍起手来。

雨瞳见他们兴味盎然的样子，不觉得一记苦笑。

对付这两小家伙，自己真是把看家本领都拿出来了，用那一套风靡21世纪的桌游，连哄带骗，硬是教得他们把那四书五经拾了起来。

这四书五经原本她不想教的，简直就是封建主义的反面教材，但这是皇家的必定教材，就像现代通不过高考，找不到工作。

唉，自己怎么想这么远。难不成自己还真想在这大明朝的皇家圣地，开展教育改革？

不想了不想了，脑子快成一团糨糊了。

正在此时，身后忽然响起：

“皇后娘娘驾到！”

雨瞳吓了一跳，转身便看到了那张皇后，领着一席人，站在他们身后。

“你们在干什么？”张皇后好奇地走上前。

“这叫三国杀！”那年幼的朱厚炜没想那么多，笑嘻嘻地望住母亲，“这是沐先生教我们玩的游戏！”

“大胆！你们两个逆子！不好好读书，却跟着在玩什么游戏！沐雨瞳！你作为讲读，是怎么教授两位皇子！”张皇后柔美的脸庞，突然现出了怒色。

一群人都吓坏了，连那两个皇子也不由得瑟瑟发抖。

那沐雨瞳也吓了一跳，仍然镇定下来，平静地道：

“皇后娘娘，这三国杀虽然是游戏，但两位皇子可以从中学到带兵打仗运筹帷幄的方法。”

“一派胡言！”张皇后脸上怒气更盛。

她从父亲张峦口中听说了她让他受辱的情节，心中本就对她有些不满。今天看她胡言乱语，更是懊恼，接着喝道：

“厚照、厚炜，你们两个给我好生读书，不许玩什么游戏！”

“皇上驾到！”

在场人一惊，连忙齐刷刷地跪下。

沐雨瞳本来还想再解释一番，却没想到那皇帝也来了，只好咽下话，乖乖地跪下。

这古代真累，大跪小跪的，还让不让人活了。

还未等朱祐樘开口，那张皇后便接着道：“皇上，这沐雨瞳没有好好教授两皇子读书，反而在教他们玩游戏，臣妾刚刚正在训责于她。”

朱祐樘上前一步，躬下身去，拿起了其中一张写着“刘备”两个大字的纸牌，微微笑道：“沐雨瞳，这是什么？”

雨瞳战栗地咽了口口水，道：“这是刘备的牌，他有第一项技能是‘仁德’……”

她的话还未说完，那朱厚照已经忍不住了，抢着道：“刘备有第二项技能叫作‘激将’。这是主公技，当你需要使用（或打出）一张“杀”时，你可以发动激将……”

朱厚照一口气说完了这些，忽然意识到了什么，连忙一伸舌头，朝沐雨瞳做了个鬼脸。

旁边的张皇后忍不住了，大声喝道："哼，皇上，你看看，这都学了点什么？简直啼笑皆非！"

朱祐樘没有理会皇后的懊恼，只是淡淡地望着朱厚照，问道："你知道刘备是谁吗？"

"知道啊，他是三国时期蜀汉开国皇帝，与关羽、张飞桃园三结义。由于他仁义双全，天下闻名，所以这牌上，才有仁德的技能，加上每次迎战，他都会用激将法，鼓励手下的将领出战，所以他的第二项技能，就是激将！"

那朱厚照一口气说完，惊得在场的人目瞪口呆。

这朱厚照原本是个连书不沾边的家伙，今天如此流利地说起那三国人物，竟然出口成章。

连一边的沐雨瞳也倒吸了口气，不由得拉了下朱厚照的袖子，挤了下眉，轻声问道："大皇子，你什么时候读的《三国志》？"

那朱厚照鬼脸一笑，道："我前些日子都看了两遍了！"

这话刚落，在场的人都不由得哑然失笑，连那张皇后脸上也现出尴尬的笑容。

她忍不住大声道："陛下，这样的玩乐毕竟不是正途，秋季的大试在即，照这样下去，两位皇子怎么通得过？"

晕！

怎么还来什么秋季大试？

是不是期终考试的意思？

雨瞳脑子一片空白，额头上冒出了汗。

这古代怎么这么麻烦，这两个小孩子，一个 7 岁，一个才 3 岁，都是上蹦下跳的年纪，就搞什么大试，简直是蹂躏祖国的花朵吗。

她正嘀咕着，却听到了那朱祐樘微微地道：

"沐雨瞳，你起来吧。"

雨瞳战栗地起身，将目光投向了眼前的大明皇帝。

今天是第一次站在他面前，而且距离这么近。

他长得好高，快高出自己一个头了。他的目光凌厉，像有某种特殊的力量，让你无处可逃。

他淡淡地吐出一句：

"你能保证两位皇子通过秋季大试吗？"

"……"

雨瞳脑子已经冻成了一块猪油膏，额头上的冷汗也是嗞嗞地不停地下落。她支支吾吾，又是嗯又是啊，不知道怎么回答。

朱祐樘目光如炬，提高了声调：

"回答朕！"

要死啊，豁出去了，大不了被砍头嘛。

雨瞳手心一捏，不知哪来的勇气刷一下站直，勇敢地盯住那双凌厉的眼睛，一字一句地道：

“我保证!”

那一刻，还真有壮士一去不复返兮的气势。

朱祐樘心中暗笑。

果然是不同凡响的沐雨瞳。

……

一边张皇后看到这情景，心一紧，不由得寒由心生。

外人看不出，但自己却太了解身边这个男人了。

他看这沐雨瞳的眼神，和看别的女人完全不同，显然带着一丝欣赏，甚至还有份特别的喜欢……

她一阵晕眩，心中冷冷发出一句：

“这沐雨瞳到底是什么人?”

……

正在此时，花园内却匆匆跑进来一个人，在朱祐樘的耳边说了几句。朱祐樘帅气的脸庞顿时阴云密布，二话没说，转身便往花园外走去。

第十一章　吾心谁知

1

奉天殿上。

“黄河大坝在一日内倾泻千里，睢、豪两州一片汪洋，死伤无数，三十万百姓无家可归……”王恕凄声道来。

“为何朕今日才知！”朱祐樘狠狠一拍桌子，大声叫道。

“河南布政使在一个月前，连上了三道奏折，要求朝廷拨款，修缮已经不堪一击的大坝，却如石沉大海。连老臣也是刚刚得知此事……此中必有奸人作怪，让黎民百姓陷于水深火热之中。请陛下明察，严惩相关人等！”

王恕跪倒在地，老泪纵横。

“这是怎么回事！”

朱祐樘将满满一桌子的奏折狠狠摔在大厅的中间，那一本本硬质丝绸面的小簿子，在冰冷的青石板上，发出了沉闷而又惊心动魄的声响。周边一圈人的心，随即拎到了喉咙口。

其中一人更是冷汗满面，腿脚不住地瑟瑟发抖。

此人正是弘治当朝通政使司官张三越。

“张三越！”朱祐樘怒目而视，大声喝道，“你有什么话说！”

通政使司的职责，是负责将各地承上的奏折交与皇帝批阅，这事他肯定脱不了干系。

但这张三越可真是冤枉。这事明明是刘吉让他做的，那刘吉比他官高上二品，他哪儿敢得罪，却没想到今天东窗事发，陷入泥沼。

他忽然嘣一下跪倒在地，一把鼻涕一把泪地哭诉道：

“陛下！这三道折子是刘吉大人拦下的，那时他在朝外与我说，北郊修缮皇陵正在关键时刻，朝廷正需要银子的时候，此等要钱的折子不奉上也罢……”

他话还未说完，那刘吉已经大哭着拜倒在地，连声道：

“陛下，你千万别听这张三越胡言，老臣从来没有也不敢说出此等话来。他这是在为自己狡辩，请陛下明察！”

“你！你！刘吉！你怎么可以赖账！”那张三越气得浑身发抖，恨不得冲上去咬死他。

刘吉是脸皮极厚的人，当初他拦下张三越，是怕修缮皇陵的银子去做了善款，自己就没油水捞了。但没想到这黄河还真的决堤了，事情闹大了，自己那是打死也不会承认的。

他对着张三越大声喝道："你这厮！别以为找个替死鬼，你就没事了。此等时刻，你还不老老实实地认罪，求圣上从轻发落才是！"

那张三越却冲上前去，一把抓住刘吉的大胡子，又是扭又是打。一时间，两白须老头，在大堂上扭作一团，场面甚是混乱。

朱祐樘看到他们狗咬狗的样子，心中气得是咬牙切齿。

他何尝不知张三越说的是实话，但此刻无凭无证，自己是定不了刘吉的罪的。

他大喝一声：

"将这张三越革职，拖出殿外廷杖三十！即日投入大牢，隔日交与王恕大人查办，定将那后面牵连等人统统给朕抓出来！"

朱祐樘一声咆哮，如五雷轰顶般，响彻云霄。

……

"皇上……臣冤枉！臣冤枉……"

张三越叫干了口水，却无能为力，只由着被两侍卫拖着进了廷杖室，在那里，司礼监掌印太监梁芳和锦衣卫指挥使左宗海一左一右早已等着他了。

"张大人，你别怕，忍一下就好啦！"梁芳怪声怪气地道，露出一个鬼魅的微笑。

正说着，两名锦衣卫校尉走上前，一把抓住已经吓昏的张三越，将他裹进一块大布，放倒在堂中的一块大木板上，只露出一双脚掌。梁芳走上前，轻轻地摸了下张三越的赤脚，柔声道：

"张大人，老臣给你按好脚丫子，你就舒服地躺着吧。"

说完，他将脚尖向内靠拢放好，向身边那两个锦衣卫校尉淡淡地使了个眼色。

那校尉会心一笑，一声"打"字，棍棒就如雨点般落在张三越的大腿和屁股上，顿时惨叫声不绝于耳。很快的，那布上就渗出了鲜红的血液，而那张三越原本还挣扎几下，到后来就像死猪一般一动不动。

……

"陛下，那张三越体虚身弱，打到二十七杖的时候死了！"一位侍卫走上殿来，大声禀报道。

朱祐樘刷一下从龙椅上站了起来，一身冷汗。

按理三十杖是打不死人的。

这张三越定是被人灭了口。

张三越本不应该死，自己只是想教训一下他，因为刚刚太过愤怒，疏忽了这一点。

可怜这张三越竟然做了替死鬼。

他手捏作了一团，重重地拍了下桌子。

……

2

夜深人静，那一面镜子一样的湖水，微波荡漾，映着那珠圆玉润的明月，美不胜收，这一切，让心烦气躁的朱祐樘心情微微好一些。

他兀自坐在湖边的那块大石头上，打发走了身边的宫女和侍卫，拿起手边那一壶青玉酒瓶，倒下酒，一口饮尽。

今天的事，让他体验到了一种从未有过的挫败感，心中的悔恨与懊恼，却无人可说。

这酒，是蒙古进贡的烈酒，今天不知怎么想起了它，觉得只有它才可解忧。

草丛中发出了一些声响，朱祐樘却面不改色，反而淡淡地吐出一句：

“站那么久了，出来坐会儿吧。”

草丛中萎萎缩缩走出一纤细的身影。

正是沐雨瞳。

说起这沐雨瞳刚刚教授两皇子结束，用过晚膳以后正想在这后花园走走，却没料到竟会在湖边遇到朱祐樘。

那朱祐樘一人独自对着湖面喝着闷酒，估计是有什么不开心的事。

雨瞳正想着自己是走还是留，却没料到他竟然早就发现了自己。

没法子，只有厚着脸皮走出去了。

古代见到皇帝都是三跪九拜的，先跪着再说吧。

雨瞳没多想，啪一下就跪下了，学着别人的腔调，道：“沐雨瞳参见皇上!”

那朱祐樘却似乎没有听到，目光淡然地扫视着前面，许久才吭了一声，指了指身边那块石头，示意她坐在他身边。

她也不敢多话，远远地在朱祐樘身边坐下了。

说实话，她的心都快跳出嗓子眼了，手脚麻木，不知道应该如何摆放它们。

身边这个高高在上的男人，忽然之间与自己平起平坐，又只有咫尺之近，这种感觉，就像是你崇拜的大明星，有一天忽然出现在你面前，那种手足无措的慌乱和兴奋，是很难用语言来表达的。

气氛有些沉默，那朱祐樘没有说话，只是顾自一人喝着酒，似乎当雨瞳不存在。而雨瞳鼓起勇气，偷偷望着他。

眼前这位大明皇帝，湖光反射在他俊美的侧面，她这才发现他睫毛很长，而鼻梁异常挺直，竟然有些像混血儿。他的嘴唇很薄，侧面看过去，只开启着一个微妙的角度，却恰到好处得要命。

世界上有这样一种人，他们身上有股特殊的气质，却很难用言语来表达。你走近他，就会感到一股强烈的气场，像磁石般地吸引着你，让你坠落在一个手足无措的空间，你所有的自信、执著以及傲慢，无影无踪，无迹可寻。

雨瞳心跳得极快，她几乎都能听到它的声音了。

……

正在此时，那朱祐樘却突然发话了：

“沐雨瞳，你说，朕这个皇帝当得怎么样?”

他冷不防的一句话，让雨瞳的心跳瞬间停止了三秒钟，不一会儿，又开始重新跳动，不过比刚才更快了。

"啊？什么？"雨瞳干干地吐出一句。

他回头淡淡地看了一眼沐雨瞳，抿了口酒，重新道：

"朕让你说，朕这皇帝当得如何？"

"噢……很好啊。"雨瞳不动脑子，脱口回答。

朱祐樘嘴角装满嘲笑，"好？呵……连几十万百姓的安危都不能保证，连手下的大臣的生命都不能掌握，这样的皇帝还能算作好吗？"

他的一席话说得雨瞳目瞪口呆，半天没有反应。

那朱祐樘却苦笑了一下，又拿起酒瓶，倒了一杯酒，一饮而尽。

雨瞳已经听说了黄河水灾的事，忽然明白他为何一人独自在喝闷酒了，心想这朱祐樘果然是心系百姓，看他这难过的样子，就像是自己家人受了难一般。

她轻叹道："并不是所有的事，我们都能控制……"

朱祐樘冷笑，道："朕是天子，难道也要为自己找借口？"

"天子难道不是人？只要是人，总有办不到的事。"

说到这儿，忽然想起自己莫名穿越到这儿却不知何年何月回去的现实，心中有些怅然，脸色变得沉重许多，叹了口气，低下头去，开始摆弄自己的裙带。

看着她怅然失魂的样子，朱祐樘一怔，忽然想起前几天她独自一人站在湖边哭泣的模样，心想这沐雨瞳受了这样大的委屈，却对自己只字不提，不知她心里在想什么。

他转过头，询问道："你就没什么要向朕禀报的冤屈吗？"

雨瞳一怔，想了想，笑道："什么冤屈？"

朱祐樘没想到她竟然回答得这么干脆，弯唇道："朕知道那厚照和厚炜两儿，生性顽劣……"

"皇上！"雨瞳打断了他，轻笑道："两位皇子天性善良，纯真可爱，雨瞳很喜欢他们。"

"真的？"朱祐樘一惊，看着她坦坦无瑕的样子，竟然有股特别的可爱，心一动，不由得脸上堆积了笑意。

看着他微笑的样子，雨瞳顿时脸变得通红，心跳加快。

不知怎的，每次朱祐樘看着她时，她就像是缺氧一般，不能自已，特别是当他如此这般微笑时，更是魅力无比，整个天空都被这笑容点亮一般。

她定神道："皇上，两皇子以前这般调皮是有原因的。"

"噢，什么原因？"

雨瞳笑了下，忽然停顿了下来，缓缓起身，向湖边走了一步，长长地吸了口气，道："他们只是因为孤独。"

"孤独？"朱祐樘一惊，脱口而出，"什么意思？"

雨瞳叹了口气，淡淡道："两位皇子，虽然贵为皇家子弟，却时常见不到父亲，这般顽皮的年纪，本是应该和父亲一起摸爬滚打的时候，而皇上您却忙于国事，很少去关注他们。他们以前的所为，只是为了引起这个父亲的注意，想让父亲多去看看他们而已。”

她的一席话，说得朱祐樘倒吸了口凉气，不由得从位子上站了起来，看着她的身影，长久地说不出一句话。

许久，他才沉沉地吐出一句：

“孤独？这点朕倒是没有想到。”

雨瞳轻笑了声，继续道：

“人可以被辱骂，被伤害，被委屈，但最可怕的是孤独。因为前者至少还有人关注你，而后者，却像被抛进了未知的世界，无人倾诉，也无人懂你。”

她说到这儿，不知哪来的一股勇气，转过身，盯住朱祐樘的眼睛，坚定地道：

“皇上，你也很孤独，不是吗？”

朱祐樘此刻的心就像是被谁狠狠敲了一下，他惊异于此女子的观察力和洞析力，没有想到她竟然可以一语道中自己内心最深处的那块地方。

孤独！

是的，虽然自己贵为天子，却无人可倾诉，无人会理解，自己的那份彷徨和懦弱，总是在夜深人静时，浮出水面，就像此刻那一波粼粼，在心中荡漾，无助却又不断轮回。

这沐雨瞳究竟是何人？

这长得普普通通却语出不凡的女人，到底是来自何方？

为何感觉她与自己这般心犀相通，宛若前世相识。

他心中不断地问着自己这个问题，眼神中闪过一丝触动。

许久，他微微笑了下，拿起手中的酒壶，轻轻道：

“沐雨瞳，来，陪朕喝一杯。”

看到他有些怅然的模样，雨瞳心中也一触，不知哪来的伤感情绪，油然而生。

她微微动了下嘴角，接过朱祐樘的杯子，学着他的样子，一饮而尽。

但那蒙古烈酒可不是一般的酒，这般喝来，竟然呛口得很，一股酒气直冲鼻腔，雨瞳不由得大声咳嗽起来。

看着她的样子，朱祐樘一阵怜爱，忍不住笑道：“沐雨瞳，你没事吧。”

雨瞳干笑了几声，捂着喉咙道：“没事……没事……呵呵……再来一杯！”

她又接过一杯，又一饮而尽，这下有准备，倒是舒服了不少。那股酒劲化作了一道红晕，在她雪白的肌肤上散开，犹如一朵红云绽放，美得很。朱祐樘竟然看痴了。

……

他镇定了自己的情绪，转化为一个不经意的微笑，眼神投向了湖面，想是在思忖着什么。

许久，他淡淡吐出一句：

“沐雨瞳，你也很孤独吧。”

这回轮到雨瞳傻眼了，她刚刚入口的那股酒液，在喉咙口打了个转，重新又狠狠地呛了她一回。

这个……这个大明皇帝，简直就像藏在你心里很久了，你什么想法，都躲不过他鹰一样的目光。

她止住呛，咽了口水，傻傻地抬起头，望住那一轮亮得像银盘一样的明月，许久没有说话。

不知过了多久，长长叹了口气，道：

“世间如此浩瀚，却找不到我的家。迷失在这个不属于我的世界中，却不知何时能找到回去的路。我才是真正真正真正的孤独！”

说完，她学着李白的模样，拿着酒对着明月萧洒地一敬，一饮而尽。

她漫无边际的话，加之那惆怅的模样，让朱祐樘有些吃惊。

他微微一笑，站起身来，走到沐雨瞳的身边，轻声道：

“每个人都迷失在天地之中。谁又能知道什么是真实的，什么又是梦境？你从另一个世界来到这里，又怎能肯定这里原本不是属于你的世界呢？或许，这里才是你真正的家。”

他的话，击得雨瞳几乎站立不稳。

的确，自己难道一定属于21世纪吗？

她想起那神秘的乞丐，酒吧中的身影，这一切的一切，就像是命运在冥冥之中召唤自己来此……

她转头看着眼前这个男人，他深邃的眼眸像一汪深不见底的潭子，那种萦绕在心头挥之不去的迷失感，将自己完完全全地抛入这汪深潭……永不翻身。

这一切，不正是他召唤着自己吗？

这个高高在上的男人，这个在梦里出现过的男人，此刻明明白白地站在自己面前，似乎就是回应那一声响彻云霄的召唤。

可是，他是谁？

他到底是谁？

他不是那青史留名的皇帝吗？不是那傲视天下的天子吗？不是那个坐拥江山美人的最有权力的男子吗？

他为何要召唤自己？为何要将自己带入这个陌生的世界？

这是为什么！

她一阵晕眩，五脏六腑绕在一起，站立不稳，一屁股坐到了大石头上。

……

夜色愈来愈重，那对湖边的身影也渐渐被这夜色淹没。

然而他们没有放下手中的酒杯，反而一杯接着一杯，畅快淋离，意犹未尽。

眼前的脸庞，越来越模糊，而心在那一刻，却变得越来越近。

伴着浓厚的酒意，雨瞳放松了许多。她脸上已经没有了慌乱与胆怯，取而代之的是从未有过的踏实感觉。因为坐在这样一个男人身边，自己的心就像是被四平八稳地放在了一双厚实的大手上，那从手心传出来的温度，温暖得就像一床大被，盖着她的人、她的心，还有那份对未来的迟疑……

她知道，自己已经完完全全落入了这个朱祐樘的世界，自己的心已经一丝不挂地被他俘虏。

即便此时是梦也好，即便明日他仍旧会是那个高高在上的帝王也好，但只要此刻这一秒，自己能在他的身边，迷失在那双比星空还要灿烂的眼眸中，一切都不那么重要了。

真的，什么也不重要了。

那酒意悄然化作了一个最满足的笑容，雨瞳柔弱的身体渐渐倒下……

她醉了。

朱祐樘淡淡地看着怀中这个已经醉去的女子。

那并不标致的五官，在此刻看来，却美得像那轮明月般无可挑剔。

一股炽热的温度在体内翻腾，却说不出到底是酒精让自己醉了，还是眼前这个女子让自己醉了。

他嘴角堆起了不经意的笑容，轻轻脱下身上的龙袍，将她温柔地裹在其中，然后缓缓起身，抱着她向寝宫的方向走去。

……

走到龙床边，他将她轻轻地放下，又摊开那床金黄色的被子，软软地盖在她身上，又留恋般地看了下她酣睡的脸庞，微微一笑，走到了一边的桌边，打开了放在上面的一叠奏折……

夜如此之深。

那一烛红灯，照亮了这扇尊贵的窗子。那一剪人影，伴着烛光，坦然、潇洒，守护着那一颗悸动却又沉默的心灵，在这天地间，化作了最美的一幅图画。

……

退却三千浮云，那人只在灯火阑珊处。

原来如此，原来如此啊……

3

清晨的第一缕光线不知何时已经爬进了那精美的红木窗栏，洒在那金碧辉煌的屋子中，格外耀眼夺目。

雨瞳沉沉地睁开双眼，意识慢慢清晰，却被这眼前的一眼铺天盖地的金色惊醒。

她刷的一下从床上坐了起来，看到这一床金灿灿的被子，吓得目瞪口呆。

这是什么？

龙被？

龙床？

她转头一看，满屋子的金色，染满了她的眼眶，一时间，眼花缭乱，一阵晕头转向。

她揉了一下眼睛，怀疑自己是不是看错了，定下神来，才发现这的确是皇帝的寝宫。

雨瞳参观过故宫，她也亲眼看过历代皇帝的房间，只是此刻的那一派景象，那一片新鲜的金色，带着一种夺目的真实感。

她脑子嗡嗡作响，没想到自己今天竟然真的睡在这龙床上。

睡在龙床上？

这代表什么？

她脑子又是嗡的一声，连忙看了下自己的身体，却发现衣物完好无损地穿在身上，一颗心总算是放了下来。

她又打量了一下房间，却“呀”的一声叫出来。

原来，那一边的榻上，竟然多了一个身影。

正是朱祐樘。

只见他微闭着双眼，似乎仍在熟睡，一床薄薄的毛毯斜斜地盖在身上……

没想到，昨夜他竟然睡在榻上，而把龙床让给了自己！

雨瞳已经惊得无法言语。

天啊，怎么了，到底发生了什么？

只记得昨天晚上自己在湖边喝醉了，然后，然后就什么也不记得了。

可是，她万万没有想到的是，这个大明皇帝，竟然将她安置到了自己的寝宫之中，还把温暖的龙床让给了她，自己却睡在冰冷的木榻上。

整整一个夜晚！

一种从未有过的感动，在胸口盘旋，眼睛不由得湿润了……

朱祐樘其实早已醒了，微醺着眼睛看着那床上挤眉弄眼的沐雨瞳，薄薄的嘴唇一弯，堆起了一阵笑意。

正在此时，门外却响起了李广的声音。

“皇上，早朝的时间马上要到了，小的要进来为皇上梳洗了！”

“进来吧。”朱祐樘说着，从榻上一跃而起。

那李广得到皇帝的允许以后，随着一群宫女走进门来，正想帮皇帝穿戴，却冷不防看到龙床上的沐雨瞳，吓得“啊”一声大叫起来。

“皇上……皇上……昨晚……”

朱祐樘却微微一笑，没有多言。

他当然没有必要去和一个太监解释什么。

那李广却也不敢多问，只是慌忙给皇帝穿戴朝服，眼睛却一边溜着沐雨瞳不放。

那沐雨瞳被李广和一群宫女看得脸庞发烫，心想这下完了，自己清早出现在皇帝的寝宫中，准保被他们以为自己已经被皇上那个……那个……

要命，这在古代是不是叫被临幸啊。

天哪，自己的一生清白啊。

要怎么跟他们解释啊。

……

“你说昨夜皇上临幸了沐雨瞳？”听了李广的叙述，张皇后惊得从座上刷一下站了起来，脱口而出。

“是的，皇后娘娘，小的亲眼看到那沐雨瞳睡在皇上的龙床上。”

李广是张皇后在后宫一手扶植的，经常为她捕风捉影，了解朱祐樘的行踪。

什么！这沐雨瞳居然上了皇上的龙床！

张皇后的心一沉，惊得头皮发毛。

她心一急，拂起袖子，便向门外走去。

“沐姑娘好！”

……

这一路上，沐雨瞳可是真忙坏了，每个走过的宫女太监大臣，见到自己都是唯唯诺诺，笑容满面，差一点要在自己面前磕头了。

这状态，让她有些不太适应。

心想，完了，自己被皇上临幸的事，没出片刻就已经传遍宫内外，难怪他们见了自己，就如同见了第二个皇后一般恭敬。

天哪，这该怎么办？

这种绯闻可闹不得，自己虽然心仪这皇上，但毕竟人家是有老婆的人。

……

“你们在干什么？”

一声厚重而富有磁性的声音在身后响起。

雨瞳转头一看，只见那朱祐樘不知何时站在了身后。

她惊得从地上嗖一下站了起来，又狼狈地啪一下跪在了地上。

“皇上……”

朱祐樘笑着蹲了下来，看着已经半成形的一个泥巴城堡，摸了下朱厚照和朱厚炜的脑袋，轻轻笑道：“这是什么？”

“父王，这是沐先生教我们搭的白金汉宫！”两个孩子稚嫩的声音响起。

“白金汉宫？是什么？”朱祐樘忍不住问道

沐雨瞳有些尴尬，也不知道怎么去解释，只好干笑了几下，道：“反正就是和皇宫差不多的东西。皇上想和我们一起玩吗？”她壮起胆子道。

朱祐樘嘴角堆着微笑，径直卷起了两个袖子，走到两个孩子中间，轻声说了句：“来，父王和你们一起搭这个白金汉宫。”

他话还没有说完，那二皇子朱厚炜却已经抓起一块大泥巴，抹到了朱祐樘的脸上，哈哈大笑道：“哈哈哈，父王成大花脸啦！”

雨瞳一惊，正想谴责那无理的小子，却见朱祐樘丝毫没有生气，反而咯咯一笑，一把抱起朱厚炜小身子，将他扔进了泥巴堆。

那小子顿时变作了一只小泥猴，狼狈的样子让一圈人忍不住大笑。

看到他们父子玩得那么开心，雨瞳欣喜之余，忽然觉得一股特别的温暖，感动之情溢于言表。

这才是父亲和儿子应该有的状态啊。

……

几个人围坐在这小土堆中，你来我去，脸上身上沾满了泥巴，却是开心之极……一时间，笑声四起，好不惬意的一幅景象。

这幅景象，深深映入了花丛中那对灿若星辰的眼睛，渐渐转化为一种刻骨铭心的怨恨，迸发出火焰……

她捏紧了双拳，走上前去。

“皇后，你怎么来了？”朱祐樘看到皇后，微微一笑，道，“来，和我们一起玩泥巴。”

张皇后已经气得浑身血液燃烧成一团，但仍然保持着微笑，微微一躬身，也卷起了袖子，对两个皇子道：“好，母亲和你们一起玩！”

她故意把“母亲”二字说得很重，像一记警钟一般敲打着雨瞳的心。

雨瞳一怔，看到张皇后朝自己颇有深意的一笑，心中顿时明白了许多。

她默默地起身，退让到了一边，远远地看着他们一家四口嬉笑玩耍。

一股从未有过的伤感，忽然从头到脚包围着雨瞳，就像是有千万只蚂蚁，一点一点啃咬着她的皮肤，不是很痛，却有种说不出的难受。

忽然觉得眼中有点热热的东西，她咽了口口水，硬是生生将它又忍了回去，转身向外面走去。

……

“听说昨夜皇上临幸了沐雨瞳？”

张皇后抹着手中的泥，冷不防地问出一句。

这一问，将朱祐樘从玩耍的喜悦中惊醒过来，这才发现那沐雨瞳已经不知所踪，而张皇后的提问也让他有些措手不及。

他思绪停顿了下，转化为淡淡的一个笑容，笑道：“朕没有临幸于她。”

“可是，可是……”

朱祐樘放下手中的泥巴，轻哼了一声，道：“皇后，朕知道你在乾清宫这儿安置了不少眼睛，朕没有在意，但也不必将一言一行，统统向你汇报吧。”

他语气有些生硬，说得那张皇后脸色煞白，颤抖不已，道：“皇上，臣妾本不该管皇上的隐私，臣妾只是为皇上开心，能临幸其他的女子，是我们大明朝开枝散叶的好机会。此为后宫之事，臣妾就不能关心一下？”

朱祐樘冷冷一笑，道：“皇后，朕刚刚说过，朕没有临幸沐雨瞳。”

“……”

看着张皇后一脸复杂的表情，朱祐樘缓缓起身，叹了口气，也未多说什么，径直向内宫走去。

第十二章　春华秋实

1

接下去几天，沐雨瞳都有些失魂落魄，像是没了灵魂一般。

前些日子，每天想着怎么回去现代，而这段日子，自己的心态却完全改变，不仅把回去的想法丢到了一边，还每天朝思暮想地要见到那朱祐樘。只要见到他，哪怕只有一分钟，整天的心情都会被点亮。他看自己一个眼神，一个微笑，都可以让自己美梦一晚。她悲惨地发现，自己的心、神、意、念已经完完全全交给了这位大明皇帝，这个完美的男人。

但这个男人根本就是一个遥不可及的梦，她从来没有奢望过得到这个男人，却愿意就这样，默默地守在他身边，就这样看着他，也心满意足。

她胡思乱想着，不觉得天色已暗。

站在那熟悉的湖边，看着那满塘落在水中的星星，想起自己曾经与朱祐樘在这里，对酌谈心，灵犀相通，心中更是种说不出的滋味。

她有些惆怅地坐到了那块大石头上，动情地叹了口气。

"整天唉声叹气，是不是你操心的事太多了?"

一记富有磁性的声音在身后响起，雨瞳所有的血液冲上脑门，怔立了一下，一转向，看到了那张朝思暮想的脸庞。

她一喜，竟然说不出话来，呆了半晌，才反应过来，哗一下跪在地上，道："参见皇上。"

朱祐樘脸上带着一丝调侃，缓缓走到那块大石头边，潇洒地拂了一下身上的长袍，刷一下坐了下来。

"坐下吧。"

雨瞳僵硬地坐下，看他沉默不语，也不敢多言。

谁叫人家是皇帝呢，打个喷嚏就能要你的命。

……

"沐雨瞳，向朕说说你的那个世界。"

他冷不防的一句话，让雨瞳有些慌了神。

……

"我的世界太不同了。"

"噢？有什么不同?"朱祐樘坐直了身体，有些好奇。

雨瞳笑意爬上脸庞，道："我的世界，人与人是平等的，没有皇上，也没有贱民，每个人都可以到网络上恣意地发表自己的想法；相隔再远的人，也可以像朋友一般谈天说地……”

“网络?”朱祐樘笑了下，若有所思地看了一眼雨瞳，道，“是一张网吗?”

雨瞳笑了下，叹道:“算是吧。呵呵。”

“在一张网上，人变得自由与亲近?”朱祐樘脸上显出惊异的表情，星目中闪出特别的光彩。

这是个怎么样的世界?

为何让他心生向往。

他深吸了口气，脸庞慢慢变得舒展，忽然想起什么，又问道:“朕的世界，也可以变作这样吗?”

雨瞳一怔，整理了下自己的思绪，转过头对朱祐樘莞尔一笑，道:“皇上，有你在，就可以变作这样。”

朱祐樘心一触，涌起一股特别温暖的东西，在胸口打转。

不知怎的，和这个沐雨瞳在一起，总会有这样的感觉，只觉得她所言所行，都像有种魔力，让自己那颗不安分的心，变得踏实和快乐。

他不由自主地伸出手，轻轻拾起沐雨瞳的手，吐出一句:

“你随朕去一个地方。”

……

虽说是晚上，但京城的集市仍然异常的热闹。

原来今天是九月初九重阳节，京城正在进行三天三夜的狂欢，所以即使是临近半夜，这城内仍然灯火通明，像一座不夜城。

人群中，行走着四个矫健的身影。走在前面的两位白衣人，略高的那位正是孝宗皇帝朱祐樘，而在他身边一同行走的，正是沐雨瞳。那跟在身后的两位黑衣人，神色严肃，一丝不苟，正是锦衣卫尉青和他的下属白校尉。

四人脱掉宫服，换作一套平常的便服。而那尉青和白校尉，可能不想引起别人的注意，所以没有佩带锦衣卫专用的锦绣刀，只是佩了把平常的长刀，挂在身边。

街上的集市越来越热闹，几乎到了比肩继踵的程度。雨瞳被人群挤得歪来倒去，不时地冲撞到朱祐樘健硕的身体上。他却体贴地伸出手，微微将她搂在一边，保护着她向前行进。一时间，雨瞳面红耳赤，心跳不已。

这种感觉，与其说是随皇帝微服出访，还不如说像和自己的男朋友一同约会。那种怦然心动的激动，是任何东西都代替不了的。

她悄悄地用眼角瞟着身边的朱祐樘，只见他双目炯炯有神，迷人的侧面勾勒出完美的线条，那神情坚毅、傲慢，却又带着一丝莫名的温柔。这不看还好，一看心跳得更快，竟然有种不知所措的感觉，连行走的脚步都变得有些混乱。

……

前方传来一阵热闹的锣鼓吆喝声。

“各位父老乡亲，兄弟姐妹，大家走过路过不要错过，来瞧一瞧，看一看，丰厚的大奖等着各位!”

身边的朱祐樘淡淡一笑，道："我们去看看吧。"

四人走近围观的人群，定目看去，只见中间的空地上，错落地放着许多的玉雕，有山水的，有花鸟的，也有人物的，皆由白玉所雕，淡雅芬芳，特别的惹人喜爱。

那吆喝的人看到四个衣着华丽的人走了进来，心中一喜，心想这下生意上门了。他走上前，上下打量了下朱祐樘和沐雨瞳，笑眯眯地道："这位公子英明神武，气质不凡，想不想试试手气，送件礼物给你的夫人？"

他这一句"夫人"一出，雨瞳的脸已经从额头红到了脚指头，差点没一屁股坐地上。

她偷偷地望了一眼身边的朱祐樘，只见他脸上也闪过一丝尴尬的神情，但很快消失不见，只是淡淡地笑道："要怎样试手气？"

那老板清了下嗓子，扬起手中晃荡作响的铁圈道：

"很简单，一两银子一次，抛出铁圈，圈到哪个玉雕，那就是您的了。"

他话音刚落，周围就有人起哄了。

"公子，别听他胡说，方才很多人都试过了，铁圈太小，根本圈不住！"

那人脸一红，嘶叫道："呸呸呸！谁说的！"

朱祐樘淡笑着，接过他手中的铁圈详视了一遍，发现这铁圈的确有些小，不过才只有几寸宽，刚刚能圈进玉雕而已，没有一定的准力和恰到好处的力道，是必定套不到任何东西的。

他转过头，看了一眼沐雨瞳，轻笑道："沐雨瞳，你喜欢哪个？"

"……"

雨瞳怔了下，半天才反应过来。

不会吧，这皇帝还真会参与这无聊的游戏？

还居然送礼物给自己？

这算不算定情信物啊。

她思绪乱作一团，激动、慌张、局促、害怕，什么感觉都有，脸上的五官奇怪地拧在了一起……

朱祐樘轻笑，又补了一句："沐雨瞳，你想好了吗？"

雨瞳一惊，回过神来，咽了口口水，用手指弱弱地指了下远处的一个玉兔雕。

这雕塑眉目传神，活灵活现，格外的清秀醒目，而雨瞳又刚刚是属兔的，所以一进来，她就看中了。

朱祐樘莞尔一笑，眼睛只是斜斜瞟了一眼那玉兔，手中的铁圈便应声而出，在空中划出了一道漂亮的弧线，不知怎的，不偏不倚地落到了玉兔像上……

人群中发出一阵叫好声，那老板脸变得通红，但也没办法，只有乖乖地将东西送到了朱祐樘的手中。

朱祐樘接过玉兔，转过身轻轻地放在雨瞳的手上。那雨瞳早已激动得快晕过去了，她深吸了口气，努力控制住自己的情绪，接过东西，轻声道："谢过皇……噢，不对，谢过黄公子。"

她说得语无伦次，仓皇失措，惹得朱祐樘怜爱地一笑：

“我们走吧。”

……

2

夜深了，激情狂欢的人们渐渐地隐没在黑暗中，天地回归平静。雨瞳走在回宫的小道上，内心却仍荡漾着根本无法回复的激情，那怀揣着的玉兔，早已经被体温还有火热的心跳，捂得温润鲜活，而那份快乐和不能自已的冲动，让她的脚步也不由得变得轻盈起来。

这一夜，她和此刻行走在身边的男子，一起看了花灯，一起吃了摊边的冰糖葫芦，一起观看了杂耍。自己与他，恣意地大笑，放肆地喝彩，偶尔的凝视意味深长……这一切的一切，让雨瞳感觉自己宛若梦中。

虽然她很清楚这次朱祐樘出宫，只是为了考察民情，体恤民众，她也从未奢望过他是为自己而来的，但即使是这样，她也很开心，即使这份开心，在回宫以后便不复存在，因为到了那儿，他将又会是那个高高在上的皇帝。

她带着一份留恋，只想着这回宫的路能再长一点，再长一点，这样，身边的这个男人，就可以多陪自己一会儿，又或者能永远这样，永远都不要回去。

“你在想什么，沐雨瞳。”身边的朱祐樘冷不防地问出一句。

雨瞳一惊，回过神来，淡淡笑道：“雨瞳在想，皇上的天下国富民安，四海升平，真是一派盛世景象。”

朱祐樘轻笑了下，长长吸了口气，道：

“朕只是想尽力做好这个皇帝，不过有时也会力不从心，不知道今后的人会怎么评价朕。”

雨瞳脱口而出，“皇上治理的天下，被大家称作‘弘治中兴’……”说完，她忽然意识到自己说漏了嘴，连忙捂住嘴巴。

朱祐樘停下脚步，一脸疑惑地望着雨瞳，似乎在问她到底在说什么。

他当然听不明白“弘治中兴”是什么意思，这都是后人评价他的说法。

雨瞳看到他的表情，干笑了一下，支吾着道：“呵呵，那个什么，就是说，皇上统治国家有方，今后一定可以得到很高的评价是吧……”

说着，她忽然神情黯然下来。

历史上，孝宗皇帝只活了三十六岁，也就是说，自己的心上人将会英年早逝。

想到这儿，她忽然心咯一声，落到了谷底。

的确，自己从前从来没有认认真真地想到这一点，然而这些日子，自己深陷其中，却悲惨地意识到了这一点。

即使自己留在古代，又怎能守得了他一辈子。

她扬起头，黯然失措地望着满天星辰，心中充满了说不出的恐慌和失落。

……

尉青一直与白校尉沉默地跟在朱祐樘和沐雨瞳的身后。

他低垂着眼睑，俊俏的脸上，看不出一丝感情，谁也不会注意到，从出宫那一刻起，他的心一直在眼前那个沐雨瞳身上。

她的一颦一笑，一举一动，莫名地牵动着他那颗原本固若磐石的心。

但他已经从沐雨瞳望着朱祐樘的眼神中，看出了什么，他知道她心里已经装进了谁。

她已经喜欢上了皇上。

然而尉青清楚地知道一点，这份喜欢，不会给她带来快乐，只会带来灾祸。

他英挺的眉毛微微一皱，他从未像此刻这般，有着莫名的惆怅和担忧，只觉眼前那个女子，让他想好好保护，却又无能为力。

……

尉青正想着，却忽然觉察到路边的草丛中人影一闪，未过片刻，忽然从中飞出了两道亮晃晃的飞镖，直奔前面的朱祐樘的后脑勺飞去……

他大叫一声："小心！"

那朱祐樘却早有防备，一把将呆若木鸡的雨瞳一抱，闪到了一边。

草丛中却突然飞出了一道人影，向黑暗深处逃去。

尉青刀已出鞘，高叫一声："白校尉，保护皇上！"身体如惊鸿般跃起，直逼那人影追去。

……

尉青一路追至一树林内，发现这里寒气重生，杀气腾腾，周遭弥漫着一股毛骨悚然的气息。

突然，从林子的四方，飞出四道人影，犹如四道寒光，速度极快，直逼他的要害之处。尉青却不慌不乱，气定神若，手中的刀淡淡地挂在手上……

眼见寒光将至，尉青的身体轻轻在原地打了一个转，一时间，黑衣袂袂，尘土飞扬。他手中的刀忽然像是活了一般，随着他的身势，旋转起来，形成一道轮回的气流，竟生生将四道寒光逼退了回去。

那四道寒光被这刀阵一破，退至了四个角落，定下神来，其中一人，冷冷吐出一句：

"锦衣卫第一高手，人称锦绣飞天客的尉副使，果然名不虚传！"

尉青冷笑了一下，收起手中的刀，连看都不看他们一眼，淡淡道："江湖中传说的夜朔王座前四大高手——森罗、万像、魂海、法雀，尉某幸会了。"

站在东角处的一紫衣人，只见他头戴一金色琉璃面具，身披紫色锦绣长披风，手上持着一把坠着银光闪闪链子的"流星刀"，此人正是人称"七步流星煞"的森罗。

南角处是一黑衣人，身材粗壮魁梧，身着一金色豹纹铁甲衣，手持奇重无比的铜制大锤，眼神凛凛，气势逼人，正是"奇门九天锤"的万像。

北角处站着一矮小身材的白衣人，乍一看像个文弱书生，身着一粗布白袍，只持着一把铁制的折扇，含着笑意望着尉青。此人正是四大高手之一的“魂海”，人称“笑面书生逍遥扇”。

北角处是一纤细身材的女子，面目清秀，左眼角上方，赫然绣着一朱雀图案，显得鬼魅异常，纤纤玉手上，拾着一细长冰冷的竹节铁鞭，“玉女伏魔连环鞭”——法雀就是她。

那森罗哈哈一笑，道：“尉副使，得闻你师出华山派名门，自出山以来从未败过，今日我们四位能得遇此等高手，真乃三生有幸!”

尉青哼了一声，淡淡道：“今日夜朔王四大高手齐聚于此，看来我尉某的面子真大。”

那法雀轻声笑道：“尉副使，何必这么谦虚，小女子久仰飞天客的大名，早就想一睹真颜，今日所见果然是英雄出少年!”

“少说废话，”尉青打断了她，意识到他们东拉西扯的，似乎是在拖时间，他喝道，“要取尉某性命尽管来吧!”

那一边的万像早已经按捺不住了，飞身跃起。那千斤大锤在他手中，忽然变得轻盈异常，配合着他的身势，在空中形成一个凌厉的攻势，直逼尉青的后脑而去。

尉青冷笑了声，身体没有丝毫躲避，反而轻轻翻腾了下手中的长刀，在空中划了一道闪亮的弧线，突然回转，顺着那大铜锤的攻势，将其顺势一引，那万像使出的千般力道，竟然就这样悄然化走。他来不及收势，身体一个趔趄差点倒在地上。

那万像气得大吼一声，正想回身再攻去，却没料到那尉青的刀已经以迅雷不及掩耳的速度往他喉咙刺来。眼见那万像躲闪不及，一边的法雀急了，抡起手中的长鞭，像一条锐利的长龙如闪电般游至尉青的跟前，嗖一下缠住了他的长刀，发出一阵清脆的响声……

正处于对峙之势，那一边的笑面书生发出一声阴冷的嗤笑，手中那把铁制扇如孔雀开屏般刷地打开，竟然发出了五道寒光，直取尉青身上五个要害处。

此时，那森罗也长臂一挥，流星刀上的铁链如活了一般，变作了一条银色的长线，而那刀身也随着那铁链像流星身飞了出去，伴着金属的撞击声，朝着那尉青的心脏直直地刺去……

眼见情急之下，尉青身体如游龙般腾起，忽然沿着一边的树干滑了上去，又轻轻在树干顶部一点，身体舞蹈般地在空中翻腾了几周，就像是积蓄了极大的能量一般，突然如闪电般回转，手中的长刀已经不是刀，而是变作一只只猛虎的利爪，向底下四人攻去。

那四人没想到尉青在如此劣势之下，竟然还能主动发动攻击。那魂海大叫一声：“小心!”其余三人大惊失色，万急之中，只有慌乱地收起武器，各自退向了数丈以外……

尉青落地一刻，嘴角闪起一个嘲讽的笑容。

森罗意识到四人加在一起，顶多也就和这尉青打个平手，要取他的性命根本不可能，想到今天的任务并不是来杀这尉青的，只是奉夜朔王的令，将他引到这儿便可以，于是无心恋战，向其余三人使了个眼色。四人心领神会，一声长啸之后，四个身影突然向黑暗中隐没而去……

尉青本想追上去，但一想到皇上的安危，于是收起脚步，转身向回来的路上跃去……

3

却说那沐雨瞳被刚刚一幕惊得目瞪口呆，而那赫然飞出的暗器，更是吓得她一身冷汗。

这家伙只在武打电视剧中看到过，今天遇到如假包换的，还真不是闹着玩的。

她镇定下自己的情绪，转身看着一脸严肃的朱祐樘，关心地问道：

“皇上，你没事吧！”

她话音刚落，突然一把明晃晃的大刀架在了她的脖子上，冰冷的感觉顿时凉透了她全身。

她惊得全身血液凝固，一阵虚脱之后，才赫然发现用刀架着她脖子的不是别人，正是她的心上人——朱祐樘。

此刻他脸上冰冻着就像腊月中的寒雪，那漠然的眼神，几乎像是要吞没她一般。

“说，是谁派你来的?”

他冷冷地吐出一句。

雨瞳像是被人当头一棒，但见他神情冷淡，不像是在开玩笑，忽然心一紧，明白了什么。

她凝固着表情，用干哑的声音道：

“皇上，你在说什么，我不明白。”

朱祐樘哼了一声，道：“朕此次出宫，知道的不过三人，那两位是朕的带刀侍卫，除了怀疑你沐雨瞳，朕还能怀疑谁?”

他的口气异常的生硬，就像是一桶冷水，彻头彻尾地浇了沐雨瞳一身。

她忽然清楚了朱祐樘在说什么。

原来他在怀疑自己是奸细，出卖了他的行踪……

心像是被人割了一刀般的疼，那撕裂的痛楚，像是毒药般开始弥漫全身……慢慢地渗入每一个细胞。

原来自己一直是个傻瓜!

傻得以为眼前这个皇帝已为这个叫沐雨瞳的女子的真诚所打动。

原来自己一直活在自己构筑的世界中。等到此时，她才发现这个看似美好世界根本不堪一击，甚至根本不存在!

眼前这个让自己朝思暮想的男人，正用杀人的厉器指着自己的喉咙。那种心中的痛楚和寒意，不是来自这冰冷的武器，而是来自那份理由，那份让他拔出刀来指着自己的理由!

绝望慢慢开始代替那份惊奇和痛楚，像一块巨石般沉到了心中最隐晦的地方，将细胞一点一点地吞噬……

眼角慢慢地渗出了一些温热的液体，毫无迹象地悄然滑落，眼神变得空洞和无助，似乎除了那一滴液体，再无他物。

……

朱祐樘拿刀的手已经开始颤抖，他已经从雨瞳眼中的那份绝望中看出了什么，英俊的脸上，现出了一丝退却和迟疑。正想说什么，却被雨瞳的一声苦笑打断：

"雨瞳知道皇上为什么孤独了……"

"……"

她用尽全身的力气，淡淡吐出一句："因为皇上谁也不信！"

"因为皇上谁也不信！"

……

这话语像是不断地在重复一般，响彻整个世界。它比那把刀更凌厉，直直地刺入朱祐樘心里最深处的地方，让他忍不住一阵痛楚，竟然痛得连站立都有些不稳。

自己错了吗？

自己错了吗？

为何这沐雨瞳所说的话，会让自己这样的心痛！

……

他想收回手中的刀，却发现那沐雨瞳脸色一变，突然伸手将他身体用力往边上一拨。他定下神来，却发现一边的白校尉手持一长匕首，已经直直地刺入了沐雨瞳的胸口。

心中惊呼！这匕首本来是冲着他来的！

原来那白校尉乘朱祐樘不注意，想要从背后袭击他，却被沐雨瞳发现，用自己的身体替他挡了一刀！

原来，原来白校尉才是奸细！敌人故意把尉青引开，而将白校尉留下，以趁朱祐樘不注意刺杀于他。

……

朱祐樘像是被人当头一棒，所有的意识一片空白。他看到沐雨瞳捂着胸口，表情痛苦，眼神却冷冷地瞟了自己一眼，这感觉像是从他心口挖了一块肉般。

他大叫一声，竟然顾不得自己还身处危险之中，奋勇地向前一冲，一把接住身体不断下坠的沐雨瞳。

那白校尉可能也没意识到自己竟然会刺中了沐雨瞳，怔了半晌，才反应过来，猛地拔出匕首，又向朱祐樘刺来。

正在此时，那尉青已经赶了回来，见到此情景，大惊，来不及多想，手中的长刀如惊鸿般飞出，嗖一下刺中了白校尉拿匕首的那只手。白校尉惨叫一声，倒退了三步，捂着手倒在了地上。

尉青一个箭步上前，拾起刀直指着他的脸，正想审问，却没料到那白校尉突然露出一个鬼魅的笑容，嘴角一弯，口中吞了一颗毒药，不到半刻间，便口吐白沫，一命呜呼。

尉青顾不得那么多，连忙转身看去，只见那沐雨瞳已经倒在朱祐樘的怀中，胸口那雪白的绸衣上，绽放着凄厉的伤口，那鲜红的略带黑色的液体正不断地往外冒。

刀上有毒!

尉青正想冲上前去，却发现那朱祐樘已经刷刷刷在沐雨瞳身上点了三处穴道，封住了毒气的走向，又哧一下撕开了雨瞳胸口的衣物，露出一大片被鲜血沾满的皮肤，二话没说，竟然低下头去，用嘴不住地吸吮着伤口的毒液。

他一惊，大叫道："皇上，万万不可！这样你也会中毒的!"

他冲上前，正想阻拦朱祐樘，却没料到朱祐樘伸手一挥，示意他不要上前，然后认真地、凝重地、细心地处理着雨瞳的伤口。

尉青完全呆了。

他根本没有想到当今皇上竟然会不顾自己的安危，去救一个普通的女子。看着他那奋不顾身的样子，看着他注视着已经晕去的雨瞳那份焦急的表情，他忽然明白了什么，全身僵硬在那儿。

原来，原来圣上喜欢这个女子。

……

毒终于止住了，那雨瞳的身体却已经化作了一团棉花，柔软地倒在了朱祐樘的怀中，长长的睫毛盖在因痛苦而变得纠结的眼睑上，肤色已经退化成惨白的纸色，看得朱祐樘心都碎了。

"雨瞳知道皇上为什么孤独了……因为皇上谁也不信!"

这句话还余音未了地盘旋在朱祐樘的脑海中，比那把夺命的匕首更锋利，更让他痛不欲生。

紧紧抱住怀中这个女子，将自己的脸深深地埋进她倾泻的一头青丝中，忽然间就热泪盈眶……

秋风随着夜起，在凛凛天地间，凝固着三个身影。

懊悔，痛心，绝望，还有那份怅然失措的无奈，盘旋在这三人的心中。

爱与被爱，原本这么简单。

这么简单啊……

第十三章　心事两知

1

夜色出奇的凝重，天空中微弱地闪着无力的星火，试探地照着这个叫做“鬼枫谷”的地方，更显得阴冷之极。

鬼枫谷中间，悍然屹立着一个神坛，神坛的宝座上，斜靠着一个颀长的男人，不，不能简单地说是男人，因为他比女人还要美丽，还要妩媚！只见他脸如桃杏，肤白胜雪，轻挑入云的丹凤眼，斜眯着勾魂眼眸，冷冷地看着神坛下跪着的四人。

他正是江湖上让人闻风丧胆的夜朔王——柳夜朔。

跪着的四人，正是与尉青交手回来的四大高手，森罗、万像、魂海及法雀！

此时的四人心生寒意，连大气也不敢出，因为，他们刚刚禀报过夜朔王刺杀皇帝任务失败的消息。

柳夜朔脸上没有任何表情，只是用一种尖细的如同箫声的声音，淡淡吐出一句：“这么说，那白校尉已死？”

“是的!”森罗抱拳道，他心跳极快，连目光都不敢接触神坛上的那个王，“我们听闻宫内传出的消息，说是那白校尉当即服毒自杀，未留下活口。”

柳夜朔嘴角一动，点了下头。

这白校尉也是个知趣的人，知道任务失败，即便逃得过锦衣卫的严刑拷打，也逃不过夜朔王的追杀，还不如一死了之。

他想到什么，又问道：“那沐雨瞳为何人，你们可看清她的面目?”

“这沐雨瞳听说是那朱祐樘跟前的红人，这次随他一同出宫，若不是她的干扰，白校尉本来已经成功了。天色太暗，我们也没有看清她的长相。”

“哼!”柳夜朔冷冷地打断了他，道，“办事此等大意，竟然会让一个普普通通的女人，坏了大事!”

那四人吓得脚腿发软，连声磕头。

从神坛后忽然走出一人，只见他满头枯黄的头发，几乎遮掩了一半的惨白如死鱼的脸庞，而那露出的一部分，悍然是一只空洞无底的眼睛。

鬼军师微步上前，看了一眼四大高手，转身向夜朔王躬礼道：

“夜朔王莫急，此番刺杀虽然失败，但罪责并不全在四位高手身上，再说，宫内还有我们的人，机会肯定会有的。”

夜朔王点了下头，朝四大高手看了一眼，道：“你们下去吧。”

那四大高手连声叩谢，滚爬着下去了。

鬼军师转动着那死人一般的眼珠，向夜朔王恭敬地道：

“第一套方案失败了，我们还有第二套方案，现在就要看桑扶烟的行动了。”

“听说那桑扶烟很难接近朱祐樘？”柳夜朔坐直了身体，露出有些犯难的表情。

鬼军师冷冷一笑，道：“王，此事急不来，要找机会才行。那五省提督段青常已经调集一万兵马在京城外隐蔽驻扎，而宫内李孜省大人和梁芳总管也联系了西厂部分兵力以作内应，只等那朱祐樘一死，便可全面行动!”

他说着，躬身上前，在柳夜朔耳边轻喃道：

“若是此套方案不行，我们还有第三套方案，莫急。”

夜朔王瞟了一眼鬼军师，点了下头，道：“第三套方案可有把握?”

鬼军师脸上闪过一丝阴冷的表情，道：“这套方案牵涉面太大，需小心行事。但请王放心，此等大业一定完成，届时夜朔王您就是天下无敌，四海朝贡!”

夜朔王满意地点了下头，这鬼军师出身极其古怪，据说是天降神灵，料事如神，而且精通法术，能运用天地间神秘的力量。自从他得到这鬼军师以后，万事有把握多了。

2

从辽东回来，听说了沐雨瞳受伤昏迷不醒，朱祐樘急得三步化为两步，直冲乾清宫而去。

只见金黄色的屋子内，那朱祐樘正一脸凝重地坐在床头，眼睛目不转睛地看着躺在床上的沐雨瞳。而那沐雨瞳则紧闭着双眼，似乎还没有醒。

看到朱祐樘进来，他抬起头一惊：“你回来了?”

朱祐樘一脸焦急，但还是控制住抱拳作礼道：“是的。”

他说着，眼睛却目不转睛地望着床上昏迷的沐雨瞳，接着道：“皇兄！沐雨瞳怎么样了?”

朱祐樘英俊的脸上已经有了倦容，没有回答。

正在这时，床上的沐雨瞳忽然眼皮一动，似乎有醒来的迹象。

朱祐樘一见大喜，正想一个箭步冲上前去，却没料到皇兄朱祐樘先他一步，刷一下站了起来，一把握住沐雨瞳的手，轻声叫道：“沐雨瞳，你醒了?”只见他那脸上的欣喜和激动，竟然丝毫不亚于朱祐樘。

朱祐樘收住了脚步，忽然意识到了什么。

……

雨瞳像是沉睡了很久，终于找回了意识，她艰难地睁开双眼，神经一点一点被唤醒，却发现身体像被撕裂般疼痛，让她忍不住“啊”一声叫出来。

“你怎么样?”

眼前出现一张俊朗而又熟悉的脸庞，那上面写满了担忧和焦急的神情。

她定神一看，才发现朱祐樘紧紧地握住自己的手，目不转睛地望着自己。

丢失的意识重新回到了脑海，她回想起自己遇刺的那一幕，一阵酸楚，生硬地将手从朱祐樘的手掌中抽了回来，干笑了声道：“我没事。”

朱祐樘正想说什么，那身边的朱祐樿已经走上前来，重新拾起沐雨瞳的手，柔声道："雨瞳，你怎么样了?"

沐雨瞳看到久未见面的七王爷朱祐樿，顿觉一种莫名的亲切感，鼻子一酸，眼泪不由自主地流下来，轻叹道："七王爷，你回来了?"

朱祐樿看着她虚弱加上委屈的样子，心都快碎了，身体向上一探，抚摸过她满是冷汗的额头，微微一笑，道："嗯，别怕，有我在。"

他这话说得朱祐樘心一紧，竟然难受得不得了，英眉一皱，咬了下牙，退到了一边，沉默不语。

朱祐樿放下沐雨瞳的手，起身向朱祐樘作了个礼，认真地道：

"皇兄，七弟请求带沐雨瞳回我府上养伤!"

听着七弟的话，朱祐樘心中像是被千只蚂蚁咬着般难受。

这些日子，他日夜守在沐雨瞳的床边，担忧加懊悔，比自己受伤还要难受。

今天七弟提出这个请求，他却不得不同意，因为他没有任何理由将这沐雨瞳留在宫中。

他思忖了一下，缓缓地点了下头，又深深地望了一眼躺在床上的沐雨瞳。

雨瞳接触到他灼热的目光，却故意别过头去，将头转向了床的另一边。

这次受伤，让她清醒了过来，知道自己不能再错下去……

第十四章　落花有意

1

满园的秋色，悄然降临到这华丽的院落中，扬起的秋风，温柔地抚摸着那飘扬作舞的纱帘，让这精致的七王爷府，更显得韵味十足，暧昧异常。

到处弥漫着那股淡淡的木棉花香，不知道是从哪儿角落中传出，包裹着每一个人，让那秋风也变得温暖几分。

雨瞳扶着虚弱的身体，从床上缓缓起身，盈盈走到了院子中。那门口的侍女一见她出来，惊得大叫："沐姑娘，你起来啦，千万别受凉了！"说着，她赶紧拾起一件金色的锦绣披风，小心地盖在了雨瞳的身上。

"七王爷呢？"雨瞳有气无力地吐出一句。

侍女应声道："噢，王爷刚刚出门去为姑娘采药了。大夫说姑娘还需一个方子调理下身体，七王爷不放心，亲自到药局去采购药材去了。"

雨瞳心头一暖，一种感动的哽咽忽然到了喉咙口。

这一个多月以来，那朱祐樿几乎日夜守在自己身边，从起居住行，吃喝采药，每一关都亲力亲为，容不得任何人插手。他还亲自为她熬制汤药，一口一口地喂她入嘴……

她真没料到，原本那个放荡不羁，拿自己当玩物的混蛋王爷，竟然会有如此温情感性的一面。

想起这些，胸口聚集着某种特别温暖的东西，眼前浮起那张俊秀的脸庞，竟然有种怦然心跳的感受。

……

正想回屋，却听到前方传来了清脆的女声。

"雨瞳姐姐，你起来啦！"

只见一席人迎面向她走来，带头的正是七王爷的十八妾珊瑚，而她身后则跟着三位同她差不多年纪的美人。只见她们各身着淡色罗裙，身披薄如蝉翼的纱衣，面若桃花，姿态妖娆，都是一等一的美女。

只见她们四人笑盈盈地走到雨瞳跟前，带头的珊瑚更是亲热地上前，一把抓住雨瞳的手臂，关切地道："你身子刚刚恢复，可千万别累着啊。"

雨瞳轻轻一笑，道："谢谢珊瑚妹妹。"

珊瑚笑道："噢，我们要和其他十四位姐妹一起去东边的园子赏花饮茶。雨瞳姐姐，你有气力吗，和我们一起去如何？"

她这一声邀请，也引起了其他三位美人的积极配合。

雨瞳拗不过她们，又想起闷在屋子里已经一个月了，的确应该去透透气，于是微笑着点了下头，在四人的搀扶下，径直向那东园走去。

秋天的阳光已经没了夏日的张扬，只是微微透着一股特别的和煦，和那满园五颜六色的菊花配合在一起，显得格外惬意。

雨瞳走进这园子，深深吸了口气，却听到那花丛中笑声一片。

她放眼望去，也不由得惊叹了一声。

只见那花丛中坐着一圈人，都是些年轻女子，与那菊花相映成辉，好一派色暖人间的美景。

其中一人转过头来，看到了珊瑚一行，用银铃般的声音叫道："珊瑚，快过来吧。"

雨瞳随着珊瑚一行走到了她们中间，众人交头接耳了一番，打量雨瞳，看着她脸色发烫，有些手足无措。

其中一个较为年长的美人起身走到雨瞳面前，拉起她柔若无骨的手，轻笑道："雨瞳姑娘，你终于起来啦，来来来，快坐下吧。"

说着，她将发愣的雨瞳拉到了一边，扶着她在一檀木椅上坐下，又吩咐边上的侍女给她倒了杯茶。

"雨瞳，这位是我们的大姐，紫鸳。"

雨瞳一惊，心想古代三妻四妾的政策，这正妃的地位一定是很高的，所以这紫鸳可能就是这些妾妃的领导吧。

她干笑了声，向那紫鸳行了下礼。

紫鸳连忙扶住她，道："雨瞳姑娘，千万别动了身子，要是有什么闪失，奴家可没法向七王爷交代啊。"

她说完，周围十几位美女齐齐地应和。

雨瞳尴尬地一笑，回答道："紫鸳姐姐言重了，雨瞳只是一个普通女子，幸得七王爷这位朋友相助，才得已养好伤……"

"朋友?"紫鸳打断了她，咯咯一笑，道，"雨瞳姑娘，不瞒你说，奴家认为七王爷从来没有将你当作朋友那般简单，雨瞳姑娘在七王爷心目中的地位非同小可啊。姑娘你不知道吗?"

旁边的二妃插嘴道："雨瞳姑娘，我们大家都认为，七王爷是想纳你为妾吧。"

她的话音刚落，雨瞳差点没从椅子上滑到地上。

她止住加快的心跳，镇定下情绪，干笑道："姐姐，你在说什么……我怎么听不懂。"

她话还没说完，那周围的一圈妃子们竟然齐声应和起那二妃，你一句我一句，好不热闹。

"雨瞳姑娘，七王爷可是天下少见的美男子，能做他的妾妃可是三生福气啊。"

"对对对，雨瞳姐姐，你和我们一起做姐妹吧。"

"是啊，你可千万不要拒绝七王爷啊……"

……

天哪，这是怎么了。

雨瞳脑子嗡的一声，哑口无言。

这朱祐樘是什么神圣，竟然有这般功夫，搞定这十八个老婆？

不但不吃醋，还众口一词，齐心协力，公然邀请她加入她们……

古今中外，还从来没有人能将自己的大小老婆搞得这般团结有序，步调一致……

雨瞳胡思乱想着，半天才找回正常思维。

她吸了口气，清了清嗓子，道："这个……这个嘛……其实呢，我也蛮欣赏七王爷的……不过呢……他都已经有了你们十八位姐妹了……也不差我一个了吧……呵……"

一旁的紫鸳忽然笑着拉过雨瞳的手，亲切地道："雨瞳姑娘，奴家知道你在想什么。这样吧，奴家对你直说吧，你知道为何七王爷有十八个妾妃，却没有一个子嗣？"

她说到这儿，雨瞳脑子一怔。的确，她还未注意到这点。

雨瞳刚刚想问，那紫鸳却打断了她，道：

"其实，七王爷收了我们做妻妾，却相敬如宾，从未碰过我们任何一位姐妹……"

噔！噔！噔！

三个惊叹号出现在雨瞳的脑海中。

这花花公子朱祐樘，难不成是个性冷淡？

不会吧。

他不是最爱动手动脚吗？

怎么会放着这十八个如花似玉的老婆在家里当摆设？

开什么玩笑！

紫鸳看着她疑惑的表情，轻轻一笑，道：

"雨瞳姑娘，你不知道七王爷的难处……"

"什么……"雨瞳干哑地吐出一句。

紫鸳莞尔一笑，想是在沉思什么，忽然表情严肃了许多。过了许久，她才娓娓道来：

"其实，在这个王朝中，有很多的党派林立。皇帝初即位时，根基极为不稳，要整合联系所有的势力，联姻是一条途径。然后当今圣上却只愿娶张皇后一人，而七王爷又是皇上最知心的兄弟……"

说到这儿，紫鸳停顿了下，像是在看雨瞳的反应，过了好久，才迟迟地吐出一句。

"雨瞳，你明白吗？"

雨瞳突然明白了一点，张着嘴点了下头。

她可以理解政治婚姻，但这七王爷也不能……

想到这儿，她脱口而出道："虽然是这样，这七王爷也不能将你们娶回来，让各位独守空房啊。这对你们不公平！"

紫鸳叹了口气，缓缓地起身，像是在沉思着什么，又忽然转身对雨瞳道：

"七王爷是世间少有的好男子，他对我们每一个姐妹都很好。但奴家知道，从未有人走进他的心灵，而王爷他一直在寻找一个能与他心犀相通的人，才会行鱼水之欢。我们十八位姐妹都有自知之明，虽然王爷从未要求我们定要守在他身边，但我们之所以心甘情愿愿意留在这儿，是觉得即便守在这样的男人身边，默然相望，也是一种难得的幸福。雨瞳，你明白吗？"

雨瞳心一惊，不由得感叹万分。

这些痴情女子，宁愿守活寡，也要留在朱祐樘的身边，这家伙的魅力还真不是一般大。

原来他只是表面上的花花公子，内心却是一洁身自好的铮铮君子，这十八个老婆众口一词地拥护他，若不是他有端正的人品，定是不可能的。

想起从前自己总是误会他，对他没有好言好语，而他却从不为自己解释辩解，总是淡淡一笑回应自己……那张俊若皎月的脸庞不由得浮现在眼前……

紫鸳又回上前，轻轻扶住雨瞳的手臂，叹道："我们姐妹之所以这般怂恿你，是因为我们都觉得雨瞳姑娘已经走进了七王爷的心，看到七王爷开心，我们也同样开心……"

雨瞳的脸已经红透了。

说实话，这种情形她还从未遇到过。

十八个女人，竟然怂恿自己嫁给她们的老公？

这……这是什么状态？

她支吾着，僵硬着手脚，不知如何应付。

正在此时，园子外传来了朱祐樘爽朗的声音。

"你们在说什么？"

只见他身着纯白色织锦大袍，立在菊花丛中，下巴微微抬起，绝美的唇形，微微上翘成完美的曲线，似笑非笑地望着眼前的一席人，这情形让人不由自主地感叹，即便是这般随随便便一站，也可入画般让人痴迷。

雨瞳一惊，没料到朱祐樘已经回来了。此时，众人已经刷刷地跪下，向那朱祐樘行礼。她也来不及反应，连忙从椅子上站了起来，跪了下去。

她还未跪到地上，那朱祐樘已经一个箭步冲上前，一把扶住她，失声叫道：

"雨瞳，你别乱动！小心伤了身体！"

他一边说一边搂住雨瞳的身子，将她扶回座位，又轻轻握紧她冰冷的小手，问道："怎么样？感觉好多了吗？晚膳想吃什么？本王叫厨房去准备！"

他眼波流转，亮得如同天上的星星，挺直的鼻梁上，还挂着几颗来不及擦拭的汗水，薄薄的嘴唇微微往上翘起，堆满了温柔的笑意。

雨瞳心一软，一股感激之情蕴涵在心头，她镇定下来，干咳了一声，道：“谢谢王爷关心，雨瞳随便吃点就可以了。”

“外面风大，来，本王扶你回房休息。”朱祐樺轻轻扶起雨瞳娇小的身子，像搂着一件珍宝似的小心地护送着她向房间的方向走去。

他结实的臂膀轻轻地搭在她的腰际，体温慢慢地渗入了雨瞳的身体，让她一时间脸红耳赤，心跳不已，不由一阵慌乱，连脚步都有些颤抖。

“小心。”朱祐樺一把扶住她，又将她的身体离自己拉近了一些，手臂的力量更强了。一时间，雨瞳的血液都快凝固了。

那股诱人的木棉花味又浓浓传来，让她有点意识模糊。

她必须承认，任何女子若是近了此男人的半丈之内，定会被迷得神魂颠倒，无法自拔。

她几乎是虚脱般被朱祐樺带到了屋内，那朱祐樺拾起一块软丝垫，放在冰冷的红木椅上，又小心地扶住雨瞳坐下……完成了这一切，微微笑着，从怀内取出一物。

只见那是一翠绿色的镯子，晶莹剔透，光泽鲜亮，即便在昏暗的房间中，仍然熠熠生辉，犹如仙物一般。

雨瞳一惊，正想说什么，朱祐樺却已径自拾起她的手，将这玉镯套进她纤细的手腕……

“这……这是什么?”雨瞳支吾着道。

朱祐樺轻笑了下，并没有说什么。

其实这次去辽东，他遇到了天下最闻名的玉匠，特意让他打制了此镯，一心就是想着将它戴上雨瞳的手腕。

它清新淡雅，华而不俗，与这沐雨瞳浑然一体，天造地设。

想到这儿，他又欣赏地一笑，像是很满意的样子。

“七王爷，这太贵重了！雨瞳不能收。”雨瞳急了，想把它从手臂上取下来。

朱祐樺脸色一沉，一把抓住她的手，道：“你难道忘了? 你是本王的人，本王要你作甚，你就作甚，本王送你什么，你就要接受。懂吗?”

他不容分说的样子，看得雨瞳心都疼了，她知道他对她是真好……

“你先休息下，本王先行一步。”

朱祐樺也未多说什么，起身便走向了门口，又像想起了什么一般，转过身对着雨瞳微微一笑道：

“沐雨瞳，你要记住。除非你死了，或是本王死了，否则不许取下这个玉镯！懂吗?”

说完，他莞尔一笑，轻轻带上了门走了出去，留下一个潇洒的背影。

……

雨瞳低下头，看着刚刚落进手臂的翠绿的镯子，又从怀中取出那块如雪的白玉兔雕，冰清玉洁，靡颜腻理，又想起那游乐会上的一幕，还有朱祐樘那耐人寻味的笑容，忽然间，万般滋味萦绕在心头，说不出是甜，是酸，还是苦。

2

月光从窗户的缝隙中洒了进来，在地上形成一幅特别的图案，反射在雨瞳的脸上，她觉得伤口隐隐作痛，而自己眼角边竟有了些热热的液体。

她缓缓拭去它，了无睡意，于是起身向门外走去。

深夜的花园在明月照射下，别有一番风味。交叠的树影形成不同层次的水墨画的效果，在这片夜色中，格外淡雅精致。

忽然听到花园的另一侧有嗖嗖的刀剑声，她一惊，循声而去。

微微走了几步，来到一假山边上，发现中间的空地上，一个白衣身影正随着一把银剑翩翩作舞。

雨瞳定神一看，却发现原是几日未见的七王爷朱祐樿。

只见他气定神若，剑锋破风，凛凛逼人，其势方急，身影如一红叶般轻盈，凌空倒翻，在那假山上轻轻一点，人剑合一，如一道长虹般撕裂了夜空，看得雨瞳竟然痴了……

她张大了嘴，正在感叹这精彩的场面，却不料那朱祐樿忽然剑锋一指，撂起了石头上那件织锦披风，在空中如飞鸟般跃起，不偏不倚地落在了雨瞳的身上。

雨瞳一惊，还未反应过来，那朱祐樿却已定下身形，收起长剑，淡淡一笑道：

"一点都不懂照顾自己。入秋夜寒，出了房门，要记得添件衣物!"

雨瞳脸色一红，弱弱地将身上的披风一系，干笑了下道："谢谢王爷。"

"过来。"朱祐樿"命令"道。

雨瞳没办法，只有乖乖地走到这王爷身边，正想说什么，他却二话没说，走到她身后，紧贴着她的后背，将手中的长剑轻轻放在她手掌中，又伸出手抬起她的两只胳膊，在她耳边语道：

"我教你舞剑!"

雨瞳还未反应过来，那身子已经被朱祐樿一推，竟然一个趔趄向前冲去。她大呼一声，却没料那朱祐樿贴着她的身后又轻轻一用力，她手中的长剑竟然生了力气，向空中刺去。

她还未定下神，朱祐樿又在她腰间轻轻一点，她的双腿竟然自动地回转，引着那长剑又回头一探……

"这招叫迎雪探梅!"朱祐樿咯咯一笑，在她耳边轻声呢喃道，惹得那雨瞳脸红耳赤，心神大乱。

还未镇定下来，那朱祐樿忽然脚步轻点，那沐雨瞳竟然随着他飞身而起，在空中转了一圈。她刚刚想大叫，却发现手臂莫名灌着气力，竟然指着那剑，摆出了一个凌厉的攻势，向空中跃去……

雨瞳的意识已经是一片空白，不知道自己是怎么回到地面。等她定下神来，却发现自己已经被那朱祐樿紧紧拥在怀中，胸口紧紧贴住了他结实的胸膛，隐约传来体温和猛烈的心跳……

而他正高高地俯视下来，亮晶晶的眼睛一动不动地注视着自己，呼吸急促，眼神中燃烧着张扬的火焰……

雨瞳已经浑身发烫，不知所措，她努力控制着自己加快的心跳，干笑了声，支支吾吾地道："这个……这个……这一招叫什么?"

朱祐樘邪惑地一笑，俯下头，用嘴唇轻轻地摩擦着雨瞳已经红得发烫的樱唇，用若有若无的气息，呢喃道：

"这招叫心醉神迷……"

说完，他便用嘴唇紧紧地贴上了她，温存地，一点一点地拨开她的退却和迟疑，用滚烫的舌尖探了进去，将她一点一点地融化。

……

雨瞳投降了。

所有的防卫在那一瞬间崩塌，她实在没有勇气也没有能力抵挡眼前这个男人。

所有的骨头、肌肉和神经，已经化作了一滩水，交给了这个让人神魂颠倒的男人。

他的吻如一股电流，魔术般游离在她全身，牵动着所有的细胞，像喝了酒般迷醉。她的肌肤在他抚摸下，变得敏感却又甜蜜，兴奋得想要起舞……

她忽然发现了一个自己从未面对过的事实。

那就是，自己是喜欢眼前这个男人的。

这份喜欢，其实早已经藏在心里，只是自己一直没有发现而已……

"雨瞳，本王想要你。"

朱祐樘轻声呢喃着，缓缓逼她到那假山前，将她靠在那冰冷的石壁上，然后霸道地紧紧贴住她，又伸出手，轻轻抬起那张发烫的小脸，忽然认真地道：

"听着，本王想要你。本王要你嫁给我!"

他的话音刚落，雨瞳一阵颤抖，所有的血液凝固了。

他说要自己嫁给他!

他的眼神，他的语气，他的动作，说明他根本不是开玩笑!

雨瞳接着又是一阵晕眩。

天哪。

但是，自己怎可这般！心里藏的人竟然不止一人!

怎可如此搅得一池浑水!

我沐雨瞳难道不是一直至爱着那个他吗?

……

那声响彻时空的召唤，此刻忽然又重现在耳边。

"雨瞳，你在哪儿?你在哪儿?"

……

她心一惊，所有的血液又重新回到了脑海，如警钟般重重地让她清醒回来。

她集齐所有的勇气，将自己从朱祐樘的禁锢中逃脱了出来，大声叫道：

“不行!”

他一怔，望着雨瞳，一脸茫然。

雨瞳平复住快要跳出胸膛的心跳，深深地吸了口气，避开他灼热的眼神，又重复了一遍：

“不行!”

“为什么?”朱祐樿狠狠地转过她的脸庞，问道，“你难道不喜欢本王?”

雨瞳咬了下嘴唇，鼓足勇气，大声道：“是的，雨瞳不喜欢七王爷!”

朱祐樿脸上闪过一丝疑惑和失望，转而化作一个霸气的笑容，猛地探近雨瞳的脸庞，一字一句地问道：

“为什么?”

“没有为什么!”雨瞳避开他的眼神，从他身子里挣扎出来，退开了三步，清了下嗓子道：

“我先回房了。”

说完，她逃命似的向屋子的方向跑去。

只留下朱祐樿默默地看着她的背影，英俊的脸庞上缓缓现出一个不经意的笑容。

3

“雨瞳，本王想要你……本王要你嫁给我……”

……

朱祐樿撩人心魄的话语始终萦绕在脑海中，挥之不去，让雨瞳辗转反侧不能入眠……

她不停地在心中问着自己一个问题。

为什么?

为什么在那一瞬间，脑海中竟然闪过一种想答应的冲动呢。

自己为何会如此不争气!

即便这七王爷魅力无穷，但也是一个有着十八个老婆的男人，自己竟然愿意去和十八个女人分享一个男人?

自己真是疯了!

而且，自己明明在心里留着一个人，却又为这朱祐樿动心。

这该如何是好!

以前自己不是最痛恨不专情的男人吗?原来自己比他们还不如!

沉浸在对自己的诅咒中，雨瞳辗转了整整一个晚上，终于等到了天亮，她支撑起沉重的身体，从床上坐了起来，意识忽然清醒。

不行，这样下去不行!

在这七王爷府中不可久留!

她心中默默念道，下定了决心，坚定地披起衣物，向门外走去。

……

“七王爷呢？”雨瞳逮住一个侍女问道。

“王爷在后花园练习书法。”

她放下侍女，加快了脚步，三五几步便到了后花园。

花园一隅，摆放着一张红木书桌，那朱祐樘身着一曲水紫锦织的宽大袍子，背对着她，正全神贯注地在写些什么。

好家伙，果然是个风流人物，昨夜还意乱神迷地向自己表白，这一大清早，却还有闲情逸致在这园子中写书法。

看来这七王爷必定常常处处留情，习以为常，难得自己昨夜还为他的表白夜不成眠，真是可笑！

她轻哼了一声，清了下嗓子定神道：

“七王爷！雨瞳有话要跟你说。”

“嗯。”那朱祐樘竟然头也不回，自顾自写着大字。

雨瞳看他心不在焉的样子，心中急了，又上前一步，大声道：

“这些日子劳烦七王爷的悉心照料，现在雨瞳的伤也好得差不多了，雨瞳还有教授两位皇太子的任务，秋季大试将至，雨瞳想要请求回太学院居住！”

她一口气说完了这些话，气喘吁吁地望着朱祐樘的背影，等着他回答。

那朱祐樘也不急着回头，气定神若地写完了手中的最后一个字，缓缓地转过身，嘴角斜斜上扬，清澈的眼神像是一眼望到雨瞳的心里去，莞尔一笑，道：

“又想回太学院？”

“是的！”

“因为那儿有你回家的路？”

雨瞳一怔，点了下头，肯定地道：“是的。”

朱祐樘两道浓浓的眉毛泛起柔柔的涟漪，闪过一丝捉摸不透的神情。他上前一步，轻轻拾起雨瞳的手，若有所思地道：

“本王不让你回太学院！你又能怎么样？”

雨瞳急了，大叫道：

“七王爷……”

“不过本王答应你，”朱祐樘忽然打断了她，笑着道，“一定帮你找到回家的路。到时，本王和你一起回去，如何？”

雨瞳脑子嗡的一声，像是当头一棒，怔了半晌，反应过来大叫道：“不行！”

“为什么不行？”他的眼神坚定，根本容不得你逃脱。

雨瞳倒吸了口气，不知如何解释此事，脑子快速转动了一番，集齐所有的勇气，认真地道：“七王爷，雨瞳感谢你对我的厚爱，可是……可是，雨瞳不可能陪王爷一生，也不可能做你的小妾，雨瞳我……”

“谁说要纳你为妾？”朱祐樘毫不犹豫地打断了她，邪惑地笑着。

他一句话，惊得雨瞳额头直冒汗。

老天，这家伙过了一晚，就出尔反尔了……

原来，昨夜他只是在开玩笑而已！

自己竟然为了这句玩笑话，挣扎了一晚上。

沐雨瞳，你真是太傻了！太傻了！

这七王爷一见就是情场高手，这些挫骨断魂的话，他信手拈来，毫不费力。自己早就应该预料到了。

这……这简直难堪死了。

雨瞳脸色一白，倒吸口凉气，将身子往后退了一步，干笑了几声，道："好……好吧，七王爷，就当我什么都没说过……"

她正想转身离去，那朱祐樺却一步上前，从身后轻轻搂住她，又用细若游丝般的声音在她耳边轻言：

"沐雨瞳，你给我好生听着，本王不想纳你做妾，本王要娶你为妻！"

此话像一晴天霹雳，震得雨瞳全身僵硬，几乎不相信自己的耳朵……

她还未反应过来，那朱祐樺却径直转过她，将她呆若木鸡的身体扶到了那红木桌边，拾起那一叠墨迹未干的宣纸，呈到她面前，轻言道：

"数一下，看看这里是否有十八封休书，一封也不多，一封也不少?"

他说完，眼睛眯成了魅惑的上弦月，透着一股从未有过的坚定和执著。

雨瞳从脚底升起了一股冷气，嗖一下贯穿了全身，仿佛冻住了她所有血液，让她不由得打了个寒战。

这……这……这……

她脑子一片空白，几乎快停止呼吸……

不行，自己快晕倒了。

这个……这个朱祐樺在说什么……

娶……娶她为妻?

……

看到她的模样，朱祐樺淡淡一笑，轻轻擦过她的脸庞，在上面轻轻地吻了一口，认真地道：

"先不急着答应本王，好好考虑下吧。呵呵。"

说着，他哗一下萧洒地打开桌上那把玉折扇，抛下一个绝美的笑容，转身向园子外走去。

这时，雨瞳冻僵的身体才刚刚开始回暖，意识慢慢回到了身体中，却不由得一身冷汗。

老天。

这朱祐樺不是疯了，他在和自己开一个超级大玩笑！

她想着，不由得一屁股坐在了椅子上……

第十五章　桃李无言

1

夜色渐渐暗下。

尉青的头觉得有些沉重，他心中闪过一丝疑惑。

被德清公主死拉硬拽地说是定要陪她喝生日酒，自己拗不过她，喝了几口，向来酒量极好的他，绝不可能会头晕，而今天却有些不同。他只觉得胸口极闷，头晕眼花，特别是丹田处莫名地聚集着一股燥热之气，逐渐地游离在全身，像火烧般难受。

他有些感到不对，于是挣扎着起身，却不由得腿脚一软，刷一下滑落在地上。

……

浑浑噩噩之中，他感觉自己似乎被两人抬起，向一个屋内走去……

待他定神一看，却发现自己已经被安放在一张柔软的大床上，到处散发着一股清新的兰花香味。

他一惊，正想翻身起来，却发现全身燥热无力，竟然动不了手脚，正在此时，眼前却出现了一个身影。

看到她，尉青几乎叫出声来。

只见眼前的德清公主早已褪去了外衣，只穿了件单薄的亵衣，雪白的肌肤，肆无忌惮地暴露在外面，散发着诱人的光泽。乌黑的长发倾泻而下，形成完美的线条，盘绕在胴体上，更显得诱人异常……

她有些害羞，脸上浮起一阵红云，但似乎又聚集了极大的勇气，缓缓走上前，将尉青发烫的手拾起，轻轻地放在她柔软的胸上，一时间呼吸变得急促，连身体都不由得颤抖起来……

尉青忽然意识到发生了什么，猛地缩回手，用尽全身气力从床上跃了起来，连退了三步，重重地靠在了一侧的墙上，失声叫道：

“公主！你这是作甚?”

那德清公主却追上前去，还未等他反应过来，便整个人贴了上去，将肌肤从头到脚，和他来了个零接触……

“尉副使……尉大哥……德清只喜欢你一个，德清的身体也只给尉大哥一人……你收了我好吗？我求你了……”她一边说着，一边用嘴唇在尉青的耳垂边不断地摩擦着，吐气若兰，意乱神迷……

尉青浑身发烫，却没有一点力气，体内燥热得不行，他知道自己中了药……

他一只手猛地撑住身后的墙壁，一只手用力地扶住德清的身体，将她猛地向外一推。那德清竟然被他推出了几丈之外，一屁股坐到了床上……

她急得大叫起来，却没料到那尉青二话没说，径直向屋外冲去……

德清正想出门追赶，却苦于自己衣着不雅，根本出不了门，竟然也一时间手足无措，一屁股坐到了地上，大哭了起来。

雨瞳已经伤愈回宫授课，这时，完成了一天的功课，正走在回王府的路上。

天色已经昏暗，身后却不知何时，响起了一阵急促的脚步。

雨瞳一惊，转过身来，却惊异地发现眼前站着一个熟悉的人影。

正是锦衣卫尉青副使。

她怔怔地看了一眼尉青，只见他脸色通红，身体蜷缩成一团，还不住地颤抖，似乎是受了伤一般。

她正想问道，没料到那尉青竟然一个箭步上前，一把将她拥入怀中……

雨瞳惊得大叫了一声，正想挣扎，却没料到那尉青却将她身体一扯，逼到了假山的一侧，将她紧紧地压在了石壁上动弹不得……

"尉副使……你干什么?"雨瞳慌了，用力地挣脱，却怎么也逃不开。

尉青的药劲已经到了极致，那股燥热之感，已经化作了一种难以抗拒的力量……

那隐隐发出的女性特有的香气，还有她因为惊恐而变得绯红的脸庞，在此刻，都幻化成一股强有力的催情剂，让他根本无法控制自己的行为……他对准雨瞳那殷红的嘴唇狠狠地亲了下去……

2

朱祐樘从南京考察皇陵工程回来，一路急赶，回到府中，已经是黄昏时分。

他来不及用晚膳，而是兴匆匆地直奔沐雨瞳的住所，路过那紫鸳的屋门口，却听到了屋内有两个人正在低声交谈。

耳边刮到"沐雨瞳"三个字，有些好奇，便驻足仔细听了起来。

"紫鸳姐姐，听说七王爷要娶沐雨瞳为妻，而把我们都赶出府内，这可是真的?"说话的正是珊瑚，而坐在她对面的正是他们的大姐紫鸳。

"你别听他人胡说，七王爷不会把我们赶出府的。"

"可是……可是，我听说，他已经写好了十八封休书，要休了我们……"

紫鸳狠狠地瞪了珊瑚一眼，道："你难道还不了解七王爷的为人吗？王爷即便休了我们，也不会将我们赶出府的。你放心好了。"

"噢……"珊瑚放心地点了下头。

紫鸳又深吸了口气道："这些年来王爷都没有遇到真爱之人，今日能让他找到心中所爱，我们这些姐妹难道不能祝福他吗？莫说是休了我们，哪怕是让我们去死，我们也应该心甘情愿，懂吗?"

"我懂了。"珊瑚认真地点了下头，她一怔，又像是想起了什么，补充了一句，"可是，大姐，我实在不明白，那沐雨瞳到底什么地方好，可以让七王爷如此痴恋于她。”

“沐雨瞳的好，只要七王爷知晓即可，与我们何干?”

“但是，”那珊瑚怔了一下，似乎在犹豫要不要接下去说。

“你还有什么想不清楚的?”紫鸳有些不耐烦，盯住她的眼睛。

“但是……我听说前些日子沐雨瞳在宫里……已经被皇上临幸过了……”

“什么?”紫鸳一怔，没料到她竟会这般说。

“是啊，宫里的人都知道，当今皇上除了张皇后，只临幸过沐雨瞳一人，那皇上是不是也喜欢沐雨瞳啊……”

“你少胡说八道!”紫鸳一急，高声叫道。

珊瑚一阵委屈，差点哭出来。

“我又没说错！这都是宫里人说的！我这是为七王爷担心，若是当今皇上真的喜欢沐雨瞳，那七王爷要娶她，岂不是和皇上作对?”

……

二人的对话仍在继续，屋外的朱祐樿却已经倒吸一口凉气，浑身血液凝结，如五雷轰顶般呆立在那儿……

不知过了多久，他才反应过来，英眉一皱，狠狠地一甩袖，向皇宫的方向小跑而去……

雨瞳怀中的尉青好了很多，但已是满额头冷汗，身体仍不住地颤抖，双手因为扭曲而青筋暴涨，变作了深蓝色……

心中涌起一股怜惜，轻轻拂过尉青的额头，轻声问道：

“尉副使，你可感觉好些了?”

尉青布满血丝的眼睛，有些疲倦，他挤出一丝笑容，尴尬地道：“沐姑娘……对不起……尉某不是故意……”

“我知道!”雨瞳打断了他，淡笑了下。

这位锦衣卫的大帅哥，为人正直不阿，而且还不止一次地救过自己，今天他被人所害，即使是作为报答，也是应该的。

尉青这才发现自己与沐雨瞳仍然贴得很近，一时间面红耳赤，干咳了一声……

正在此时，却从黑暗中冲出一人影，气势极凶，恶狠狠地向他俩跃来。

尉青一惊，顺势转了一圈，躲过了此人的袭击。

沐雨瞳也大惊，定神一看，却不由得失声叫了出来。

“七王爷!”

却说那朱祐樿行色匆匆冲进皇宫，本想去找朱祐樘问个清楚，路过花园的假山边，却意外发现了沐雨瞳和尉青相拥在一起的一幕，一时情绪暴涨，怒发冲冠……

他英俊的脸庞已经被愤怒的表情撕裂成可怕的模样，薄薄的嘴唇因为太过激动，几乎咬出血来，不断地颤抖着，想说什么，却什么也说不出来……

沐雨瞳!

没想到她竟是如此放荡不羁、水性杨花的女人!

此时竟与那尉青在此做偷鸡摸狗之事……

原本自己根本不相信她被皇兄临幸之事，但此刻所见，却让人不得不信！

难得自己为她朝思暮想，牵肠挂肚，甚至想要娶她为妻……而这沐雨瞳推三阻四，拖泥带水，推攘自己，却在这儿与其他男人暧昧不清……

想到这儿，他越发地生气，一个大步冲上前，狠狠地拉住沐雨瞳的手臂，一把将她从尉青的怀中扯出……

雨瞳痛得大叫道："七王爷……你听我解释……"

朱祐樘却没有理会，转而对着尉青暴吼道："这沐雨瞳是本王的女人！你要是再敢近她丈内，本王要你的命！"

尉青被他的咆哮惊得目瞪口呆，脑子嗡一声，失声解释道："七王爷……你误会了……"

他话还没说完，那朱祐樘已经跃上一步，刷一下从尉青的腰间拔出他的锦绣刀，冷不防架在了尉青的脖子上……

"你以为我不敢？"朱祐樘挺直的鼻尖，几乎快碰到他的了，那眼神熊熊地冒着火焰，仿佛要将尉青化为灰烬……

尉青倒吸了口凉气，怔立在那儿，竟然不知所措。

朱祐樘轻哼了一声，咣一下扔下刀，用力拽过沐雨瞳，也不管她怎么样挣扎，生生地拖着她朝宫外走去……

看着二人的背影，尉青急得满头是汗。

七王爷大怒的模样，似乎对沐雨瞳极为不利，也不知他将她带去哪儿，要怎般对待她……可是自己又怎么可能去顶撞当朝王爷呢……

尉青心中甚为担忧雨瞳，却迈不开脚步，他深深地皱了下眉，想到了一人。

当务之急，只有请到此人才可以救沐雨瞳……

他未多想，转身向乾清宫方向跑去……

雨瞳被朱祐樘一路拉扯着回到了王府，连拖带爬地到了屋子前，那朱祐樘长腿一踹，大门咣当被踢开。雨瞳的身体像飘零的落叶一般，被他猛力一甩，不偏不倚落到了铺着丝软被褥的床上……

雨瞳正想起身，却没料到朱祐樘一个箭步上前，二话没说，刷一下将她整件衣衫撕开，露出了雪白的皮肤……

"你干什么！"雨瞳吓坏了，她眼见这情形，不像是在开玩笑。朱祐樘那张因为愤怒而变得狰狞的俊脸，此刻冰冷得像十二月的寒冬，没有一丝情感。

她努力想从床上坐起来，却没想到那朱祐樘一个跃身，竟然骑到了她身上，双手抓紧了她颤抖的肩膀，让她在床上动弹不得。

他恶狠狠地道："莫要在本王面前装什么淑女！你不是已经把身子给了皇上了吗，再给本王一次又算什么！"

说完，他身体向前一探，将嘴唇凑到了她雪白的脖颈上，狠狠地一阵乱吻，双手也开始粗鲁地拉扯着她身上残留的衣物……

雨瞳已经知道他为何会这般，脑子嗡的一声，意识一片空白，只有用尽全身的力气，抽出手来，正想抡他一巴掌，却没料他早有防备，一把抓住她的手掌，哗一下将它禁锢在床的一侧。那千般力气，竟然让雨瞳痛得几乎叫出声来。

"你放开我！"雨瞳嘶哑着声音叫着，"你凭什么这样对我！"

她的挣扎和咆哮根本没有用，浑身的力气在朱祐樘面前也根本起不了作用，只由得他的动作越来越猛烈，越来越肆无忌惮……

终于她停止了抵抗，满眼的泪水夺眶而出……

她的眼泪像是一剂镇静剂，忽然注入了朱祐樘的心田，他脑子嗡的一声，忽然清醒过来……

自己这是怎么了……竟然会像禽兽一般……

此时身下的这个女子，因为惊恐化作了满脸的泪水，夹杂着委屈和悲痛，竟让自己的心痛得不住颤抖……

他迟疑了，退却了，僵立在那儿，竟然一时间说不出话来。

"雨瞳是清白的……"

沐雨瞳抽泣着，紧紧盯住朱祐樘，一字一句地吐出这一句。她的身体因为激动而不住地抖动，嘴唇已经咬出了血，鲜裂的伤口化作一朵凄美的花朵，随着情绪，不断地变作红色的液体，一滴一滴流进朱祐樘的心底……

他倒抽了口气，忽然开始后悔自己的行为。

……

正在此时，房外冲进了一席人。

一声怒吼响彻屋顶。

"祐樘！放开她！"

带头的正是朱祐樘，而他身后跟着的是一脸焦急的尉青。

他看到房间里一地凌乱，又见到那沐雨瞳被朱祐樘压在身下，浑身衣不遮体，满脸泪水，不停地颤抖，心中痛如刀绞……

他不顾天子的身份，一个箭步上前，拾起边上一块波斯软毯，将雨瞳从朱祐樘身下解脱出来，扶她到了一边的椅子上坐下，严肃地对朱祐樘道："刚刚尉副使已经将事实禀报于朕，他身上中了德清公主的迷药，在后花园中误撞了沐雨瞳，才发生方才之事。你怎可不分清事实，对她做出此等胡乱之为！"

他鹰一样的目光，沉钟一般的声音，惊得朱祐樘脑子一片空白，半晌说不出话来。

但是自己的皇兄竟然为这事，亲自上门解救沐雨瞳，加之看到他的一脸焦急之意，似乎比那尉青还要担忧这女子，他这般行为，着实让自己困惑。

皇兄到底与沐雨瞳什么关系！

朱祐樘轻轻哼了一声，顺势拉起一边颤抖着的沐雨瞳，将她猛地拥入怀中，一字一句道：

"臣弟没有胡乱之为，臣弟想要娶这女子为妻！请皇兄将沐雨瞳赐婚与我！"

他的话如五雷轰顶般，将整个屋子的人都惊呆了。

屋子里一阵死一般的寂静，仿佛能听到每个人的心跳。

雨瞳被那朱祐樿死死地搂在怀中，动弹不得。她听到朱祐樿的话，浑身发抖，这可不是开玩笑的……

时间一分一秒地过去，屋子里安静得可怕，所有的人都将目光集中到了朱祐樘的身上，等着他的回答。

朱祐樘此刻的心里已经乱作一团。

他没想到七弟竟然会想要娶沐雨瞳，这个玩世不恭的弟弟，从来没有认真对待过任何一个女人，但今天看他的眼神，却不像是戏言，更像是不容任何人反对的一个承诺!

他又看了一眼不停发抖的沐雨瞳，竟然有种说不出的留恋和怜惜，将她许配给七弟，此刻看来，竟像是从他心头生生地剜去一块肉般难受。

的确，自己从未仔细考虑过对这沐雨瞳的感受，但是此刻却有一个声音在脑海中不断地盘旋，像沉钟一般轰鸣着，告诉他一个自己不得不面对的事实。

自己喜欢这个沐雨瞳!

自己不容许任何其他男人夺走她!

他一阵晕眩，皱了下眉，努力控制住自己的语气，缓缓道：

“不行!”

朱祐樘的回答，让整屋子的人又倒吸了口凉气，气氛更加凝结了……

朱祐樿轻哼了一声，走上一步，紧紧盯住朱祐樘的眼睛，一字一句道：

“皇兄，臣弟从小到大，从未向你提过要求。臣弟那十八个妻子，也是为皇兄娶的。今天，我只提出这一小小的要求，想让皇兄将这普通的女子赐予臣弟，这样也不可吗?”

他的话说得情真意切，无可厚非。

朱祐樘想，七弟从小到大一直是自己最亲的人，而他为自己的付出也无人能及。今天他当面要自己赐一个普通女子给他，本不是过分的要求，作为天子，若是开口，圣命一出，即便那沐雨瞳不愿意也无济于事。

但是，什么人都可以，就是这沐雨瞳不可以!

一想到沐雨瞳要嫁给其他男人，这滋味比捅自己一刀还要难受。

朱祐樘深吸了口气，望了一眼颤动着的雨瞳，淡淡地道：

“此等婚姻大事，要沐姑娘应允才可，朕不能强人所难。”

他再次的拒绝，将朱祐樿的心冷得彻彻底底。他比任何时候都要确定，眼前的皇兄是喜欢这个沐雨瞳的……

他走近朱祐樘，与他四目交汇，两个颀长的身影，相持对站。一时间，屋内迸发出一股令人窒息的寒意。

一个目光咄咄逼人，一个眼神不容退让，胶着，燃烧，仿佛要将这天地间的一切化为灰烬……

这两个骨肉相连的兄弟，第一次，这般四目相对，分外眼红，那份相持不下的力量，让在场的人都惊得手脚发凉。

所有的人都屏住呼吸，连大气都不敢出，生怕触怒了这两只即将开战的猛兽……

第十六章　夜短梦远

1

沉重的夜色，将一切都掩饰得很好。

宫墙深锁的角落中，两个人影正在窃窃私语。

那略高的人，正是总管梁芳，而他面前站着的正是昭容桑扶烟。

“梁公公，你说皇上喜欢沐雨瞳?”

“是的，据皇上身边贴身侍卫说，皇上为了沐雨瞳，居然和七王爷起了争执。”

“梁公公，你安排吧。”

“李广每日例行公事，要到他跟前请他翻后宫的银牌。老夫想个办法，可以从李广处下手……你届时候命即可，老夫保证你能近得了朱祐樘的身，取他性命。”

梁芳停顿了下，看着她又严肃地道：“事成之后，以此为令，老夫联络京城外五省提督的军队，里应外合，一举拿下皇宫，大事可成!”

扶烟美丽的眼睛，闪过一丝杀气，她抱拳道：“扶烟知道了。”

……

深夜，白虎殿。

李广手持一放满银盘的托盘，走出殿，心中兴奋难当，连脸上都闪耀着紧张的光彩。

刚刚一刻前，皇上不知是真不知道，还是假装不知道，反正，就是翻了块“沐雨瞳”的牌。

他跟随朱祐樘多年，对皇上的心思简直比他肚子里的蛔虫还要明了。他早就看出皇上喜欢沐雨瞳。那天与七王爷的一幕，也让他明白，当今皇上因为碍于面子，不能直接开口要那沐雨瞳，难受得很。

“皇上，您是翻了此牌吗？既然这样，小的这就给皇上到储秀宫安排去了……”

最后那句话，还犹在耳边。

皇上，最懂你的还是我小李子。

望着李广的身影，朱祐樘神色凝重。

他很想责备李广，但话到嘴边，又咽了下去。

沐雨瞳，储秀宫……她要侍寝……

为何，这一刻，竟会有丝紧张萦绕心头。

他微叹，窗外夜渐浓。

夜，终于来了。

……

深夜的储秀宫，烛火缭绕，那用上好檀木所雕成的桌椅上细致地刻着不同的花纹，在昏暗的灯火下，更显得细致温婉，暧昧异常。

桑扶烟早已褪去了衣物，被安置在那一床金黄色的龙被中，默然地躺在床上，静静地等待着朱祐樘的到来。

手中的匕首已经被激动和紧张的汗水浸湿，隐藏在那一床柔软的被褥下面，悄然无息地躺着。

此番所为，她已经孤注一掷。那朱祐樘一进门，没过多久便会知道自己只是假冒的沐雨瞳，但如果能近那朱祐樘半丈内距离，便极有可能得手。

这招虽然极险，却已经是杀他的最好机会。

但不论成功与否，自己今天都已经难逃一死。

桑扶烟心中浮起一个淡淡的冷笑。

死又何妨，自己来这儿，就从没想着要活着出去。

……

“皇上驾到!”

桑扶烟一阵惊喜，压抑着快要跳出胸膛的心跳，向床的里侧翻了一个身。

她，必须等他走近才行。

屋门缓缓地被打开。

从他身上的气息可以判断，此人正是大明天子朱祐樘。

桑扶烟屏住激动的心情，努力保持着均匀的呼吸，让他以为自己已经熟睡……

脚步缓缓地向床上的桑扶烟走近……

他似乎在床上坐了下来，伸手要将扶烟翻过身来。

桑扶烟终于按捺不住，将棉被一掀，手中的匕首如闪电般刺了出去……

可是她手中的匕首还未伸到朱祐樘面前，却发现了一条银晃晃的长剑，不知何时架在了她的脖子上。

她倒吸了口气，惊得目瞪口呆。

这才看清眼前一幕。

眼前的人正是大明皇帝朱祐樘，但此刻他的脸上却没有一丝慌乱之意，反而带着一种嘲讽般的笑容，轻蔑地打量着桑扶烟。

持着匕首的手臂僵硬在空中，指着朱祐樘的喉心只有几寸之遥，却苍白无力得很。他伸出手轻轻拂开桑扶烟冰冷的手，将它放回她的身边，那桑扶烟竟然没有一点意识，只由得他任意摆布。

“你原来知道……”她有力无力地吐出一句。那把长剑锋利的刀锋已经在她雪白的脖颈上，留下了鲜红的印迹。

朱祐樘冷冷一笑，道：

“朕等你很久了。”

“你……”桑扶烟惊得花容失色，她根本没有意识到这朱祐樘其实早已经发现了她，却竟然隐藏得这么好。

朱祐樘皱了下眉，轻叹道："朕原本不想杀你，但你一定要死！"

说完，他手中的长剑一挥，在桑扶烟的脖子上，凌厉地抹了一刀。一股殷红的液体，从那伤口处喷泻而出，在空中划了一道凄惨的线条，长长地落在了青石地上。

那桑扶烟的身体顿时像软体动物般，哗一下倒下，一头青丝落在了床上，与鲜红的血液混杂在一起，形成了一幅诡异的图案。

朱祐樘心中难受得很，他皱起眉头，怜惜般地看了一眼桑扶烟的尸体。

杀个没有反抗能力的女人，他并不情愿。

但是，接下去的大事，这桑扶烟是关键，她如果不死，一切就会有变数。

他等了这么久，就是等她出手，等敌人轻举妄动，才能将他们一网打尽。

他又看了一眼桑扶烟的尸体，叹道：

"进来吧。"

门口的尉青已经等候多时，听到朱祐樘的呼唤，应声进门。

他淡淡地看了一眼地上桑扶烟的尸体，道："皇上，按计划行事吗？"

朱祐樘点了下头，道："是的，按计划行事。"

说完，他将目光投向了窗外，长长地吸了口气。

网已经撒开了，就等猎物跳进来了。

2

夜色凉如水。

层层叠叠交错的宫墙，在这冰冷的夜色中，幻化成深浅不一的红色，沉闷而压抑，如同一块块大冰般压在每个人的心头。

风不知从哪个角落中窜出，乱成一团，将那深褐色的落叶，扫荡一气，在地上，在空中，在墙上，舞成一段段奇怪的舞蹈，发出嗞嗞的声响，在这凄凉的夜色中，更显得诡异无比……

"要下雨了。"

那年过半百的打更官，用枯黄的眼神望了一眼那浓重的天空……收起自己有些低落的情绪，刚刚想敲打起手中的铜锣，却只听到那不远的宫内突然发出一阵惨裂的哭声。

那哭声原本是一个人的，后来慢慢变作了两个，三个，一群……

在这阴冷的夜晚，心一下被提到了喉咙口，让人不寒而栗。

他手一抖，手中的铜锣差点没掉在地上……

乌云开始在头顶集结，空气变得混浊起来。

突然，一道闪亮的光线，在天空中撕裂出一道硕大的口子，将这世界瞬间照亮……

接着一声沉闷的雷鸣紧跟而上，震得大地也颤抖起来……

打更官靠着墙壁，吓得浑身发抖，手脚冰凉……

他有种预感。

宫里一定发生大事了！

……

“你确定朱祐樘死了？”李孜省睁大了眼，紧紧盯住梁芳的脸庞，反反复复地问了这一句话。

梁芳点了下头，道：“李大人，老臣可以保证。刚刚宫里的内应传过话了，说是皇上受了桑扶烟的袭击，身中剧毒，待侍卫发现时，已经气若游丝，奄奄一息，没过一个时辰便去了……”

“那桑扶烟呢？”李孜省问了句。

“桑扶烟当即自杀，没有留下活口。”

“这朱祐樘已死，夜朔王的大业将成啊！”

又是一声惊雷，终于，暴雨如注……

……

屋外的雨声雷声如猛兽咆哮，将这世界劈成了一片一片……

雨瞳孤零零一人吊在高高的刑架上，凄婉地看了一眼窗外张狂的雷雨，心中被掏空了一般，透着一股无助和绝望。

“沐雨瞳，你私通桑扶烟和太监李广，以侍寝之名加害皇上，来人哪，给我抓起来！”

左宗海的怒喝犹在耳边，心，却已经绝望到极致。

这份无助和绝望，并不是来自于自己即将要死，而是知道心中的那个他已经不在这个世界的现实。一想到他因为自己而失去性命，这份难过和愧疚，不是用言语可以表达的。

自己穿越百年来到这儿，只为了他的那声呼唤，却没料到自己的到来，反而害了他。

他原本不应该死。

他至少应该活到 36 岁。

可是，他却在此时死了。

这是为什么！

难道真是因为自己的穿越，改变了历史，正是因为自己的到来，让他更早地离开人世？

雨瞳想着想着，心情越发地不知所措，心神不宁……却没意识到一缕轻烟溜进了她的鼻腔，眼皮愈来愈沉重，到了后来，竟不由自主身体一软，晕了过去。

第十七章　燕子欲归

1

雨不知什么时候停了。

世界变得出奇的安静。

这个大明皇宫内，每一个人，每一棵树，每一块泥土，都因为那场大雨，变得心神不宁，蠢蠢欲动。空气中起浮着一种奇怪的骚动，像是在等待着另一场暴雨的来临。

这是一间不起眼的厢房。

烛火小心地照亮着屋里简单的摆设，窗子被厚重的竹帘掩得密密实实，将光线毫不留情地阻挡在了屋内。

那张上好的红木桌边，安静地坐着一个人影。

正是朱祐樘。

修长的手指，轻轻地在挺直的鼻尖上摩擦着，星河般璀璨的眼眸，若有所思地望着那不远处床上躺着的那个虚弱的女人，嘴角带着一丝不经意的笑容，像是在静静等候着什么。

药效比预期中的强，她一直还在熟睡中，已经快一个时辰了……

为何要救她？又为何这般信任她，竟然说不出原因和理由，只是觉得不想让她受到一丝伤害……

看着她虚弱的脸庞，长长的睫毛随着呼吸有节奏地颤抖着，不停地拨动着朱祐樘的心弦。

这情形，不由引得他一声轻叹。

只有与这沐雨瞳在一起时，世界才变得如此单纯，自己的心中竟有一丝渴望，只想这个世界就这样小，小得只有这间屋子，小得只有他们两个人。即便就这样，淡淡地望着她熟睡，竟然也是种莫大的幸福。

……

雨瞳的身体微微开始蠕动，呼吸变得急促起来，她一直在做着一个可怕的梦，她梦到他坠入万丈深渊，自己想去拉住他的手，却滑落开去……

看着他的身影愈来愈远，雨瞳失声喊叫，声音却卡在喉咙口，艰难地挤出微弱的声音。

"皇上……皇上……"

她紧闭着眉目，脸色煞白，呼吸急促，口中一遍一遍地不停呼唤着。

朱祐樘看到这情形，走上前去细细打量，才发现她正在做噩梦。

他心中一阵不忍，在床上缓缓坐下，伸出手轻轻抓起她冰凉的小手，放在自己的怀里。

“皇上！你不要死！你不要离开雨瞳！”

雨瞳的眼角边已经渗出了泪水，紧闭的双眼，像是忍受了极大的痛苦一般，不住地微颤，声音比方才高了几度，像是在祈求着什么。

这一幕，看得朱祐樘心神荡漾，如坐针毡。

……

雨瞳终于艰难地睁开双眼，她模模糊糊地看到一个身影就在她的眼前，那熟悉的相貌让她失声叫了起来。

“皇上！”

她从床上一跃而起，竟不顾一切地扑进朱祐樘的怀里。

这……这一定是梦！

他在梦里找到了自己！

但不管是不是梦，自己绝不再放他走！

雨瞳紧紧抱住朱祐樘健硕的胸膛，泪水像断了线般直落，声音不住地颤抖着，一边哭一边叫道：“你不要走！你不要走！不要离开雨瞳！”

她抽泣着，像只弱小的动物般整个倒在朱祐樘的怀中，惊得他一时间身体僵硬住了，半天都未反应过来，只觉一股燥热之意在胸口盘旋……

雨瞳哭着，意识却越来越清醒。

动作开始迟疑了，她止住哭声，镇定下情绪，这才发现这一切都不是梦……

她脑子嗡一声，忽然意识到自己的失态，吓得脸色煞白，刷一下从朱祐樘的怀中跳出，身体跌落床边，张大了嘴看着朱祐樘，半天说不出话来。

时间在这一刻凝结，两人默默对视，屋子里变得死寂，雨瞳几乎可以听到自己的心跳。

这……这是怎么了？

他没有死，他真真切切地就在自己的面前！

雨瞳心中雀跃，但想起刚才扑入他怀中的一幕，又觉得极为尴尬，一时间，手脚僵硬，不知所措。

过了半刻，她终于鼓起勇气，在地上一跪，低头念道：“雨瞳参见陛下……雨瞳刚刚在做梦！雨瞳我……”

她话还未说完，身子却冷不防被那朱祐樘紧紧搂起，还未反应过来，已经被他紧紧搂在怀中，又连着倒退了几步，竟然被他挤到了一侧的墙壁边，整个人被他锁在怀中。

这个沐雨瞳，这个小女人！明明已经是情难自控，却还要在自己面前装作镇定，这次……这次自己绝不可再放过她！

他的眼神冒着火焰，鼻尖倾斜下来，紧紧地触碰着雨瞳的嘴唇，不经意地在她滚烫的双唇上摩擦，用若有若无的声音，低吟道：

"朕死了，你很难过吗？"

雨瞳已经被他的动作惊得全身发凉，连呼吸都快停止了。她用尽气力，用断断续续的声音支吾着道："皇上……皇上，你是天子，你不能死，你若是死了，全天下的人都会……"

她不住地用信手拈来的理由搪塞着，却没料到朱祐樘一阵轻吼："闭嘴！"又将她的身体向墙壁紧逼了一步，两人浑身上下的肌肤顿时融为一体，那男性特有的气息，肆无忌惮地窜入雨瞳的口鼻，让她激动难耐，浑身发烫，竟然说不出话来。

"皇上……"雨瞳好不容易挤出一句，却没料到朱祐樘却猛地探下头，忽然间用嘴唇狠狠地咬住了她，舌尖带着电流般，任性地拨开她麻木的樱唇，双手像是有千般力气，将她的身体紧紧搂住，仿佛要将她揉碎一般……

"你竟敢欺骗朕……你明明喜欢朕、爱着朕，对不对！"他低声咆哮着，嘴唇却始终没有放过她，霸道地从她的嘴唇一直吻到了耳垂，又缓缓落入她修长的脖颈，在那儿激起了一阵惊栗般的涟漪……

雨瞳身体已经酥软成一团，仿佛没有了骨骼一般，力气根本无处可寻，只觉得身体已经被这激情的吻化得干干净净，灵魂已经快乐地飞出了躯壳，在空中甜蜜地盘旋，化作了一段段最美丽的舞蹈……

他在吻自己。

他在吻自己！

怎么办，自己已经不能再呼吸了，自己就算这样死掉也心甘情愿！

所有的快乐、激动、甜蜜，加在一起，也抵不过这一刻！

是的，抵不过这一刻！

这销魂的一刻！

她心中低叹着、欢呼着、雀跃着，每一个细胞都被这一刻点燃，身体不知哪来的一股力气，双手也紧紧拥住他宽广的背脊，回应他的激情……

两人就这样紧紧拥抱着、亲吻着，身体像千年的藤蔓一般，缠绕在一起，就像是无论有多大的力量，也难以将他们分开……

一时间，屋内体香缭绕，激情膨胀，连空气都变得脸红心跳，温暖了几分……

"皇上喜欢雨瞳吗……"雨瞳吐气若兰呢喃着，她已经控制不住自己的情绪，那压抑已久的情感，在此刻已经如涌泉般爆发，冲破一切阻碍……

朱祐樘将嘴唇轻轻吻回了她的唇边，一边触碰着那细如蚕丝的神经，一边用星辰一般明亮的眼神盯住她，带着一丝不容退让的坚定，一字一句地道：

"沐雨瞳！你是朕的女人，从今往后，你一颦一笑，一思一念，只可为朕一人。你的身心中，只可装下朕一人！谁也不能夺走你，谁也不能伤害你。谁要是敢动这念，朕叫他碎尸万段！朕要倾尽全天下之力，保护这个叫沐雨瞳的女子！"

说完，他将嘴唇又紧紧地盖在了她的唇上，像是不容她有半点反抗和异议。

两颗渴望的心在这一刻融作了一颗，幻化成一道美丽的彩虹，绽放在这漆黑一片的夜里，绚烂，绝美，让人如痴如醉……

……

2

漆黑的夜空，忽然闪起了一道火光，接着远远地传来嘈杂的人声，将这皇宫的寂静打破。接着，一个又一个，一重又一重人影在火把的照耀下，开始从四面八方涌入，宫门被猛烈地撞开。锋利的刀剑随着每一个急促的脚步，有节奏地开始颤动，发出尖厉的金属声……

乾清宫，一个侍卫破门而入。

他连滚带爬地跪到了大厅中间，对着坐在上面的七王爷朱祐樘高叫：

“七王爷！梁总管带领了五百侍卫，已经包围了乾清宫！这会儿，应该已经打起来了。我们只有五十几人，寡不敌众啊！”

他的话音刚落，大殿内的众大臣们个个吓得手脚发软，浑身颤抖。一时间，大家慌作一团，有的人甚至发出了哭声……

一边的张皇后，刚刚才从昏迷中醒过来，听到这一消息，更是当头一棒，眼泪夺眶而出，刷一下从座位上站了起来，对着朱祐樘声嘶力竭地叫道：

“这帮禽兽，竟然借皇上驾崩之际，企图谋朝篡位，行此大逆不道之事！七王爷，你快想办法救救我们孤儿寡母，救救朱家王朝！”

说完，她便大声哭泣起来，几乎站立不稳，身边的仕女连忙扶住她摇摆的身体。

朱祐樘一摆手，沉声道：“皇后娘娘莫着急，有本王在，容不得他们造反！”

说完，他刷一下从座位上站了起来，巡视了一圈众大臣。

这里只有他一个人知道，这只是一个陷阱。

王恕一个箭步上前，高声道：

“七王爷，现在当务之急，是要尽快确立新皇帝，以稳定大局……”

他的话还没有说完，大殿外一声高喊打断了他。

“要什么新皇帝！这儿有！”

话音一落，只见殿门大开，一群手持武器的人凶神恶煞般冲入，带头的那个正是太监总管梁芳。

他冲进大殿，看了一圈众人，又朝着那王恕冷笑道：

“你这王老头，我来告诉你，改朝换代的时候到了！”

说着，他在众大臣面前缓缓地走了一圈，厉声道：

“各位大臣，老夫这就跟大家直说了吧。五省段提督已经用一万人马包围了京城，而此刻的乾清宫也被五百将士围得水泄不通。各位若是想活命，就不要逆天而行，尽快拥立夜朔王即位，改这大明朝为夜朔王朝！”

他的话一落，满朝的大臣个个倒吸了口凉气，惊得目瞪口呆，半天说不出话来。过了好久，才渐渐反应过来。一时间，殿内哭声和骂声一片。

“梁芳！”王恕怒吼一声，上前就给了他一个巴掌，“你竟敢欺君犯上！做此大逆不道之事。老臣我……老臣和你拼了！”

说完，他一把扯住梁芳的衣领，竟想活活将他掐死……

几个侍卫冲上前，费了好大劲才将那王恕从梁芳的身上扯了下来，两把明晃晃的大刀架在了他脖子上，让他动弹不得。

站在一边的李孜省早已忍不住了，他一步上前，高叫道：

“王大人，你又何必这样？做人应该审时度势，顺势而为，才能立于不败，这夜朔王名震四海，八方臣服，大明朝换作夜朔朝有什么不好。我劝各位大人，当机立断，早早做出决定！”

站在一边的朱祐樘忽然冷笑着开口了：

“李大人，梁大人，你们口口声声要说夜朔王即位，那么请问这位传奇人物，此刻在哪儿？”

他这一问，倒是问到这二人的死穴了。

梁芳心一惊，意识到按原计划，这夜朔王应该已经和段青常一行杀进皇宫了……可是……可是为什么到现在他们还没有来？

正在此时，殿外一阵喧哗声，随着兵器撞击的声响和呵斥声，一群人冲进了大殿。

梁芳原本以为夜朔王到了，心中正为大喜，却冷不防看到带头的竟是……

“马大人……”

殿内所有的人发出一阵惊呼。

只见带头是一位风尘仆仆年近六旬的英武将军，头戴一顶熟铜狮子盔，身披青墨色铠甲，手持一雪亮的大刀，虎虎生威，光那气势已让在场的人不寒而栗。

此人正是镇守辽东多年的都察院左副都御史马文升。他名震一方，屡立战功，是一名响当当的名将。

马文升目光如炬，扫视了一遍大殿内每一个人的脸，落到了梁芳和李孜省的面上，忽然声如铜铃，大声喝道：“你们两个家伙，就别等了。段青常已经被本将军乱刀砍死，而那柳夜朔带着几十个残兵败部正潜逃在外，此时比那过街老鼠还不如。你们在这儿，居然想拥立一只老鼠为王，太可笑了，哈哈哈。”

他洪亮的笑声，重重地敲打着梁芳和李孜省的心，竟然让他们手脚麻木，差点跌坐在地上。

“给我全部抓起来！”马文升一声怒吼，身后几十名士兵像潮水般涌入，将那一群人连同梁芳和李孜省用绳子捆了个结结实实。

马文升看搞定了这些叛徒，满意地点了下头，又转身向大殿内侧单腿跪地，抱拳高声叫道：

“都察院左副都御史马文升，参见陛下！”

他莫名其妙地下拜，让在场的人都怔在那儿半天反应不过来。

这陛下不是已经驾崩了吗……他在拜哪个皇帝？

正在此时，从大殿的屏风后忽然走出一行人。

看到他们的脸，所有的人都失声叫出来。“啊……”

朱祐樘气定神若地站在面前，而他的身后则跟着沐雨瞳和尉青二人。

……

三人的出现，惊得在场的人心脏几乎停止跳动，那梁芳和李孜省二人更是惊得目瞪口呆，脸色变作了灰白。

张皇后也怔立了半晌，忽然回过神来，脱口而出："皇上……你没有死?"

朱祐樘朝她微点了下头，淡淡一笑。

"可是……可是，你没有死，那……那龙床上躺着的尸体是谁……"张皇后仍然不相信这一切，因为她刚刚在三个时辰以前，看过皇上的尸体，虽然只看了一眼，她便昏了过去……

朱祐樘正想回答，那身边的朱祐樿忽然轻笑了一下，走上前来，抢着对张皇后道："皇嫂，那龙床上的人是已经易容过的死囚尸体，早一个月就准备好了。"

说完，他朝朱祐樘一转头，引来了他会心的一笑。

七王爷的话，让在场的人发出一阵惊骇之声，不由得交头接耳起来。

张皇后根本没想到事态原本是这样，她看到朱祐樘仍然活着，心中一阵惊喜，但转念一想，圣上和七弟联合起来瞒着她，自己作为皇后，竟然连那身后的沐雨瞳还不如，被他们蒙在鼓里。这情形看上去，他们三人倒像是一家人，而自己却像个外人，被排除在外……

想到这儿，她心中一阵懊恼，脸上现出复杂的表情，但仍然忍住情绪，跪了下来，高声叫道："圣上安然无恙，万岁万岁万万岁！"

众人也随着皇后跪了下来，齐声向朱祐樘请福。

那刘吉一边跪，一边心中颤颤发抖，心想，刚才那一刻真是太险了，如若自己走错一步棋，那么现在被绑的，就不止他们两个了……

"大家都起来吧。"

朱祐樘英目冷冷地扫过大殿，语气平静地道："此番危机，多亏马将军与七王爷相助，才得以将敌人一网打尽，也多蒙各位忠心耿耿的大臣们冒死维护大明江山，朕在这里先谢过各位了。"

众人啧啧称道着，稀里哗啦地站了起来。很快大殿内又恢复了平静。

朱祐樘又转向马文升，道："马将军，那柳夜朔如何了?"

马文升高声禀报道："皇上，那柳夜朔武功极高，身边又有四大高手护卫，我等好几百人，也围堵不住他们，结果还是被他们跑了。我们已经派人一路追杀，此时他们应该已经进入河北境内。"

"嗯，此人极为危险，一定要将他捉拿归案，斩草除根。"朱祐樘淡淡道，却让人心生震撼，半点不敢违抗。

"是!"

"皇上，这李、梁二人怎么办?"王恕在一边忍不住了，高声问道。

朱祐樘嘴角微微一动，看都未看他二人一眼，轻蔑地道："交给王大人你处理吧。"

"好，将这两逆党拖下去，择日问审!"王恕一声怒吼，侍卫应声将已经吓得四肢疲软的李孜省和梁芳拖了下去……

张皇后却忍不住上前一步，向朱祐樘行礼道："皇上，臣妾有一事想不通，请皇上明示!"

"说吧。"朱祐樘淡淡看了她一眼。

张皇后眼神扫过他身后的沐雨瞳，心中发出一阵冷笑，深吸了口气，道："那桑扶烟刺杀皇上，原本就是因这沐雨瞳而起，她难道不是这次谋反的同敌吗？臣妾不明白一点，为何这沐雨瞳此刻不在大牢中，反而在陛下的身后呢?"

张皇后的话像耳光一般，让沐雨瞳不由得脸色发白，心跳加快。因为她看到很多大臣都对着自己指指点点，议论纷纷……

的确，此刻自己这个身份出现在这儿，实在是有些说不过去。

她正不知如何应对，却不知那朱祐樘冷冷地回答道：

"这沐雨瞳不是同党，朕相信她。"

他的话，又引得大殿一阵沉默，连那朱祐樺也不由动容，转过头看着皇兄。

他如此肯定沐雨瞳的身份，看来他们之间关系真的不同一般。

朱祐樺轻瞟了下沐雨瞳，却看到她脸色变得通红，正含情脉脉地望着朱祐樘的背影。他心中咯一声，忽然意识到什么，心脏开始快速跳动起来……

张皇后的心已经落到了谷底，心冷得就像被人浇了盆冰水般透彻。她倒吸了口气，满肚子的话到了咽喉，却怎么也说不出来。

自己还能说什么!

自己已经无话可说了!

好你个沐雨瞳，你究竟是何方妖孽，竟然欺侮到本宫头上了!

她内心冷冷地哼了一声，不再多语。

第十八章　君心荡漾

1

初入夜的华盖殿，灯火通明，接袂成帷。高高的宫门，被布置成喜庆的红色，连绵至整片宫墙，就连交错的树枝上都系着无数条红绸带，显得热闹异常，华丽无比。

皇后的生日宴会正隆重举行。

雨瞳从未参与过这般隆重的皇家宴会，竟然站在这殿外瑟瑟发抖了好久，才鼓起勇气向里面走去。

一路上，认识的，不认识的，点头哈腰，鞠躬行礼，她也忙了一番，也不知怎的，糊里糊涂地就进了殿内。

刚一走进殿内，那门口的传唤就高声叫道："皇太子讲读沐雨瞳到——"

那声"到"拖得老长，让本来就举步维艰的雨瞳，更是心中一慌，被那高高的门槛绊上一跤，一个趔趄，差点没一屁股坐在地上。

要命，这古代怎么这么麻烦，参加个宴会还大呼小叫的，本来想暗暗地混进宴会，胡乱吃一些就走，现在不亮相都不行了。

她整顿下慌乱的情绪，将身体扶正，头也不抬，便在殿中跪下了，高声叫道："沐雨瞳参见皇上、皇后娘娘。"

殿中央正坐着朱祐樘和张皇后二人。

朱祐樘一见到沐雨瞳，脸上现出不经意的笑容，而那张皇后则嘲讽地笑了下。

雨瞳定了下神，从地上站了起来，头也不转地退到一边，在一侧的桌边坐下，小心地抬起头，瞟了一眼龙椅上的朱祐樘，只见他也正微醺着眼，含着笑意看着自己，心中一紧，脸色通红，气提到了咽喉，连手都不由得颤抖起来。

她吸气，下意识地摸了下自己的嘴唇，上面似乎还留有朱祐樘的温度，为何那惊鸿一吻之后，自己又瞬间离他那么远，仿佛一切从未发生过。在这个华丽的宫殿中，她像个陌生人，被抛在一边……

正在心神意乱时，无意间看到了那双钻石般的眼眸……

英俊的脸上，没有一丝笑容。

忽然想起已经好几日没有见到七王爷了。

自从那次梁芳造反以后，这朱祐樺便像消失了一般，连王府中也不见他人影。雨瞳心中隐隐有种失落，但又似乎没有理由去找他。

今日一见他，欣喜之余，竟然有种无颜以对的尴尬……

一时间，呼吸停止，脸色由红转白，不由得低下头去，干脆逃避。

宴会没过多久便正式开始了。

雨瞳不懂古代的规矩，反正啰啰唆唆地敬酒，反反复复地喊口号，一遍又一遍。刚刚想拾起筷子吃上一口菜，那殿内的人又稀里哗啦地起身，预祝这个，预祝那个，她也没办法，只有随着大流，将酒杯端起，一干而尽……

这一来一去，菜没吃上几口，酒倒是喝了不少，虽然自己的酒量不算差，但也是脸色通红，有些晕乎乎……

她双眼迷离，又忍不住看着龙椅上的朱祐樘，只见他神采飞舞，气宇轩昂，刚毅的脸庞，透着一丝淡淡的笑容，色淡如水的嘴唇，弯起了一个好看的角度。

为什么，为什么，这个大明皇帝为何要这般完美！他的一个眼神，一个微笑，都可以将雨瞳瞬间抛入云霄，或是扔入深渊……

她想着，念着，叹着，又不知不觉拿起手中的酒杯，一口饮尽……

正在此时，那张皇后不知何时站了起来，她这一站，殿内瞬间安静下来，所有的目光都集中到了她身上。

张皇后微微一笑，对朱祐樘行了下礼，柔声道："皇上为臣妾举办如此盛大的宴会，臣妾喜出望外，不能自已。这里臣妾想为皇上、为众位大臣献上一支舞蹈，希望皇上喜欢。"

张皇后此言一出，殿内顿时叫好声一片。

当今皇后娘娘居然要亲自起舞，这可是难得一见的盛景啊。

所有的大臣都屏住呼吸，伸长了头颈，翘首以盼皇后的舞姿。

张皇后笑盈盈地走到厅中的空地上，朝朱祐樘含眸一笑，纤纤玉手微微抬起，摆起了一个魅惑的造型。这时柔美的音乐缓缓响起，缭绕在大殿中……

一时间，衣袂随着她凌波微步翩翩起舞，明明没有风，却如风筝般缥缈轻盈，水袖一撒，在空中化作一片殷红的云彩，撩起一阵涟漪……那杨柳般的身影，轻轻一点，在殿中完美地旋转了数圈。层层叠叠的裙尾，随着这势像蝴蝶翅膀般漂浮在所有的人心中，痴得众人目瞪口呆。

这哪里是人间的舞蹈，根本就是嫦娥在月宫中起舞，如梦似幻，勾人魂魄……

雨瞳看得也是身体发冷，手心出了一手的冷汗。

张皇后，她……她也实在太美了些……

偏还要这般美艳绝伦地舞蹈，在场的所有男人，定会被她迷得神魂颠倒，三月不知肉味……

自己在她面前，简直就是鸡比凤凰，明显不是一个档次的嘛。

她心中不断地念着，唠叨着，惆怅着，心情复杂得快要晕过去了……

正在此时，音乐声停了，张皇后收起身形。大殿中沉默了数秒，众人们齐齐起身，一时间，掌声与叫好声不绝于耳，绕梁三日……

雨瞳将目光投向朱祐樘，只见他星目一闪，微微一笑，朝张皇后抛去一个赞许的表情。她心一紧，更是难受。

张皇后平定下有些急促的气息，接过身边宫女递过的手帕，轻轻擦拭了下额头上的汗水，朝朱祐樘魅惑的一笑，柔柔地道：

“皇上，臣妾有一个不情之请。”

“皇后请说。”朱祐樘眯起双眼，淡淡回了一句。

张皇后没有马上回答，却缓缓转身，走到怔怔发呆的雨瞳身边，端详了她一会，笑眯眯地道：

“臣妾听闻这沐雨瞳才华横溢，技艺超群，今日借此盛会，臣妾想一睹沐先生的才能，望沐先生能为臣妾起舞一曲，作为皇上送与臣妾的生辰之礼。望皇上恩准！”

她的话音刚落，雨瞳忍不住“啊”一声，手一抖，手中的酒杯，应声跌落在桌上，又滚了几圈，落到了地上，咕噜咕噜像个车轮般滚得老远……

这情形在寂静的大殿中，显得突兀异常，所有人的目光都集中到了她身上。

尴尬，尴尬得很。

雨瞳的表情凝固在脸上，嘴张得老大，绝对可以塞进一支大香蕉。

搞什么鬼？叫自己唱歌就算了，居然要跳跳跳……舞？

她像是中了魔似地呆立在那儿，那张皇后看着好笑，紧追不舍地接着逼问道：“怎么了？沐先生？你不会吗……这古往今来，哪个大家闺秀不学这些。凡是知书达理的女子，必定要修这些功夫的。”

她咄咄逼人的样子，让在场的人都不由得倒吸了口冷气。

朱祐樘皱起眉头，他看了一眼浑身僵硬的沐雨瞳，干咳了下道：“皇后，你的舞蹈冠绝古今，刚刚朕和大臣们都欣赏过了，至于这沐雨瞳的舞蹈，不看也罢。”

张皇后冷冷一笑，盯住朱祐樘的脸，一字一句道：“皇上，臣妾又不是想摘天上的星星，只不过一个小小的要求，望这沐雨瞳为臣妾起舞一曲，难道这也过分？”

朱祐樘刚刚想说什么，一边的沐雨瞳不知从哪儿来的勇气，哗一下从座位上站了起来，打断了她，应声道：

“皇后娘娘，雨瞳跳就是了。”

罢了，反正自己也不是第一次出丑了，跳就跳了，又不是让自己跳楼！

雨瞳昂起胸膛，大义凛然地走到厅中，这阵势，堪比上断头台一般……

她走到厅中，干咳了一下，鼓起勇气行了下礼，道：“沐雨瞳没学过舞蹈，只学过健美操，现在为皇后娘娘表演！”

她的话音刚落，大殿中一片哗然，所有的人都一脸茫然。

健美操？

什么东西？

雨瞳也来不及解释，反正自己大学四年做过拉拉队员，那几段糊弄人的体操还隐约记得，现在也只有死马当活马医了。

她镇定下情绪，干笑了下，迟疑地将两手伸平，摆出一个大字形，那一边的乐队以为她要开始跳了，于是古筝、扬琴大作，一段柔美的音乐随即响起……

糟了，这温如水似的音乐，跟那健美操完全搭不上调啊。

这一来，雨瞳在音乐声中僵立了好几分钟，也没有一个动作，手脚摆在那儿一动不动，而所有人都奇怪地期待着她。一时间，大殿内一片静止，只有那古曲音乐冷清地环绕着，气氛怪得很。

这是什么舞蹈？

健美操？原来是一动不动？

所有的人都问着同样的问题。

雨瞳急了，这样下去可不成，自己总不能这样姿势摆一个晚上吧。

她脑子一热，大叫了一声。

“音乐停！”

那乐队被她一吓，音乐戛然而止。

顿时，大殿内更寂静了。

连一边的七王爷朱祐樺都不由得坐直了身体，为这沐雨瞳捏了一把汗。

这家伙，到底想干吗？

雨瞳倒吸了几口气，像是给自己无穷力量似的，将两臂一扬，开始摆动起来。

“One—Two—Shree—Four！”

她心中开始默念起来，后来干脆就叫出声来，一边喊着 1、2、3、4，一边跟着节奏摆动着手和脚，动作越来越大，声音也越来越响，节奏也越来越强烈。

一时间，她情绪高涨，跳动、鼓掌、扬腿、转圈，所有的拉拉队动作，她能想到的都用上了。

“One—Two—Shree—Four！大明朝，加油！”

“One—Two—Shree—Four！大明朝，加油！”

……

她不知道是哪根筋想出了这句啼笑皆非的口号，反正这个时候怎么顺口怎么来了……

雨瞳从殿的这头，跃到了那头，又在地上滚了好几圈……到后来，跳得愈来愈起劲，连空翻动作都用上了。那纤细的身体一个倒翻，裙摆滑落，差点露出大腿走光，羞得那一边的大臣们连忙捂住眼睛……

这健美操，终于在一个高难度的空中连体二周半翻滚后结束了。只不过那最后的造型，摆得有些别扭，让她气喘吁吁的脸上，红得像猪肝一般。

大殿中从头到尾，都没有一丝声音。

所有的人都怔住了，屏住呼吸，说不出话来。

说实话，这样怪异的舞蹈，在场的人谁也没见过。

一时间，大殿内，只听得到雨瞳闷钟似的心跳和怎么也控制不了的急促的呼吸。

要命啊。

这热情的健美操，在这样一个沉默的环境中表演，根本就是不搭调的嘛。就像雨瞳是一只上蹿下跳的猴子，在台上唱着独脚戏，却无人喝彩……

雨瞳才不管那么多，朝台上的朱祐樘深深鞠躬道：“雨瞳表演完了。”

朱祐樘回过神来，英俊的脸上现出忍俊不禁的笑意。

这时，大殿中交头接耳，轻笑一片，似乎都在嘲笑这沐雨瞳。

张皇后看到这场面，心中顿觉出了口恶气，笑道："沐先生表演前无古人，后无来者，臣妾实在佩服。"

雨瞳干笑了下，转过身对着皇后咧嘴道："皇后，雨瞳的舞蹈可以说是前无古人，但后无来者却不一定，说不定五百年后，这种舞蹈会风行一时也不一定啊。"

"哼。"张皇后轻蔑地一笑，道，"此等粗俗不堪的舞蹈，也会风行一时？臣妾倒是不相信。"

雨瞳也不多言，眼神偷偷瞟了一眼朱祐樘，只见他正微微含笑望着自己，心一紧，又开始心脏狂跳起来……

……

宴会已经进行到了深夜，所有的人已经有些醉意，雨瞳也有些晕得眼皮发麻。她忽然发现，那朱祐樘和张皇后不知何时已经走了，心中咯一声，难受得很。

想必是共度春宵去了。

一想到他将拥着那绝美的张皇后入眠，这感觉比杀了自己还要难受……

眼角忽然有了湿润的感觉，她意识到自己已经不能在这儿待下去了，挣扎着起身，向殿外走去……

2

远处的长廊中，有个纤细的身影低着头，落寞地缓缓而行……

雨瞳低着头，满脸的泪水还未擦干，却又不住地流了下来，心中更是不断地责骂着自己，竟然这般不争气。

哭什么？

不许哭了。

自己不就是爱上个皇帝吗。

那个皇帝不也就是亲了一回自己吗。

他亲了一回自己，也不就是不当回事了吗。

哭！哭什么？

人家是皇帝，见过的美女比你吃过的饭还多，亲过谁，抱过谁，可能记都记不清了，谁会记得你这个傻瓜！

……

她用袖子狠狠地擦拭了一下眼睛，正想大步向宫门外走去，却冷不防撞进一个人的怀里。

她镇定一看，却发现自己撞的不是别人，正是朝思暮想的他。

此刻的他，星目炯炯，嘴角含笑，正高高地俯视着自己。雨瞳一惊，"啊"一声叫出来，又怔了半刻，嘣一下在地上跪下，轻声叫道：

"参……参见皇上！"

朱祐樘轻轻扶起她，月光下，忽然看到她满脸的泪水，惊异地问道："你……你为何要哭？”

雨瞳被他说中心事，竟然一时间不知道怎么回答，慌乱地从他身中挣脱出来，干咳一声道：“雨瞳没有哭，雨瞳只是被灰尘吹进了眼睛……”

朱祐樘看着她搪塞的表情，已经猜出了她七八分的想法，心中暗暗一笑，故意装作认真的样子，道：“噢，既然这样，朕就先回去了，朕还要批改公文。”

说着，他竟然转身要离去。

雨瞳看着他要走了，心中一急，高叫道：“皇上！”

朱祐樘停下脚步，俊朗的脸上，现出一丝狡黠。

雨瞳一怔，反而说不出话来，拼命地整理自己的情绪。

罢了，豁出去了。

反正再这样下去，自己也快要疯了。

她咽了下口水，鼓起勇气大声地道：“皇上，你是天子对不对，你说过的话到底算不算数？你说喜欢沐雨瞳到底是不是信手拈来……沐雨瞳的心被皇上扰得很乱，雨瞳什么事也做不了，什么活也不能干，雨瞳怕这样下去，会疯掉……”

她还未说完，却已经说不下去了，因为那朱祐樘已经不知何时走上前来，猛地伸出手，托住她的后脑，又用手将她拦腰拥住，狠狠地用嘴唇堵住她的……

窒息。

瞬间的窒息。

心脏停止了跳动。

一切都凝固在这一刻……

灼热的气息扑面而来，温润炽热的唇紧紧地压迫着，辗转厮磨着寻找出口……

额头，眼睛，睫毛，鼻尖，每一部分，他都要吻得认认真真，清清楚楚，他不能放过眼前这个小妖怪，因为她已经把他的心都快揉碎了……

耳边响起了他充满磁性的声音：

“朕想你，朕无时不刻地想你……朕见不到你，也快要疯了。这下，你可满意……”

“嗯……”明明心已经飞了起来，但嘴上还不肯认输，“皇上……说这话，可只是敷衍雨瞳……还是……”

她还未说完，祐樘的嘴又堵上了她。

“小东西，想不到你这么啰唆……”

“皇上……”

“闭上嘴，让朕好好亲你。”

说完，滚烫的双唇落了下来，再也不让她开口……

心被这一刻融化了，闭上眼睛，也用手紧紧地抱住了他。

泪水，不知是快乐的，还是激动的，又夺眶而出。

所有的期待、徬徨、疑惑、退却，在这一刻，变作了晶莹的液体，恣意地流在这甜蜜的吻中。

爱，不再迟疑；情，不再害怕。那份承诺，在这一刻得到了最有力的证实，让雨瞳的心都快要飞奔起来。

……

不知过了多久，那吻才恋恋不舍地分离。他们却又难以割舍般地相互抵住鼻尖，彼此感受对方温热的气息。

朱祐樘轻轻伸出手，捧住雨瞳的脸庞，深情一笑道：

“朕带你去一个地方。”

明月当空，银色的光辉洒满了大地，月光下，两个人影相簇相拥，来到了一座高高的宫门下。

“清冷宫?”雨瞳看着那块匾额，失口念了出来。

他脸上掠过一丝伤感，握紧她的手，推开了宫门，走了进去。

宫门内是一个荒芜的院子，杂草丛生，一派凄婉之景。

“这是哪儿?”雨瞳不由得问道。

朱祐樘轻叹，淡淡道：“这是朕小时候的住所。”

“皇上就住在这儿?”雨瞳惊得失色，转眼看了一圈。

朱祐樘像是回忆起了什么，轻轻在台阶上坐了下来，伸出手，将雨瞳轻搂进怀，缓缓地道：

“朕在这儿住了六年，从未出过这个院子。因为只要一出这个门，朕就活不了。”

雨瞳心一紧，知道他在说什么。

历史上，明孝宗为了逃避万贵妃的陷害，一直在太监和宫女的悄悄庇护下生活，直到 6 岁时，才被他的父亲知道。当他父亲见到自己的亲生儿子时，这个 6 岁的孩子竟然连胎发都没有剪，直直拖到地上，数尺有余，场面甚是凄惨。

没想到，自己今天竟然与他坐在了这伤心处。那身临其境的真实感，让她的心揪得更加痛，更对这身边的男人，平添了一份感动和敬意。

是的，身在皇家，有多少的艰难与痛楚，是外人无法想象的。这个男人，此时能变得如此坚忍与沉着，与他幼时的经历是分不开的。

正意乱神迷之际，他也猛地转过头来望着自己，深邃的眼眸中充满着说不清道不明的深情，右手轻轻一用力，将雨瞳的身体又向他拉近了许多，让她的脸紧紧地贴在了他宽广的胸膛上。

“雨瞳，能答应朕，永远陪在朕身边吗?”他迷离着双眼，轻轻吐出这一句。

雨瞳一阵颤抖，伸出手抱紧了他伟岸的身躯，意乱神迷地道：“雨瞳愿意!”

他微微一笑，轻轻抬起她那张心形的脸庞，认真地温柔地在她的额头上轻轻点了一下，道：“朕想立你为妃，你同意吗?”

雨瞳心潮一阵，差点失声。

立自己为妃?

他对自己的情感是真的！他想要对这份情感负责！

激动的情绪像千军万马般，堵得她喘不过气来，半天才回过一口。

但是——

他有皇后。

如果自己真是古代人，或许可以接受这一点。

但是，自己来自现代，脑子中那根深蒂固的观念告诉自己：

自己如果真成了他的妃子，也不能完全拥有他！

不行！自己不能忍受与另一个女人分享自己的爱人！

想到这儿，她长长叹了口气，转过头望着他灿若星辰的眼睛，淡笑道："皇上，雨瞳不想做你的妃子。"

"为什么?"他一脸惊异。

雨瞳微笑着从他的怀中挣脱出来，轻轻起身望着远处的风景，道：

"在雨瞳的世界中，一个女人只能拥有一个男人，而一个男人，也只能拥有一个女人……雨瞳知道，皇上是天子，不可能做到这一点，也知道，皇上疼爱着皇后。雨瞳不想打扰这一切，雨瞳只要默默守在皇上身边就可以了，别无他求。"

祐樘一惊，看到她坚定的眼神，知道她心意已决，不由得哗一下起身，走到她面前，将她轻轻搂入怀中。

她的话让自己心疼，疼得厉害。

自己为何是皇帝！自己如果不是皇帝，该有多好，多好啊……

第十九章　春欲满楼

1

走进白虎殿，天色已经有些暗了。

烛光微闪的殿内，一个人影伫立桌前，英挺的眉毛微扬入鬓，孤傲的嘴角轻轻扬起，目光注视着桌上的那一叠暗红色的折子，沉静，入画。

“雨瞳参见皇上。”

雨瞳弱弱地行了下礼，那祐樘一听却抬起头来，深情微笑，手轻召道：“以后我们二人时，莫要行这些礼。来，过来朕身边。”

雨瞳迟疑一下，缓缓地起身走到他身边，他却径直伸出手来，一把牵过她的细腰，将她搂进自己一侧的臂弯内，迷离地一笑，在她的脸庞上啄了一下，用似有似无的声音道：“见不到沐雨瞳，朕心神不宁……”

“皇上……”雨瞳一阵娇嗔，脸色通红。

“来。”祐樘搂过她，将她安置在椅子上，拿起桌上的一本书，轻声问道：“这是朕最近在读的书，你可读过?”

雨瞳定神一看，《神灭论》，这是南北朝时期著名的思想家范缜的代表作，自己在大学的时候曾经翻阅过。

“人之生譬如一树花，同发一枝，俱开一蒂，随风而堕，自有拂帘幌坠入茵席之上，自有关篱墙落于粪溷之侧……”

祐樘淡淡地念着，似在思索，忽抬头，望着雨瞳，淡淡道：“范缜说，世间没有因果，人的命运就像是树上的花朵，随风飘落，所有的富贵贫贱都只是偶然的际遇。你怎么想?”

侧脸看着他，眼神中透着一丝莫名的伤感，忽然无语。

祐樘微叹，紧拥住那娇小身体，将下巴轻轻搁在她额头上，过了许久才缓缓念出话来：

“朕这些日很困惑。”

“皇上为何要困惑?”雨瞳一蹙眉，将脸又贴进了一些。

祐樘若有所思地将目光投向窗外，声音低闷压抑：

“朕倾尽全力治理这个国家，虽不图天下人称颂，却自觉没有做过逆天意违民心之事，然而朕这些日子，在清理余党之时，发现其中不乏忠良之后、栋梁之才，这些人，为何这般恨朕？难道朕做得还不够好？朕这个皇帝不够格?”

“皇上……”心中一软，失口叫来，却被他冷笑打断：

“若是有因果，那么朕倾心地付出，为何会得到这般结果?”

他冷峻地钩住薄唇，深邃的眼眸精光毕露，像是充满了愤恨与不满，那眼底，却也透着一股无奈和困惑。

雨瞳不由得坐直身体，道："皇上日理万机，勤于朝政，大明朝四海升平，万国朝圣。那夜朔王之流，只是为了满足一己私欲，根本不值一提……"

"罢了。"祐樘轻叹，"沐雨瞳，你怎么也学会说这些冠冕堂皇之词……"

雨瞳见他不屑，心中一急，刷一下从他怀中站了起来，跪下高声念道："雨瞳从不说假话，雨瞳每一句话都出自铮铮赤心。皇上，请你相信雨瞳。"

祐樘一惊，从龙椅上站了起来，将她从地上扶起，又重新搂入怀中，在她的唇边一吻，用极其温柔的声音，呢喃道："你说过，朕因为谁也不信，所以才孤独，现在朕信你！天底下，朕只信沐雨瞳一人！所以，朕不再孤独，所以，沐雨瞳，你永远不能欺骗朕，你可明白否？"

他的信誓旦旦，明明是很温存的声音，此刻听来，却有些刺耳，猛然间，不知是肌肤还是内脏，油生一股冷汗，开始弥漫全身……

若是他知道自己来自未来的世界，他会作何反应？他还会相信自己所说的话吗？

想到这儿，不由得脑子嗡嗡作响，思绪大乱，用尽心力，才稍稍平息下来，吞了口口水，生硬地"嗯"了一声。

祐樘轻拂过她额头上挂落的几缕青丝，忽然伤感道："这些日子，云贵一带地震频发，人员死伤无数，如此灾祸，朕能做的事却很少很少……虽然每个人都在朕面前高呼万岁，但朕也一直在怀疑，这大明朝真能千秋万代吗？"

他的一声轻叹，让雨瞳刚刚放下的心又提了起来。

这大明朝肯定是不能千秋万代了，但雨瞳又如何开得了口，忍心告诉他这一切呢。

地震，这只是天灾，莫说是这古代，就是在现代21世纪，也是大难题，又怎么怪得了他呢。

她望了那张俊美的脸庞上透过的一丝疲倦，心中更是难受得很，现实的无措忽然摆在面前：

大明朝不但不能千秋万代，而且，眼前这位英武的皇帝，自己挚爱的男人，也会36岁那年魂归天国……

这难道也是因果？

这一切，这一切，会不会太残忍了！

为什么，上天要这么早夺走如此完美的男人？为什么，上天将她召唤至此，与他相爱，却要眼睁睁地看他离去……

想到这儿，那份恐惧无法言表，再也不敢往下想去，眼眶一红，不知从哪来的勇气，一把抱紧祐樘，轻声唤道：

"时间就像一点一点连起来的线，每个人都在属于他的点上，静静地守候属于他的那份因果。皇上，你就是雨瞳的因，也是雨瞳的果。雨瞳是为你而来，请皇上相信雨瞳的因果，相信上天的安排……"

说完，轻轻地扬起头，迎上他那色淡如水的嘴唇，认真地，执著地，任性地，一点一点拨开，将满腔的深情，一点一点透过敏感的神经传达……

情绪缓缓地升温，情感慢慢地被点燃。两个滚烫的身体，在这一刻，愈靠愈紧，肌肤几乎融为一体，每一个细胞都想冲破皮肤，瞬间释放能量……

轻轻抱起她纤细的身体，缓行到一侧的龙榻边，渐渐倒下，呼吸变得急促起来……体内不知何时，孕育了千般的燥热之意，从滚烫的肌肤中传出，像电流般流入对方的毛孔，让身体不住地颤抖、麻醉……

他迷醉着双眼，嘴唇像雨点般落在雨瞳每一寸裸露的肌肤上，细腻的手指却已不经意地透入她薄如蝉翼的纱衣，一层一层，一点一点，将她的防线攻破……

“雨瞳……我想要你……”

“朕”已改口为“我”，因心已毫无保留地交给了怀中的女子。此刻，天下也罢，皇业也罢，再重，也重不过她的温柔乡，那一片香软之地，是他要征服的领地，是他想要给她的欢愉和爱意……

“嗯……”火烧火燎的喉咙里滚出了这字，极尽诱惑。

雨瞳早已意乱神迷，不知哪来的气力，配合着他那销魂的呼唤，将身体迎合着他，让那双大手更加地顺畅无阻，让带着电流的指尖，触碰着身体的每一部分……每触一下，便惊起周身的涟漪，让她忍不住低声呻吟……

赤裸的肌肤，湿润的呼吸，让情感再度地升温，空气中迷漫着令人脸红心跳的暧昧，仿佛连风都是害羞的……身躯强而有力，坚挺与霸道配合着律动，时而猛烈，时而温柔，让她的身体如被抛入云霄般，轻盈起伏，断肠销魂……

她已经沉沦，沉沦得不顾一切想要把自己献给这个男人。曾经的自己，固守着婚前无性的原则，但此刻，雨瞳却从未如此感谢过自己的坚持，以至于将清白之身献于这个完美的男人。

只要他要，自己就像是那壶留了千年的圣水，可以义无反顾地，温顺连绵地，流进他的咽喉，流进他的身体，流进他的细胞，与他合为一体，成为他的一部分……

夜色愈浓，白虎殿中烛火浪漫，软香低吟缭绕。

守在门外的李广听得真切，也不由得脸红心赤。

“公公。”一边的宫女早已红到了脖子根，但还是忍不住唤道，“皇上这是要留宿白虎殿吗，但恐不合规矩，皇后娘娘要是知道了……”

李广狠狠瞪了一眼多嘴的宫女，“多嘴的奴才，规矩那也是皇上定的，你忘记这宫里谁是大主子了吗?”

宫女听毕，连忙收了声，李广冷道：“都退下吧，我守着就是了。”

宫女们退了下去，李广却是神色严肃起来。

虽然呵斥于她，但她说得没错。

历朝历代，皇帝的一言一行必要入册记录，在哪儿，和谁在一起，说了什么话，做了什么事，都要一一记录。

今夜与这沐雨瞳的情况，恐是入不了格，上不了堂面了。

想到这儿，眉头更是紧锁。

自从圣上恋上了这沐雨瞳，不合规矩的事实在是多了些。

再这么下去，恐是要出乱子的。

2

殿中，硕大的炭火炉子，噼噼啪啪地冒着轻响，也使屋子中充满了暖意。

榻上两个相拥的人儿，已从惊涛骇浪中沉静了下来，却越发温情，舍不得分开。

朱祐樘轻吻着雨瞳微湿的发梢，怜爱地抚去她额头的汗水，目光轻柔地落在那对薄如水雾的眸子，回味起方才的甜蜜高潮，心又痒了起来，忍不住轻轻哼了句。

“真是一刻也舍不得将你放开……”

而此刻的雨瞳，羞得满脸通红。

平生这一回，才知道做女人的好处。

听他这话，更是眸光流转，红晕轻浮，真想找个地洞钻下去，心里却又甜蜜得很。

“皇上，七王爷有要事禀报，在殿外已候多时!”

李广的声音悍然在殿外响起，将这暧昧气氛一扫而空。刚刚还胶着在一起的身躯，终于恋恋不舍地分开……

雨瞳慌乱地坐直了身体，迅速整理好身上的衣物，尴尬地干咳了一声，正想起身逃开，却被那朱祐樘猛地拉回怀抱，耳语道：“别走!”

说着，他清了下嗓子，回应那李广道：“让他进来吧。”

皎洁的月光如雪，胶着在光滑如丝的汉玉铺就的大殿中间。那一抹光芒之下，反衬着一个修长清冷的身形，犹如天界的谪仙，如梦如幻，宛若隔尘……让那摇曳的烛火也失了几分颜色。

此时的他，目光森寒，从那对钻石般透亮的眼眸中，淡淡地扫过龙椅上的那对相依相偎的人儿，嘴边慢慢浮起一丝不易察觉的落寞，在俊美的脸上，如落日斜阳般沉沦下去。

眼前是自己最为敬重的兄长，是这个天下唯一能与自己抗衡的男人，此刻的他，怀中紧拥着自己平生第一次也是唯一一次动过心的女人。那一幕，竟然完美得似乎原本就该如此，那一幕，却又痛得他心如在滴血……

一切尽在不言中，他已经不想多说什么。事实上，他也不能多说什么。

抿着唇，敛回了不屑的脸色，颌首道：“皇兄，臣弟有要事禀报。”

他说完，将目光瞟向了一侧的雨瞳，似乎在说她应该回避。

雨瞳原本见了朱祐樺，心中已是大乱，看到他那一闪而过的落寞表情，更是有丝隐约的心痛，心中一刺，不由得刷一下从祐樘身上站了起来，委身道：“雨瞳先回避一下。”

祐樘轻轻抚过她的手，温柔地一笑，暖暖地回道：“去吧，好生休息。”

雨瞳提起裙角，三步化作两步，逃命似地出了殿门，祐樘却恋恋不舍看着她的背影，眼角带着一股特有的温柔，许久才将目光收了回来，投向了站在大殿中的祐樿身上，淡然道："说吧。"

祐樿平复下复杂的心情，走上一步，认真地道："据哈密卫指挥使报，他们抓到了夜朔王身边一个近身侍卫。严刑之下，这厮招供出夜朔王的行踪，说是他已潜入吐蕃汗国境内。"

说到这儿，祐樿停顿了一下，又极为慎重地缓缓道："人进了这吐蕃汗国，有些麻烦了。"

祐樘听毕，英挺的眉毛已经拧成了一个结。

七弟说得没错。这吐蕃汗国从明太祖起，便经常与明朝发生战事。去年，马文升才刚刚从他们手中夺回哈密地区，安静没几日。此番夜朔王潜入此国，定会重整旗鼓……这是个坏消息。

祐樘低眸，道："你可有计？"

祐樿嘴角浮起冷傲的笑意，道："这次抓到此人，发现他已中柳夜朔的毒蛊之法，若是没有解药，恐怕不出四五天便会活活痛死。我若是将他放了，他定会不顾一切去找柳夜朔。如此一来，他便成了我们最好的内应。"

祐樘满意地点了下头，应声道："如此这般甚好，你赶快去安排吧。"

他的话音落下，那祐樿却没有离开之意，璀璨的星目，反而淡淡地扫着眼前的青石地，像是在酝酿着什么。

祐樘是何等聪明之人，他见这情形，早已明白三分，缓缓从龙椅上站了起来，走到一侧窗边，长吸了口气。

一时间，殿内安静得连根针掉在地上也能听到，气氛凝结得有些过分。

公事谈完了，有些私话，现在看来，不得不说。

不久，祐樿扬起头来，声音有些干哑，但语气依旧坚定从容：

"皇兄准备怎样对待这沐雨瞳？"

他这问话，虽然唐突，却早在祐樘意料之中。他知道，这句话在七弟心中已经憋了很久了。

虽是意料之中，但自己的心中却仍旧想不出一个完美的答案。

如此一来，却竟然胸口一闷，难受得很，过了许久，才从牙缝里挤出了一句："朕会待她很好……"

"很好？好到什么程度？"祐樿从椅上刷一下站了起来，逼问道。

祐樘猛地转过身，狠狠地用目光咬住七弟的脸庞，低声咆哮道："用从未有过的好，用全天下的好！"

祐樿却没有被他的目光逼退，反而迎面而上，用同样猛烈的目光与他对视，缓缓地道："皇兄，臣弟可以用十八封休书来证明我的好，皇兄用什么来证明你的好？如何证明？"

如何证明？

……

这句反问，像当头一棒，朝祐樘劈头盖脸地砸下来，让他的五官紧紧地一蹙，变作一个僵硬的迟疑。

看着他僵化的表情，祐樟冷冷一笑，叹道："皇兄，你虽贵为天子，却给不了沐雨瞳想要的东西，你我都很明白，不是吗？"

说到这儿，他停顿一下，又猛地回到祐樘的眼前，星目扫视，道："从小到大，没有人比我更了解皇兄。皇兄的心中，装着天下，装着自己。你如何会将自己全身心都给这沐雨瞳，如若你不能将全身心给这沐雨瞳，在这人心难测的朝中，对她来说，何尝不是一场灾难！"

说着，脸更近地凑近祐樘，迎着他死寂般的眼神，一字一句地道：

"皇兄真的可以保护自己的女人吗？"

他的问话，竟将祐樘逼得连退了三步，猛地靠在了一侧的墙上，倒吸了三口冷气，英俊的脸上，冰得没有一丝表情……

是的，七弟说到自己的死穴了。

每一个字，都把心底那一直在逃避的顾虑，生吞活剥似地昭示于人，每一句话，都像鞭子一般抽打在身上，却无处可逃……

自己能给雨瞳什么。

能给她什么！

除了那句苍白无力的承诺！

他眉头皱得更深，心里痛得竟然有些站立不稳，过了许久，才镇定下来，冷冷地看着朱祐樟，平静却又坚忍地道：

"朕真心爱这沐雨瞳，绝不让她受到一丝伤害！"

他的声音虽不重，却如泰山压顶般让人喘不过气来。

四目相对，眼神流转中，如惊雷交错，在这寂静的房间中，胶着，迸发，荡气回肠……

终于，祐樟舒展开紧绷的表情，释怀一般，弯出一个绝美的笑容，道："有皇兄这话，臣弟放心了。臣弟希望皇兄能好好待沐雨瞳，好好保护她不受到伤害。"

说着，他退后一步，深深地朝祐樘躹了一躬，又若有所思地朝他抿嘴一笑，转身大步向殿外走去。

望着他的背影，祐樘脸上的表情更为沉重。

他深吸了口气，在一侧的椅子上坐下，眼前又浮现出雨瞳在怀中娇嗔温存的一幕。

仔细想来，这沐雨瞳从未向自己要求过什么，毫无保留地将自己交了上来……然而此刻一冷静，心中顿觉不忍心这般对她，既没有名分，也没有保障，白白取了她的清白？

不行，这绝对不行！

他想着，重重地在桌上砸了一掌，刷一下站了起来。

沐雨瞳！你是朕的女人，朕可以给你想要的！朕一定要给！

第二十章　何处是春

1

“滚开！”

明明是娇嫩无比的女声，此刻却火暴异常，宛若晴空中的一声霹雳，震得坤宁宫的梁柱嗡嗡作响。

那温润如水的白玉碗，随着这一声喝，应声落到了青石地上，“哐啷”一声，化作了碎碎片片，凄惨地撒落一地……

一个仕女猛地扑在地上，身体不住地颤抖，连声磕头。

张皇后柳眉倒立，将手中的长袖一摆，吼道：“这点小事都办不好，拖出去杖责二十！”

随着仕女凄厉的求饶声渐行渐远，站在一边的小青也不由得手心捏汗，冷战不已。

坤宁宫的仕女们，每个都惶惶不可终日，生怕哪一天，皇后娘娘会迁怒于自己头上。

皇后为何如此，大家心里都很明白。

皇上已经好久未涉足过坤宁宫一步了，连皇后几次去白虎殿见他，也被他以公务繁忙为由拦在外面，好不尴尬……

门外却有一太监声音响起。

“皇后娘娘，奴才有要事禀报。”

……

“你说什么？那沐雨瞳不是杨廷和的表亲？”

听完小太监的叙述，张皇后哗一下从座位上站起，张大了嘴，表情凝结。

“是的，小的已经前前后后查过了，那沐雨瞳根本不是杨廷和的表亲，在户部也查不到任何有关此女的信息。据太学院的下人们说，这沐雨瞳头次出现时，衣着怪异，举止慌张，还被锦衣卫从住所搜出一些奇异的道符。娘娘，这沐雨瞳会不会是妖道作怪？”

“哼！”张皇后脸上掠过一丝冷笑，“这沐雨瞳姿色平平，却将皇上勾得失魂落魄，不是妖道是什么！我这就和皇上说去！”

她拂袖而起，正欲向门外走去，那小青却一个箭步上前，拉住皇后说道：“娘娘莫急！”

张皇后一迟疑，转头看着小青，知道她有话要说，便停了下来。

这小青跟随自己多年，为人极为老道，头脑清晰，办事稳重，她定是有什么主意。

“你说。”

小青道：“皇后娘娘，这番言论，即便与皇上说了，也没有真凭实据。凭现在她得宠之势，根本治不了她的罪，反而落得危言耸听、打击报复之嫌，娘娘三思啊。”

张皇后一怔，明白她说得在理，于是懊恼地一挥手，转身坐下，不耐烦地吐出一句：“那你说怎么办？”

“娘娘莫急。”小青脸上现出一道阴冷的表情，“有些事，是要细水长流，等到水到渠成那一天，自然即可。”

……

“皇上，近日京城有大批灾民涌入，城内人心惶惶，谣言四起，臣有些担心啊。”

王恕有些急切，连说话的声调都变了些。

朱祐樘眉头一皱，低念道：“国库多拨些银两下去，你亲自操办，莫要让其他人过手，以免小人乘机捞油。”

“臣明白。”王恕是个正直老臣。

他迟疑一下，像是有话要说，却又欲言又止。朱祐樘看出他的心事，冷不防问上一句。

“王大人还有何事？”

“老臣不知道有句话当讲不当讲。”

“什么话？王大人直说。”

王恕叹了句，道：

“最近，京城中有谣言说，近日灾祸连连，先是河南大水，后又是云贵地动山摇，这一连串的灾祸，是宫中有妖孽作怪所至……”

“一派胡言！”

朱祐樘高喝了一声，打断了他的话。

“王大人，你饱读诗书，难道也相信这种话？”

王恕擦了下额头的冷汗，低声念道：“老臣本是不信，但……”

“但又如何？”

“但如今并不是老臣在危言耸听，而是满朝文武皆议论纷纷，这番情形，皇上不可不知啊。”

朱祐樘神色凝重，哗一下站了起来，沉思片刻，低声问道：

“这妖孽之人可有所指之人？”

说到这儿，那王恕更是紧张，额头又重新开始冒汗。他干咳了一下，不知道接下去的话会不会让眼前这个皇帝抓狂。但他绝不会隐瞒于圣上，定下神，一字一句道：

“皇上，他们所指的，便是皇子讲读沐雨瞳。”

那“沐雨瞳”三字刚落，殿中扬过一阵冷风，嗖嗖地穿过大堂，竟然静得可怕。

只见皇上星目紧蹙，嘴角狠狠地抿着，神情竟然极为可怕。

王恕倒吸了口冷气，准备迎接那龙颜大怒的一刻。

时间一分一分过去，那朱祐樘却没有意料中那般大怒，反而淡淡一笑，拾起桌上一支毛笔，玩将起来，半刻之后，冷言道：

“沐雨瞳是妖孽，那直接取了朕的性命即可，何必这么麻烦。”

王恕叹道：“朝中的说法，是这沐雨瞳兴风作法，一边迷惑圣上，一边降灾祸于民，欲将这大明朝朽蛀得摇摇欲坠，不攻自破，到那一天，不废一兵一卒，便取了这大明朝……”

“哼。”朱祐樘轻哼了一声。

七弟说得没错，这沐雨瞳果然成了众矢之的。这些人，诋毁某人，尽是些冠冕堂皇的理由，卑鄙之极。

他想着，薄唇一勾端起茶杯轻呷了一口，忽然狠狠扬起目光，抛向王恕，一字一句道：

“王大人，朕有一想法，请王大人斟酌。”

“陛下请讲。”

朱祐樘放下茶杯，缓缓走下龙椅，拖地的龙袍在地上泛起一阵涟漪……

王恕心提到了喉咙口，忽然意识到皇上接下去要说的话很重要。

一抹阳光不知何时落到了朱祐樘的脸上，照得他的侧面如刀削般绝美俊朗，嘴角轻启，缓慢地吐出一句。

“朕想立这妖孽沐雨瞳为后！王大人觉得如何？”

……

那一树金黄色的叶子，已经落得差不多了。光光的树枝交错在寒意的风中，更显得单薄异常，低低地探向下面的宫墙，像是想窥视什么。

从乾清宫出来，那悠长的抄手游廊，连绵不尽，像条长龙般没有头，走在起伏不定的瓦石路上，更契合了王恕此刻的心情。

不安。

非常不安。

皇上之前的话还历历在耳。

“朕想立这妖孽沐雨瞳为后！王大人觉得如何？”

这句平静似水的话语，却如晴天霹雳般震得王恕至今脑门还嗡嗡作响，不敢相信这是出自那位冷静稳重的大明皇帝口中。

立沐雨瞳为后？

那不止代表着要废后吗？

一想到这个，王恕便全身发冷，额头冒汗。

“不可！万万不可！废后之事会动国之本，那张皇后若是失位，必会连累满朝大臣纷纷请辞。这一来，整个朝廷就乱了！天下就乱了！”

然而，他的哭诉，并没有动摇朱祐樘一分一毫。皇上反而逼进一步说，将在皇子秋季大试的大典上宣布此事，那不容退让的龙威，硬是生生将王恕满腹的争辩堵了回去……

此刻王恕行走在这游廊上，却步步惊心，如走在刀尖上般难受。

皇上变了！

竟然为了一个女子，愿意动国之根本？

他难道不知道这样做的后果吗？

不！皇上不会不知道，皇上既然知道，却还与自己说，那只是说明，他早已下定决心，自己再怎么劝也是无济于事！

想到这儿，那艰难的步伐，更是再也迈不开一步。王恕大口地喘着气，在游廊一侧坐下，捂着胸口，半天才止住过快的心跳。

老天。

这沐雨瞳果真是一妖孽，自己原本不信，今日却不得不信。

这样的女子，扰乱朝刚，迷惑圣上，真是名副其实的红颜祸水！

他想着，牙齿咬得咯咯作响，狠狠甩袖离去。

2

“沐先生，明日的大试，炜弟能通过吗？”朱厚照眨着眼睛，长长的睫毛扇成了两道漂亮的弧线，像极了他的父亲。

雨瞳嗤笑道：“大皇子的功课准备得如何？”

朱厚照咯咯笑道：“沐先生放心，小徒自是不会让先生丢脸的。”说着，他一把揪过一边的朱厚炜，大声叫道，“小家伙，还不好好用功，明日若是出了洋相，皇兄定不饶你！”

那朱厚炜被他一揪，委屈极了，嗖一下躲到了雨瞳的身后，小手紧紧抓住雨瞳的裙带，哇哇大叫道：“沐先生救我，臭哥哥又欺侮炜儿！”

雨瞳怜爱地搂过厚炜，柔声笑道：“炜儿莫怕，哥哥这是在和你闹着玩呢。”

厚炜两眼红红，有些害怕，却又像是鼓起了千般勇气，对着朱厚照干叫道：“炜儿才不怕哥哥，炜儿长大了，要把沐先生抢来当夫人！”

“你！”厚照双目一睁，一把揪紧弟弟的衣领，大叫道，“不准！沐先生是我的！”

看到两个孩子剑拔弩张的模样，雨瞳真是哭笑不得，却又感动得无言。

朱厚照一把拉住雨瞳的手，认真地道：“沐先生是天下最好的女人，厚照一定要娶沐先生！这样，沐先生就可以一辈子陪我在身边，天天陪厚照玩，永远也不会离开厚照！”

他海誓山盟的样子可爱极了，雨瞳内心忽然涌起一股酸楚与感动。

这朱厚照虽然身在皇家，但他内心的寂寞和孤独，从小便在内心生根。这样的人，高高在上，心处绝峰，必定要背负很多的东西，更会失去很多的快乐和朋友。他今天的表白，与其说是爱情，还不如说是源自内心最深处的害怕与呐喊……

想到这儿，心中油生感动之意，紧紧搂过朱厚照和朱厚炜二人，在他们额头上各吻了下，道：“大皇子二皇子，别怕，就算沐先生不在了，你们也会很幸福。只要皇子的心变得坚强，变得快乐，只要永远记得沐先生就好了。”

……

这时，冷不防发现朱厚炜的小手冰凉，再看他脸色隐隐发青，似乎有什么病症。

前些日子朱厚炜一直精神不振，还伴有低烧，虽然雨瞳反复呼吁，太医却一直当作风寒治疗，而且看着也似乎好了许多，却仍让她心神不宁。

雨瞳拿捏不定，正犹豫着，却听到身后一阵喊声：

“皇后娘娘驾到。”

雨瞳颔首行礼，正想向皇后禀报皇子的病情，那张皇后却已经冷笑一声，朝着两位皇子不屑地问道：“你们谁要娶这沐雨瞳？”

她的话音刚落，那朱厚照和朱厚炜同时跳了起来，大叫道：“我要！”

“我要！母后，我要！”

……

看着两人推来攘去的模样，张皇后气得肺都快炸了，拳头捏成了一个小球，指骨咯咯作响。

这沐雨瞳，抢走她夫君不说，竟然连自己两个孩儿都被她笼络了去，这还了得！干脆这皇后让她当得了。

她越想越懊恼，抡起手来便给了那朱厚照和朱厚炜一人一巴掌，接着厉声喝道：“两个糊涂的浑小子！身为皇子，怎可如此轻妄乱语！你们是高贵的皇子！怎可与平凡贱民结亲！”

她特意将这“贱民”二字说得极重，只差是要将它一口吞了下去。那发狂的模样，吓得那两皇子脸色发白，竟然忘了疼痛，张大嘴怔立，眼泪凝结在眼眶中。

雨瞳一急，应声跪下，高叫道：“皇后娘娘息怒，皇后娘娘息怒！两位皇子童言无忌，娘娘莫放在心上！”

她话还未说完，那张皇后却又一个巴掌抡来，身体竟被重重地扇到了一边……

“沐雨瞳！你给本宫好生听着！以后再教授皇子此等不上大雅之词，本宫让你生不如死！”

提高了八度的喝声，在这寂静的园子里显得异常突兀，震得每个人心里瑟瑟发抖，那朱厚炜终于忍不住，“哇”一声大哭起来，更显得气氛焦躁不安……

雨瞳明白，镇定下情绪，从地上挣扎着起来，跪正了身子，小心地言道：“皇后娘娘，雨瞳知错了。”

张皇后一个箭步上前，伸手狠狠捏住她的下巴，冷冷道：“哼，沐雨瞳，不要以为你那点小主意就可撼动本宫的位置，你还嫩着呢！”

雨瞳知道此刻怎么解释也没用，只能用淡然的目光扫过张皇后因为激动而血丝膨胀的眼眸，苦笑一声道：“皇后娘娘多虑了。”

张皇后不屑地放开她的下巴，秋水眸子像刀刃般在雨瞳的脸上割过，冷冷道：

“明日便是秋季大试，沐先生向皇上承诺过两位皇子必能通过大试，不知此番准备得如何？”

“两位皇子已经准备好了。”雨瞳小心翼翼地回答。

“那甚好，你也知道，若是违背自己的承诺，那便是欺君之罪，你好自为之吧。”

说着，抛下一个冷眼，正欲离去，雨瞳却失声叫道：“娘娘，雨瞳还有一事禀报。”

张皇后哼了一声，心想这沐雨瞳居然还恬不知耻，自己这般羞辱她，她居然还赖着自己不走，于是停下脚步，高高俯视下来，冰冷地问道：“说。”

雨瞳一把抓过朱厚炜的手，道：“雨瞳方才见到厚炜皇子脸色不佳，恐是有疾在身，望皇后娘娘速唤太医来看看。”

张皇后一怔，拉过朱厚炜，前后看了下，冷笑道：“哼，大惊小怪说什么恶疾，莫不是怕明日通不过大试，先找个借口先？”

“雨瞳不是这个意思……只是近日见厚炜皇子身体不适，怕是上次未痊愈，皇后娘娘要小心才是……”

听到这儿，张皇后又怒了，她重新一步上前，狠狠扯住她胸口的衣物。

“沐雨瞳，你的意思是本宫没有照顾好厚炜皇子？是不是！本宫告诉你，皇子的亲生母亲是本宫，天底下最关心他们的人是本宫。皇子身上少根头发本宫都知道！不需要你来指手画脚！”

说着，她狠狠推开雨瞳，将她的身子又重重抛回地面。雨瞳一个趔趄，整个人匍匐到了地上……

她咬着牙掸了下身上的尘土，深低下头跪送着皇后离去。

在这个后宫里，皇后便是天，她要杀要剐任何人，都似掐死一只蚂蚁般。

但一想到朱祐樘那深情似水的眼眸，却又觉得一切都是值得的……

……

“小青，去请郭太医来。”

走出园子不久，张皇后还是忍不住吐出一句。

自己虽然厌恶沐雨瞳，但毕竟这厚炜是自己的亲骨肉，又是大明朝的未来，一丁点都容不得闪失。

第二十一章　天命难违

1

阴沉沉的云盖住天色，压抑得就像在胸口堵着块石头。

秋季大试如期举行。

满朝文武齐聚一堂，殿内人头攒动，却静得鸦雀无声，气氛凝重得像这天气一般。

大殿被分作三个部分。

最中央也是最高处，安排着一张硕大的龙椅，此时正端坐着朱祐樘和张皇后二人；稍低处，则分别坐着岐惠王朱祐棆、益端王朱祐槟、雍靖王朱祐枟。数位王爷齐聚，却独独少了七王爷的身影。

大殿的左侧，密密麻麻站着四五排身着朝服的大臣，黑压压的一片，甚是壮观。最前排正襟危坐着一些年长者，从左到右，分别是首辅大臣刘吉，昌国公张峦，以及六部尚书王恕、李敏、周洪谟等几人。

大殿的右侧，则安排了小一些座椅，从最前排开始，分别坐了两位皇子朱厚照及朱厚炜，依次类推，按父官职的大小，接着又坐着二十几位五六岁至十一二岁年纪的幼童，均为各王爷和重臣之子。每一位皇子的后面，则又站着一排人，都是各个皇子公孙的老师，清一色的男性中，悍然站着沐雨瞳一女子，显得突兀异常。

雨瞳站在这一簇男人堆里，如芒在背，加上又是两位皇子的老师，更是众人的目光焦点。这也难怪，这沐雨瞳是当今皇上最为宠爱的女子，在大明宫中，已是人尽皆知的秘密。那些对她素未谋面的大臣，自是对她充满了好奇。

七八十双眼睛停留在自己身上，那可不是普通的感觉，就像是几十个火炉，冲着自己熊熊喷着火焰……

她偷偷将目光抛向龙椅上的朱祐樘，只见他身着黑金色的龙袍，更衬他那双漆黑如墨的眸子，如水光般潋滟深邃……他本是冷傲地望着下面的朝臣，却不知怎的，忽然转过头，与雨瞳对视了，眼中一闪，转化成一个温润的笑容，让她不由得脸红耳赤，害羞得低下头去……

许久镇定下情绪，在人群中扫寻着七王爷朱祐樿的身影。

他向来嬉笑怒骂，玩世不恭，如今却这般无影无踪，像是刻意在回避什么……

就在这局促不安的氛围下，大典终于拉开了帷幕。

先是上来几个重臣唱了一回高调。之后，上来一个司仪模样的言官，宣布此次大试的程序。

第一轮是让这些皇子公孙们背诵四书五经中的相关文章，均由考官随机抽取。

第二轮就是请各位学子，自由展示这一年的学业成果，诗歌词赋，弹琴作画皆可，这可算是自由发挥阶段。

司仪介绍完，只见朱祐樘轻轻地一挥手，于是所有人一颔首，那一排学子顿时身板一直，嗖嗖嗖进入了迎试的状态。

第一轮很快进行到过半，其间表现最优的是雍靖王朱祐枟之子，七八岁左右的年纪，却已经流利背诵了大段《中庸》，惊得在场的大臣们连声叫好。连龙椅上的朱祐樘，也双眸一弯，颇为动容。

轮到大皇子朱厚照上场。

众人的目光齐聚。这一场表演，实在太让大家期待了。

那朱厚照从座位上站了起来，回头看了一眼沐雨瞳，幼稚的神情中，带着一股帝王的霸气。那一瞬间，倒真让在场的人震撼了一番。

他抽到的竟也是《中庸》。

这时气氛更紧张了。连一直斜靠在龙椅上的朱祐樘，也不由自主地坐直了身体，聚精会神地望住他。

只见那朱厚照怔立在大殿中间，半晌未吐一字，场面气氛凝结成一块冰似的，所有的人都不敢出一口大气。不知是谁忍不住干咳了一声，引得众人齐唰唰地看过去。那人脸红至青，连忙缩进了头颈。

那朱厚照却越发地淡定与从容，头上至下散发着与年龄不符的成熟。他轻轻撩起冗长的水袖，向着龙椅深深躹上一躬，缓缓道："照儿不会背诵《中庸》，照儿只会讲故事。不知可否。"

故事？

《中庸》哪来的故事可讲？

这一记稚嫩的声音响起，虽不响，却像在水中扔了块大石头般炸了开来。有些后排的大臣实在忍不住了，越发好奇，急急地挤到了前面，伸长了头颈……

"你讲来听听。"朱祐樘淡淡点头，向他抛去一个信任的微笑。

朱厚照点了下头，轻咳了一声，扬起小脑袋，傲慢地巡视了一圈众人，稚嫩的声音娓娓道来：

"秦末天下大乱，各地揭竿而起，汉高祖刘邦趁时反秦，先于项羽一步夺下关中，兵进咸阳，却还军灞上，财物无所取，妇女无所幸，余悉除去秦法，深得民心。后项羽带兵西进，领兵四十万，远胜于刘邦。刘邦含辱隐忍，领受项的分封，占地为汉王，后经彭城、成皋之战，与项形成对峙之势。最后垓下决战，项羽兵败，自刎于乌江，一统天下后，更是休养生息，颁'汉律九章'……"

"纵观汉高祖一生之事，揭竿而起是识'时中'，还军灞上约法三章是知'时中'，废除秦律是明'时中'。正所谓，君子之中庸也，君子而时中，小人之中庸也，小人而无忌惮也。"

他的话音落下，大殿中静得死水一般，所有的人都吓住了。

"时中"，是《中庸》中最精华的思想，意思是君子能随时按中庸之道行事，随时而异，恰到好处。

这朱厚照虽没有背诵文章，却恰如其分地引经据典，将汉高祖刘邦的事例运用至此，很好地说明了这“时中”的含义，取了那一句“君子之中庸也，君子而时中，小人之中庸也，小人而无忌惮也”，更是画龙点睛之笔。

所以，众人被震住了。

连一侧的沐雨瞳也额头冒汗，没料到这朱厚照年纪小小，竟有这番深沉的思想。震惊之余，也不由得暗暗为他叫好。

她正矗着，那一侧的八王爷朱祐枟开口道：“大皇子的故事是讲得不错，只是这轮比赛原是背诵文章，怎变成故事大会了？”

他这一声，倒是引得殿内众人频频点头。一时间，议论声大作。

考官席上的王恕刷一下站了起来，向朱祐樘抱拳道：

“皇上，老臣认为，大皇子虽言论经典，但毕竟偏离了试题，这轮原本是比背诵文章，以考学子们的记性，大皇子没有背诵出试题的原文，所以不能通过。”

他话一落，大殿内所有大臣均啧啧点头，表示赞同。

站在一边的沐雨瞳却已忍不住了，她几步走到殿中，高声道：

“雨瞳不这么认为！”

她这一嚷，横扫殿内，将交口议论的众人的眼光全吸引过来。

还未等众人反应过来，雨瞳紧接着大声道：

“我真就不明白了，读书不就是为了活学活用吗？既然已经理解了书的意思，又何必要逐字逐句地背诵，这不是浪费时间浪费精力吗？”

“大胆！”王恕原本看雨瞳就不顺眼，她这一闹，更是激得他怒发冲冠，大喝声，“这大殿哪有你沐雨瞳发言的资格！”

雨瞳被他一吓，心跳快了三分，仍据理力争：

“王大人，雨瞳也是朝中一员，为何不能在这里发言！”

王恕气得脸色发青，咬牙切齿地道：“你这妖女，祸害江山，扰乱朝廷，还在这里无理取闹，给老臣滚出去！”

他这话一出，殿内骤然一冷，气氛僵硬了几分钟，连根针掉地上都能听到。

又不知怎的，突然间人声渐起，所有人开始交头接耳……

很明显，这已不是简单地就事论事了，而是明显的人身攻击。看来这王恕对沐雨瞳的成见不是一般地深……

雨瞳心一紧，没料到这王大人竟然会如此辱骂，竟一时间呆立，嘴张得老大，说不出话来。

“王大人！”朱祐樘冷冷抛出一句，殿内瞬间安静下来，所有的目光投向了高高在上的龙座，“沐雨瞳是朕封的讲读，在这里自然有资格说话。所谓祸害江山，扰乱朝廷的罪名，若没有证据，更是不能随意乱加于人！”

他这一句，像是给王恕的嘴上了封条一般，令王恕脸色更是难看得很。

这时，坐在一边的张峦起身，上前一步，向朱祐樘行礼道：“皇上，这沐雨瞳教导皇子无方，违反了大试的规矩。王大人作为主考官，斥责几句本不为过。反倒是这沐雨瞳知错不改，言语顶撞，请皇上明察!”

他这一说，殿内议论声又起，大部分的人都开始频频点头，甚至有几个人上前喊道要将这沐雨瞳赶出大殿。

一边的张皇后心中暗笑，忍不住刷一下从座位上站了起来，姿态万千地走上前，柔声道:“父亲莫急，王大人莫急，这沐雨瞳教授皇子，极为用心，虽然今日大试未合各位大人心意，但毕竟我儿有所长进，请各位大人谅解。”

说着，她又转向了一旁呆立的沐雨瞳，“温柔”地一笑，拉起她冰凉的手，轻声道:“沐先生，这皇宫规矩是多了些，朝臣们也直率得很，你莫怕，也莫急，我们好生继续吧。”

她笑得春意盎然，雨瞳却看得心生寒意。

这皇后，好虚伪!

……

朱祐樘英挺的眉毛拧成了一个结。

他已经意识到形势的严峻。

王恕借题发挥，造成对沐雨瞳不利的局面，目的只有一个，就是阻止自己在大试上提立新皇后的事……那张峦为首的朝臣们更是煽风点火，添油加醋……

这些朝臣们，与皇后非亲即故，渊源极深，众口一致齐刷刷针对沐雨瞳……在这样的节骨眼上，自己怎么可能提出要立沐雨瞳为后?

想到这儿，他心中更是烦躁，手掌捏作了一团，骨节咯咯作响。

终于，从牙齿缝里迸出一句:

“沐雨瞳，王大人是秋季大试的主考官，在场各位自是要尊重他的决议，你可明白否?”

他这一声，算是给了王恕一个台阶下。雨瞳自是明白，向王恕躹了一躬，向他陪罪。

她一边躹着，一边偷偷地用眼角瞅了一眼朱祐樘，见他气定神若，目不斜视，那一番龙威却是有种特别的陌生感与距离感。

心中不由升起一股感慨之情，说不出是什么滋味。

她以为，世界简单得只需要两人真心相爱即可；可刚刚一幕，却让她发现，世界原本没有那么简单……

第二轮很快开始了，众学子们纷纷拿出看家本事，抚琴，吟诗，作画，舞剑……一时间，殿内流光溢彩，风生水起，倒是一番争奇斗艳的景象。

轮到那朱厚炜上场，场上又陡然安静了几分。

前一轮朱厚照的表现，已引起了一场火药味十足的争论，不知这小皇子考完了，会不会再次引发一场战争。

此时的目光，焦距般集中到了场中这小小的身影上。

那小小的身板，穿着一件空荡荡的朝服，单薄异常，仿佛一阵风也能吹走。单纯的大眼睛闪着无措的光彩，摇曳不定，似乎被这骤然而至的安静吓住了。

……

一边的雨瞳，心已经拎到了喉咙口。

她知道，虽然所有人都在看朱厚炜，但其实是在看她，更想看接下去的那场好戏。

那王恕、张峦、张皇后，剑拔弩张地守在一边，只是在等这朱厚炜一表演完，就可开始鸡蛋里挑骨头，将矛头指向于她，将她陷于万难之境。

此刻的心情，就像是对面站着一大汉，正扬着硕大的拳头，准备击来的那一刻。

但她并不后悔。

因为雨瞳深深地明白，这便是爱上一个皇帝的代价。

Confucius said：“Isn’t it a pleasure to study and practice what you have learned? Isn’t it also great when friends visit from distant places? If people do not recognize me and it doesn’t bother me，am I not a Superior Man?”

娓娓而道的英文，如流水般淌出，却在这大殿中如扔了颗炸弹般，死寂一片之后，温度又陡然升高，炸开了锅……

所有的人都发出惊叹之声，人群躁动不安，讨论声四起，几乎盖过了朱厚炜的声音……

“嘣”一声重响。

忽然打断了朱厚炜的声音，吓得孩子张大了嘴，半个字节生生地卡在喉咙口……

众人齐齐地看过去，只见是王恕狠狠拍了一下太师椅的红木扶手，刷一下从座位上站了起来，双目瞪圆，脸色涨红……

“这是什么东西?”王恕过了半晌，才从牙缝里挤出一句。

“王大人，这是英文版《论语》。”雨瞳淡淡回道。

王恕想反驳，却不知如何发作，想了片刻，狠狠挥了下衣袖，刷一下坐下，再也不语。

气氛凝结得像块冰，所有的人都堵着一口气，不敢打破这僵局……

朱厚炜脸色发白，大眼睛偷偷瞟了一眼边上的沐雨瞳，像是在询问她是不是应该念下去。

她没有被王恕的气势吓倒，只是淡淡一笑，朝朱厚炜点了下头，示意他继续。

朱厚炜鼓起勇气，清了下嗓子，又开始念了起来。

他念得很流利，这炜儿年龄虽小，但语言天赋优于一般人，这篇英文演讲完全不在话下。

雨瞳满意地看着炜儿，却惊见他原本灵气的大眼睛中，蒙着一层灰色，语气中更是透着一股特别的疲倦，脸色也愈来愈白。她一惊，忽然有种不祥的预感涌上心头……

忽然朱厚炜声音一断，小小的身体竟然不住地颤抖起来……接着，像没了骨头一般，软软地向地上倒去……

这一变故，惊得在场的人目瞪口呆，竟然一时间无人反应，过了几秒，众人才回过神来，手忙脚乱地冲上前去……

2

夜深得像墨一般。

没有月光，没有星辰，厚厚的云层，遮挡了一切……

阴暗的牢房，被那微弱的烛光照得更为狰狞，斑驳的土墙上，交错着奇怪的鬼影，透露着鬼魅的笑容。

角落中，一只灰鼠战战地爬出，尖锐的鼻头四处嗅着，寻找着食物；墨黑的眸子，在昏暗中，闪烁着一丝晶光，虽然诡异，却给了这里难得的生气。

雨瞳虚弱地靠在墙上，看着那只灰鼠，不知怎的，嘴角泛起一丝疲倦的笑意。

"妖道咒语祸害皇子，来人哪，将这沐雨瞳拿下!"

几个时辰前，那句惊天动地的话，此刻仍然回荡在雨瞳的脑海中，如同惊雷般将她瞬间打入十八层地狱。

她不知道是谁扔出这句话，事实上，是谁说已经不重要了。

那般情形之下，皇子晕倒，将罪转嫁到她头上，早在她意料之中。

英文演讲成了妖道咒语，哭笑不得，万般无奈。

自己已成了众矢之的，打入天牢，只需要一个借口而已。

至于借口是否合理，已经不重要了。

所以，她没有辩解，没有祈求，任由那些凶猛的侍卫抓扯，像片树叶般被抛入这肮脏的牢房。

混乱陡然而止，换作了此刻的死寂。仿佛世界只留下自己，还有角落中那只灰鼠。

自从到了这大明朝，自从恋上了这大明皇帝，已经不止一次地站在万丈深渊的边缘，不止一次地与死亡擦肩而过……

劫难，并不可怕，为了所爱的人付出生命，更是值得。

只是此刻的自己，心牵绊着那昏倒的炜儿，痛又担忧……混乱中，看到朱祐樘抱着虚弱的孩子，那份急切和紧张，更是像鞭子一般抽在她心头……

那一刻，如此束手无措，痛不欲生。

那一幕，像泰山压顶般将一切吞没……

一阵战栗从心底开始抽搐，细眉如电击般拧成一结，不由自主地捂住胸口，眼泪悄然流下……

"咣!"

一声响亮的金属声，陡然响起，将她从思绪中惊醒过来。

两个身形壮硕的狱卒狞笑着站在面前，其中一人蹲了下来，伸手生硬地扳起雨瞳的下巴，哼了一声。

“沐讲读，这狱房住得可习惯？”

雨瞳自是不会理他，只是冷冷看了他一眼，脸一扭，从他的手中挣脱出来。

“大哥，看来这沐讲读还不甚明了情势。”那站着的小厮冷笑着。

那被称作大哥的狱卒嗤笑了一声，向前一探，脸庞压近雨瞳，狠狠地道：“沐讲读，实话跟你说了吧。这回我们兄弟来，是奉上头的命令，好好招待一下沐姑娘。沐姑娘冰清玉洁，如花似玉，我们兄弟俩自会好好待你，你放心就是了。”

他的话阴冷之极，那眼神中更是透着一股淫秽之气，像是一口将她吞下一般。

雨瞳心一紧，知道这上头是谁。

看来今天凶多吉少……

她牙一咬，心中暗暗下了决定。

“大哥，少跟她废话，让小弟先上吧。”那站着的狱卒早已忍不住了，冲上前来，伸手便要拉扯雨瞳的衣物。

雨瞳从地上惊跳起来，向后倒退了几步，大声喝道：

“你们不准胡来！”

“哈哈，你身在牢狱，就是我们的人。沐姑娘，难道你还当自己是讲读大人？”

雨瞳冷哼了声，道：“沐雨瞳现虽身在牢狱，但并未定罪。皇上这般宠幸于我，你们此刻要是伤了我，万一有朝一日我出了这牢狱，你们以为自己逃得过吗？”

她的话音一落，二人震住了。

的确，沐雨瞳说得不错。

现在虽然是皇后派二人来欺侮于她，但万一这沐雨瞳再次得势，二人岂不是连性命都要搭上？

这朝廷之中，本来就是前一刻在地狱，后一刻便是天堂，今天落势，明天便得势，二人只是普通当差的，自然要审时度势，千万不可胡来。

这一来，二人倒真是迟疑了，竟然一时僵立，不知该怎么办。

正在此时，狱卒目光落在雨瞳的手腕上。

那个晶莹剔透的碧玉镯引起了他的注意。

他的眼中透出贪婪之意，转化为一个恶心的笑容，走上前来道：

“沐姑娘，我们兄弟也只是奉命而为，本无伤害姑娘之意，但总不能什么都不做，空手而归吧。要知道，若是上头知道我们没有完成使命，必会责罚于我俩，姑娘总不会这么狠心吧。皇上如此宠幸姑娘，姑娘以后定有享不尽的荣华富贵，也不会在意这镯子，干脆送与我们兄弟，也算是对我们有个交代，如何？”

他故意把“空手而归”说得极重，眼光始终没有离开过那碧玉镯，豺狼之心已经昭然，雨瞳知道他是在勒索自己。

但是……

她低头看了一眼那碧绿如水的玉镯，眼前浮现起七王爷那清澈见底的眼眸，耳边浮起那段霸道温情的话语：

“沐雨瞳，你要记住。除非你死了，或是本王死了，否则不许取下这个玉镯！懂吗?”

……

忽然心一紧，不知哪来的勇气，猛地扬起头，朝那狱卒狠狠地啐了一口唾沫。

这一记，气得那厮勃然大怒，冲上前来，猛地将雨瞳抵在墙前，一把抓紧她的手腕，用力去拉扯她手腕上的玉镯，气力极大，竟然扭得她骨头咯咯发响，痛得她几乎晕了过去。万急之中，雨瞳对准他的手臂狠狠咬了下去，那厮疼得哇哇大叫，不由得脱开了手。雨瞳乘机逃了开去。那一边的狱卒见此情形，即刻冲上前来，一把抱住欲逃走的雨瞳，将她手脚制住，不论她怎么挣扎，也逃脱不了。一边被咬的狱卒回过神来，冲上前来，狠狠地抡了她一巴掌，大叫道：“快给我玉镯！否则我们就不客气了！”

雨瞳咬牙，又啐出一口血水：“做梦！”

那狱卒气极，又重重地抡了她一巴掌，一滴鲜红的液体缓缓从雨瞳的嘴角滑落……

“住手！”

一记响彻云霄的吼声突然响起。

狱卒一怔，回过身去，发现门口站着一个颀长的身形。

看到他，雨瞳泪水夺眶而出，失声叫道：

“七王爷！”

只见朱祐樘怒目而视，气势磅礴悍然而立，钻石般的眼眸射出一股从未见过的杀气，熊熊燃烧，吞没了那两狱卒。

那两狱卒没料到七王爷竟会出现在这儿，一时间吓得腿脚发软，浑身发颤，连忙放开沐雨瞳，连滚带爬地跪下，断断续续地叫道：

“参见王爷……”

朱祐樘没有理会两个狱卒，快步走上前，一把将雨瞳搂入怀中，怜惜地理好她零散的衣物，面露寒光，冷冷念道：

“将这两厮拖出去！斩了那两只狗爪！”

他话一落，那两家伙吓得屁滚尿流，哇一声哭出来，在地上连声磕头，大声求饶：

“王爷！王爷……饶了小的，小的知错了！小的知错了！”

见到此状，雨瞳苦笑一声，转身对朱祐樘道：“七王爷，他们只是受命于人，怪不得他们，就饶了他们吧。”

朱祐樘眉一皱，厌恶地对着两家伙扔出一句：

“滚！”

两家伙不住地道谢，连滚带爬地向门口冲去，却不料猛地撞上门口一个魁梧的身影。

"左大人……"

二人失声叫出。

只见门口站着的正是锦衣卫指挥使左宗海。

他冷冷一笑，朝二人抛出一句：

"你们俩竟敢冒犯七王爷，来人哪，将他们拖出去斩了！"

这一变故，惊得二人浑身发冷。

身后冲上两个侍卫，将两个僵硬的身体直直地向后拖去，过了许久，撕心裂肺的哭喊声才爆发出来。

"左大人饶命啊！"

"左大人！小的是奉命而为！与小的无关啊……"

"左大人……"

……

声音愈来愈远，最后化为了一丝余音，惨淡地缭绕在黑夜中……

左宗海看了一眼他们的背影，阴冷地一笑，转过身来朝朱祐樘恭敬地行礼道：

"左宗海参见七王爷！"

朱祐樘轻蔑地望了一眼他，并不作答，只是缓缓转过头，将雨瞳的身体又朝自己拉近了几分，怜爱地抹过雨瞳额头上零乱的头发，似乎抚摸着世上最珍贵的宝物。

"七王爷，这沐雨瞳是朝廷重犯，关押在此是圣命所至。王爷千万不可随意带走她，以免让臣为难……"

他铮铮之言，似乎在告诉朱祐樘，这是皇上要抓的人，王爷是动不了的。

看着左宗海虚假的嘴脸，朱祐樘并未慌乱，只是轻蔑一笑，道：

"谁说本王要带走她？"

他话一落，小心地扶住沐雨瞳，走了几步，一同在潮湿的角落中坐了下来，又微微扬起头，瞟了一眼怔怔发呆的左宗海，抛出一句：

"本王只是要在这里陪着沐雨瞳！谁敢动她，就先过本王这一关！"

3

"王爷，你太傻了，你何必陪雨瞳吃苦呢……这污秽之地，岂容得下王爷的万金之躯……"

雨瞳倒在朱祐樘怀中，颤抖念着。她话未说完，却已经被朱祐樘打断，他扶起她娇弱的小脸，轻轻吻去她嘴角依旧湿润的血迹，叹道：

"你才傻！这玉镯只是身外之物，给他们就是了，何必以命相争……"

雨瞳泪水夺眶，如断了线般滑落，她紧紧靠住朱祐樘伟岸的胸膛，真情流露道：

"这不是玉镯，这是王爷的心！雨瞳就算死了，也不会给别人的……"

祐樘心一软，一把搂住雨瞳身体，吻着她的头发，语气坚定一字一句道：

"放心，本王不会让任何人伤害你的！你在牢中，本王也在牢中。你在刑场，本王陪你上刑场！"

他目光坚毅，声音虽低却容不得半点退让，那份执著和冷峻，像极了心中的那个他。只是此刻的自己却正锁在他的大牢中……此刻的他，却不知身在何处……

也许，正守护着自己的血脉，担忧不能成眠。

也许，正在安慰泣不成声的皇后，搂着她入怀。

也许，他心中正在责怪着自己，妖道咒语害了皇子……

也许，还有很多也许，但没有一个也许，是他正在想着自己，担忧着自己。

此刻的他，属于皇子，属于皇后，属于江山社稷，却唯独不属于她沐雨瞳。

此刻的自己，痛得体无完肤，担忧得坐立不安，却得不到他的一点安慰，被他遗忘在角落中……

微微缩起身体，深深地埋进朱祐樘温暖的脸膛，此刻的自己，太需要一个臂膀，一个港湾，一个拥抱……

朱祐樘看着她的神情，知道她在想什么，在痛什么。她的痛，他感同身受。

他轻轻抚过她的额头，道："雨瞳，别怪皇兄。"

扬起脸迎着那星空一样灿烂的眼神，呢喃道："紫鸳她们说得对，七王爷是世上少有的好男人……"

祐樘唇一勾，苦笑道："再好，也好不过皇兄，不是吗？"

"王爷……"

"莫说这些。"朱祐樘打断了她的话，嘴角含起笑意，扶起她细弱的手臂，抚摸着碧玉镯，轻念道：

"知道你心中有本王，已经很开心了。"

他停顿了下，整理了下思绪，又接着道："雨瞳，皇兄是爱你的。他不会杀你，你很快会出去的。懂吗？"

"王爷！不好了，出大事了！"

正在此时，突然牢外冲进一个侍卫。

"什么事？"

那侍卫惊魂未定，气喘吁吁地报告：

"王爷！二皇子病情突然恶化……归……归天啦……"

他那句"归天"一出口，气氛突然骤降了几分，竟然惊得雨瞳和朱祐樘浑身发冷，几乎不相信自己的耳朵。

什么？

炜儿死了？

炜儿死了！

那个天真可爱、活蹦乱跳的炜儿死了！

这……这怎么可能！

这……这怎么可以！

雨瞳惊得瞳孔骤睁，心跳停止，身体几乎瘫倒在地……

"现在情形怎么样？"朱祐樘已经镇定下来，他紧锁着眉，急急地逼问着那侍卫。

“众大臣已经齐聚乾清宫，在殿外请奏……”

“请奏什么?”

“……”

“快说!”

“众大臣说沐先生祸害江山，加害皇子……”那侍卫停了下，瞟了一眼雨瞳，咽了口水，继续道，“所以请奏圣上，速速将沐先生处决！以平众怒……”

……

侍卫在说什么，雨瞳已经听不清楚了，她脑子一片空白，眼前一黑，几乎昏死过去。

朱祐樘扶正了雨瞳的身体，轻声道：

“雨瞳，莫怕。本王去看下情形。”

说着，他快步向牢外走去。

……

乾清宫外。

黑压压的一片朝服，如这漆黑的夜幕一般，让人喘不过气来。

带头的正是吏部尚书王恕，一边磕着头，一边高声叫道：

“皇上！沐雨瞳乃妖道魔女，害死皇子，应以火刑处之，灭掉其妖魔之气，才能救这大明江山于险境；若不处置，恐这江山不保啊……”

他骇人听闻的言语，说得那身后一群朝臣更是心惊胆战，连声应和。一时间，殿外哭声，叫喊声，辱骂声不断，在这寂静的夜里，更显得混乱不堪……

宫门吱呀一声打开，一群人鱼贯而出。

带头的正是朱祐樘。

英俊的脸庞上布满了倦容，抿着唇，像是凝固了千年的冰山。

他一出现，殿外瞬间安静下来。陡然的寂静，更显得突兀异常。一时间，夜风骤起，呼呼作响……

安静了半刻，王恕跪着身体，匍匐着爬到朱祐樘跟前，抱拳高声道：

“皇上！臣等刚刚查明，这沐雨瞳根本不是杨廷和的表亲，河北户籍上也根本无沐雨瞳此人。皇上！这沐雨瞳来历不明，身份可疑，深藏在这宫中，定有不可告人之阴谋。自她出现，江河动荡，民心惶惶，灾祸不断。今日，二皇子又因她的妖道咒语而魂归西天……皇上，此沐雨瞳十有八九是妖魔之化身，请立即下旨将这妖女沐雨瞳处以火刑！请快下旨吧!”

他话音刚落，身后刚刚安静下来的人群又躁动起来。所有的大臣齐刷刷地开始磕头，发出满天盖地的“咚咚”声。

……

“皇兄!”

一记咆吼突然响起，震得天摇地动。

朱祐榫颀长身形出现在宫门外，神情严肃，鹰一般的目光扫视全场，竟将所有人心一震，一时间，竟安静下来。

三五几步，刷刷走到最前头，抱拳厉声道：

“皇兄！沐雨瞳不能杀！”

“七王爷！”王恕一行人急了，冲上前来大喝道，“沐雨瞳是妖女！若不除，将动江山之根基！”

朱祐樘哼了一声，并没有答理他们，只是转过头，盯住朱祐樘的双眼，一字一句道：

“皇兄！你真的相信此话？你真的相信沐雨瞳是妖女？”

“皇上！”王恕一行人又重新跪了下来，咚咚地一边磕头一边爬到朱祐樘面前，哭喊着大叫道：

“皇上！皇子已经惨死，皇后娘娘至今晕死不醒。皇上！大明的血脉受损，大明的后宫动荡，这一切，全拜赐予这沐雨瞳！皇上，您难道对这一切熟视无睹吗？皇上！快快下决定，快快除去这妖女，若妖女不除，臣等将集体请辞，归还这头顶乌纱！告老还乡！”

王恕抛出最后一句，像是拿出撒手锏，亮出了最后的底牌。

满朝文武听毕这话，更是齐刷刷地拜倒在地，应声附和……

指节紧紧握住，泛着死寂般的森白，俊秀的眼眸已经纠结成狭长的缝隙，牵动着僵硬的神经，竟痛得有些麻木。

炜儿临死时惨白的眼神，历历在目；满朝文武声嘶力竭的请奏声，不绝于耳……

身处惊涛骇浪、风起云涌，作为天子，第一次感到这般无措，这般彷徨，如卷入浪头的小舟，没有方向……

这一刻，还有得选择吗？

还有选择吗？

……

痛，已经不是那么简单。

整个心已经被这一切，撕成千块，难以拼凑。

……

英眉因抽搐而不住颤动，薄薄的嘴唇咬成了惨白色，用尽了所有的气力吐出了这一句可能让自己后悔终生的话语：

“三日后……将沐雨瞳火刑处置！”

说完，挥袖向殿内走去。

“皇兄！”

朱祐樘咆哮声如雷声般响起：

“你真要杀沐雨瞳？”

脚步停下，心已经痛得麻木，却强迫支撑着身体，再没有勇气转过身面对自己的七弟。

“你不敢面对我吗？你不敢面对你的决定吗？”

朱祐樘忽然哈哈冷笑，走上前，迎着朱祐樘的脸庞，死死咬住他躲闪的眼神，声音反而低下了几度道：

“你心里从来只装着自己，装着天下！你根本就不值得沐雨瞳爱，你连自己的女人都保护不了！朱祐樘！你只是个懦夫！听着，你只是个懦夫！你若是要杀沐雨瞳，就连我一起杀了！”

身体明明是僵硬，却又空虚得似乎没有支撑，不由自主地倒退了一步，手猛地支住一边的梁柱，支持着身体不至于倒下。

七弟的话，比刀还要锋利，比这寒风还要彻骨，每一个字都像在扇着自己耳光，却没有痛，没有伤，反而让自己痛快不已。

是的，自己是个懦夫！

自己是个懦夫，只是因为自己是天子！

天子！

却要亲手杀死自己最爱的人！

天子！

这就是所谓天下最有权力的男人，却连一个女人也不能保护！

七弟骂得好，骂得透彻，骂得体无完肤。

身上这件龙袍，从未如此沉重，沉重得让自己喘不过气来，自己真想撕烂它，烧毁它，自己真想呐喊，冲破这一身束缚……

……

“将衡恭王拖下去，软禁于王府，半月内不得擅自离开！”嘴唇已经咬出了血印，声音冷得如这夜风，毫无生气，抛下这一句，狠狠拂了下衣袖头也不回地向前走去……

第二十二章 雁去无归

1

天色沉沉，风声呼呼作响。

几滴雨点提早一步落向了地面，没过多久，雨点愈来愈密，愈来愈急，顷刻间，漫山遍野湿润了这阴沉的世界。

雨水化作一股水流，不知何时溜进了斑驳的铁窗，从那个小小的洞口，开始潺潺沿着墙壁往下流，很快汇集到了雨瞳的脚边。

她虚弱地伸出手掌，让它从惨白的手掌滑落，在肌肤上带过一阵清凉与快感。

这种感觉，活着的感觉，今日是最后一天了。

明日，所有的一切，都要戛然而止。

他明日便要杀了她。

用熊熊的烈火，将她化为灰烬。

奇怪的是，自己却丝毫没有责恨他。

反而，感觉到一股莫名的轻松，只觉若这么简单让一切结束，何尝不是好事。

那份宣布自己死亡的圣旨，来得如此措手不及，来得如此挫骨断魂，却在一瞬间，让自己的心，变得平静如水。

……

雨，越下越大。

像挣脱了束缚的骏马，向地面奔腾……

一把油伞下，矗立着英挺的身形，却带着一份迟疑和落寞，凝固在阴暗的牢门前。

“皇上，您要进去吗?”

一侧的狱卒已经在雨中守了很久，战战兢兢地吐出一句。

他这样的小人物，从未如此接近过圣颜，也从未料到，当今圣上会突然出现在这污秽之地。

只是，皇上很奇怪，在这狱门前已经足足站了半个时辰，却没有说一句话，也没有往里面走。地上溅起的水花，已经将那黑金龙袍湿了一大片，皇上却似乎没有任何反应……

……

“皇上，您要进去吗?”他忍不住了，又补充了一句。那串铁钥匙在手中无助地摇晃，发出零星的金属声。

……

循着光线而去，牢笼中，那个虚弱的身体蜷缩在角落中，听到声响战栗着转过头，清亮的眸子蒙上一层蜡黄，干涩的嘴唇已经没有任何颜色，朱祐樘痛得忍不住闭上眼睛，半晌才狠心地睁开，一个箭步走上前，握住那冰冷的铁栏，对身边的狱卒哼了一句：

"把门打开!"

"不用了。"

一记冰冷的声音打断了他，雨瞳不知何时起身，淡然道："我是朝廷重犯，更是妖魔邪道，圣上还是离我远一些好。"

苦涩的笑，伴随着痛彻心扉的言语，却还要装作若无其事。

这个曾经拥自己入怀，用温情融化自己的男人，站在面前，却像是隔着千山万水般的距离。那绵绵细语，动人情话，已不可能再来。明朝一日自己化成灰烬，飘散在空中，化入泥土，再也无力拥抱这魂牵梦萦的身躯。

这一切，却只化作此刻的一个苦涩的笑。

这一切，却苦涩得心甘情愿。

看着他的迟疑，看着他的憔悴，知道这一切并非他所愿。

他身后有着朝廷，有着江山，有着历史，大明，大清，大中国，这一切，都像一条长河，缓缓而淌。中国五千年的征途，怎么可能为沐雨瞳一人改变。

这一切，与其说是他狠心，不如说是天意。

天意难违。

那一刻，心中已暗下决心。

绝不让他再为自己痛心，为自己彷徨，为自己怨悔，自己已经决定要走，就要走得彻彻底底，走得一清二楚……

想着，她上前一步，在铁栏前停下，通过那一道坚硬的屏障，望着朱祐樘星辰般的眼睛，化出一个僵硬的微笑，轻念道：

"铁锁只是形式，即便打开了，皇上和雨瞳中间的那层屏障又怎么打得开?"

话语平淡得像流水，却如尖刀般割开朱祐樘的心，痛得他身体一晃，几乎跌倒。

他控制不住颤抖的声音，断断续续道：

"为何不说清你是什么人？说清了，自可以堵上朝臣们的嘴……"

雨瞳轻笑一声，打断了他，道："不用了！雨瞳的世界，圣上不可能理解，朝臣们也不会理解。雨瞳就是妖魔邪道，雨瞳从哪儿来，就回哪儿去……"

"咣"一声巨响，迎面而来，朱祐樘青筋暴涨，双手重重地敲打在那坚硬的铁栏上，冰冷的金属深深嵌入肌肉……目光咬住雨瞳的双眼，像是要望到她心里去……

过了不知多久，热泪盈眶，痛心疾首，干哑地挤出一句：

"朕不值得你留恋吗？朕没有资格知晓你的一切吗?"

声声责问，句句刻骨，每一刀，扎得雨瞳痛不欲生。

如何能告诉他，自己心甘情愿将生命奉于他……如何能告诉他，自己穿越百年来到这儿，只为了那一句梦中的召唤。

自己只是过客，只是他生命中的过客，只是这历史潮流中的过客。

自己没有能力，也不可能在这大明历史上留下华丽的一笔，自己终究逃不过灰飞烟灭的那一刻。

罢了，罢了。

沐雨瞳，你已经有了那惊鸿一吻，已经有了那销魂的拥抱……

沐雨瞳，你应该满足了。

……

“皇上，请你走吧！”雨瞳用尽所有的力气，吐出最后那一句，咬了下牙，踉跄走到一边坐下，再也不转头。

时间在这一刻凝结，空气在这一刻冰冻。

牢房里，静得可怕，却痛得彻骨。

两颗相爱的心，却生生地被分得那么远。两个人，知道这一别，将永无相见之日。

再也没有勇气转头看他，因为已经泪流满面，再也不能转头去挽留这份感情，因为它已无生命力……

那只白玉兔雕怀揣在手中，不知是被汗水还是被泪水浸湿，滚烫如火凤凰般欲奔腾而出，却生生地被压抑，痛苦地哀号……

“沐雨瞳，你也很孤独吧。”

“这位公子英明神武气质不凡，想不想试试手气，送件礼物给你的夫人?”

“雨瞳，能答应朕，永远陪在朕身边吗?”

回忆一幕幕地呈现在眼前，曾经的微笑，动情的拥抱……已如过眼云烟，最美的瞬间，却只能凝固成一个画面……

终于听到他拂袖而去的声音，五脏六腑顿时被掏空，人已经剩下一个单薄的躯壳，再无灵魂，再无感觉。

眼前一黑，身体失去支撑之力，软绵绵地向地上倒去……

2

雨终于停了。

到处弥漫着一股潮湿之气，本是清新凉意的天气。

刑场，却火热得很。

火热得恐怖，火热得残忍。

人头攒动，目光却一致抛向中心那高高架起的柴堆。柴堆中间，修长的圆木柱上，绑着那个瘦弱单薄的身影，如瀑布般倾泻的长发，遮住了半边脸庞，却掩饰不住那双黑宝石般的眼眸。眼眸中看不到一丝慌张，一丝害怕，反而透露着一份难得的镇定，冷冷地瞟向黑压压的人群，嘴角浮起一丝不经意的嘲笑。

再过片刻，这里将变作一片火海……再过片刻，火焰将这身躯吞没。

他却没有来。

空空的龙椅上，没有他的身影，有的只是退却和嘲讽。

他终是无法面对这一幕。

无法面对她灰飞烟灭的一刻。

……

人有灵魂吗？

人或许有灵魂。如果有灵魂，自己的灵魂可能就要像落叶般飘落到另一个世界。

在那个世界中，不知是否还能看到这个世界中的他，不知还能不能默默守护在他身边，即使他看不见自己，感受不到自己。

……

“沐先生！”

一记稚嫩凄烈的叫喊忽然在人群外响起。

随着喊声望去，只见一个幼小的身影从人群中飞奔出来，几个身影尾随其后，一把抓住他，将他制住。

他一边挣扎一边继续高声叫喊着：“沐先生！沐先生！你们快放开她！”

大皇子朱厚照！

他居然跑到刑场来了！

看到他拼命挣扎，高声嘶叫的模样，雨瞳心如刀绞，泪水像止不住的线一样往下掉。千言万语会聚在胸膛，像闪电般迸发出一句：

“照儿！”

小小的皇子已经哭成了泪人，牢牢的禁锢让他双腿离地，在空中不断地颠腾……但还是用尽力气尖叫着：“沐先生！你不是说过，要陪照儿一生一世吗？沐先生，是不是我表现得不好，沐先生不满意？所以就离开我们！沐先生，你说话不算数！沐先生！你不要死！”

“把照儿带下去！”

一声怒吼在不远处的观台上响起，张皇后怒目而视，对这一幕气得咬牙切齿。

随着孩子的哭喊声愈来愈远，雨瞳绝望地闭上双眼，眉梢处却掩藏不住疲惫与心疼。她的心抽动了下，生疼生疼。

照儿、炜儿，原谅沐先生不能实现自己的承诺，我们来生再见！

……

“时辰已到，行刑！”

声音毫不留情地响起，一束火苗悍然而至，随着风的协助，“嘶”一声，如星星之火般燃烧起来，火红的烈焰，如一条张牙舞爪的火龙，向着雨瞳直逼而来。

……

金黄色的屋顶，沉静地矗立着一个英挺的身影。一身黑衣劲酷凌厉。

鹰眼轻扫，凝视着不远处刑场上那即将点燃的火海，像是在等待着什么。

层层叠叠，共有近百名侍卫，自己武功虽高，却也无十分把握可以救出沐雨瞳。

只等浓烟一起，借着此时的风力，必会影响刑场上侍卫的视线，将是自己出击时最好的屏障。

脑海中又浮现起昨晚一幕。

乾清宫。

那个伫立在细致的红木窗前的身影，身披龙袍，威严依旧，却透着一丝落寞。

声音低沉，像是深思熟虑了很久：

“尉青，朕有一事相求。”

“臣下明白。”

“尉副使，朕知道这对你意味着什么，朕不逼迫你。”

“皇上放心，臣下必赴汤蹈火，在所不辞！”

抱拳，刷一下跪在地上。坚定，没有一丝退却和恐惧，反透着喜悦之意。

这一切，为了皇上，更为了她。

即便皇上不开口，心中也早已下定决心。

……

刀已出鞘。

身影如闪电般跃起，向那熊熊燃烧的火焰直冲而去……

“七王爷！”

一个侍从冲进了房间，啪一下在地上跪下，气喘吁吁地连声道：

“那个……那个沐姑娘被尉副使……救……救走了！”

沉静地点了下头，淡淡挥了下手，示意他下去。

手指轻轻拂过鼻尖，星目微醺，嘴角堆起笑意。

沐雨瞳被救，早在意料之中。

心中有十分把握料到皇兄绝不会杀她。

将自己软禁，是怕自己去救她。

皇兄需要自己，所以不会让自己冒险，更不能容许自己与她游走天涯。

唯一意外的，是出手相救沐雨瞳的，居然是尉青。

放弃高官厚禄，无量前途，并不是每个人都做得到。

尉青。

好！

沐雨瞳虽已逃出，但芸芸世界，处处险恶，宫中之敌不会放过她。

然尉青却是唯一让自己放心的人。

刚正不阿，武功高强。

他完全可以保护她。

……

从椅上缓缓起身，走到那扇被风吹开的窗前，眼神变得凝重。

风景依旧，木棉花味飘荡。

只是人面不知何踪。

她就这样走了。

把自己的心也带走了。

此生此世，不知何日再见……

紫禁城。

连绵不绝的宫墙，像青山一层又一层，拥着最高的那座牌楼，泰山压顶般雄伟。牌楼上，紫金龙袍在夕阳下熠熠生辉，双手淡淡落在身后，威武庄严，风华绝代，抿着唇角，目光坚定地望住那个她离去的方向。深深的留恋沉淀在眼底，无声的呐喊，在内心暗自流淌。

"尉副使……替朕好好照顾她……"

分明是平淡似水，却用尽了平生的气力。

痛，痛，痛！

痛到无法言语，哀莫过于此。

恨，恨，恨！

恨世界，恨自己，再难将那柔弱的身体拥入怀中，用平生的力量保护她。

沐雨瞳！

一路走好，逃离这个伤害你的世界。

沐雨瞳！

你一定要平安幸福，朕的心从此为你尘封，不再为任何人开启！

第二十三章　情何以堪

1

夕阳如血，一条小溪潺潺流过，反射着点点暗红，更显得流光溢彩，绝美入画。

一座竹制的牌楼，依溪而建，长约数丈的竹台，恣意地探入水中。台上端坐着一身影，杏眼含忧，目光浅浅留在水面，仿佛被这溪水迷醉，仔细聆听它奔流的脚步。

尉青推开屋门，走到竹台上，看到雨瞳的背影沉静入画，心一动，却咬了下唇，偏身在不远处坐下，没有吱声，只是默默地望着她，不侵扰这份宁静。

从宫中逃出，已近一月。连日奔波，时刻躲避追杀，二人身心已经俱疲。

这住所极为隐匿，藏在山中，恐这天下除了他与雨瞳，再无第三人知道。

所以，到了这儿，居无定所、担心吊胆的日子，总算是告一段落。

只是，雨瞳从出逃那天起，便一直没有说话，眼神中，透着一股绝望与空洞，看得尉青心中滴血。

虽然倾尽全力保护她，至今毫发无伤，但她内心的伤口，却似乎永远也愈合不了。

“这儿是哪儿？”

一记蚊吟般的声音，细若游丝，却是这一月来雨瞳开口说的第一句话。

尉青眉一挑，轻声回道：

“这原是我师父的住所，无其他人知晓此处。”

雨瞳没有吱声，僵硬的身体忽然动了一下，缓缓转过头来，凝视着尉青帅气干净的脸庞，眼波流转，轻叹一声：

“为何要救我？”

尉青低下眉，嘴唇抿成了一条线，没有立即回答。

皇上临行前叮嘱，绝不能告诉沐雨瞳是他派自己去救她。甚至，他吩咐自己，不要向他或是七王爷禀报任何关于他们的行踪，以免出了差错，害了他们的命。

为了保护她，他宁愿一生也见不到她。

然而，救沐雨瞳还有一个理由。这个理由，深埋在内心深处，皇上不知道，沐雨瞳不知道，谁也不知道。

“为何要救我！”

雨瞳的声音再次响起，打断了他的思绪。

他脸色一变，刷一下站了起来，颔首道：

“夜晚山里冷，在下去山里拾些柴生火……”

说完，竟头也不回地向身后走去。

只留下怔怔发愣的雨瞳，一阵风吹拂过，带着溪水的清凉，让她不由自主地将身体蜷缩。

冬天来了。

尉青说得没错，山里的夜晚比外面冷上三分，气温骤降到寒冬一般。

雨瞳走进屋，找到火石，刚刚点亮桌上那支蜡烛，却不料，一阵狂风突临，砰一声撞开了单薄的竹窗，烛火一下被吹灭，屋内一片漆黑。

突然身处黑暗之中，浑身一颤，僵立。

寂静，加上黑暗，等于恐惧。

血液开始凝固，头却不知怎的嗡嗡作响。

屋外隐隐传来一个奇怪的声响，像是风声，却又像是人的脚步声，似远似近，似真似幻……

她下意识地倒退了几步，提气小心地躲到门后……

门忽然开了。

一个人影出现在门口！

她大叫一声，抄起边上的一张竹椅便向那人头上砸去，却不料那人灵巧地一躲，向后退了一步，哗啦一声，像是有什么东西陆陆续续掉在地上……

人影退到了月光下，只见是尉青怔立在她面前，手中还提着一根没有掉落的柴棒，诧异地望着她。

一见是他，雨瞳突然悲喜交加，一股酸痛之意涌上脑门，竟然不顾一切扑进他健硕的胸膛，一把抱紧他，久久，久久，不住抽搐，却说不出一句话。

这一段时间以来，她太累了，太怕了。她这一刻才知道，自己一直活在恐惧中。她这才明白，自己竟然如此依赖眼前这个男人，多么需要眼前这个男人。即便他离开一小会儿……

尉青被她的举动惊呆了，脑门一热，却不知该怎么办，手不知所措地挥舞在空中，迟疑着要不要同样抱紧怀中这个女人，胸前却不经意地感到了一阵湿热，低头一看，发现她开始不住地抽泣，泪水如断了线般不停地流淌，将他胸前的袍子染湿了一大片。

忽然心中最柔软的那部分被割了一刀，竟也觉得眼睛有些湿润，不由自主地将她的身体向自己的怀中抱紧了几分，又抬起手来，像是哄着孩子般轻轻抚过她已经凌乱的长发……

哭吧，雨瞳，将你心中的委屈害怕痛苦怨气，统统哭出来。尉青会倾尽全力保护你，尉青发誓，再也不会让你这般哭泣！

2

一抹晨光，拭探性地溜进窗的缝隙，刺得雨瞳的眼睛发酸，让她脑子猛地惊醒过来，一下睁开了眼。

她睡得太沉了，这些时日，昨晚睡得最沉、最香。

这一哭，哭得彻底；这一哭，荡气回肠，宛若重生……

身体依旧沉重，但比前些日子却感觉活络多了，稍稍整理了下，走出屋外，来到溪边，用冷水冲刷了下浮肿的双眼，又在溪水中照了下自己的模样。

瘦了，憔悴了。

但自己还活着。

溪水不远处，出现了一个挺拔的身影，水光倒映着那张生气勃勃的脸庞，如新生的朝阳般让人脸红心跳。他并未看到雨瞳，反而全神贯注地盯着手中那只死去的野兔，利落地拿着小刀，处理着它的皮毛。

远远望去，黑衣俊俏，竟是这般美妙入画。

雨瞳一惊，这些时日来，从未如此细致留意过这尉青，诧异于这般角度看他，才想起他原是一少见的美男子，即便随意这一番动作，也是让人心神大动，感慨万千。

心中不知怎的，油生一股感动之意。

他原是大内第一高手，原是前途无量的锦衣卫统领，他原可以成为一人之下万人之上的将军，荣华富贵取之不尽，却为了她这一不相干的女子，流落天涯，过着朝不保夕的生活。

他原本只需救出自己，便可不要再管，但却默默守护在身边，似乎一辈子也不会走。

他一次又一次地救了自己，自己却没有给他任何回报。

他对自己的情意竟然如此之深，甘愿做这般牺牲……

带着千般疑问，她理了下头发，提起裙角，盈盈走到尉青跟前，蹲下身来，抢过他手中的野兔，浸入水中，在水面上泛起几道涟漪……

尉青一怔，还没反应过来，雨瞳却朝他莞尔一笑，温情道：

“这些活儿，应该女人做。”

刀削般的脸庞，闪过一丝莫名的害羞，干咳了一声以作掩饰，怕被她看破内心的慌乱，一双手，在空气中反复揉搓，却更显得手足无措。

雨瞳看着他的反应，心中暗笑，轻轻念了一句：

“一早便吃烤野兔，恐油腻了些吧。我们下山吧，一来买些爽口小菜，二来也透透气，好吗?”

……

小镇的名字很好听，叫彩虹镇。

虽地处僻远，却依旧热闹非凡。

雨瞳不清楚这彩虹镇在大明到底属于哪个省，但从人来人往的街道上，看到了很多西域打扮的人，浓眉褐眼，忽然意识到这一区域似乎离现代的新疆很近。

雨瞳只知道一点，就是她和尉青居然逃了这么远……

她苦笑了声，回过神来，却发现尉青不见了踪影。

心一提，竟有种莫名的紧张。

在这个陌生的古代小镇，在一次又一次与死亡共舞之后，他几乎成了自己唯一的依靠……

她眯起双眼，四处张望，努力寻找着他挺拔的身影，双手不住地揉搓着衣角，急得原地打转。

“沐姑娘！”

尉青的声音在耳边响起，她一个激灵，下意识一把抓紧他的手，高声叫道：“尉副使！你去哪儿？”

尉青被她这一拉，脸顿时红了。她这才意识过来，连忙尴尬地抽回了手。

他脸微微涨红，干咳了一声，递上一件红色花袄，逃命似地扔下一句：

“天凉了，方才路过裁缝店，给姑娘添了件棉袄。”

说完，便头也不回地向前走去。

雨瞳接过棉袄，看着他局促的背影，心头暖流涌动。

这尉青，表面冷漠古板，内心却细致温情得很。

困在古代的自己，被爱人抛弃的自己，却有这般深情切意陪伴，像是给了绝望的自己一些欣慰和活下去的理由。

……

集市愈来愈热闹。

走到一菜贩跟前，看到满地的菜籽，雨瞳忽然想到了什么，拉了下尉青衣袖，示意他停下。

“我们在这里买些菜籽吧，来年开春可以种些蔬菜。”

见到尉青眼波一转，她忽然意识到什么，有些尴尬地抿了下嘴。

来年？

自己这么说，岂不是等于告诉尉青，想和他共度接下去的余生？

心情变得复杂，一时间思绪万千，竟乱作一团。

接下去，与这个俊朗如风的男人，过完余生？

自己愿意吗？

不愿意吗？

他愿意吗？

不愿意吗？

前番的流离跌宕，只忙于逃离追杀，却从未这般静下来好好考虑过二人的关系。

此刻安顿下来，自己又何德何能，能留下这非凡的男子，陪伴自己终生。更何况，自己的心，已经碎成了千片，再难拼凑给其他人……

自己这是怎么了？

竟然会说出这样的话。

……

“姑娘，你到底要不要。”那菜农见她迟疑，有些不耐烦，在她面前挥了下手。

一边的尉青却已经摸出了银两：“给我两包吧。”

接过菜籽，他朝雨瞳会心一笑，淡淡道："我们走吧。"

雨瞳僵硬地一笑，随着他走去，却不料他身形一直，忽然停下脚步，一只手却已经暗暗地抓紧了她手臂。

她神经一紧，忽然意识到什么，喉咙却像是被什么堵住一般，什么声音也发不出来。

这些日子以来，每每到了此时，她便知道有追杀埋伏。

人群不知怎的，忽然散开了一大圈。只留下几个身形高大的汉子，身着金色紧身衣，手持长剑，正狞笑着看着他二人。

"尉副使！好久不见了！"带头的那人冷冷哼出一句。

"东厂四大高手都出动了，看来朝廷无人可用了。"尉青面不改色，平静地瞟了一眼那人。握着雨瞳的手，却暗暗地多了三分力。雨瞳心中一惊，知道这来的四人不好对付。

"尉副使，为了这么个女人，值得吗？我看，还是乖乖将她交给朝廷，随我们回去。我向皇上求个情，恐怕能保你个性命。"

"尉副使！"雨瞳不知哪来的勇气，忽然高声喊道，"让我随他们去吧，雨瞳不想再连累你了……"

她说着，挣脱着手臂欲甩开尉青的手。

"闭嘴。"尉青狠狠哼了一句，将那两包菜籽往她手中一塞，在她耳边轻语道，"拿好种子，别丢了！"

说完，用力一推，竟生生将她抛到了数丈以外的一部推车上，那推车车轮一滚，随着惯性，溜出了好远……

雨瞳从推车上挣扎着爬起来，看到那里却已是刀光剑影，杀气腾腾……

……

血，满地的血。

四具尸体横卧街头，路上行人早已逃散一空。这种西部小镇，街头厮杀早已见怪不怪，连官府都懒得管。

一个身影，手持那把闪亮的锦绣刀，在风中傲然矗立。

斜阳血色，令人不寒而栗。

四大高手，就这样倒在他脚下，没有一人存活，短短不过用了半个时辰……

雨瞳踉踉跄跄地冲上前去，一把抱紧尉青的身躯，却发现他猛地摇晃了一下，发出了呻吟之声。

她一惊，这才发现一抹凄厉的红色，在他胸口慢慢地化开……

"伤口有毒……封住……封住我的穴道……回山上再……"

话未说完，身形一软，向地上倒去……

3

恐慌，恐慌，恐慌。

恐慌到极致，头脑反而变得清醒。

解开衣物，用嘴唇吸去毒液，解开穴道，冲进厨房倒了一盆水，清洗，涂金疮散……

所有一切，似乎根本不用脑子思考，竟然信手拈来，有条不紊。

忙到半夜，伤口的血已经止住了，尉青紧闭的双眼仍然没有睁开，英俊的脸庞挤压成痛苦的形状，像是忍受着极大的折磨。

看着他的表情，雨瞳心“咯”一声，意识到仍有部分毒气扩散到了血液中……

尉青，你不能死，你绝对不能死。

老天爷，你不可这般残忍，夺走他！

雨瞳呐喊着，祈祷着，嘴中喃喃自语，死死地抓住他冰冷的手，泪水夺眶而出。

“冷……”

他的身体突然猛烈地颤抖起来……

雨瞳抱过几层青花被，一股脑儿全盖在他身上，冲进柴房，拿出火盆，将火堆点燃，一时间烈火熊熊，屋内顿时温暖了几分……

他却仍然不住地发抖，嘴唇竟咬成了青紫色……

一个念头闪过，雨瞳再没有多想，伸手便解开衣物，直至脱到只剩下单薄亵衣，缓缓钻进被窝，整个身体紧紧贴住尉青的身躯，很快，浑身滚烫的热度，一点一点，传入了那个颤抖的身体……

夜愈来愈冷……

两个赤裸拥抱的人，两颗拥抱着的心，却愈来愈火热……

……

晨光初现，懒懒地洒了下来。

柴火燃烧后的青烟，还环绕在屋内，发出嗞嗞的声响。

像是做了一场很久的梦，终于从那惊涛骇浪中挣脱出来。

身体像是被抽空了一般，关节变得麻木，许久才找回了感觉。伤口隐隐作痛，但已经没有了剧痛感。

正想起身，却发现一阵女性特有的香味扑鼻而来，一怔，这才意识到有一躯体，正紧紧拥抱着自己。

那光滑如丝的触感，那吐气若兰的呼吸，让尉青脑海一个激灵，差点没叫出声来。

低下头去，这才发现紧紧贴住自己的不是别人，正是沐雨瞳。

她仍在熟睡中，身上只着了件薄若蝉翼的亵衣，柔软丰满的胸部随着呼吸上下起伏，紧贴着自己裸露的胸膛……

她竟然不顾女儿的矜持，舍身救了自己……

喉口变得哽咽，身体却越发的滚烫起来……

从成年起，还是第一次这般近地接触女人，况且是自己朝思暮想的女人……

那柔弱无骨的躯体，竟然就在自己怀中，体内不知怎的，泛起一阵燥热之意，竟不由自主地伸出手去，轻轻抚过她的肌肤，一阵晕眩……

不行!

他内心大喝一声，猛地从床上跃起，却因为拉扯了伤口，忍不住咧了下嘴，失声叫了出来。

雨瞳被这一动作惊醒，睁开眼睛，看到尉青已醒，惊喜地一把抱住他，大叫道："尉副使！你醒了！太好了!"

说着，忽然意识到自己还半裸着身体，脸色一红，慌乱地从床上爬了下来，手忙脚乱地穿好了衣服，转过头去，再也不敢看他一眼。

气氛有些尴尬，二人也不知怔怔该说些什么，屋内突然安静了许久。

过了不知多久，尉青清了下嗓子，轻声道：

"谢谢。"

"不，不，应该是我谢你……"雨瞳镇定下情绪，转过头，连声回道。

二人目光一接触，又是一阵难堪。

毕竟昨晚这样零距离接触，对方温度还余留在身上……

"嗯，我去做些东西给你吃吧。"

雨瞳弱弱地抛下一句，逃命似地向外面跑去……

……

捧着一碗热腾腾的清粥，回到床前。

"小心烫……"雨瞳舀起一勺，小心翼翼地送到尉青的嘴边。

朝露一样清澈的眼睛，不经意地闪过一丝诚惶诚恐，透着属于少年的羞涩，伸手想从她手中接过碗，却不经意拉扯了伤口，痛得咧了下嘴。

雨瞳"责怪"道："躺着别动!"

他乖乖地靠回床边，听话地任由雨瞳向嘴中送着清粥，温润绵软……

看着虚弱的他，一口一口吃完碗中的清粥，帅气的脸庞重新有了颜色，浓眉舒展，化成一个孩子般的笑容，那一刻，整个小屋被点亮。

雨瞳心一动，却又转而变得疼痛心酸。

不经意间，眼眶变得湿润。

她禁不住伸手轻轻拂过他被汗水染湿的额头，哽咽了许久，缓缓吐出一句：

"谢谢……"

因为他，自己还活着。

因为他，自己还有活下去的勇气和理由。

因为自己，这朝阳一般的男子，被世界抛弃，身负重伤，与死神擦肩而过。

然而，自己能给他的，只有这些，仅有这些而已……

千言万语，不知怎么开口，却只化作这一句谢谢……

修长的手指不知何时，落到了她湿润的双眼上，拂去那晶莹的泪滴，微微用力，将她搂入已经忘却疼痛的胸膛。

他不善言辞，他不知如何表达那深藏如醇酿的情感。唯有这无言的拥抱，似乎在告诉她，守候她一生，心甘情愿！

一间小屋。

一片山野。

两颗鲜活的心，就此展开了新的生活。

第二十四章　终须一别

1

枯黄的树干无力地在风中摇荡，仿佛下一秒就要拦腰折断。凄风中，那一缕残留的白色孝布，还缠绵舞蹈着，如同在提醒着这个皇宫中的人，皇子的丧礼，刚刚结束。

坤宁宫，几位宫女，在一个身影边忙碌着。

她们小心地将白色的孝衣从她身上除下，又轻柔地换上了淡色的品月缎绣玉兰飞蝶氅衣，将那绝美的脸庞映衬得如仙如幻。

只是这脸庞上，没有一丝表情，没有一丝颜色，柳眉紧锁，嘴角残留着一丝愤恨与疲倦，将这入冬的宫殿，逼迫得更加寒冷。

宫女们为张皇后穿戴完毕，唯唯诺诺地行了礼，出去了。

一声冰冷的声音响起。

“你说四大高手都死了?”

“是的。”一边久立的小青低眸回道，又补充了一番，“数天前，他们的尸首在彩虹镇一带被发现，但已死了好多天了。当地的官府发现他们是宫里的人，怕惹麻烦，不敢上报，草草了事，以至于现在才传消息到宫里。”

“那可在当地排查沐雨瞳的行踪?”

“回娘娘。那一带有小镇林立，丘陵连绵，又紧邻哈密卫地带，本就是极为混乱的地区。四大高手死了至今又近一月有余，这一月，他二人早就躲在不知哪儿了。娘娘，要找他们二人，可不太容易。”

“哼!”伴着一记重响，手狠狠地砸向了一边的桌沿，在这空荡荡的殿中，着实让人头皮发麻。

“这尉青……真想不到有这般厉害，竟无一人拿得了他!”

小青咽了下口水，上前一步，在张皇后耳边低语道:

“娘娘，有句话小青一直不敢说。”

“说!”

“那尉青是皇上的亲信，会不会是皇上让他救的沐雨瞳?”

小青的话，像是说到她最担心的那部分，脸色一变，嘴唇咬成了一个结。

怔立了半晌，忽然冷冷一笑，抛出一句:

“哼，救也罢，不救也罢，反正这皇宫中，已没有这沐雨瞳兴风作浪的机会了。小青，起驾白虎殿。”

……

"皇上，臣妾为你炖了一碗参汤，你休息下，喝点汤吧。"

张皇后捧上一冒着热气的小碗，在大殿中间跪了下来。

白虎殿中间的书桌后，矗立着朱祐樘挺拔的身形。他目不斜视，只是凝视着手中的奏折，并没有抬头看张皇后，喉咙口淡淡地哼出一句："嗯。"

张皇后心一凉，脸上闪过一阵不悦。

自从沐雨瞳消失，皇上对自己态度非但没有变好，反而越发得冷淡，甚至连看都很少看自己一眼。

心中愤慨不已，却又不能表露出来，牙一咬，狠狠道：

"皇上，臣妾刚刚听说了朝廷钦犯沐雨瞳的消息。"

她话音落下，特意停顿了下，故意想观察一下朱祐樘的反应。

他心咯一声，手中的奏折一抖，脸上却没有丝毫表情，只是"嗯"了一声，仍旧低头看着奏折。

"皇上，难道你不想知道沐雨瞳现在逃往何处吗?"

张皇后有些急，又补充了一句。

"啪!"

重重的一响，在这殿中显得特别刺耳。

朱祐樘放下奏折，目光凌厉，冷冷扫过张皇后的脸，不由得让她心跳快了几分。

大殿中一阵沉默，气氛凝结起来。

过了许久，朱祐樘才缓缓吟道：

"宫中的各大高手，已被皇后调遣殆尽。这朝廷上的事，皇后该管的也管得差不多了，是该放手的时候了。"

他的声音冷得像此刻窗外的寒风，刺得张皇后的心阵阵发虚。

原来他都知道!

原来他一直都知道自己派了杀手追杀沐雨瞳。

他一直不插手此事的原因是，因为他知道尉青完全可以保护沐雨瞳，所以根本不担心。

……

眼中蒙上了一层阴影，指尖深深扎进细嫩的皮肤，竟然生生地刻出了血印……

皓齿一咬，切切道："臣妾做错了吗？皇上忘了？这女人夺走了我们的炜儿!"

祐樘冷眸森然，并未立即回答，缓缓走下龙台，凝神注视着张皇后的俏脸，紧逼着她躲闪的眼神，看得她瞳孔紧缩，心下骇然……

很想说，皇后，你明明知道害死炜儿的不是她，明明知道这沐雨瞳根本不是妖女，否则不会在前几日，将那郭太医以莫须有的罪名遣返回乡……

但此刻说这些话，有何用?

有何用!

轻叹一声，心情却是了然。

这宫中的女人的心思和手段，他能了解，却也不怪她……

怪她有何用？逼走沐雨瞳的，并不是她一人的错。

错只错在自己是这个帝国的皇帝，有着与生俱来、无力逃脱的责任。这个皇宫，表面华丽尊贵，却只是个硕大的牢笼而已……

“皇后回去好生休息吧，朕还要批改公文。”

他冷冷地下了逐客令。

看着他鹰一般凌厉的眼神，扫过自己，带着一丝逼人的陌生感，张皇后身体不由得瑟瑟发颤，不由得一软，瘫坐在一边。

眼前这个男人，哪里还是自己的夫君。

他根本已是一个陌生人！

心情绝望之极，忽地起身拂袖，黯然离去。

屏风后缓缓走出一人。

正是七王爷朱祐樺。

他勾着唇，凝视着朱祐樘，叹道：“皇兄真的不想去找沐雨瞳？”

祐樘蹙了蹙眉，并没有回答弟弟的提问，反而有些烦躁之意，转身坐下，拿起一杯茶呷了一口。

“德清这些日子去哪儿了？”

忽然想到了什么，冷不防抛出一句。

祐樺一怔，意识到的确好多天没有见到这任性的妹妹了。

心一紧，一种不祥的预感涌上心头。

尉青可以对付千军万马，却唯独拿这公主没辙。

她是尉青唯一对付不了的人！

“祐樺！你去……”朱祐樘也意识到了什么，话刚出口，便被祐樺打断。

“我知道，我现在就派人去找她！”

说着，祐樺便急促地向殿外走去。

2

时光如梭，转眼，春天到了。

屋后的那一片荒地，已经被开垦作一块肥沃的菜地，密密麻麻的嫩绿色的小苗小心翼翼地从土中探出脑袋，像是对这个世界充满了好奇。

尉青在不远处低坡上，轻轻地磨着弓箭头，以备打猎用。

冬天过去了，山里的猎物多了许多，终于可以吃上一些新鲜的食物了。

雨瞳远远看着他全神贯注的模样，心一暖，说不出的感动与幸福。

这半年来，他一直倾尽全力照顾好自己。

冰冷的冬夜，是他搂着给她温暖；野兽侵扰，是他用身躯保护自己；无数次地从噩梦中惊醒，他第一时间赶到她的床前，像哄孩子般哄她入睡……

他比世界上任何一个丈夫都要尽责，却对自己相敬如宾，至今没有毁她的女儿清白。

他像一位哥哥，像一位情人，像一位天使，默默守护着自己，却丝毫不求回报。

阳光照耀在他汗水淋漓的脸庞上，更映衬得那份年轻男人特有的魅力让人怦然心动。

不知何时抬起头来，目光与雨瞳相遇，一笑，温情之极，让人忘记他曾经是让人闻风丧胆的锦衣卫高手。

时光是一个可以磨灭一切的利器。

雨瞳承认，这些日子以来，在这个简单得只剩下两个人生活的世界中，她心口的那道伤痕，已渐渐淡去，记忆中的那个他，伴随着这个伤口，一起隐匿在梦中，隐匿在潜意识中。

或许，自己就这般归宿在大明朝，归宿在这座无名的小山中，与这个天使般的男人，度完余生。

这样也好。

这样最好。

……

穿行在山林中，很快，几只山鸡已被尉青的箭无情地虏获，成了此行圆满的结果。

行至一山崖前，绝美的风景映入眼帘。

“太美了。”

雨瞳失口而出。

看到她如孩子般的表情，尉青嘴角含起笑意，将她身体一扶，与她并排在一块大石头前坐下。

面前是一个硕大的山谷。

满眼的绿色。

一层又一层，连绵在大片的山谷中。

从山谷顶上看下去，万丈深渊，一条白色的河流，刚刚冰雪初融，缓缓流淌，宛若一条银龙，向远处游去。

“这里是哪儿？”她忍不住问道。

尉青眸一弯，眯起那两道浓密的睫毛，轻声回道：“情人谷。”

“情人谷，好美的名字。”

“这个山谷的对面，就是哈密卫地区。”

“哈密卫？”

雨瞳一怔。

这是什么地方？

拼命地在脑海中翻阅着记忆，却找不到关于它的一点历史知识。

尉青看到她疑惑的表情，补充道：“哈密卫是大明朝与吐蕃汗国之间交临地区。从太祖时期起，两国就为这地区战事不断。前年，马将军刚刚从吐蕃汗国手中夺回这个地区。”

他的一番解释，让雨瞳恍然大悟。

难怪在彩虹镇上见到许多西域人士，原来这地区离新疆很近。

她沉思的模样，柔美极了，看得尉青脸色微红，不自然地干咳了一声，掩饰过去。

雨瞳这才惊醒过来，朝他莞尔一笑，又继续问道：

“尉副使在这儿住了多久？”

尉青怔了下，低下眉头。淡淡回道：

“十五年。”

十五年，难怪他对这山的一草一木都那么熟悉。

雨瞳感慨了下，又好奇地问道：“尉副使的武功那么高，你的师父一定是位高人吧。”

一股哀伤之意爬上眉梢，星目远眺，像是在回忆什么，娓娓道来：

“师父原是华山派掌门，后不屑于江湖的争斗，隐居于此。尉某是一孤儿，5岁时被师父带回这里。师父倾心将毕生武功传授于我。入宫后，尉某只回来见过师父两次。最后一次，是他老人家仙归之日……”

看到他有些落寞的表情，雨瞳有些尴尬，觉得这个话题有些说到他痛处了，于是咳了声，忙转移话题。

“对了，我猜你就是在这儿练武的吧。”

尉青认真地点了下头，也没多余的话。

雨瞳却忽然心生一计，从大石头上跳起，刷一下单腿跪下，高声叫道：

“尉师父！收下沐雨瞳这徒儿，徒儿要学天下无敌的刀法！”

尉青一惊，俊脸上写满了不知所措。

雨瞳轻轻撩起裙角，在腰间打了个结，学着他的模样，摆出一个迎敌的招式，咯咯一笑，轻声道：“尉师父，这招式还像样吗？”

尉青这才反应过来，想到这些时日以来，她从未如此开心笑过，心中一暖，转化为一个惬意的微笑，迎上前来，故作严肃状，前前后后看了下雨瞳的招式，细心地将她的姿势摆好。

看着他若有其事地配合自己，雨瞳的心情更雀跃起来，正想换个姿势，却没料到这脚下冰雪初融，极为湿滑，一个不小心，身体一溜地整个人后倒去。那尉青没料到这一变故，情急之下想要拉住她下坠的身体，却没料到脚下的地同样湿滑，脚尖一落空，两人竟齐齐地向地上倒去。

这不倒还好，一倒，雨瞳在下，尉青在上，不偏不倚地倒在一起，两人的鼻尖轻触，彼此的呼吸扑面而来。

尉青脸色发红，早已是滚烫一片。雨瞳娇弱的身体就在他的身下，暗香流动……男性特有的敏感让他不由得浑身燥热，额头冒汗。

那张让自己魂牵梦萦的脸，就在自己面前，不知哪来一股冲动，让他再也无法自已，迎着那两片娇嫩的红唇，狠狠地吻了下去。

他的吻，带着一份迟疑，却细致多情。

他的吻，甜蜜如温泉，一波又一波，淡淡流入心田。

……

苦寒退去，春意迎来，虽然他没有说，但雨瞳早已明白他对自己压抑的深情。而雨瞳的心，早在朝夕相处中，对他有了一份特别的感情。

迎着他的吻，雨瞳没有退却，反而带着一丝欣慰和快乐，像是在给这些时日的默然相守，最好的回报。

……

这一幕，撩人心扉，这一幕，一如这春风般温暖动人。

然而，就在不远处的丛林中，一双怨恨的眼睛，默默凝视着这一切，指节森白，咬牙切齿，杏眼怒火熊熊……

嗖嗖嗖……空气中一阵金属摩擦的声音。

正在意乱情迷之中的尉青，等到反应过来，已经来不及了。

背上突然一阵刺痛，身体一跃而起，却发现站立不稳，眼前一阵晕眩。

情急之下，调气提神，过了片刻，才清楚地看到眼前一幕。

只见沐雨瞳，不知何时已被一人用刀挟持在山崖边，而那人不是别人，却是许久未见的德清公主。

“公主!”他失口叫出。

德清冷冷一笑道：“原来尉大哥还记得我！我还以为尉大哥与这沐雨瞳醉生梦死，早已忘记本公主了。”

“公主这是作甚!”看着沐雨瞳无助模样，尉青急了，想冲上前去，却发现身体一点力气也没有，双腿竟重得如灌了铅一般。

“哼！尉大哥别白费力气了，刚刚的镖上涂了西域的迷毒，取不了你的性命，但可让你在一天之内，腿脚无力，武功尽失。想救沐雨瞳，尉大哥的武功恐怕没有用武之地了。”

“你想干什么?”

“请尉大哥跟本公主回去!”德清干脆地回答。

“我不会回去的。”鼻子里冷哼一句，表情冷得像冬天。

德清心像是落入冰窟，愤怒加委屈，悲痛得不能言语。

为了寻找他，自己这千金之躯，历尽艰险，吃了那么多苦，好不容易找到他，却只换来这一句无情的回答。

脸色一阵青白，终于忍不住咆哮：

“这女人有什么好？为了她，你可放弃一切?”

尉青并没有答理她，只是蹒跚着向前逼近一步，冷冷道：“放了她!”

“不许过来!”德清大喝一声，那把抵住雨瞳咽喉的匕首又深了几分。雨瞳雪白的脖颈上，已有了血痕。

尉青见状，不由自主地停下脚步，生怕德清伤害了雨瞳。

看到他的迟疑，德清的心更痛了。泪水夺眶而出，她高声喝道："尉青，既然你这般爱这沐雨瞳，你可以为她死吗？如果你愿意为她死，我马上就放了她！"

话音刚落，一支坚硬的断木不知何时到了尉青手中，二话没说，朝自己的腹部狠狠地插了下去。一股鲜红的血液，如同喷泉一般，瞬间染红了洁白的袍子……

这一幕，太过突然，竟然惊得德清与雨瞳目瞪口呆，怎么也没想到尉青竟然真的会刺伤自己……

"尉副使！"雨瞳泪水盈眶，心痛得发颤。

德清则是表情凝固，僵硬如石头一般。

她刚才只是激将法，根本没料到尉青为了这沐雨瞳真的会不顾自己的安危。

一时间，不知是愤怒还是悲痛，忌妒还是悔恨，竟让她有些手足无措，脑海一片空白。

"公主这下满意了吧……"尉青忍住剧痛，控制着身体不倒下，咬着牙低声吼道，"放了沐雨瞳！"

绝望，代替了所有的心情。

这一刻，德清终于明白，再怎么样，也无法挽回尉青的心。他的心已经完完全全给了眼前这个女人，这个妖女沐雨瞳！

不知从哪来的一股气愤之情，让她再也无法控制自己，擒住沐雨瞳，倒退了几步，走到崖边，表情忽然变得阴冷无比，森寒的眼神透着一股杀气。

"好！我把这沐雨瞳还给你！"

说着，用力将雨瞳的身体向那万丈深渊中一推……

啊——

随着一声惨叫，那弱小的身体瞬间在崖边隐没。尉青脑子嗡的一声，下意识地扑到崖边，用力伸手一抓，想要在最后一刻抓住雨瞳的手，却因为速度太快，手一滑，却只抓回那只碧绿色的玉镯……

等定下神来，再看下去，雨瞳的身影却早已无影无踪，只见到一条奔腾的长河……

眼前一黑，几乎晕眩过去。

所有的血液冲上了脑颅，至今也无法相信这一切是真的。

温柔的亲吻还余温未了，满头的青丝仿佛还萦绕在指间，颤抖着双手，捧起那一只玉镯，血泪模糊，将他的心一刀一刀地割开……

……

"雨瞳——"

一声撕心裂肺的号叫，响彻山谷。

心在这一刻碎成了千块，再也无法拼凑……

远处马蹄声渐近，一匹赤兔马飞奔而至，四肢还未落定，一个身影已从马上飞身下来，三步化作两步冲到山崖边。

一见此情形，心一沉，呆立在那儿，竟然半晌说不出话来。

一种不祥预感涌上心头。

看到尉青手中的那只碧玉镯子，像是当头一棒，忽然明白了什么。

身体一软，几乎瘫坐在地上。

本王来迟了，本王来迟了……

痛心疾首，欲哭无泪……

……

风愈来愈大。

像是在为这一幕悲号……

“啾”一声鸟叫，划过寂静的天空，留下一阵树叶摇晃的沙沙声。

这一突发的声响，猛地将正闭目养神的朱祐樘惊醒。健硕的身体刷一下从椅背上坐直，背脊一阵凉意，忽然心跳加快了几分。

为何这般慌张，似乎有什么事发生。

他眯了下眼，顺手抄过桌上的一杯水抿了一口，却不料殿门大开，冲进了两个风尘仆仆的身影。

走在前面的是七弟朱祐樿，而跟在他后面的是……

一见尉青，心中已是一紧，再见他二人的表情，拿着茶杯的手冷不防颤抖了一下。茶水被这一晃，缓缓从指间流下，无力地向地上瘫去……

肢体被突来的寒意包围，声音卡在咽喉，没有勇气询问，只因此刻祐樿的脸上已说明了一切。手中捏着那绿莹莹的物件，是他熟悉的，这份熟悉像惊雷一般劈天盖地将自己吞没。

“皇兄……”祐樿双唇不住地哆嗦，眼眸中的沉痛无法形容，啪一下在殿中跪了下来，身体像是失去支撑般向前倾倒。那玉镯被捏在手里，翠绿含血，无声呻吟……

“嘭!”

茶杯如流星般坠落，在地上化成千片……

她就这样走了?

她就这样走了?

她怎么就这样走了?

“不可能!”一声咆吼响彻屋顶。

哗——

桌上所有的物件被横扫一空，七零八落地撒落一地……

寂静，久久的寂静。空气中缓缓地响起了一声幽幽的叹息，宛若千年的游魂，凄厉地在大殿中回荡……

那一刻，万箭穿心，摘胆剜心……

那一刻，没有言语，没有思想……

身体失魂地跌坐回座位，一滴冰凉的泪，悄然滑落……

……

“皇上怎么样了?”看到李广从乾清宫出来，小青小心翼翼地上前一步，低声问道。

李广叹了口气，低声看了眼手中丝毫未动的饭菜，沉沉回道：“三天了，不言不语，不吃不喝，也没有上朝。一个人在宫里，谁也进不去。这不，晚膳又撤了下来。”

“皇上这样，皇后娘娘也难过得很，每天茶饭不思，陪着皇上一块挨饿……小青看了心疼……”

李广叹息道：“看来，皇上的心已经给了那沐雨瞳。那女子一死，把皇上的魂都带走了……”

“真想不到，皇上对此女子的情意竟有这般深切……但是，李公公，总这般下去怎么成?”

闻言，李广眉头深锁。

是啊，再这样下去可不成。自己得想想办法……

一定要想想办法!

第二十五章　涅槃重生

1

落日，留恋在天际。

流沙河蜿蜒如龙，泛着点点粼光，像情人般温柔地拥抱着这片被斜阳染成金色的草原。

草原上，错落着星星点点的帐篷，萦绕着袅袅炊烟，将这片黄昏中，勾画得更为生动。

一个头戴羊皮帽的年轻女孩，赤着脚，在河边舀起一盆水，又理了理挂落的发丝，俏皮年轻的脸庞充满了生气。她深深地吸了口气，转身端着这盆水，向篷里走去。

帐内炉火嗞嗞地冒烟，温暖异常，毡子上睡着一虚弱的女人，呼吸时断时续，眉间尽是痛苦之意，看得女孩心都揪了起来。

三天前，女孩与师父在河上游捡回了她。她浑身是伤，奄奄一息，至今还没有醒。

师父说她多半是从情人谷上坠落下来，中途被树枝刮了下，在空中顿了下速度，落入水中，这样才没死。

唉，没死，但看上去半条命没了。

也不知道她醒不醒得过来。

但随师父行医多年，他教导自己，哪怕只有一丝希望，也要将病人从死神手中夺过来。

再说，师父医术这么高，这么多年，救活了不知多少人。

自己对他要有信心！

一个浑厚的声音响起：

"小蛮，怎么样？她还没有醒？"

一位年约五十的中年男子，身着青色长袍，目光炯炯有神，满头黑发掺着几根银丝，却一点也不显苍老，反而显得气度非凡，别有神韵。

小蛮点头道："是啊，不过看她的脉象，似乎比原来匀了许多。师父，她是不是好起来了？"

司马斌满意地点了下头，这徒儿看脉的功夫进步不少。他走上前，用手轻轻一探沐雨瞳的鼻尖，果然气息比原来强了一些。看来自己的药起作用了。

见她秀气的脸庞上，肌肉无力地纠结，像是承受了巨大的痛苦，一个疑问涌上心头：

这女子，到底经历了什么，让她如此痛苦，似乎不愿意醒过来一般……

……

坠落……不断地坠落……

想要伸手去抓住什么，却找不到任何支撑；喉咙想叫出声，却无奈找不到一个音节……

用尽所有的气力，猛地睁开眼睛。

却是两张陌生的脸。

错愕，还未适应，却迎来铺天盖地的痛……撕心裂肺的痛。

“师父！她醒了！”

一记清脆的女声响起，她却眼前一黑，又重新晕了过去……

……

草原已进入夏季，一片生机勃勃。

牛羊成群，孩子们在栅栏间嬉戏，童声交织，欢笑阵阵。

小蛮提着奶桶，停下脚步，远远看见那个在河边洗涤衣物的身影，单薄脆弱，仿佛一阵风也能吹走。

自从伤好以后，这个女人一直没有说过话，不，应该说是醒过来，只道“谢谢”之后，便再也没有说过话。否则，小蛮会以为她是个哑巴。

这三个月来，她一直默默地生活在这部落中。部落长老在司马斌师父的请求下，给她安置了一个洗衣的活。她便从早到晚，不停地洗，不停地劳作，似乎根本忘记伤痛才刚刚痊愈。

此时的背影，在风中摇曳，透着一股楚楚动人的风情。

她是谁？

若自己是男人，定将这小可怜要了去做老婆！

想着，小蛮眯起那双褐色宝石般的眼睛，放下奶桶，向她走去。

“喂！”

一记清脆的叫声响起。

阳光很明媚，刺得雨瞳不由自主地眯起了眼睛，竟有些热热的液体流出来。

转头看去，只见小蛮双手叉着腰，兴致勃勃地看着她。

十七八岁的年纪，黝黑的皮肤，浓眉褐眼，虽不是美女，眉目间，却透着青春的朝气，别有一番异域风情。

在一次又一次的反复晕眩和苏醒后，全靠她细心照料，心中满是感激之情，脸上淡淡回过一个微笑。

“你笑起来真好看！”小蛮凑上前，用眼神上上下下仔细打量着她，感叹道，“唉，中原人皮肤真好，白白嫩嫩的。”

雨瞳嘴角一动，垂下眼帘又用力搓洗起衣物。

“唉，小心点，你伤才刚好。”小蛮一鼓嘴，又道，“要知道那时你伤得有多重吗？能捡回一条命，真是老天爷开恩！”

老天爷开恩？

雨瞳心中冷笑。

他若是开恩，又何必将自己留下，死了倒干脆。

“别老愁眉苦脸的，姐姐，人能活着就是最大的福分了！”小蛮漫不经心地哼出一句，却透着一股与年龄不相符的世故。

“来，我们坐下聊聊！”

她快人快语，动作更是利索，一溜将雨瞳扶到一边的草堆上坐下。

深深地吸了口新鲜空气，雨瞳的心情轻松了不少，环顾四周，帐篷簇簇，青草绵绵，想起自己从情人谷上掉下，顺着这河漂流了那么远，在这哈密卫地区生活了已近三月有余，喝着羊奶，过着风餐露宿的日子，倒也清静。

“司马医师也是中原人吧。”冷不防冒出一句。

小蛮又惊又喜，没想到她竟然会主动开口说话，兴奋地点了下阔头，道：“是啊！司马斌师父原生于江南水乡，医术高明，宅心仁厚，一直游历四方，救治百姓。七年前来到我们部落，定居下来，还收了我这个徒儿。姐姐，司马医师的医术可高明了，好多垂死的性命都是他给救回来的！”

雨瞳点了下头。

“你可有父母？”

雨瞳这一问，小蛮年轻的脸庞上，蒙上了一层沧桑，伤感道：“这哈密卫地区，常有吐蕃汗军侵扰，烧杀抢掠，无所不为。前些年，小蛮父母早在战乱中死去，是部落长老一手将我养大的。”

雨瞳心中泛起一阵抱歉，似乎明白方才她“能活着就是福分”这句话了。她伸出手轻轻扶住小蛮的手臂，像是在安慰她。

小蛮哀怨地望了一眼她，撇嘴问道：“姐姐也定是遇到了什么不幸，才会跌落山崖吧。”

雨瞳一触，她的话勾起了那不堪的回忆。

情人谷。

凄厉的吼声划破长空。

“好，我把这沐雨瞳还给你！”

满眼的鲜红……绝望地坠落……

风声在耳边呼啸，生命在那一刻与死亡那么近……近得以为自己已经走入天堂……

这一切，幕起幕落，只留下这一片陌生的绿色风景，还真真实实地在自己的眼前。

沐雨瞳，你已死了。

你的心已经随着这万丈深渊一起坠落了。

这样也好，让他知道自己死了，何尝不是件幸事。譬如那天被熊熊烈火吞没，少了牵肠挂肚……

看着她深思的模样，小蛮有些心疼。

不知怎的，她很喜欢眼前这位姐姐，总觉得她的气质如落入凡间的仙子，沉静得纯净似水，让人不可侵犯。

“对了，忘了问姐姐叫什么名字?”小蛮斜睨了一眼，忍不住问。

雨瞳一怔，眸光深沉，落在远处即将沉沦的落日，眼波回转，轻声道：

“我叫西落。”

“夕落?”小蛮一怔。

夕阳西落?

这女子的名字好奇怪，年纪轻轻，名字却这般老气沉迷，就像个快离世的老人。

2

太监何生领着一年轻女子走入李广眼帘，一见她，方才还卧在榻上的李广，惊得刷一下从榻上一跃而起，上下打量着她。

只见眼前的女子，一袭青色衣裳，一件青色的石榴裙，外披一袭青色纱衣，肤白胜雪，乌发如丝。那双清澈见底的眼睛，目光流动，从里到外透出一股神情，与那沐雨瞳竟有七八分像……

“像……太像了……”李广忍不住围着她转了三圈，从头到尾，上上下下打量了她一番。

除了年纪小了些以外，无论是身形还是样貌，都与那沐雨瞳像极了。若是再按沐雨瞳常穿的衣物打扮一下，简直可以以假乱真。

何生在一边见状，知道这次马屁拍对位了，一脸献媚笑道：“李公公，这姑娘，可是我花了两个多月，奔走江南，才寻得来的。您看如何?”

李广满意地点了下头，道：“名字改了，叫同儿，方同儿。”

何生媚笑着，朝那姑娘使了下眼色，扔出一句：“你从此后叫方同儿，可明白?”

“同儿明白。”一晗首，听话地回了一句。

“收拾一下，给她好生打扮番，过几日，安排见圣上。”

李广抛下一句，向屋外走去。

……

深夜。

白虎殿。

一袭修长健硕的身影，沉静地站在书桌边，正凝神提气，倾心于桌上那幅画作。

烛火不知怎的，突地猛烈了许多，发出了细微的噼啪声。

那双拿着笔的手，猛地颤抖了下。

定下神来，稳住手臂，又重新仔细勾画起眼前的人物。

画上的她，清秀淡雅，眉目传情，只是少了分鲜活，少了那份倔犟的灵气。

花了三月有余，悉心画出她的样貌，却总还是觉得少了些什么。

手指轻抚过微湿的墨迹描绘的脸庞，心却仍旧如滴血般痛楚。

天人永隔，最爱的她，却只能留在这画作中，与自己相会。

眉一皱，将笔一搁，烦躁地走下龙台。

李广不知何时走进白虎殿，眼睛轻轻瞟过那桌上的画作。

“皇上，这几日天气燥热，闷在屋内对龙体不利啊，小的陪皇上到后花园走一圈如何？”

朱祐樘脸色一闪，点头道：“好吧，朕是该透透气了。”

深夜的花园中，蝉声起伏，蛙鸣不断。

走到那一汪湖水面前，回忆重回脑海。

想到她站在湖边低声啜泣对着天高叫：“我沐雨瞳不是好惹的！”那一刻的怦然心动……想起深夜湖边，与她促膝而谈，对酒当歌的惬意，想到沉醉以后，怀抱着她上龙床守候一夜的温存……

心又痛又酸。

沐雨瞳，如何才能忘记你，朕的心已经碎成了千万块，要怎么才能拼凑起来？

深深吸了口气，凝视湖面，低眸不语……

不知何时。

眼前忽然出现一个身影，冉冉从花丛中走出。

头发简单地扎了一个发髻，几缕青丝挂在耳边，脸庞清雅没有一点装扮，清潭般的眼神，浅浅望着水面，沉静不语。

这一刻，震惊了……

她回来了吗？

英挺的身体已经站立不稳，身后的李广一把扶住他，低声喊道：“皇上，您没事吧。”

几步冲上前，一把搂住这人儿，嘴唇颤抖，上下不住地打量，竟一时说不出话来。

怀中的人惊恐挣扎，刷一下跪倒在地，唯唯诺诺地道：

“参……参见皇上……”

陌生感油然而生。

他仔细端详许久，这才发现她不是雨瞳，身体倒退了三步，镇定下情绪，低低哼道。

“你是谁……”

“禀报皇上，这位是方同儿姑娘，是宫里何公公的远房表妹，家乡发大水，父母亲都死了，走投无路，前几日投奔何公公而来……”

“同儿……”紧抿的嘴唇缓缓吐出一句。

同儿？

雨瞳？

为什么她连名字都那么像她？

唇抿成了一线，瞟了一眼身边的李广，心下了然。

心中想责备李广，却不知怎的，咽了回去，低头看了一眼跪在地上瑟瑟发抖的同儿，深吸了口气，缓缓伸手将她扶起，也未多言，转身便向宫里走去。

望着朱祐樘的背影，二人呆立在那儿，半晌没有反应，过了许久，同儿才疑惑地转头问李广：

“李公公，皇上这是什么意思？”

李广眉头紧蹙，神情严肃。

天子的心思真难捉摸，看来要同儿让皇上上心，还得再花一番工夫。

第二十六章　芳草年年

1

春去冬来，物转星移。

转眼又是一年的秋季。

雨瞳随着小蛮的部落，已迁移了好几处营地。游牧便是这样，哪儿有草哪儿有水，便上哪儿去。只是冬天快到了，草原即将一片荒凉。必须要屯些食物过冬才行。

司马医师带着小蛮和雨瞳，寻到了最近的城镇，遵循长老的意见，准备用毛皮换些食物。

这是真正的西域大镇，比之前的小镇大上好几倍，房屋建筑是灰瓦白墙，小而高置的月形窗户，装饰着细致华丽的波斯纹。

只是眼见之处，不时看到一些残墙废墟，像是在提醒人们，这一带刚刚有过战事。

司马医师健步如飞，走在前头，小蛮和雨瞳则紧随其后。那小蛮被五光十色的商贩吸引，不时地东张西望，还忍不住驻足观看。若不是司马医师催得紧，她还真恋恋不舍地不想走。

“夕落姐姐，你看，这玉器多漂亮。”

一把拉住雨瞳，小蛮指着一只和田玉雕兴奋地大叫。

雨瞳停下脚步，淡然一笑：“我们快走吧，司马医师又要催了。”

“看下吗。”小蛮一鼓嘴。她已长成二十多岁，眼眸中尽还是些孩子气。

“夕落姐姐，你常拿着一白玉兔雕发呆，是不是很珍贵啊？拿出来与这些和田玉比玩一下，看谁的成色好？”

她忽然提起那兔雕，让雨瞳心头一触。雨瞳干笑了下，一拉小蛮的手，又催促着：“快走吧，天黑前，我们要赶回部落呢。”

小蛮有些失望，甩了下袖子，大步地走在前面，像是在赌气。雨瞳无奈地摇了下头，追了上去。

人来人往，摩肩接踵，集市愈来愈繁华。

正在此时，突然人群散开，几匹高头大马行走在街道中间。

雨瞳随着人群望去，一见那带头骑在马上的身影，几乎心脏停止跳动。

下巴微微抬起，一副漫不经心的傲慢神情，钻石般的眼眸，星河璀璨，嘴角弯成似笑非笑的弧度，更显得桀骜不驯。三年了，他成熟了许多，眉目之间，更透着一股王者的尊贵。

雨瞳一阵晕眩，似乎不相信自己的眼睛，定神一看，确是七王爷朱祐樺没错。

一边的小蛮却已忍不住在她耳边轻语。

“姐姐，快看，那公子长得好俊美!”言语间尽是兴奋与崇拜之意。

这才反应过来，停止的心跳又开始怦怦地跳动，转身向人群深处躲去。

“喂！姐姐，你躲什么？喂!”

一见雨瞳瞬间没了人影，小蛮急了。她贪婪地又欣赏了几眼那让她意乱神迷的大帅哥，叹息了下，急急地向雨瞳消失的方向追去。

人群拥挤，却闪过一丝不寻常的悸动。

祐樘本是全神贯注地骑着马，突然心神一动，眼神瞟向那拥挤的人群，像是要探寻着什么。

来往人群，尽是些陌生面庞，只是冥冥中，似乎有种东西在召唤着自己。

他眯起钻石眼眸，仔细探寻着人群中的身影，却只换来失望。

苦笑。

自己这是怎么了?

难道还相信可以找到她?

三年了，连皇兄都已经相信她确实死了。

只是这三年来，神情恍惚间，总是会有种错觉，似乎觉得她就在自己咫尺之间，原来，只是回忆作祟而已。

“七爷，那柳夜朔今晚会在风月谷经过，属下已经安排得当。七爷，还有什么其他吩咐?”

身后紧随的一个头带黑色斗笠的身影，正是尉青。

朱祐樘垂下眼眸，沉思不语。

自己几年前便安插了内应到柳夜朔身边。三年了，这柳夜朔恐是放松了警惕，今日终于找到他的行踪，可谓是擒住他的最好机会。

尉青早在风月谷布置了天罗地网，想必这柳夜朔恐怕插上翅膀也难飞了。

星目紧蹙，神情更加深沉，缓缓吐出一句：

“这人极为狡猾，不可轻视，行事要周全一些。这次一定要将他们一网打尽!”

“喏。”尉青点头示意。

2

夜。

荒凉的峭壁，如黑暗中的巨人，矗立道路的两边，鬼魂般森寒地注视着下面，让人不寒而栗。

偶尔的几声野狼嚎声，更是平添恐怖之意。

脚步变得越发地匆忙，语气也变得有些慌乱。

“姐姐，这山路好怕。”小蛮一边快步疾走，一边不自觉地攥紧了雨瞳的手臂，肢体微微颤抖。

“还说，要不是你贪玩，我们早在天黑前赶回家了。”一边牵着马的司马斌忍不住低声责怪着。

“明明是夕落姐姐方才和我玩捉迷藏，害得我找了好久……”小蛮一鼓嘴，似乎在为自己的贪玩找理由。

雨瞳微微一笑，轻轻拍拍她的手，示意她不要再贫嘴了，专心赶路。

环视四周，也觉气氛有点不对。这夜，静得太可怕了，冥冥中，像是有股血腥味，弥漫在空气中。

“鬼！有鬼！”

小蛮一声惊叫，吓得三人脚步戛一下停下，目光直直地往前面看去……

只见不远处，一个孤瘦雪霜的白色身影，摇摇晃晃，像是在飘，又像是在走，真是如鬼魅一般，让人不由得魂不守舍……

司马斌毕竟是男人，他控制住恐惧，定神一看，忽然低低地喊了一句。

“不是鬼，是人！”

说完，三两步朝那身影跑去。

雨瞳也回过神来，紧随着司马斌，跑到那身影跟前。还未到，那身影却已轻飘飘地向地上倒去……

“快救人！”司马医师一声吆喝。慌乱中，雨瞳只看到一张苍白如雪的脸庞满是血，恣意流淌成绝美的图案，紧闭着的双眼，修长的睫毛如蝶翼般微微颤动，如玉般的臂腕从那精美的袍子中滑落……好美的人……

……

一道白光闪过。

身体如闪电般被击中，激灵一下，柳夜朔突然从床上坐了起来。

眼前的景色渐渐清晰，一圈火热的目光围转着自己，神情中尽是惊异与感叹。

下意识地摸向一边，却空空如也。

剑呢，剑在哪儿？

再摸去，却摸到一柔软细滑的皮肤，似乎是一女人的手背。那人可能没意识到他会摸她，嗖一下，从他的抚摸中逃了出去。

转过头，看到一张清秀如月的脸庞，明亮的眼神中尽是尴尬。

刚刚看到此人醒过来，还未惊喜几分，却没想到他一醒来，竟然抓住自己的手，让雨瞳有些措手不及，局促地抽回手，正想开口说话，那一圈人却已经炸开了锅。

“小蛮，你说他是公子？我怎么看怎么像个女人？”

“对对对，还是个绝色美人！”

“哈哈哈。”

“胡说，人家就是一位公子，小蛮给他疗伤时看……”说到这儿，小蛮脸色一红，周围的牧民却哈哈大笑。

“哈哈，小蛮，说漏了嘴吧。想必是被这公子迷住啦！”

“……”

“好啦，人刚刚醒来，就说这些无聊的话，快，出去出去！”一边的司马斌有些生气，将人赶了出去，只剩下小蛮与雨瞳。

小蛮已是脸色通红，生硬地扔下一句："我出去打水。"逃命似的向帐外跑去。

司马斌在床边坐下，微笑着对柳夜朔道："公子，方才那些小鬼胡言乱语，你莫放在心上。你刚刚醒来，好好休息下。"

柳夜朔却面无表情，似乎没有听到他的话。

一边的雨瞳说话了：

"这位公子，你昨日受了伤，是司马医师救了你。"

柳夜朔转过头，用森冷的目光瞟了一眼雨瞳，却仍旧不语。

"公子，还记得你是怎么遇袭的？公子的府邸在哪儿，等伤痊愈了，好送公子回去。"雨瞳补充着。

脑海中一片空白，除了那最后的一幕。

从山谷上滚落，头重重地砸向了一块巨石……

再往前，思绪再往前，竟然什么也没有……

我是谁？

我是谁？

为何什么都记不起来。

头脑开始涨痛，一股撕心裂肺的感觉，从头顶倾泻而下，将身体所有的神经瞬间拉紧，不住地颤抖起来……

"司马医师，他没事吧。"一边的雨瞳急了。

看到他的情形，司马斌叹了口气，转头对雨瞳道：

"恐是头部受了重击，有淤血堵住了经脉，让他丧失了记忆。"

原来是失忆症。

雨瞳明白了，伸手正想搭住他的肩安慰他一番，却没料到手刚刚触碰到那衣襟，那柳夜朔却以迅雷不及掩耳之势，忽然长臂一挥，一把钳住她的指骨，咯咯咯……痛得她几乎叫出声来，而那力道再过一分，几乎可以将指骨捏碎……

司马斌惊得连忙大叫："你干什么？"

柳夜朔这才清醒过来，连忙放开雨瞳的手骨，那里已是青紫一片。

方才的动作，根本没有经过思考，一切竟全是条件反射，仿佛由不得别人亲近自己的身体半步。

看到眼前女人痛苦地揉搓着手指，柳夜朔向她微微点了下头，算是道歉。

司马斌示意她随自己到帐外，出帐，小声耳语："我见这公子内功惊人，方才出招又极狠，想必他失忆前，非奸即恶，我们还是早早摆脱他为好。"

雨瞳迟疑了下，转过头对司马斌道："司马医师，你不是常教我们要有慈悲之心吗？这人记忆尽失，孤零零一人，若是将他抛弃，他怎么回得了家？慈悲之心，无论奸诈险恶，只要是世间的生命，都应该救，不是吗？"

一番话，说得司马斌面红耳赤，向雨瞳深深一鞠躬，感叹道："姑娘一席话，说得在下无地自容。姑娘才是真正的菩萨心。"

3

风清云淡。

入秋以来，这草原的景色越发得美丽了。不同层次的黄色，交织一片，连着金色的落日，连绵天际，空气中透着一丝薄雾，更让这景如梦如幻，宛若人间仙境。

柳夜朔缓缓走出帐外，游走在斜阳下。

青墨色的长发，没有过多的装饰，只是用一细带轻轻束起，随着微风起舞。完美的侧面，迎着落日，仿佛裱上了一圈光圈，熠熠生彩，让人目眩神迷。微微一转头，一双上挑入鬓的丹凤眼，携带了入骨的魅惑，只轻轻一扫，便要了人命。

雨瞳放下手中的衣物，双手僵立在衣襟边，竟被这一幕迷醉。

天下竟有这般男人。

如果说皇上是英气，七王爷是邪气，那这男人，这男人根本就应该称作为妖气。

这股妖气，恰到好处地点缀了他完美无缺的五官，这股妖气糅合了所有说不清道不明的元素，让人想看又不敢看，生怕目光一落上，便会被他夺了魂魄。

过了许久，才回过神来，收拾起手中的衣物，正想唤身边的小蛮一起回帐去，却见她怔怔地望着柳夜朔的身影，嘴巴半天没闭上。

“喂！你怎么啦?”雨瞳在她直勾勾的眼前晃了下手。

“噢……没什么。”小蛮这才从痴迷中醒悟过来。

见她这三月不知肉味的模样，心中闪过一丝不安。

这情窦初开的年纪，见到这种仙人，自然是魂不守舍了。只是这男人这般神秘，恋上他不是件好事。

“夕落姐姐，他长得怎么像仙人一般。”

雨瞳轻笑道：“美丑本是天定，原是件臭皮囊而已。”

“小蛮觉着不是，他生得那般美，心也一定纯净似水。不是有人说，相由心生吗?”

“好人坏人，本没有界定。好人会做坏事，坏人也会做好事。”

“小蛮听不懂，小蛮只知道，他生得好美。姐姐，我们去找他说话吧。”

话音一落，便扯着雨瞳的手，向柳夜朔跑去，雨瞳躲闪不过，只得由着她拖着向前去……

这西域女子，本就比中原人豪放一些，欲语还休的事，她们不懂。

……

“喂，这位哥哥，你叫什么名字?”

小蛮直冲到柳夜朔面前，直直地问道。

柳夜朔凤眼一挑，扫过小蛮黑黝的脸庞，冰冷得没有一丝表情，竟然当没听到，反而转过身，迎住斜阳，深思不语。

小蛮有些失望，一边的雨瞳连忙安慰道：“傻姑娘，人家这不失忆了吗，你问他叫什么，他当然不知道啦。”

说完，雨瞳又一步走上前，迎着柳夜朔冰山似的脸庞，认真地道："这位公子，虽然你伤痛刚愈，记忆顿失，但毕竟是人家姑娘救了你一命，你即便不说谢谢，也要答理一下别人嘛。这样多不礼貌。"

雨瞳一口气说了一大通，回应的却仍是一片沉默。她有些尴尬，干干地咳了一声。

柳夜朔瞟了一眼雨瞳，见到她那双晶亮的眸子在夕阳余晖下，闪闪发光，忽然想起她便是自己醒来那天无意袭击的那女人。

心一动，嘴角弯起，转过身对着小蛮轻轻扔出一句：

"谢谢。"

声音如同天籁，竟然好听得不得了。小蛮神魂颠倒了下，几乎没被迷昏过去。

过了许久，才镇定下来，清了清嗓子，向他挤了下眼。

"公子，不记得名字没关系，小蛮帮你取个吧。就叫小妖，如何?"

小妖，和小蛮极配。

还未等他反应过来，小蛮却已高声欢呼起来。

"小妖！记住，以后你就叫小妖!"

见她胡言乱语的样子，柳夜朔眉头一皱，极为厌恶。他不知道，从前的自己，若是遇到这事，非削了那女人的舌头不可。指节紧握，肌肉一绷，一言不发，转身向帐内走去。

看到他陡然离去的背影，小蛮声音渐低，有些惆怅之意。

这妖精般的哥哥，怎么冷得像块冰。

雨瞳看着他的背影，柳眉微蹙。

这男人，似乎天生一股孤傲之气，像是极不愿意与人亲近的那种。他到底是谁?他为何这般神秘?

……

夜幕降临，草原上虫鸣声交织，月朗风清，别有一番风味。

雨瞳依旧无法入睡，走出帐外，在一草堆上坐下，从怀中摸出那玉兔雕，温润鲜活，不由得又勾起了回忆。

三年了。

他现在过得怎么样?

夜深人静之时，不知他是否会想起自己。

罢了。

他已经下旨杀了她，即便自己现在还活着，也如死了一般。

天下那么大，江山那么多彩，无数的女人围在他身边，恐怕此时连沐雨瞳长什么样都已经忘记了。

他又怎会知道，在这千里之外的草原上，还有一颗心，为他跳动……

叹息间，忽然听到草堆后一阵呻吟声。她一惊，飞快地绕到后面，却看到一白衣身影抱着头，蜷缩在地上，身体不住地颤抖，似乎忍受了极大的痛苦。

她定神一看，却发现是那被小蛮称作“小妖”的男人。这一刻，在地上挣扎的模样，似乎是他的头痛病又犯了。

想上前去帮忙，却迟疑了脚步。

这男人，由不得别人近半步，自己这冒然上去，必又会被他所伤。

想着，心急如焚，却只能在一边守住，轻声唤道：“喂……你没事吧。”

一阵头痛欲裂之后，柳夜朔终于恢复过来，但嘴唇已咬成了森白，眼睛中透着一份疲倦，额头上尽是冷汗。

他冷哼了一声，摇摇晃晃地从地上站了起来，眼角森森地瞟了一眼雨瞳。

“你没事吧。”雨瞳小心翼翼地递上一块手帕，他迟疑了下，接过了手帕，轻拭了下额头的汗。

雨瞳微微一笑，道：“我还以为你又要出招来袭我了。”

一句玩笑话，却换来一阵沉默。

这男人，怎么一点幽默感也没有。

雨瞳生硬地挤了个笑容，扔下一句。

“那……我先回帐了。”

“这儿是哪儿?”

身后忽然传来冰冷的声音。若不是那透骨的寒意，雨瞳会觉得声音真的很好听。

僵下脚步，怔怔回答：“这儿叫哈密卫。”

哈密卫?

柳夜朔皱起眉头，努力寻找着关于哈密卫的记忆。

但一回忆，头便开始隐隐作痛。他身子一晃，在一边的草堆上刷一下跌坐下来。

看他一脸困惑茫然的模样，雨瞳有些犹豫，不知自己是该回去呢，还是留下来。

月光淡淡地洒下来，照射在那张翩若惊鸿的侧面。

这一刻，竟然像极了七王爷朱祐樘。

记忆回到脑海，有些神情恍惚，眼眶模糊，心隐隐地绞痛起来。

柳夜朔眼角一瞟，忽然看到月光下，眼前的女子眼角含泪，目光深沉，似乎有着很重的心事。

魅惑的脸庞仍旧没有丝毫表情，语气森寒淡淡吐出一句，宛若幽灵：

“我是谁?”

他像是在问雨瞳，又像是在自问。

雨瞳被他的话一触，突然感慨万千，眼中徒生伤感，自言自语道：“能忘记过去，何尝不是幸事?”

“若我是坏人呢?”

雨瞳沉思了片刻，转过身，表情认真道：“坏人也有好的一面。若你是坏人，忘记过去岂不是更好?”

若有所思地一笑，向帐内走去。

望住她的背影，柳夜朔面色一变，竟久久地回不过神来。

抬头看着满天星辰，凤眼微醺，睫如薄翼。
迷失在天地中，忘记过去，何尝不是件幸事？
是吗？不是吗？

第二十七章　最美少年

1

“小蛮，走！遛马去！”

阿赤风是个二十出头的壮小伙，风沙雕刻出的粗糙五官，透着西域汉子特有的男人味道，憨笑着，露出了一口略带蜡黄的牙齿。

他从15岁起，就喜欢上了小蛮，每天琢磨着何时将她娶过来。只是这小蛮就像个长不大的孩子，每次他鼓起勇气想提亲，却总被她开玩笑似的带过。

牵着与她一起亲手喂养大的骏马，行至小蛮面前，又喝了一声：“小蛮，遛马去！”

见她坐在坡上，怔怔地望着不远处的帐篷发呆，一股无名火又上来了。

“看！又在看那妖精是不?”

小蛮吱了下声，似乎根本没听到他说话。他心更怒了，满腔怒气堵在胸口想爆发，却又咽了下去，化作一个鼻孔里冒出的冷哼，龇道：“有手有脚，每天却好吃懒做，只知道在帐里干睡，又不让其他人近身，跟个娘们似的。这般废物男人，你也喜欢?”

“别胡说八道，师父说他脑伤还未痊愈，这些日子都要给他施针才行！”小蛮反应过来，连声替柳夜朔辩解。

阿赤风嗤之以鼻。

“我呸，脑子坏了，手脚总不坏吧。年纪轻轻，难道叫别人养他一辈子?”

小蛮刷一下站了起来，朝阿赤风鼓了下嘴，狠狠道：“又不要你养，我们自会养，哼！”

说着，顾自风一般朝坡下跑去。

阿赤风急得胡乱抓了下脑袋，跺了两下脚，又直直追了上去。

“小蛮，你别跑！”

……

雨瞳正打完一盆水，准备提着走进帐，却看到远处两个年轻的身影，像风一般相互追赶着，一溜烟到了她面前。

“小蛮，怎么啦?”

小蛮脸色绯红，浓眉一挑，气鼓鼓地不说话。

雨瞳看到身后追着气喘吁吁的阿赤风，忽然什么都明白了，心中好笑。

阿赤风停下脚步，胸口因气喘不断地起伏，好不容易定下气来，不好意思地对小蛮道：“喂，别生气啦！”

见小蛮没反应的样子，他一个跨步上前，脸嗖一下缩到小蛮的脸前，哧哧笑道：“要不，带上夕落姐姐和那妖精，一起去遛马，如何？”

小蛮脸色一闪，似乎被他说动了，但仍鼓着嘴，像是不想轻意松口。

雨瞳一边看着发笑，正下神色，拉住小蛮的手，道：“行啊，司马医师刚刚吩咐我，陪小妖出去透透气。通下经络，有利于恢复呢。”

说着，便嗤笑着向帐内走去。

刚刚掀开帐门，却不料那柳夜朔早已站在帐门后，似乎听到了他们一席人的话。

表情凝固，没有一丝生气。

雨瞳没料到他竟然阴阴地站在门口，一点声息都没有，脑门一冷，不由寒由心生。

这家伙，怎么像鬼魅一般，无声无息。

控制下情绪，软下僵硬的肌肉，挤出一丝微笑：

“小妖，我们一起出去遛马吧。”

柳夜朔脸一抽，眸中寒光一现，似乎不太适应“小妖”这般称呼，顾自刷刷走出帐外，大步流星向远处走去。

见他步履生辉，瞬间身影渐远，三人矗在帐前，半晌没反应过来。

这……这什么意思，是同意去遛马，还是不同意？

一时间，雨瞳和小蛮有些手足无措，而那阿赤风则早忍不住了，冷哼道：“哼，瞧他这德性，还真把自己当王了！”

“好了好了！”雨瞳出来打圆场，“我们牵着马，一起跟着他去吧。”

这话，正中小蛮下怀，她忽然哧哧一笑，牵起缰绳，直直向柳夜朔的背影追去。

看着她义无反顾的模样，阿赤风冰下脸庞，狠狠嘣出一句：

“哼，真不知这家伙有什么好的！”

说完，也迈开脚步，大步随着她的身影而去。

雨瞳看了这一幕，心中感叹了下，摇了下头，拍了下身上的灰尘，跟了上去。

……

落日余晖，毫不吝啬地洒向大地。

夕阳中，四个身影，两匹骏马，在天地交际处，拖着长长的斜影，如一幅淡彩浓墨的水墨画。

走在最前面的柳夜朔，时而健步如飞，时而驻足浮想，仿佛这天地间，只留下他一人。刀削般的侧面，在斜阳中刻画出完美的曲线，飞舞的长发，如桀骜不驯的飞龙，倾撒在身后，为这份完美，添上惊鸿一笔。

小蛮痴痴地欣赏着这绝世风华的背影，只觉得这默默跟在身后，也是种恩赐。

雨瞳望着他的背影，心中感慨之余，更是疑惑。

这些时日，与这男人相处久了，这份疑惑更加深刻。

身若孤雁，眸含杀气，举手投足之间，有种拒人千里的冷漠。特别是他像有洁癖一样，除了他身上这件似乎永远不会脏的袍子之外，其余物件，接触到他肌肤一分，就会让他眼露精光，极其不悦。这些时日，除了她与司马医师可以近他丈内，其余人只要远远望上他一眼，便会换回掏心剜骨的目光，让人不寒而栗。

无意间看到他手背上若隐若现的血管，森森地泛着紫色，这代表此人的体内含有极为阴寒的真气。

阴寒之人，阴寒之血，难怪，无论他走到哪儿，周围的一切都会变冷。

她心一缩，忽然想起自己以前看过的吸血鬼电影。

苍白的皮肤，青紫的血管，凛冽的眼神……怎么看怎么像眼前这个男人。

他真的不会是……

脑子一阵晕眩，眸色变得复杂。

罢了，不去想了，不去想了。

只盼这男人伤赶快好起来，早早地打发他走才是。

……

不远处，渐渐出现一个枣红色的影子，怡然自得，伫立在斜阳中。

"是焰龙！"

身边的阿赤风一声高叫，让刚刚陷入沉思的雨瞳浑身一怔，还未反应过来，却已被他们扯着连跑带跌地向这影子跑去。

三五几步，跑到这影子前面，定神一看，却见一匹高头大马迎风而立，火红色的鬃毛随风飘扬……这哪是一匹马，根本就是一条悍人心脾的火龙。这气势，震撼了在场所有的人。

连随后跟上的柳夜朔也不由得微怔，眸中闪过一丝不经意的惊异。

"好漂亮的马！"雨瞳感慨万分，不由得抚掌轻叹，情不自禁地走上前去，伸出手，想要摸那焰龙如火般的鬃毛。

那一边的阿赤风见此情形，脑子嗡的一声，急急叫道："别摸！"

但已经来不及了，雨瞳的手已经搭上了它的长鬃毛，却不料那马儿并没有特别的反应，只是弯过头，极为温顺地朝雨瞳靠近了些。

阿赤风话语卡在咽喉，似是被这一幕怔住了。

这匹焰龙马是这草原上传说中性情最为火暴的烈马，日行千里，如游魂般游荡在草原上。谁都想得到它，但凡遇到此马的人，只要轻轻碰上它一根毛，轻则被踢成重伤，重则性命不保。但今日，这不明状况的夕落姑娘，无意间去摸它的毛，它竟然丝毫没有反应，反而温顺极了。

难道这草原第一烈马，就这样被这手无缚鸡之力的弱女子制伏了？

心中正犯着嘀咕，那雨瞳却已兴致大起，得寸进尺地刷一下翻身上了马背。

她天生就爱马，怎可能放弃这大好机会？

……

阿赤风张大了嘴，满脑已被恐惧占据。他干涩着喉咙，不知道该怎么说出口，一见那马儿深褐眼眸，忽然闪过一丝精光，心里不禁蹦出一句："完了！"

念头刚落，那马儿已经高高跃起双蹄，忽然迎空嘶叫一声，宛若一团火焰，熊熊燃烧起来。

雨瞳哪里料到有这个变故，双手慌忙一扯，好不容易拉紧了鬃毛，才没让自己的身体从马上掉下来。

谁知这不扯还好，一扯，焰龙受了惊吓，长蹄一蹬，一个急转，突然向草原深处奔驰而去……

空气中，雨瞳一声尖叫，转瞬即逝，竟然快得如闪电般，让人根本来不及反应。

只看到一个树叶般无助的身影，在马背上绝望地颠簸，仿佛下一秒就会跌落，在斜阳中，愈行愈远……

“她会摔死的!”

阿赤风惊得失口而出。

小蛮高叫：“快！快追上去救她!”

阿赤风这才反应过来，跃上马背，却发现身边的柳夜朔早他一步，早已翻身上了另一匹马，风一样地朝雨瞳消失的方向追去……他牙一咬，“驾——”一声，也急急地追风而去。

……

狂风急雨中，雨瞳的脑海一片空白，只知道死死地抓住那马儿的鬃毛不放，但身体却被震得七零八落，似乎所有的内脏都已经震到了喉咙口，下一秒就要全吐出来……

但脑子有个意识还是清醒的，就是自己绝对不可以放手，一放手，凭这速度，摔下去即使不死，也是半身不遂。

那马却知道她想法一般，恶意地将蹄狠狠地蹬向地面，撞击地面传来巨大的能量，一波又一波地冲击着雨瞳的身体，让她身体一次次地腾空……

不行……手愈来愈没有力气了，自己哪拼得过这汗血宝马的体力，不到半刻，迟早被它甩下背……

身体愈来愈虚弱，双手也已经开始告急，指骨已经作痛得无法言语……

意念在那一刻崩溃，双手一松，绝望地闭上双眼，准备迎接落地的那最后一刻……

不知怎的，身后忽然有了依靠，一双大手，猛地从背后团住自己的双手，一股淡淡的香味，隐隐从身后传来，只觉得自己被一个巨大的身形包围，却顿时有了安全感……

阿赤风气喘吁吁地停下马，眼见面前一幕，几乎不相信自己的眼睛。

想不到自己驰骋草原多年，竟然会赶不上这妖精男人，更想不到，这妖精骑着一匹普通的马，竟然还能追上焰龙，在最后一刻，长身一跃，跃到焰龙马上，扶住了那夕落姑娘……

那精彩的一跃，如脱了弦的箭般轻盈，优美的身姿华丽无比，让阿赤风也不由得心生佩服……

看来，这妖精还真不是一般人……

阿赤风眉一展，心想，焰龙日行千里，自己是赶不上了，反正有那妖精在，夕落姑娘肯定不会有事。刚好，自己和那小蛮还有独处的机会。

黝黑的脸上，泛起一阵狡黠的微笑，缰绳一拉，悠然自得地向回去的路转去……

2

风，全是风。

鼓鼓在耳边呼啸，刮得耳膜嗡嗡作响。

但明显，身下的颠簸比先前平缓了许多。

焰龙可能是累了，又或许它已经适应了这身上的主人，不想再抗争了。

渐行渐慢的马蹄，让雨瞳的心也平复了不少，只是心跳仍旧很快，似乎在回应刚刚从死亡边缘回来的恐惧……

马儿却不知何时停了下来，身后的人儿翻身下马，冷漠的眼神，刀一般地削过惊魂未定的雨瞳。雨瞳这才反应过来，也从马上跳落下来。

浑身骨头已经被重新拼凑了一遍，咯咯作响，生疼生疼的。但她没心思去揉，慌乱地带着一丝抱歉地望了一眼柳夜朔，却支支吾吾不知说些什么。

那柳夜朔冷冷看了眼前这个陌生的场景，皱起了眉。

这焰龙马还真会跑，跑了那么远，跑得根本不知道这该死的地方在哪儿……

夜已经黑了，绵绵草原，东南西北，看上去都一个样。看来只有找个地方，挨过这个夜晚，明日才能找到回去的路。

雨瞳也清楚了眼前的状况，咕噜转了下眼珠，喉咙里弱弱地吐出一句：

“那个……那个，我们找个地方休息吧。”

这草原夜黑风高，若是就这么躺着，到明日非变作两条僵尸不可。

她的话音刚落，那柳夜朔却像没听到一般，反而自顾向一棵枯木走去，走到它跟前，东敲敲，西听听，像是在研究什么。

没过多久，只见他凝神提气，忽然挥掌而出，砰一声巨响，掌风所至，竟生生在树干上震出了一个大洞……

雨瞳惊得哑口无言，一头冷汗。

这家伙武功也太高了些吧。

她印象中，只有尉青才有这等功力，这家伙绝对不在尉青之下……

柳夜朔却掸了下身上的灰尘，自顾低下头，钻进了树洞，双手在胸前一叉，眼眸微闭，竟就这般打起盹来，似乎根本忘记了沐雨瞳的存在。

寒意慢慢聚集在胸口，一阵冷风吹过，身体不由得颤抖了一阵，脚步却仍旧迟疑不前。

这树洞这么小，自己若是钻进去，岂不是要和这吸血鬼紧紧贴着过一晚？

他那么难以捉摸，夜晚到了，他会不会幻变成魔，直接吸干自己呢？

越想越害怕，心情左右为难着，脚步却像上了枷锁般更难前一步。

此时夜风骤起，这风越来越大了，没法子，哆嗦着身体，慢慢地蹲下来，蜷缩起身体，不断地揉搓双手，以获取些热量。

柳夜朔凤眼微微睁开，眯缝着一丝目光，瞟过那个瘦弱的身体，看她如片枯叶般在风中颤抖，仿佛一阵风就能把她吹走。

突然眼前出现一张放大的脸，惊得他差点没从地上一跃而起。

雨瞳冻得发紫的嘴唇，挤出一句。

“那个……那个能不能让我进来。”

实在冻得忍不住了，就算他是吸血鬼，也比在外面冻死强……

唇一勾，低下头将身体略略地往左边一靠，算是给了她回应。

雨瞳见他没有拒绝，心中一喜，急急地挤进了树洞，一时间，身体比先前热了许多……

只是没过多久，才发现此时二人挤在窄小的空间中，有点尴尬。

“咳——”

雨瞳不自然地干咳了一声，脑中快速地转动，想找些话题和他聊一下，让这份尴尬不要太过明显。

“那个，今天天气不错啊……”这话题真是愚蠢之极，看着他一言不发，闭目养神的样子，雨瞳干笑了下，掩饰过去慌乱，又道，“那个，那个叫你什么好呢。其实我觉得小妖这名字蛮好听的，不过对一成年男子来说，似乎随便了些，但你老是没名字也不行啊……不过你也莫急，司马医师医术高明，你耐心在这儿医治，总会恢复记忆的……”

话音落下，一片沉默。

只见他睫毛微醺，呼吸匀称，看样子，已经睡着了。

雨瞳耸了下肩，自言自语道：

“嗯，其实，我说了这么多，只是想说谢谢你救了我一命。”

轻轻将身上的衣物一缩，瞟了一眼他，低吟了一句：“小妖，晚安。”

一缕晨光，不经意地透进了窄小的树洞，柳夜朔敏感地猛地睁开双眼，瞳孔紧缩，头脑瞬间清醒。

他的身体就像一蓄势待发的武器，随时随地准备好迎敌的那一刻。

反应，像闪电一般快，几乎不需要思考，仿佛所有的一切，都是浑然天成。

喉咙泛起一阵血腥的甜味，胶着在喉结上，隐隐带着一丝快感。

眼睛一瞟，忽然发现自己的肩上靠着一个女人。

乌黑的秀发，一股女人特有的香味，扑面而来，均匀的呼吸，带着蝶翼般轻盈的睫毛，规则地颤动，眉不经意皱起，像是在经历着什么特殊的梦境。这一刻，那么安详宁静，竟有种说不出的美。

“小妖，晚安……”

朦胧中，这句温存淡雅的声音，似乎还留在自己的记忆中，顷刻间，那颗陨石般坚硬的心，忽然如水般化开……

修长的手指不由自主地伸出去，在丝缎般的长发上轻轻抚过，薄茧的指面，如淬了迷药般，微微颤抖起来……

雨瞳终于醒了，睁开眼，却迎着一对深不见底的妖魅眼眸，让她浑身一怔，刷一下从坐直了身体，冷不防撞上了并不高的树干顶部，痛得她“啊”一叫出声来。

突然而来的痛楚，疼得眼泪直流，揉着发胀的脑袋，不好意思地朝柳夜朔吐了下舌头，向洞外钻去。

到了洞外，身体舒展开来，用力伸了个懒腰，眼光一落，看到不远处，一只雪白的兔子，正嘣嘣着小嘴，捧着一撮草在吃。

心中泛起一阵怜爱，正想上前去抱住这兔子，却没料到空气中突然嗖嗖一阵厉风，转眼间，一颗豆大的石子，不偏不倚地击中了兔子的喉咙，一股鲜血倾泻而出，汩汩地不断往外冒……

雨瞳张大了嘴，那身后却直直走上柳夜朔的身影，冷冷地拾起兔子的尸体，用力一掰，竟然生生地将它的头从脖颈上撕了下来。鲜血如注，如涌泉般流了下来，手一拎，将那尸体对准自己的嘴唇，直接接着那泉水般的兔血喝了起来……

清晨阳光下，腰肢轻折，姿态悠然，如玉葱般修长的手指，轻轻提着那皮毛，阳光照射下，泛着珍珠光泽。鲜红的兔血琼浆般潺潺流入那两瓣樱红嘴唇，映衬着雪白的肌肤，格外耀眼夺目。

这一幕，哪是在喝兔血，根本就是饮美酒。

然而，这绝美的情形，此刻看来，竟然美得让人心寒，美得让人心惊肉跳，美得让人魂飞魄散……

……

茹毛饮血……

这，这男人，果然是吸血鬼……

而且，信手拈来，坦然而之，将这恐怖的事，做成画儿一般，全天下，也只他一人了……

手变得僵硬，心跳几乎停止，不知怎么来形容此刻的心情。

雨瞳胃部一阵翻腾，哇一下将昨天的食物都吐了出来……

血迹残留皓齿，轻轻转过头，看到她的反应，眉头一皱，将兔子一扔，直接转身牵了马，向远处走去。

雨瞳支起刚刚吐空的身体，望着他的背影，心中涌起一股不知是什么的味道。

忽然有个念头，可怕地闪过。

救了他，是不是错了？

第二十八章　我心几许

1

白虎殿修缮了近一月，大功告成。

那幅仕女图早已精心裱好挂在正中的墙上，画中的沐雨瞳盈盈笑意，粉面含春，一双透亮的大眼睛，仿佛会说话一般。

朱祐樘双手支在身后，凝目看着墙上的画，万千思绪，萦绕心头。

李广的声音在耳际响起。

“皇上，今晚招待大英帝国来使的宴会已准备妥当。这是宴会宾客的名册，请皇上过目。”

李广恭敬地承上一册子，朱祐樘只瞟过一眼，淡淡道：“让大皇子也参加吧。他已过十岁，是该见见世面了。”

“喏。”李广颔首下去，眼中却闪过一丝心满意足的笑容。

册子上有同儿姑娘的名字，皇上不知是忘记她了，还是故意装作不知道，反正是默许她可以参加这宴会。

……

华灯初上，华盖殿一片喜气，迎接贵客的到来。

酒席之间，觥筹交错，高山流水，舞衫歌扇，好不热闹。

几位金发碧眼的英国客人，错落于酒席间，眉目间，掩不住对这大明朝繁华盛世的惊叹之情。

那一些参加酒宴的大臣们，时不时对着这些洋人，显露好奇之色，总觉得这金头发蓝眼睛，扎眼得很。

朱祐樘目光如炬，眼神淡淡扫过大殿，却发现一角落中，弱弱地站着一个纤细的身影。

心头一闪，像是被针扎了一下难受，定眼看去，却是那位像极了雨瞳的女子。

思绪快速翻转，有些想起，自己原来见过她一面，叫什么名字却是忘了。

一边的李广早已看出皇上的变化，捂唇轻语：“皇上，那是同儿姑娘，您大概忘记了吧。”

同儿，原来是她。

展颜微笑。

酒席过半，其中一位碧眼洋人，起身走到殿中，恭敬行礼，用着半生不熟的中文，道：“我大英帝国皇帝听闻大明朝国力强盛，四海朝贡，特命我一行，奉上礼物，请皇帝笑纳。”

言毕，身后走上二人，四只手小心地抬着一物件，只见是一尊晶莹剔透的水晶宫雕像，威武壮观，华贵夺目。

此物一出，殿内众人纷纷啧啧称奇，叫好声一片。

“这水晶宫采自深山水晶，是我国皇宫白金汉宫的缩影！与这紫禁城一样，是我国皇帝居住的地方。”

这“白金汉宫”四字一出，其他人没有反应，朱祐樘的心却被谁拎了下，嘣嘣作响。

白金汉宫？

为何这名字听上去这般熟悉……

他正思量着，一边的朱厚照却忍不住了，刷一下从酒席上跳了起来，直奔到那水晶雕像前，上上下下打量一番，抚掌高叫：“白金汉宫！沐先生常教我们搭这皇宫呢！父皇，您忘记了吗？”

照儿的提醒，让朱祐樘恍然大悟。

陡然而至的回忆，让英俊的脸上蒙上了一层恍惚之意，身边的张皇后看在眼里，气在心头，切切地抛出一句：

“照儿，回席去。”

那大英特使却一脸惊喜，转身来笑道：“大皇子竟也知大英帝国？”

“嗯！”一听这话，照儿兴致来了，一把拉住那大英特使的手臂，兴奋地道，“照儿常听沐先生说，在很远很远，有个国家叫英国，那儿有很多好玩的东西。对了，我还会说你国话语呢！”

此话一出，那英国特使更惊奇了，嘴张得老大，半天才反应过来，高叫道：“真的？”

“当然是真的！”朱厚照凝气一提，小小的胸膛挺了起来，像是骄傲极了。也没等其他人回过神，已缓缓道来。

“Ladies and gentlemen，I'm honored to have this opportunity to welcome all of you to……”

娓娓而道的英文，让那特使惊得瞠目结舌，抚掌欢呼道：“佩服！真是太佩服了，真想不到贵国的皇子如此博学多才，竟会我国语言，大明朝果然是名不虚传！”

他毫不避讳倾尽全力地赞美，让在场的人如吃了颗哑药般，僵立半日，竟无一人作响。

这大皇子，竟会有这出人意料的才华，足足地给大明朝争了个大面子……

朱祐樘诧异之间，忽然心生一念，对着那特使问道：“这位大使，这里有篇文章，想请大使代为翻译一下”。

“遵命。”那特使欣然应允。

朱祐樘转过头，低低问了句：“照儿，你可记得上次沐先生教授炜儿在秋季大试上背诵的英文文章？”

“照儿记得，只是念得没有炜儿好。”

“无事，你念来便是。”

朱厚照定下身体，想了半刻，便徐徐背来。

“Confucius said：Isn’t it a pleasure to study and practice what you have learned? Isn’t it also great when friends visit from distant places?

……

那特使听完朱厚照的背诵，哈哈一笑，向前一步，大声回道：“皇上，这文章你们应该比我熟悉啊。”

大殿中一片沉默。

特使笑道：“我还算半个中国通，贵国不是有位圣子，叫孔子，这篇文章正是记录他言论的传世之作《论语》!”

他的话音落下，大殿内由沉默变成死寂，所有的人都因震惊而哽住了呼吸，连一根针掉地上都听得到。

那一边的王恕等人，脸色更是像吃了毒药般难堪，僵硬着嘴唇，死死说不出话来。

果真如此！

果真如此！

什么妖道咒语，原是个莫须有的罪名。然而，面对死亡，她却没有为自己辩解一句，坦然奔赴熊熊烈火，以了却这场闹剧……

这一刻，他才真正明了她的用意。

原来，她根本已经抱了死的意愿，原来，她为了保全他，早已将生死置之度外……

雨瞳，你的深情切意，朕却无力偿还，却让你魂飞魄散，天人永隔！

英挺的身体，虚无地一震，缩在袖底下的手指几乎要将自己的骨头捏碎……

皇上的反应，以及殿内诡异的气氛，让一边的李广有些急了，连忙上来打圆场，低下身在朱祐樘耳边轻语：“皇上，宫中乐班准备了礼物回赠特使，可需唤他们上来？”

朱祐樘这才反应过来，深吸了口气，神情淡漠道：“上来吧。”

“喏!”李广站直了身体，朝殿外高声喊道：

“皇上有旨，为答谢大英国女皇的美意，乐班倾心排练《旎裳迎宾舞》，以表谢意!”

话音落下，一行人缓缓从殿内进入，为首的正是已打扮一新的方同儿！

……

同儿身着淡色罗裙，青丝高高绾起，清雅如出水淡荷，朱唇轻点，忽然莞尔一笑，低头摆正了舞蹈的姿势，下一秒，便是一场歌舞盛宴。

一见那熟悉的脸庞，朱祐樘身体一直，眸中尽是思念之情，明知那不是真的她，却牵肠挂肚，不知是辛酸还是什么，充斥在咽喉，一阵阵地打着滚……

……

寒蝉凄切，对长亭晚，骤雨初歇。

都门帐饮无绪，留连处，兰舟催发。

执手相看泪眼，竟无语凝噎。

念去去，千里烟波，暮霭沉沉楚天阔。

……

此去经年，应是良辰好景虚设。便纵有千种风情，更与何人说？

……

一曲落尽，余音回肠。

殿内一片叫好，他却泪眼朦胧，指尖不住颤抖，提起身前一杯清酒，仰面一饮而尽，英俊脸庞上却更添一份愁意。

李广见状，知道事已成了一半，朝那同儿使了下眼色，那同儿心领神会，从身边宫女手中接过一盏清酒，碎着步子，盈盈几步走上前跪下身来，轻轻吐出一句：

"同儿向圣上请安。愿我大明朝千秋万代，愿圣上万岁万岁万万岁！"

星目微醺，胸口却已是波涛汹涌，一股难掩的冲动忽然涌上脑门，拾起手中的杯盏，嘴角含起笑意，对着同儿轻轻点了下头，将杯中的酒再次饮尽。

见皇上如此酒兴，殿内的大臣们见风使舵，连忙接连着起身，向朱祐樘一个个敬酒，朱祐樘倒也是来者不拒，一杯接着一杯地饮。

李广看在眼里，乐在心头。

皇上好久没有这般酒兴了，看着他微微发红的脸庞，接下去的事必有八九分的把握。

他想着，眼睛斜瞟了下身边的张皇后，张皇后也与他目光相遇，意领神会地笑了下……

2

腿脚变得沉重，踉跄着身体，若不是宫女的搀扶，连走路都有些困难。

身边的廊桥如画般倒退，眼前却是一烛火通明的窗户，定神看去，瞅见一身影，杏眼含春，楚楚动人，伴着烛光，像是在沉思什么。

雨瞳……

不知是心，还是嘴，低低地喊出一句，竟抛下身后一席随从，哗一下推开门直直地走了进去。

"皇上。"

见皇上忽然身影一闪，进了同儿的房间，身后的宫女急急喊出声，一边的李广却示意她闭嘴，使了个眼色，一席人赶紧无声无息地退下。

……

"雨瞳……"

心在这一刻突然变得放纵，三步化作两步，冲上前，一把搂起端坐的人儿，猛地将她拥入怀中，久久没有言语。

“皇上……”

同儿有些恐慌，虽然知道这是李公公特意安排的，已有些心理准备，但这高高在上的天子，突然冲进来，像情人一般搂住自己，肌肤相贴，呼吸交融，还是让她有些措手不及，诚惶诚恐，一颗心怦怦直跳，几乎喘不过气来……

“雨瞳，原来你在这儿……”滚烫的嘴唇不知何时游到了她的耳垂边，耳鬓厮磨，气息绵绵如丝，温柔似水，手却突地重了三分力，将她的细腰又搂紧了许多……

“唔……嗯……”

意乱神迷之间，同儿不知道自己怎的就吐出这一句。

“朕好想你……你去哪儿了？雨瞳，你知道吗？朕每时每刻都在想你……”

眼角竟然渗出了一些液体，嘴唇却不自觉地探到了她的两片娇嫩的樱唇，指腹轻轻摩擦着她凝脂般的皮肤，一阵悸动之后，覆上如水的唇瓣，轻吮慢吸，将满溢的深情，一点一点如电流般灌了进去……

同儿一阵娇嗔，身体变得麻木，神志也变得有些迷离起来。

她无数次地想象过自己与皇帝交集的时刻，却怎么也想不到，他的吻竟会如此柔情似水，削骨断肠……

沐雨瞳，沐雨瞳，你是谁？

你有什么魔力，可以让这全天下最尊贵的男人为你如此牵肠挂肠，情深意长……

沐雨瞳，自己是沐雨瞳……

自己一定要做沐雨瞳！

不知哪来的勇气，迎着他的吻，轻启朱唇，将丁香探入他的口中，回应着他如火的舌尖，相互缠绕纠结，一点一点，将他的欲望挑起，只觉得他猛地伸出手来，扣住她的后脑，身体却更近一步，直直地将她逼到了床边，闷哼一声，将她压在了身下……

“雨瞳，雨瞳，雨瞳……”

修长的手指，伴着无数声低吟，在她的衣间游离，一层一层地带走束缚，薄唇从她脖子一路带下，如簇簇火焰将她身体点燃，每一次触碰，都让她一阵颤抖，忍不住发出一阵阵撩人的呻吟……

同儿崩溃了，她的世界已经被这个男人全部占据，迷失在这张本不属于她的情网之中……

夜如此之深，一颗心，就此沉沦……

3

清晨。

同儿沉沉地睁开眼，昨日的狂风骤雨，让她有些筋疲力尽，身体却带着一丝不舍，仍紧紧覆盖在他健硕光滑的胸膛上，久久不愿意离开。

皇上仍在熟睡，长长的睫毛，好看得不得了，扑面而来的男性气息，更是让她神情荡漾，恍若梦中。

她从未想过，大明皇帝，会这般温柔，这般迷人，这般要人魂魄。她从不敢想象，此生会有这样的机会，服侍这般完美的男人，哪怕只有一夜，死了也心甘情愿……

指尖偷偷在他俊朗的脸庞抚过，生怕惊醒了熟睡的他，因为只有在这一刻，她还是沐雨瞳。

“皇上，早朝时间到了。”

朱祐樘猛地从梦中惊醒，这才发现自己睡在一张陌生的床上，低眸一看，怀中竟有张娇羞的小脸，正弱弱地望住自己。

脑海一阵翻腾，似乎回忆起昨晚的点滴，身体一紧，刷一下从床上坐了起来，揉了下眼睛，晃了下昏沉沉的头，翻身下床。

“皇上，同儿服侍您更衣吧。”

身后的同儿，急急地从床上爬了起来，却引来一阵沉默。

朱祐樘瞟了一眼同儿，也没说什么，起身披起简单的衣物，便走到外间。那儿，李广和一排宫女，早就候在那儿了。

望着他冷漠的背影，同儿的心像是落到了谷底，难受得很。

果然，天一亮，他便不认识自己了。

心情变得怅然，身体就这样一动不动地坐在床上，竟然久久回不过神来。

也不知过了多久，一宫女盈盈走进内屋，对着怔怔发呆的同儿轻轻道：“方姑娘，皇上吩咐了，让奴才安排你到长春宫居住。方姑娘，奴才这就帮你更衣。”

心一喜，激动之情难以言表。

原来，皇上还是记得自己！

……

皇上有了新宠的事，很快传遍了整个皇宫。管事处连忙为同儿安排了六位贴身仕女，将长春宫前前后后打扫了一遍，又恭敬地迎接女主的到来。

那一撂宫女见到主子来了，齐刷刷跪下，清脆的声音响彻殿顶：

“恭迎方姑娘。”

同儿本是一民间女子，哪经历过这般高贵的待遇，心情像飞了起来一般，这才领会到什么叫万千宠爱集于一身的感觉。

这沐雨瞳，死得真好，才让自己做得了她的替身，得此荣华富贵……

正感慨着，宫外却径直走进一人，正是小青。

那小青一进门，宫女们纷纷跪落在地。这同儿正想跪下，却转而一想，身体一正，只是朝她点了下头。

见此情形，小青冷哼，心想，这女人，有了皇上宠爱，就这般得意忘形起来。

眸子一冷，干咳道：“方姑娘，你尚未听封，要注意自己的身份！”

毫不留情的话语，让同儿心跳停了下，极不情愿地应声跪下，噤若寒蝉道：“同儿见过青姐姐”。

小青瞟了一眼她，冷若冰霜道：“走吧，皇后娘娘要见你。”

……

青烟徐徐。

坤宁宫内。

“还不快给皇后娘娘敬茶!”李广沉下脸，表情严肃地道

一声令下，同儿无奈地接过仕女手中的茶，小心翼翼地递到张皇后面前。

“娘娘请用茶。”

话音落下，张皇后没有立即接，反而转过头，将目光扔到窗外，似乎根本没有当她存在。

同儿僵硬在那儿，身体吃力地向前躬着，前也不是，退也不行。这皇后久久地不接过茶，她便要久久地保持这个姿势。

身子已经开始发酸，那端茶的双手已经开始微微颤抖，却仍旧要一动不动，等候皇后的反应。

她知道是皇后故意在为难她，牙一咬，额头上冒出了汗。

殿内就这般极其冰冷的气氛，持续了一阵子，张皇后终于缓缓转过头，修长的手指不屑地将杯一拾，接了过去。

同儿咽了下口水，重新跪了回去。

李广在一边清了下嗓子，提高了几度声音道：“方同儿，此番均由皇后娘娘照应，你才得以进宫幸得圣上蒙恩，还不谢过娘娘。”

同儿心一闪，知道自己只是皇后安插在皇上身边的棋子，来控制皇上。这娘娘，心机好重。

“谢娘娘……”一时间，舌根子发短了，委下身去。

张皇后见她模样，心中冷笑一声，忽然起身，拖着长长的凤尾裙摆，在殿内回荡了一圈，又忽然居高临下地望住跪在地上的同儿，带着一丝玩味，轻哼道：

“这宫中的女人，都是皇上的，我们应该做好女人的本分，一心服侍皇上。若是有其他的异心，你也知道某些人的下场，同儿姑娘，你可明白?”

平静如水的言语，却说得同儿的心跳快了几分。

她很清楚皇后在说什么。

连沐雨瞳都斗不过她，自己又有何德何能，向皇后挑战?

“同儿明白。”内心带着一丝不甘，语气却只能变得更为恭敬。

“下去吧。”皇后厌恶地看了她一眼。

望着她的背影，李广低下身，小声在张皇后耳边轻语。“娘娘请放心，奴才已经吩咐了御膳房的管事，配了药在她的日常饮食里。她想怀上龙种，恐怕是不可能了……”

听毕，张皇后久久不语，化为一声长长的叹息。

祐樘，若不是为了你，本宫何必费尽心思，找这种女人来和自己争宠！祐樘，本宫是真爱你，你可明白?

第二十九章　仙魔同一

1

草原的夜，原本宁静得很，只是这一夜不同。

一束火把在天边亮起，接着，两束，三束，几十束……瞬间将这黑暗连成了一片火海。

火光所指之处，正是牧民们安睡的帐篷，带头持着火把的彪形大汉，重重地向地上吐了口水，朝身后骑马的数十名士兵使了个眼色。一时间，哨声四起，身下的马匹顿时扬起满天风尘，直逼营地而去……

正在熟睡中的雨瞳，突然被这马蹄声吵醒，脑海中闪过一声“糟了”，从床上一跃而起，飞快地跑出帐外，一见外面一片火海，嗡的一声，心想，果然不出所料，是吐蕃汗军又来抢劫了……

正矗着思考着对策，迎面跑来小蛮和司马医师二人，急匆匆地奔到她跟前，脱口而出：“怎么办，吐蕃汗军又来了，部落的食物不能再被抢走了，否则这个冬天非饿死不可。”

雨瞳见这些家伙个个全副武装，牧民们又没有武器，怎么与他们抗争……

她急得额头冒汗，却又手足无策。

“小妖呢?”

“应该在帐里睡觉……”

雨瞳一惊，二话没说向他的帐篷拔腿就跑。

以最快的速度跑进了柳夜朔的帐篷，却见到那家伙在软铺上正闭目养神，似乎根本没听到外面的骚乱。

雨瞳不管那么多了，直冲到他跟前，高声大叫：“小妖，快去救救大家！这里你武功最高，除了你没人帮得了部落……”

眼皮轻轻一动，却没有睁开，反而懒懒转了个身，将脸朝里面一放，干脆把背影留给了雨瞳。

雨瞳见他冷漠的模样，更急了，冲着他的背影大叫：“小妖，你听到了没！部落不能没有这些食物。如果今天被洗劫一空，那么我们所有人都挨不过这个冬天！小妖，你明不明白!”

柳夜朔被她吵得心烦意乱。

这女人真烦！半夜三更来帐内说些和自己无关的话。

想着，身体干脆抱臂一缩，将头埋得更深了。

他居然见死不救！雨瞳气得牙咯咯响，恨不得将他从床上揪起来，却苦于他绝世武功，自己哪动得了他半分。

万般无奈之下，狠狠跺了下脚，抛下一句："好！你不救，没关系，我去和他们拼了！"

说完，抄起门边的一把铁锹，箭一般向帐外冲去。

……

她的余音在帐内回荡，很快帐内又恢复了平静。然而，柳夜朔的心却不平静了。

他翻来覆去，再也睡不安稳，耳朵却直竖起来，直直地听着帐外的动静。

只听到外面的惨叫声和哭闹声此起彼伏，其间还听到了几声雨瞳的凄厉的喊声。

他再也忍不住了，刷一下从床上坐了起来。

哎，救其他人自己没兴趣，但她，就不一样了。

这女人，真烦！

……

柳夜朔冲出帐外，远远地望见外面的牧民已经被吐蕃汗军七七八八全掳在了一起……火光照射下，一张张惊恐万状的脸，被扭曲成奇怪的形状。

其间，两个士兵抓着一个弱小的身体，却正是雨瞳，只见她双脚离地，却拼命地挣脱，一边挣扎一边对那个带头的彪形大汉高叫："放开我！你们这群强盗！"

那带头的军官走上前，一把揪住雨瞳的小脸，淫笑道："你胆子倒挺大，敢和军士对抗，是不是活腻了。看来，要让大爷好好招待你一下才是。"

说着，一只淫手已落到了雨瞳的胸前，用力去扯她的衣物……

突然间，他的手僵住了，在空中定成了一个痛苦的形状，过了几秒，忽然一股鲜红的血流沿着他的手掌汩汩流下。众人这才发现，他的两个手指，不知什么时候没有了……

军官这才回过神来，一阵撕心裂肺的痛苦传来，顿时哇哇大叫，在地上打起滚来。

众军士站在一边，对这突来的变故，手足无措，武器在手中哗哗作响，却不知要针对哪里。

那军官忍住剧痛，从地上抖抖地爬了起来，对空高叫："是谁！给我出来！"

一阵冷风吹过，传来了空气中一声轻蔑的冷哼，却不见一人。

那些吐蕃汗军不由得打了个冷战，握着武器的手指又紧了三分。

过了许久，一个白色的身影，翩翩从风中走出，脸上没有一丝表情，目光寒冷得就像来自地狱一般……

一见他的身影，几十名军士不战而惧，脚步竟生生地向后倒退了两步。

那带头的军官胆子大些，深深吸了口气，用尽吃奶的力气，断断续续地吼道："你……你……你到底是谁……"

见柳夜朔一言不发的模样，军官又气又恨，不管三七二十一，拎起手中的大刀，便向他头上砍去……

……

寒光一闪。

又一阵冷风吹过，只见一个身影缓缓的像一片树叶般向地上倒去，脸上带着一丝不可思议的表情，似乎都不知道自己是怎么死的……

时间在这一刻停止了。

众人全僵住了。

因为，谁也没有看清，这军官是怎么死的。

方才，明明是他拿着刀向柳夜朔冲去，而柳夜朔手中明明没有任何武器，却在顷刻之间，要了他的命。重要的是，谁也不知道他到底怎么要了他的命！

夜冷得可怕，暮色中，柳夜朔忽然回头望了一眼余下的军士，妖魅的凤眼，陡然射出一股凛冽的杀气，那一刻，宛若月夜之中的一匹孤狼……

余下的军士个个吓得双脚瑟瑟发抖，不知是谁第一个反应过来，哗一下扔下手中的武器，转身向夜幕中逃去，接下来，两个，三个，一群，个个屁滚尿流，拔腿就跑……

望住他们的背影，柳夜朔轻哼一声，双手张狂地一扬。忽然间，沙石四起，风声大作，那些被军士遗弃的武器，就像长了翅膀般，陡然从地上飞起，直奔那些逃跑的人儿心口而去……

随着一声又一声的惨叫，那些吐蕃汗军的军士一个接一个倒下，没过多久，便没了声响……

这一幕，看得牧民们心惊肉跳，个个张大了嘴，说不出话来。

小蛮第一个回过神来，高声叫道："小妖救了大家！小妖救了大家！"

随着她一声叫，众人们也接着欢呼雀跃起来。他们一下子围住了柳夜朔，却又无一人敢上前，触碰他的身体。

……

柳夜朔根本不在意，轻轻拭了袖，又朝雨瞳瞟了一眼，一言不发地向自己的帐篷走去。

雨瞳看着他的背影，忽然牙一咬，追了上去。

气喘吁吁地随他追进帐篷，他却一个转身，差点没和雨瞳撞个满怀。

雨瞳定下身体，理了理凌乱的头发，想了一会，脱口道："为什么要杀光他们？"

这女人，她到底要怎么样！

卧蚕般的浓眉，轻轻一挑，冷哼一下，转身在炕边坐下，不语。

雨瞳却不管这么多，直接上前，又逼着道："杀了那带头的，已经足够了，那些军士虽然是帮凶，但罪不于死。得饶人处且饶人，人命就这么不值钱？"

柳夜朔实在忍不住了，转身在炕上一倒，干脆闭上眼睛不理她了。

雨瞳气鼓鼓地朝他的背影瞪了一眼，却又不知应该说些什么，只好一甩手，冲出了帐外。

2

接下去的日子，部落对柳夜朔的态度来了一百八十度大转弯。

他的帐篷前，堆满了牧民们自发送上的奶酒、葡萄干、新鲜牛肉，还有许多少女们悉心缝制的订情香袋。有的干脆日夜候在他的帐前，只等着他一出现，便众星捧月般地跟在身后，崇拜之极却又不敢上前一步与他接近，仿佛见了大明星一般……一时间，草原上出现了一个奇特的现象：一言不发的柳夜朔，无论走到哪儿，身后都跟着一大群诚惶诚恐的粉丝，如影随行。

远远望着这一情形，雨瞳不由苦笑。

这家伙，简直比21世纪的电影明星还要有范儿。

但一想到他杀起人来像杀鸡般眼都不眨一下，心中却一紧，说不出是什么复杂心情。

……

晚上，营中的空地上，升起了一大堆熊熊的篝火。

牧民们穿戴一新，从帐篷中走出，围坐在篝火边。几名中年人已经拿出了维吾儿族特有的乐器开始演奏。音乐声起，人们的情绪被瞬间调动，不论年轻年老的牧民们，已随着音乐手舞足蹈起来。那一场景，好不欢快，好不热闹。

雨瞳在人群中搜寻着柳夜朔的身影，却发现他居然来了，只是一言不发地坐在一边。

正发着愣，小蛮和阿赤风闪电般地出现在她面前，二话没说，一把将她从地上拉了起来，高叫一声："夕落，来跳舞!"

身体被他们一拽，雨瞳跌跌撞撞地被拉进了沸腾的人群，还未落定，却见那柳夜朔也不知被谁一拉，拖进了跳舞的队伍。

人群推来挤去，两人却不知怎么地被推在了一起，音乐突变为更为急促的节奏，众人围成了一圈，手握着手跳起了圆圈舞。雨瞳眼见着所有的人都紧紧地握住了手，瞟了一眼身边的柳夜朔，屏住呼吸，壮胆将他的手一握，却没想到他竟然没有躲，原本冰冷的手掌，竟然还有些温暖的湿汗。

一种奇怪的感觉充斥着雨瞳的脑海。

这男人，第一次和别人靠那么近，居然没有逃避；那冰一样的身体，第一次有了属于人类的温度，这让她大出所料。

心中一软，忽然想起对他的责备，有些抱歉之意。

……

晚会散去，草原宁静如初。

雨瞳了无睡意，独坐在湖边。

焰龙不知何时，悠哉悠哉地踱到了湖边，枣红色的皮毛在月光下如缎子般闪闪发亮，鬃毛在微风中优美起舞，极为温顺服帖。

它身边矗着一个高挑的身影，如墨的长发在风中飞舞，修长的手指抚过焰龙温顺的皮毛，眼中流光闪烁，仿佛在与它说着知心话。

看见柳夜朔和焰龙突然出现在自己身边，雨瞳微微笑着，上前一步，同样抚上焰龙的身体，用手指传达着对它的喜爱和敬畏。

这些天，小妖变了许多，变得有人情味，变得会笑了，就像被收服的焰龙，让人感受到了他不为人知的一面，却使她更由衷的感慨。

如果说焰龙是火，那么小妖就是冰，冰火相容，完美无缺。他们在牧民心中的地位，等同于保护神。从此以后，深埋在牧民心中的恐惧与不安，在这一刻终结。

……

“看来焰龙和牧民们一样喜欢你。”

她忽然思绪万千，感慨地吐出一句。

闻言，柳夜朔抚着焰龙的手停了下，又像是在回味什么一般，沉默不语。

“我错了，那次我不应该怪你。”雨瞳接着连忙道，想趁这机会向他赔个礼。

他听毕，勾唇一笑，将手从马背上缩了回来，默默转过身，在一侧的石头上坐下。拾起一根纤细的树枝啪一下折断，扔进了水里，许久许久，凝视着水面，忽然低叹道：“或许你是对的。”

“嗯……”雨瞳没料到他会这般回答，一时间词穷。

一开始，她执意救他，是因为生命诚可贵。接着，他滥杀，却又让她不安。然后，看到他的笑容，又在那一刻觉得他是好人。然而，现在他又说自己是对的……

这男人，深不可测，总是在极恶与极善之间漂浮不定。一面是天使，另一面却是恶魔。

思绪开始有些混乱，干笑了下，将手缩到嘴边，呵出了一口热气，搓了下发冷的手背。

身后的他却忽然缓缓吐出一句：“好人是怎么样的？”

她一怔，脱口而出：“你现在这样。”

“是吗？”

“不是吗？”

……

看到他的模样，雨瞳上前一步，盯住他的眼睛，认真地道：“现在的你，很美，很善，很可爱。现在的你，是真正的好人。”

夜深了，这个如鬼魅般的男人缓缓起身，忽然仰空长叹了一声，没有回答，只是留给雨瞳一个沉默的剪影，缓缓向黑暗中隐没……

柳夜朔，一个迷失的灵魂，在这片温情的草原，找到了另一个自己。

然而，他却不知。

然而，他却想永远不知。

灵魂的哪一面，才是最好的柳夜朔。

他不知，他或许又知。

谁又能知……

3

冬去春来，春去冬又来。

时间在草原一轮轮黄色与翠绿的交换中，悄然而逝。

部落比原来壮大了许多，一些游民散兵陆续加入了这支队伍，营地中一片生机勃勃的景象。

只是，在这片繁荣中，也带着离别的伤感。

雨瞳怔怔地矗立在风中，身边站着小蛮、阿赤风以及柳夜朔。

四人的目光，齐齐聚在远处的天边。

那是司马斌与他们告别的地方。

……

“司马医师，你真的要走吗?”

“是的。”

“师父，你一定要去皇宫做太医吗？留在部落有什么不好?”

“我本是太医之后，在有生之年，能入宫成为一名太医，是我平生夙愿，也是还家族荣誉的机会。”

“为何不带小蛮我走?”

“小蛮的医术已成熟，部落需要你。”

哽咽，无声的哭泣，却也留不住这去意已决的师父。

耳边回响起司马斌的最后嘱托：

“夕落，小蛮性格率真，阿赤风是她的归宿，而你，却也需要一个男人来保护。小妖可能有着不堪的过去，但至少现在的他，是这里唯一能配得上你的男人。所以，他没有恢复过去的记忆，未尝不是件好事。”

心中响起一记无声的叹息。

自己的心，在熊熊燃烧起的那把火中，早已灰飞烟灭了，又何谈将它交给谁……

一阵风沙卷过，不由眯起了眼睛。

她不知道，一场噩梦即将开始。

……

斜阳似血。

嘶声突然在天边响起，满天纷飞的尘沙，向营地奔腾而来。

牧民们习惯性地开始逃避，他们以为吐蕃汗军又来了……

风沙中，一队人马渐渐清晰……

长老眯起双眼，看清了带头的四个骑马的人，却不由得一怔。

只见站在最前面的是一个头戴金色琉璃面具，身披紫色锦绣长披风的男人。他身后，则是二男一女。一个男人身着一金色豹纹铁甲衣，手上持着铜制大锤，另一个男人矮小身材，身着白衣，手上持着一把铁制的折扇，而剩下的那个女人左眼角上方，赫然绣着一朱雀图案。

他们是谁?

这样貌，好像不是吐蕃汗军。

牧民们也都疑惑地僵硬住手脚，不知这些人突然到访，是何目的。

长老镇定下情绪，上前一步，“请问……”两个字刚刚出口，只见带着面具的男人突然冷哼一句，手中流星刀如闪电般一闪，白光所至，长老的头颅正中间，不知怎的多了一道鲜红的伤口，慢慢裂开，慢慢变大。片刻，只听一声沉闷的“咔”，长老的身体裂成了两片，像两片枯叶般，摇摇晃晃地落到了地面。一时间，鲜血像浪涛般汹涌而出，顿时染红了脚下的沙土地。

这一幕，惊得周围的牧民简直不相信自己的眼睛，吓得手脚发抖，个个动弹不得。一阵窒息之后，不知是谁先惨叫了一声，拔腿便往身后跑去。剩下的牧民们反应过来，纷纷惊叫着四散开始逃窜……

森罗嘴角勾起一丝残忍的笑意，对身后的三人轻抛了一句：

“找到王，其余的……杀光！”

一群魔鬼般的身影，在接到指令后，如箭般向逃窜的人们追去。接着，刀剑、惨叫、哭喊四起，原本平静似水的营地，顿时成了人间地狱……

刀光血影中，四大高手，看到了一个白色身影绰约而现，心中大喜，连手中的武器也来不及收起，冲上前去，刷一下跪倒在地。

“属下参见王！”

柳夜朔冲出帐篷，不料突然上来四人，齐齐跪倒在地，叫自己“王”，脑子嗡一声，竟然僵立住身体，眼中竟是疑惑不解。

森罗见状，匍着身子，向前滚爬了几步，嘶声叫道：“王，您不认识我们了吗？那日，您在风月谷遇刺，跌落山谷，不知去向。我们四人苦苦找了您三年！王，今日，终于找到您了。王，请受小的一拜！”

说完，竟然号啕大哭起来。身后的三大高手，也跟着一边哭，一边连声作拜。一时间，气氛诡异得很。

柳夜朔被这一幕惊得目瞪口呆，脑子又开始隐隐作痛。他仔细打量着身前四个跪着的身影，一道白光闪过，突然回忆起什么……

雨瞳和小蛮从刀光剑影中冲出，惊魂未定地冲到柳夜朔面前，看到四个魔王竟然齐跪在他面前，原本想说“小妖快救人”的那句话，生生地卡在咽喉，竟一个字也发不出来……

这……这是怎么了，为何刚刚杀人不眨眼的恶魔，却跪在小妖的面前，而且如此恭敬害怕……

柳夜朔屏住呼吸，干哑地对着四人缓缓吐出一句：

“我是谁？”

身后的法雀早已忍不住了，她连滚带爬地冲上前，在柳夜朔面前凄声高叫：“王，您忘记了？您是名震天下的夜朔王啊！”

她的话音落下，柳夜朔身体强烈地一震，像是被雷击一般，记忆在那一刻奔泻而出，万马奔腾般地在脑海中涌现……

但站在一边的雨瞳听毕，也差点身体一软，没晕过去。

什么！

小妖竟然就是夜朔王？

自己亲手救的小妖，竟然就是那个想夺大明江山的夜朔王？就是那个与自己心上人为死敌的夜朔王？就是那个杀人不眨眼的魔王柳夜朔！

老天……

心底抽起一股冷气，漫天铺地地将神经、细胞、肌肉、骨头淹没，吞噬……

身体一晃，失手扶住一边的树干，用尽全身力气，才没让自己跌坐在地上。

一边的小蛮却顾不了那么多，一把拉住柳夜朔的袖子，直直地叫道："小妖，快别发呆了，快救大家……"

她的话音落下，万像轻蔑地哼了一声。

"王的身体你也敢碰！"

说完忽然抡起一掌向小蛮而去，掌风凌厉。一边的雨瞳见状，惊恐地大叫："小心！"

边上冲出一人影，嗖一下出现在小蛮面前……

只听沉沉一记声响，那人的身体上竟被拍出一个碗口大的血洞……

小蛮定神一看，才看到救自己的竟是阿赤风，失声哭叫："阿赤风……"

阿赤风面露一丝惨笑，挣扎着捂住伤口，摇摇晃晃地向万像走去，手中提起一把柴刀，似乎还想集中力气与万像拼上一回，却还未走上几步，那一边的魂海已经冷笑着铁扇一张，从手中应声飞出，在阿赤风的脖子上一抹，只见咔嚓一声，阿赤风的头颅一歪，竟从脖子上掉了下来，咕噜一下滚到雨瞳的面前，一双血丝膨胀的眼睛，还睁着，直直地盯着前面，似乎死不瞑目……

雨瞳脑子一阵晕眩，身体实在支撑不住，像软肉般瘫坐了下去，根本无法相信此刻眼前的那颗头颅，前一刻还是那位生龙活虎的阿赤风……

小蛮已经崩溃了，她忽然像疯了一样抡起地上的一根干柴，向四人冲了上去。

"我和你们拼了！"

剑光一闪，一个柔弱的身体倒在了血泊中……

"不——"雨瞳绝望地叫着，她冲上前去一把扯住小蛮的衣裳，死死抱住她的身体，将脸深深地埋进她已没有心跳的胸膛，忽然仰天干吼，却没有一滴眼泪流出来……

忽地转过头，眼睛冒着血盯着身后的柳夜朔，用尽最后一丝力气高叫道："为什么！为什么，为什么！"

她不断地说着"为什么"，猛地向柳夜朔冲了上去，一把抓紧他，咆吼着："为什么要杀光他们，他们是阿赤风，他们是小蛮，他们是你的朋友……"

她叫着，摇晃着柳夜朔冰冷的身体，却换来一个冰山似的表情。

原来，他真的是魔鬼！

原来，他真是一点感情都没有！

原来，为了杀人灭口，他根本不会珍惜朋友的性命。

原来，他的另一面，竟然是这么可怕……

……

脑门血一充，化作一个绝望的冷笑，转身重新拎起地上的那根干柴，向着四大高手冲了上去。

死，今天就算死了，也要和这些魔鬼拼了！

万像看到又一个不怕死的冲上来，心中冷笑，抡起手中的大锤向着雨瞳的脑门直直地砸了过去，眼见千钧一刻，却只听到“咔”，似是骨头断裂的声音，那万像飞舞在空中的手，忽然像树枝般断开，一只紧握住大锤的手，重重地掉落在地上，鲜血如涌泉四溅开来……

一阵死寂以后，万像的惨叫声如杀猪般吼出。大家定神一看，才发现他的手臂只剩下半截，痛得在地上只打滚……

余下三人惊恐之余，却知道断他手的人正是柳夜朔，吓得浑身发抖。只见柳夜朔一把扶住呆若木鸡的雨瞳，朝马背上一扔，又翻身上马，冷若冰霜地朝四人看了一眼，扔下一句：

“够了！走吧。”

扬鞭一挥，向天边奔腾而去。

看着他的背影，四人僵立在风中，思绪一片混乱。

他们不知道眼前的王到底怎么了，竟然会为了一个女子，亲手将四大高手的一只手臂截断……

王到底怎么了，他到底怎么了。

第三十章　深陷魔障

1

噩梦，全是噩梦。

雨瞳不知道眼前是现实，还是梦境。惊涛骇浪般的绝望，将白天和黑夜混扰，将日月星辰吞没。她只知道，自己在这间被封闭的小屋里已经不知几天几夜，每一刻都在声嘶力竭地叫喊、辱骂、哭泣，将能看到的一切都砸碎……

终于，身体已经没有一丝力气，甚至连哭的力量都没有，眼眶已经深深凹陷，嘴唇已经干裂后流血，流血后再干裂，不知道几次，早已忘记了痛楚。

身体像死尸般瘫倒在地上，思想却还保留着最后的那一丝清醒。

这不是梦，这是现实。

现实就是，自己救了那个可怕的男人，而他却在最后一刻，杀光了所有的人。朋友、孩子、长老、无辜的人，所有曾经将他当作神灵的人，全因他而死……

而这一切，全是自己的错，因为自己的无知和怜悯，害死了部落中的所有人，因为自己的无知和怜悯，让这天下最可怕的恶魔，得以重生……

阿赤风滚落的头颅，小蛮冰冷的胸膛，还历历在目，成为扎在心口的那把永远无法抹去的刺刀，每想一刻，它便在心头扎深一分……

该死的不是他们，而是自己，自己是这一场罪行的罪人，自己才是那个罪该万死的人。

挣扎着身体，眼光瞟见了那地上的碎瓷片，咬牙拾起，朝着自己的手腕狠狠地切了下去

……

“王此次回归，真是上天的眷顾!”

鬼军师在宝座前恭敬地跪下，眼角偷偷瞟着柳夜朔的身影。

只见他面目冷淡，似乎并没有特别的回应。

自己寄于他篱下，本想趁他失踪之际，掌握这王业大权，却不料他失踪了三年，其威严却不减，这些属下竟然不离不弃，找了他三年。

如今他回来了，这气势却越发得冷静阴沉，让人不寒而栗。

如今鬼军师才明白，什么人才是真正的可怕。

“起来吧。”

鬼军师干咳了一声，从地上站了起来。

“那项计划如何了，你说要准备十年。现已经过了七年了。”柳夜朔凤眼流转，闪过一丝阴冷之色。

他已将全部回忆拾了回来，现在应该是重操大业之时了。

鬼军师轻轻一笑，上前在柳夜朔耳边轻语了番。柳夜朔深思着点了下头，转眸在他脸上停留了一下，虽没有言语，却让鬼军师腿忍不住颤抖了下。

他干笑了下，弯唇道："届时，莫说一个朱祐樘，就算是紫禁城的一只蚂蚁，也逃不过王的手掌心！"

柳夜朔听毕，眉头忽紧，似有似无地哼了下，将目光从鬼军师脸上收了回来，拾起茶盅喝了口。

见此情形，鬼军师激灵一笑，转了话题：

"属下斗胆问一句，那女子是谁？"

眼神一闪，从座位上站了起来，在房内踱了一圈，又回头瞟了一眼鬼军师："本王的女人，需要向你汇报？"

"噢……不用，当然不用。"鬼军师慌乱的脸色一变，干笑道，"属下只是好奇而已，这山庄从未有过外人进入，王将一陌生女人带进来，若是亲近了王，心怀不轨，就凶险了。要不要属下帮王去调查一下此女子的来历。"

"不用了。"柳夜朔毫不犹豫地回了一句。

正在此时，一记侍卫的声音悍然响起。

"王，那女人自尽了……"

柳夜朔脸色瞬白，怔了片刻，忽地上前一步提起那侍卫的衣襟，虽未说话，眼神却可以杀死人……

那侍卫差点没被柳夜朔拎到窒息，干涸着喉咙，挤出一丝声音，断断续续地道："她……她用破碎的茶盅割开了手腕……不过，人救过来了……"。

他话刚落，身子便被一扔，重重地摔在了地上。只见柳夜朔二话没说，便直冲着雨瞳的房间而去。

鬼军师话说到一半，却见他如惊弓之鸟般瞬间消失，眉头一皱，朝身后的森罗疑惑地问道："此女到底是谁？"

森罗抱拳恭敬地回道："禀报军师，此女是此次王流落在外遇到的女子，具体情况我还不知，但知道王似乎很重视这女子，万像的手臂就是因她而断的。"

鬼军师听毕，惨白珠子瞟向了一侧捧着用白布包着半截断手的万像，见他一脸委屈和愤慨，冷冷一笑，对森罗道："我们去看看。"

一行人走进禁闭雨瞳的屋子，见地上一片狼藉。

柳夜朔的身影端坐在床前，注视着眼前一张清秀而憔悴的脸庞，她因为流血过多，而晕眩过去，手腕上，还包扎着带着一丝血印的纱布。

他凝神注目的模样，似乎根本没有意识到鬼军师一行人进屋来，眉心聚集着特别的神情，让人捉摸不透他在想什么。

鬼军师屏住呼吸，不敢打破这份寂静，只是向身后四大高手使了个眼色，众人会意了下，悄无声息地退了出去。

走出门口，鬼军师神情严肃，忽然对着身后的森罗扔了一句。

“去查下这女人。”

“喏。”

2

接下去的日子，雨瞳奇迹般地再也不哭喊吵闹了，乖乖地养伤，几日下来，身体渐渐恢复起来。

意识忽然清醒。

自己绝不能这样死！

如果自己死了，谁来为死去的小蛮和阿赤风报仇，谁来为死去的牧民们报仇！

处在这恶魔的巢穴之中，自己要活着，这样才能有机会，将这魔头除掉！为他们报仇，为天下除害！

对，自己要活下去，一定要活下去。

门一开，进来三位侍女，面容姣好，却透着一股阴冷的杀气。

“姑娘，王要见你。”

……

出了房门，随着几位侍女的身影而去，见她们虽然身形纤细，却脚下生风，步伐之间，无不透露出极深的内力。雨瞳心一紧，心想连侍女都是武功高强之人，自己想在这里有一番行动，恐是难上加难。

她倒吸了口气，随着侍女的步子，不知不觉地走到了一个院子前。

三个侍女停下脚步，轻唤了声：“王，夕落姑娘带到了。”

院子里空落落地传来一声“嗯”。

闻言，三人竟然头也不回地转身而去，抛下雨瞳一个孤单的身影。

雨瞳也没多想，提起裙角向院子中走去。

院子中水汽如烟，湿湿地弥漫在空气里，又像雾般模糊着雨瞳的视线。雨瞳屏住呼吸，挪着步子小心地探着向前，直到眼前渐渐明亮，却见到一个硕大的温泉池子跳入眼帘。

她一惊，连忙收住脚步，定神一看，只见雾气缭绕的池子里，隐隐坐着一人，墨发如缎，轮廓劲瘦优美，如月般完美的脸庞，在水汽的映衬下，更显得绝世风华……

他身无一物，半截胸膛裸露在水面之上，水珠在结实的肌肉上凝结，又不住地往下滑落。眼睛上如碎玉挂坠，半张半合，带着撩人心脾的性感……

雨瞳回过神来，一想到这仙人般的男人本是个杀人恶魔，倒吸了口气，心一抽紧，将拳头捏起了一个团，眼光却暗暗瞟向一侧太师椅上横跨着的一把银剑上，心中打算着。

水声伶仃，空气中淡淡传来空灵的声音。

“替本王将衣服拿过来。”

声音仍然是那么好听，若不是这番遭遇，雨瞳会是以为那是七王爷的声音。

她瞟向一侧衣架上的袍子，咬了牙，一声不吭上前拿下它，一转身，却不料那柳夜朔已从池子里走了出来，身上不着一物，竟赤裸裸地站在雨瞳面前。

脑门一热，竟觉这水汽越发得胀热，她控制住有些慌乱的心神，走到他背前，将袍子往那修长的身体上一披……

身体向前猛地一跃，抽出一边的长剑，如闪电般向他的心脏猛刺而去……

这一刺，雨瞳是用了全身的力气的，而且绝对准确无误，这样近的距离，即便不死，也定可伤了他……

只是，她也不知是怎么回事，那银剑明明在自己手中刺出，却在一瞬间，如抛物线般脱落，在空中无力地翻腾了几下，啪一下掉落到了池子里；而自己的手，却不知何时被那柳夜朔紧紧地抓在手心，身体却被一股力量猛地一推，竟然也随着那剑失控地向池中落去……

哗啦！

随着一声水花四溅的声音，雨瞳的身体整个掉进了池子。她舞动着四肢，哗一下从池子中站了起来，从头到脚，如落汤鸡般滴滴答答往下掉水。

她来不及反应，拾起水中的长剑，挣扎着爬出池子，不管三七二十一，又往柳夜朔身上直刺而去……

这回，连人带剑，又被他用力地一抛，整个地往后掉去……

再一次地落水，雨瞳已经筋疲力尽，然她却咬住牙，跳出了池子，狂吼一声，又向着柳夜朔冲去……

这一回，他却没有躲，身体不偏不倚地站在那儿，竟让那长剑直直地刺入了他的胸口。

随着一股鲜红的液体从透亮健硕的胸口流出，雨瞳才反应过来，发生了什么。

她惊呆了。

第三次的攻击，自己已经失去了理智，根本没有胜算的把握，只是凭着一股蛮劲，心中只想着与他同归于尽……

然而，他这次却没有躲，硬生生地让她将长剑刺入他的身体。

依他的武功，杀了她如捏死一只蚂蚁般简单，而这一次，他竟然没有躲！

雨瞳脑海一片空白，她根本没想到，自己杀这恶魔的计划，竟然会这般容易就达成了……

太过惊奇，却反而不相信这是真的，放开剑，身体倒退了三步，眼睛却始终没有离开过柳夜朔的脸庞，直勾勾地似乎在问这是为什么。

柳夜朔忍住疼痛，伸手用两个手指在长剑上轻轻一夹，只听“咣”一声，长剑应声而断，只留下一个剑头还生硬地插在伤口上。

绝美的脸上，渐渐扬起一丝惨白的笑容，道：

“这下，你可满意?”

这丝笑容，突然令雨瞳如剜了块肉般难受，让她整个人都蔫了，嘴唇却不住地颤动，说不出一句话。

跑来了四个侍卫，一见到柳夜朔受伤，吓得腿一抖，刷一下跪倒在地，断断续续地叫道："王……王……属下来迟……"又转身高叫，"来呀，将此女拿下……"

柳夜朔眼中闪过一丝奇怪的神情，忽然轻轻动了下手指，示意他们出去。

见一侧侍卫没有反应，冷若冰霜地补充了一句：

"还不走？"

"可是……王，要不要叫大夫来为您看伤……"侍卫急了。

柳夜朔闻言，猛地转过头盯住那侍卫，雷劈似的眼神像是要吞下他。侍卫吓得腿一软，连忙听命出去了。

院子里又恢复了平静，雨瞳怔怔望着眼前的男人，看到他的伤口不断地往外冒着血，脸色愈来愈苍白，却面无表情，不发一言。

他为什么要打发走侍卫，连大夫也不叫……

他疯了吗？

他难道想就这样死了吗？

雨瞳脑中无数个问号，越发得手足无措起来。

终于，她忍不住轻声问道："为什么。"

柳夜朔听言，缓缓转过头，眼神在她有些错乱的脸上停留了一下，苍白的嘴唇轻轻一动，勾勒出一个奇怪的笑容。

雨瞳见状，顺手抄起地上的那把断剑，冲上前去，将刀刃横架在了他的脖子上，只要稍稍一用力，便会割开他的喉咙……

"你不怕我要了你的命？"她眼含愤怒，对着他的冷漠低声咆哮着。

水光荡漾，反射在他仙魅的脸庞，结起了一层金色的光圈，目光沉沉似水，却像是一眼要望进雨瞳的心里。没有反抗，没有责怪，语气平淡得让她心惊肉跳……

"恶人，好人，杀，还是不杀，由你。"

说完，嘴角泛起一个淡漠的微笑，却是掏心剜骨。

那一刻退却了，手中的长剑微微颤抖了几下。

杀掉恶魔，自己不会手软，但此刻，在眼前的仿佛不是那个杀人如麻的柳夜朔，却是那个有着天真笑容的小妖，那个救过自己很多次的小妖……

"小妖，晚安。"

"现在的你，很美，很善，很可爱，现在的你，是真正的好人。"

……

回忆一幕幕浮现，活生生的生命在眼前，轻轻一记，便可要了他生存的权利，只是，为何自己下不了手……

自己又如何下得了手？

……

手中的长剑咣一声掉在地上，猛地朝天声嘶力竭地狂叫一声，又无力地瘫倒在地，泪水夺眶而出……

柳夜朔缓缓地从椅上起身，捂住伤口走到她面前，许久许久盯住她的脸庞，突然收回目光，漠然转身，向门口走去。

“小妖还活着吗?”

身后传来雨瞳涕泗滂沱的喊声。

停下脚步，留住背影，却传来一声鬼魅般的叹息：

“从来就没有小妖……”

……

修长的身形渐渐隐没，雨瞳无力地用手支起绝望，放声大哭起来。

3

“姑娘，姑娘，姑娘。”

不知是多少次的呼唤，将沉睡的雨瞳惊醒。

她迷糊着睁开双眼，只见是满眼的红，铺天盖地的红。

张扬的红色，强烈地刺激着她的神经，让她脑子陡然清醒，刷一下从床上坐了起来。

定神一看，眼前站着一排侍女，也全部身着红色裙衫。整个房间里，布置了各种红色的礼花、绸缎，还有一个悍然入眼的大红喜字。

她惊恐地从床上跃下，冲到铜镜前，只见自己身着大红袍子，头戴凤冠，脸庞也被装饰一新。这……这分明是如假包换的古代新娘……

太过惊异，手脚发冷，忽地转身，对着一排侍女高叫：

“这是作甚?”

“夕落姑娘，您昏睡了好久，不知道喜事临门。今天是您和王的大喜之日。奴才们向您道喜……”

什么，大喜?

柳夜朔要和自己成亲?

晴天劈雳当头而来，几乎晕眩过去。

嘴唇瑟瑟发抖，脑子像过山车一般地运作，却更加地混乱。

与这恶魔成亲，不如杀了自己。

想到这儿，忽然抓起头上的一只簪子，抵住喉咙，威胁着：“快放我出去，否则我就死在这儿!”

侍女们急了，乱作一团，围住发狂的雨瞳，却无一人敢上前。

门一开，进来身着红袍的高大身影。

侍女们一见柳夜朔来了，又吓又惊，刷一下在他面前跪了下来，连声道：“王……夕落姑娘她……”

“都出去吧。”

冷冷抛下一句，一行人手忙脚乱地出了门，房间内又恢复了平静。

“你不要过来。”雨瞳倒退了几步，拿着簪子的手又紧了几分。

柳夜朔冷笑了下，在一边的八仙桌前坐下，缓缓抿了口茶，不语。

“放我出去。”雨瞳干涩着嗓子，挺起身子，用尽力气狠狠吐道。

他却勾唇一笑，抚过被嘴唇湿润的茶盅边缘，淡淡道：

“本王已经给了你一次机会，让你杀我。你不杀，就只有做本王的女人，才能活。明白吗。”

“你疯了！”雨瞳鼻子一哼，睨笑道：“你难道不知道，我宁愿死，也不会做你的女人。”

“因为我是坏人？”柳夜朔闻言，弯唇一笑。

“是的。”

“什么是坏人？”

“你现在这样。”

“是吗？”

“不是吗？”

……

话音落下，柳夜朔忽然一个箭步上前，只轻轻一抹，那根簪子便啪一下落到了地上，又伸手一抓，紧紧抓住雨瞳两只无措的手臂，将她压到了墙边，又探下头来，用鼻尖死死抵住她的额头，阵阵温热之气扑面而来。雨瞳想逃，却不料身上像是点穴般动弹不得……

“说我是好人的是你，说我是恶人的也是你。本王问你，在你面前的，到底是好人，还是坏人！”

雨瞳咬住牙，用喷火的目光对准他，狠狠地吐道：“你根本不是人，你是恶魔！”

“那为何不杀本王？”

“那是因为你救过我，所以，接下去，我会不顾一切抓紧一切机会，将你碎尸万段！”

眼前的女人声音低沉，却带着浓浓的杀气，目光如炬，不带一丝退却，这一幕直撼柳夜朔的心底，痛得他几乎站立不稳。

抓紧她的手，力量重了几分，却更像是自己的心，被拧成了一团的感觉。

为什么，为什么这个女人说的话，让自己的心这般疼痛，比她刺入身体的剑还要锋利。

低吼一声，提起她的身子，向床上重重地一扔，还未等她起身，已飞跃上前，一下将她压在身下。

凑近她的脸庞，阴阴地吐出一句：

“好吧，现在告诉你，什么是真正的恶魔！”

话音落下，伸手撕开了她胸前的纱衣，随着一阵衣料被撕裂的声音，片片碎布在他的手掌里飘落。雨瞳一阵惊叫，身体仿佛置身于冰天雪地之中，努力地挥手挣扎，想要摆脱禁锢，却无奈他暗施内力，不但逃不走，反而被他更紧密地制住。裸露的肌肤相互的摩擦，反而更激发了野兽般的欲望……

嘴唇像雨点一般落在她身体的每一部分，就像强盗一般毫不怜惜地不断掠夺。

每一寸肌肤，都是他想要占有的领地。这个女人，这个女人，已经在他心里住了那么久，在这一刻像火山一样爆发……

“本王已经不欠你了，所以现在要你还给本王。”

猛地探到她的耳边，恶狠狠地吐出一句，又生硬地用嘴咬住了她娇嫩的两瓣樱唇，电击似的将它含入口中。

啊——

随着一声惨叫，嘴唇被她皓齿狠狠咬住，用力挣脱开来，却已撕成了一道长长的伤口，一股腥味扑面而来……

身体瞬间分开，只见眼前那张血脉贲张的清秀脸庞上，还残留着他的鲜血……

雨瞳迅速逃离了束缚，缩起身体，躲进床角，眼眶噙满泪水，身体不住地颤抖，像一只刚刚被暴风骤雨淋透的绵羊……

脸渐渐变得铁青，猛地伸手用力掐住雨瞳的脖颈，将她从床角拎了起来，这力道，再多一分力，就可拧断雨瞳的颈骨。而此刻的她，因为窒息而脸色煞白，脸部扭曲着痛苦的形状，却发不出一点声音。

这女人，一次又一次地伤害自己，这次，她惹怒他了！

啪一下，将她从床上扔向了地面。瞬间回转的空气回到咽喉，让雨瞳一阵猛咳。

“禽兽！”带着哭腔的声音已经没有一丝生气，像刻刀般在他心头又狠狠地划了一刀。

“你杀了我吧……”

“杀你，有这么简单？”缓缓起身，对着门外的侍卫高叫一声。

“带到阴府去。”

4

月影重重，此时进入阴府，最可怖。

阴府，顾名思义，阴曹地府。

然而，这里却比地府更恐怖、更肮脏。从进门那刻起，惨叫声、哭泣声、鞭子抽打的声音，不绝于耳。而昏暗之中，什么也看不见，却听得比任何时候都心惊肉跳。

雨瞳被两个侍卫拎着身子，重重地丢在了充满腐臭味的地上，浑身骨头如散了架般，瘫软一团。还未定神，灯光亮起，一双绣花鞋出现在她眼前，循着上去，看到一张布满皱纹的女人的脸，枯黄的头发，可憎的眼神，嘴唇干巴巴地抿成一个奇怪的形状，仿佛下一口便要吞了她。

老女人突然伸出枯枝般的手，重重地在雨瞳的脸上扇了一掌。雨瞳虚弱的身子滚出老远，许久才回过气来，发出一阵痛苦的呻吟声。

“把衣服扒了。”女人声音冷淡无比，似乎眼前面对的不是一个人，而是一条狗。

雨瞳不住地挣扎，却敌不过两个凶猛的侍卫，没过多久，便赤条条地站在那女人面前。

“你……”眼神羞辱难当，眼泪已经凝在眶，却不奈手脚被制住，怎么也动不了。

一件臭得发黑的麻衣从她头上劈天盖地地落了下来，身体就这样空荡荡地被套上了这件所谓的衣服。不知哪来的风，嗖嗖地钻进无处不在的破洞，感觉更加阴寒刺骨……

“风姨，如何安排这女人。”

“到落香处去。”

随着这一声喝令，雨瞳裸露的双脚不知何时套上了冰冷沉重的脚镣，身体像是被人硬生生地往下揣，连提脚的力气都没有了。然而刚刚迟疑着步伐，不知从哪儿落下劈头盖脸的鞭子，顿时皮开肉绽，钻心的痛直冲脑门。她腿一软，晕了过去……

不知过了多久，终于眯开了眼睛，却是一阵接着一阵的痛楚，咬着牙定神一看，却见一阴森的黑洞。而这洞的周围是大小不一的粪坑，不时还有粪便从天而降。一时间粪便四溢，臭气熏天，无数条蛆虫就在她脚边蠕动。有一些还往她身上爬，嗖嗖地往她背后的伤口里面钻。

一阵恶心涌上心头，她忍不住哇哇大吐起来，直吐到肝肠寸断，没了魂儿……

“新来的?”

直吐到黄水也干净，一个苍老的声音在她耳边响起，她转头望去，只见一个死人般的白头发老人，无力地靠在一侧的墙上，目光呆滞地望着她，似乎是在和她说话。

“这是哪儿?”她有气无力地问道。

“看来也是被掳来的。”老者叹了口气。

“这里……是哪儿。”她又重新问了句。

“阴府。”

“阴府是什么?”

老者吃力地用手一支，将干枯的身体正了下，苦笑道：“阴府就是来了以后永远也不可能活着出去的地方。”

看着雨瞳疑惑的表情，他又叹息道：“夜朔王狠毒异常，四处掳来活人，来这里为他卖命。这阴府分为两部分，一部分，就是这里，叫落香处，专门处理这山庄中所有污秽之物，比如粪便，比如死人……另一部分则是进入一个神秘山谷，那里不知是什么恶毒的地方，个个做了活靶子，出来的尸首无不断头断脚，四分五裂，死状可怖。进入阴府，便别想活着出去，不是被打死，就是累死……”

听完他的话，雨瞳心脏停跳了几下，几乎断了气。

这柳夜朔，原来比自己想象的狠得多、恶得多。他根本已经是一个旷世魔头，竟然做出这等可怕之事……

心中悔恨异常，只怪自己当初为何不一刀宰了那魔头。

想到这儿，最后那口气也吐尽，身体一软，无力地靠向了潮湿的墙壁上。

……

痛楚，恶臭，疾病，梦魇，所有的一切，如影随行。每天，不到天亮，随着那些奴隶拖着沉重的脚镣出门，在鞭子和辱骂中，如死尸般地劳作，带着蛆虫的食物在一次又一次的呕吐之后，生涩地往下咽……在这个阴曹地府中，雨瞳度日如年，每一分，每一秒，似乎都离死亡那么近。胸口的那口气，浮若游丝。若不是心中的那愤恨支撑着她，她宁愿就这样死去，好早日结束这份痛苦。

天未亮。

那风姨支着脸冷若冰霜站在门口，打量了下里面的人，哼了一句。

“都给我起来，干活去！”

脚镣被重重地一扯，身体再不依，也被拖着出了洞口，一个趔趄倒在烈日之下。阳光刺得她睁不眼睛，还未回神，身后又是重重的一鞭，随之而来一阵呵斥。

“装什么死，去洗桶子去！”

身体虚晃一下，却不料一只手伸来，死死捏住她的小脸，传来风姨恶狠狠的声音。

“还当你是王的女人？你给我听好了，在这里，想死也没那么容易。”

说完，身体被她重重地一推，像树叶般飘落在地上。风姨还不解气，冲上前来，正想抡手再给她一耳光，却不料迎面而来一个嘲讽的笑容，让她不由得一怔，手留在空中，竟没有落下去。

“我不会死的。”雨瞳冷笑着，将这份嘲讽慢慢放大，干涩的眼神此时透露着别样的杀气，竟望得风姨心中发冷。

……

身后一阵惶恐的行礼声。

“参见军师！”

一群侍卫依次落下身子，恭敬地向院子中间的一个人抱拳行礼。雨瞳的眼光也随着而去，一见那人的脸，却惊得目瞪口呆……

这个人，自己见过！

正是那日在太学院的红门大院里看到的“鬼”！

那个与刘婆婆交谈的像贞子一样的鬼！

回忆顿时充斥着脑海，那晚的情形一幕幕回来。

刘婆婆通过暗道，进入红门大院与一个鬼交谈，然后没过多久，她便被杀死，而且是被枪打死……

那时的疑问盘旋在心头，只是因为后来被卖妓院，又被七王爷掳去选秀，之后，事情一件接着一件，自己倒是忘记了这些疑问。

而此刻，这个鬼就活生生地站在自己面前，而周围的人都喊他“军师”……

不知是惊奇还是喜悦，让她脸上有些兴奋，竟一时没有发现那鬼军师已行至她面前，用枯井般的眼神打量着她，似乎对她很好奇：

“夕落姑娘，在这里受罪了。”

雨瞳被他话语一惊，从冥想中回过来，朝他狠狠吐了记口水。

那鬼军师躲闪不及，差些一屁股坐在地上。

一边的风姨大叫道："你这疯女人!"

她是天生的虐待狂，冲上前去，一把揪住雨瞳披散的长发，左右开弓，抡起了巴掌，咬牙切齿，每一记都用尽全身的力气。雨瞳的脸很快肿成了青色，嘴角不住地流血，连一边的鬼军师都看得心惊肉跳，别过脸去。

突然，风姨发疯似的叫声戛然而止，一片寂静以后，只见那疯狂的脸，转化成一个痛苦而诧异的表情，身体渐渐地往后一倒，重重地摔在了地上，竟就这般没有活气了……

在场的人倒抽了口冷气，凝神一看，个个大惊失色。

那院子门口矗立着一个修长的身影。不是别人，正是柳夜朔。

只见他脸色严肃，缓缓走到雨瞳面前，轻轻抚过已经晕眩过去的小脸，眉头一皱，猛地伸手将她拦腰抱起，一声不发，转身向院子外走去。

直到他的背影消失，在场的人才回过神来，吓得手脚不住地颤抖，满身冷汗……

第三十一章　与魔共舞

1

风，轻拂着层层叠叠的白纱帘，斜阳下，别有一番景象。

一名侍女小心地捧着一漆亮托盘，上面摆放着一碗冒着热气的米粥，碎着步子悄然无声走到那张缎子铺就的大床前面，迟疑下脚步。

床上卧着雨瞳虚弱的身躯，胸口因为痛苦而不断地起伏喘息，如扇般的睫毛微微颤抖着，流露着她正在经历一场梦魇。

床边俯着一个身影，却正是柳夜朔。只见他半个身子支在床沿上，一动不动的模样，似乎是睡着了。

王太累了，守在这女人床边已经三天三夜，滴水未进。

侍女感叹着，这女人究竟是谁，为何王如此在乎她。

将她从阴府带回，亲自为她擦拭伤口，涂抹药膏。可知从前的王，一粒灰尘近身，便会要了一个人的命。

王，看上去竟然有一丝陌生，记忆中的他，狠得像地狱的魔鬼，冷得像腊月的北风。此刻的他，却更像一个有血有肉的情人。

……

一阵凉风吹过，侍女一个激灵，忽然意识到自己的思绪怎的会飞到那么远。

床上的人眼皮一动，似乎醒了。

猛地睁开眼睛，痛，却肆无忌惮地侵蚀而来，想叫出声，却发现喉咙干涩得很，挤出一个模糊的声响：

“水……”

雨瞳用尽全身气力，才将这个字音发清楚，那床边的柳夜朔忽然惊醒过来，有些控制不住地一把攥紧雨瞳的手，但有些犹豫地立马放开。冷冷地朝身后的侍女睨了一眼，那侍女终于反应过来，连忙将粥在桌上一搁，快步出门倒水去了。

屋内又恢复了平静，气氛压抑了许多。夜朔眼波流转，落到了雨瞳身上，却没料到她竟没有躲避，只是似看非看地迎住他的目光，空洞的眼眶中没有一丝生气。

眉头不由自主地皱了下，正好侍女已将水呈了上来。清水荡漾的瓷碗，一抹日光照耀，反射了星星点点，让他的眼眶一酸，似是有些湿润了。

雨瞳看得真切，下意识别过脸去。

这些天，她晕晕醒醒，醒醒晕晕，思维却是渐渐清晰，暗自下了决心。

自从见到鬼军师以后，心中有了一套方案，现在的自己，已不是杀了柳夜朔那么简单了。身在虎穴之中，定要摸清这柳夜朔的阴谋，才能救大明朝，才能救心上人。

然而，这些天，晕与醒之间，终还是看见柳夜朔为自己所做的一切，看见他为自己茶饭不进，日夜守护的坚持。

所以，思绪在那一刻，变得万念重生，复杂得很。

……

侍女上前，将雨瞳从床上扶起，雨瞳也没有挣扎，听话地用嘴接过柳夜朔递上的水碗，一股温润流入心脾，脸上回转了一些气色，抬起头，用近乎气息般的声音艰难地吐了句：

“我有个白玉兔雕，落在了阴府……”

说完，她合上眼帘，疲倦极的身体向床上重新滑去，再也不言语。

柳夜朔脸色一转，有些惊异她如此状态之下，竟然还掂记着一个小物件，但见她似乎是有原谅的迹象，继而心情又变得惊喜起来，也未多语，只是轻轻地将床上的缎子被一提，温柔地盖在她身体上，又缓缓起身，对身后的侍女使了个眼色，淡淡道：“去找下。”

2

雪，毫无预警地来到这个世界，山庄里披上了一层银白。

雪花空空荡荡地飘落，落在了睫毛上，让雨瞳不由觉得思绪飞扬，忽然想起那些在乾清宫里的时光。他的吻，如这雪花，轻柔，若水，梦幻一般，让人不由自主地融化，沉醉，无可自拔。

思绪抽回，却见到那张翩若惊鸿的脸庞，正注视着自己，神情恍惚之间，竟有几分和他相似之处，却又立马回过神来。

错了，错了。

眼前的人，是那个恶魔，那个杀人不见血的柳夜朔……

他的手掌如雪，不知何时伸到了她面前，手心里悍然现着那只白玉兔雕，润色似水，洁白无瑕，一对灵动的眼睛，活灵活现。

雨瞳接过小心地擦拭了下它，珍宝似地放进了怀里，目光落到了远处连绵的雪景上，唇角堆起了一阵笑意：

“小妖，晚安。”

那含着笑意的声音，是他一生中听过的最美的声音，也是心化开的声音。那一刻，发现自己的心原来是跳动的、鲜活的。

忽然一个箭步上前，将那身影猛地搂进怀中。雨瞳却没有挣扎，只是僵硬着身体，无视他的冲动，一对毫无生气的眼睛落在他绝世容颜上，生吞活剥着他的局促。

……

吻，最终落到了她的唇上，平缓到激烈，退却到激情迸发。

轻轻抱起那细弱的身躯，走进屋里，珍宝似的放在柔软的床上。她想躲，却没有气力，明知接下去要发生什么，意识却清晰地禁锢着四肢，告诉自己，不能反抗，也没有能力反抗。

还是那句话，不杀他，便只能委身于他。

这个恶魔，从来不会放过自己。

……

她的目光复杂而难解，柳夜朔却已不想得到解释。

他拥有过无数女人，但从未像此刻这番迫切和渴望。虽然，她的顺从让人怀疑，使他不安，但……

骗也好，恨也好，此刻，自己只想拥有这个女人。

……

柔软的大床上，身躯已褪去了衣物。他的胸膛结实而有弹性，一抹日光洒在光洁的皮肤上，闪出如玉般润洁的光泽……

“夕落……”

他的气息猛烈而暧昧，一边用舌尖挑逗着她的神经，一边似有似无地轻唤着她的名字。

带着薄茧的指腹，像蛇般在雨瞳的身体上游走，一次又一次地落在敏感的地方，厮磨辗转，身躯如火一般滚烫覆盖上来，又略带粗暴地猛地侵入了她的身体……她强忍着咬住嘴唇，却还是控制不住地低吟了一声。顿时，屈辱的眼泪夺眶而出，想别过脸去，他的嘴唇却陡然而至，霸道地堵住了她的双唇，像是容不得她一点逃脱……

与恶魔交欢，沐雨瞳，你已经万劫不复……

皇上，请你原谅雨瞳……

请原谅我……

泪水再也止不住，如断了线般往下落，然而却只能无力地闭上眼帘，任凭这惊涛骇浪将自己吞没。

……

夜色悄然代替了银白，烛光渐渐淡去。

……

清晨。

雨瞳做了一个很长很长的梦。

在梦里，她看到柳夜朔用剑刺进了朱祐樘的胸膛，血色染红了整个大地。她想冲上去，却动不了手脚，甚至发不出一点声音。

醒来，满额的冷汗，那眼角却还存着那滴泪，似乎它一直没有干过。

身边的人，早已醒来，手温存地盖在她的胸膛之上，舍不得将它拿开一般。

深沉的目光此时尽是温暖的情意，柔软地落在她的眼底，让人在一瞬之际，竟很难相信，他便是柳夜朔……

雨瞳与他目光一触，原本是空空落落，此刻却万般滋味在心头。

昨晚的屈辱让她刻骨铭心，然而，她不得不承认，在某一个一闪而过的时刻，她是沉沦的，甚至有种错觉，眼前不是毒蛇，而是梦中的那个他……

这个念头让她心慌，连忙收回目光，动了下僵硬的身体，柳夜朔却收紧手臂，将她的身体一搂，又拉近了自己三分。

他的手更紧了，生怕她逃走一般，嘴唇落在她有些湿润的头发上，轻轻吻着，传来轻微的喘息声。

一丝空灵的声音，缥缈地回响在雨瞳的耳边：

“为你，我愿做小妖……”

心咯一声，像是被谁重重敲打着，竟然难受得很。

那滴泪却更浓，更湿了……

3

又是一夜大雪，黑暗没有止住雪花的脚步，反而愈来愈浓密起来。

雨瞳了无睡意，空落落地游走在那仿佛永远到不了头的抄手游廊之上，步履缓慢而沉重。

空气，冷得很，但她的心更冷。

那日之后，她几次不能原谅自己所受的屈辱，几次想就此结束自己的生命，但最终还是下不了决心……

死，她无所惧，但自己定要死得其所，死得有价值。

……

然而，在这魔鬼的巢穴之中，自己如槁木死灰、行尸走肉一般，却偏还要时时陪伴在恶魔的身边，强颜欢笑。

这样的日子，却不知何时能到头。

柳夜朔性格阴沉多疑，他怎么可能这般简单地就信了自己，简单地就认为原本要将他千刀万剐的女人会在一瞬之间恋上他？

这个阴晴不定的男人，心思总是让人难以捉摸，所以想得到他的信任，接近他的计划，绝对不那么简单。

不远处出现了一个黑影。

那佝偻的身板，如干草般的头发，让雨瞳立刻明白他是谁。

但见鬼军师似乎没有注意到她，怔怔地望着满天大雪，像是入了神。

廊上有些昏昏的灯笼挂着，使得整个光线很暗，洒在他的侧面，勾勒出奇怪的线条，但却可以清楚地看到，他的嘴唇在微微颤动，似乎在自言自语什么。

雨瞳异常好奇，靠近了他，竖起耳朵努力听，隐约听到了一些声音。

这是歌声……

随着声音愈来愈清晰，雨瞳的心跳也越来越快，身体却不住地发冷，到最后，差点没瘫坐在地上……

因为她分明听到了鬼军师在唱……

一闪一闪……亮晶晶，

满天都……是小星星。

挂在天空……放光明，

好像千万小……眼睛。

……

他唱得断断续续，似乎是从喉咙中翻滚出来，伴着哽咽的声音，似乎是极为悲伤……

然而——

创作这首儿歌的时间应该在20世纪，而现在……现在是弘治年间，是五百年前……

这……这简直是晴天霹雳。

雨瞳很乱，身体发冷，又突地僵硬住，脑子像倒翻的珠盘，哗哗作响。她长吸了口气，拼命控制自己，来理清思路。

正心乱如麻之时，眼前的鬼军师却突然转过身来。

昏暗的光线下，一抹泪痕闪闪发光，虽然非常地隐蔽，却没有逃过雨瞳的眼睛。

他在哭？

一个像鬼一样可怕的人，却在哭？

因为心中实在太过惊异，根本已经忘记了害怕，只是直愣愣地盯住鬼军师脸上的那抹泪痕。

他在哭？

她又问了自己一遍。

唱了《小星星》，却在哭，这……这是什么情况……

难道，他在因歌思念故人？

但他在思念谁呢？一曲小星星，难道他的故人在21世纪？

一个大胆的推测在脑子形成，她忽然明白过来……

见到雨瞳站在他身后，鬼军师有些手足无措，但很快恢复了恐怖的精光，阴森森地吐出一句：

“夕落姑娘，还没睡？”

雨瞳于是回过神来，收起运转得有些混乱的思绪，淡淡一笑，不露声色地回答：“军师也不是没睡？”

鬼军师被她一反问，语塞了下。

雨瞳不想绕圈子，她直接又问了下去：“方才听军师唱的歌很好听，但听这曲调，却不像是大明朝的儿歌……”

她这一说，鬼军师脸上果然变幻了下，她忽然更加肯定自己的猜测了。

“这是我家乡的儿歌。”鬼军师搪塞了下，刻意地转过头去。

“噢，敢问下军师原本家乡在哪儿呢？”雨瞳干脆装作好奇。

“我是河南人氏。”

“噢，我原本在河南居住过几年，倒是没听过这曲调。”雨瞳胡乱编了下，一边说着，一边试探地看着鬼军师的脸，见他更躲闪了。

鬼军师被她一逼，心中方寸大乱。

他来自 21 世纪，是深埋在心底十几年的秘密。

这首儿歌，是那个可爱的小女儿三岁时，自己教她唱的。那时，抱着她娇嫩的小身体，坐在阳台上一边数着星星，一边哼着歌曲，这一幕，这十多年来从未淡去，反而，隐藏在记忆的深处，刻骨铭心，永生难忘。

只是那一刻，已经一去不复返。

为了一生的梦想，自己放弃了最可爱的女儿，到了这大明朝，然后，一切都没了，都没了……

每每到了夜深人静之时，仰望天空，轻轻哼起这首小星星，怀念起小女儿那双大眼睛，心里就会流泪，也只有这一刻，才隐约觉得自己是一个人……

这一切，他当然没有必要告诉眼前这个女人。

这个女人，是阻挡他完成大业的一块绊脚石，他定将除她而后快。

想到这儿，他忽然冷眼回视雨瞳，弯唇道："夕落姑娘，你的问题真多。好奇心重，不是一个好习惯。"

雨瞳见他回得干脆，也没了继续刨根问底的理由，但她心中已经明白了大半，只是微微点了下头，轻笑道："军师所言极是，那我先回房休息了。"

望着她的背影，鬼军师的眉头皱成了一个结。

第三十二章　真相来袭

1

雨瞳一连几夜都没有睡。

所有的线索，已经汇集在一起，指向了一个结果。

这个鬼军师，是现代人。

自己从现代穿越而来，他为什么不可能？

只是，他为何而来，他来了以后为什么会投靠柳夜朔？

更让她担忧的是，这鬼军师如若拥有现代的能力和技术，那么他帮助柳夜朔夺取政权，岂不是更危险？

一种从未有过的恐惧让她不由得刷一下从床上坐了起来，胸口起伏，大口大口地喘着气……

……

清晨，雪终于停了，慢慢开始融化了。

空气中透着彻骨的寒意，一根一根晶莹剔透的冰柱子从屋檐上挂了下来，如水晶帘般美轮美奂。

雨瞳一脸倦意，心神在一夜挣扎之后，筋疲力尽。

一双手从身后拢了过来，轻轻搂住了雨瞳的身体，她一惊，转头看到柳夜朔不知何时，早在她身后。

他眼眸冷寒，似乎还带着外面雪水的寒气，但目光落到雨瞳身上，却回转了一些温柔之意，嘴唇凑到了雨瞳的耳垂边，忽然就含了下去。

她有些手足无措，没料到这鬼魅般的男人无声无息地出现，而前一刻还冷若冰霜，此刻却像情人一般温柔无限，一时僵住，竟任由他的手继续在她身躯上游走……

双手已伸入了她温暖的衣裳内，在光洁的皮肤上轻揉抚摸。雨瞳一惊，下意识地陡然制住他不规矩的手，轻吐了句：

“别……”

“本王想你……”他意乱情迷。

“屋子里好闷，我想出去走走……”她紧接着回答，直直地拒绝了他。

他一怔，停下手来，倒也没有逼迫，轻轻拾起她的手，向门外走去。

……

连绵起伏，一眼无尽的白色。

雨瞳迎风而立，柳夜朔却走上前，认真地将那披风向她的身体扯紧了些，仔细地系好吊带。

这些动作，如沐春风，也让雨瞳的心又一次地抽紧。

眼光轻轻落在他脸上，却不小心触到了他也正瞧着自己，连忙将目光收下，抛向远处。

他此刻的样子，像极了七王爷，倔犟、盲目、温情，还有丝孩子气。她是明白人，眼前这个男人，情意是真的，甚至是很重的。

想到他有朝一日与祐樘对质的那一幕，心中竟有些不忍，脑中闪过一个念头，飞快地抓住了它，脱口而出：

“放下屠刀，立地成佛。”

一阵揪心的沉默。

夜朔并未回答，冰冷的脸上，丝毫看不出表情，一抹阳光落下，映衬在他二分之一的脸上，显得阴晴不定，深不可测。

许久，才从喉咙缝隙中挤出一句话：

“冤魂太多，我还回得了头吗?”

他说这话时，神情极其落寞。那抹阳光已悄然躲到身后，背后透着一轮光圈，反射在雨瞳的眼上，她不由自主地眯起了眼睛，心在那一刻突然很柔软。

她有些下意识地伸出手，想将他轻揽进怀，但终于还是忍住了，道：

“可以。你是小妖，所以一定可以。”

一种特别的神情在柳夜朔的脸上回转，阴沉的眼眸，此刻竟有如朝阳般的神采若隐若现……

……

雨瞳心中一喜，知道他已动了心，如若可以阻止这个魔鬼继续行恶，莫说是陪他一辈子，粉身碎骨也值得。

想继续开口，却不料身后一记浑亮的声音打破了平静：

“王，属下有要事相报。”

夜朔一惊，回过头去，却看到鬼军师不知何时抱拳跪在身后。

“说!”

鬼军师瞟了一眼沐雨瞳，若有所思。

柳夜朔却没有理会，直直地瞪了他一眼。

鬼军师倒抽了口凉气，头却更低了。

真要当这女人的面说？他心中迟疑着，接下去他要说的话，可能会让眼前的夜朔王抓狂，他不能保证下一刻，自己还能不能控制整个场面。

想到这儿，他下意识地捏紧了衣襟，指节发出咯咯的声音，忽地挺直了背脊，一脸严肃道：“王，此刻站在您身边的女子，并不叫夕落，她的真实身份……”

说到这儿，他停顿了下，小心地观察了下柳夜朔的表情，一颗心已经拎到了喉咙口。

而此刻紧张的不止他一人，站在一边的雨瞳听到这话，心脏突地停止了跳动，血液渐渐凝固起来。她意识到，危险已经来临。

柳夜朔的脸上却没有任何表情，五官像是静止的画面一般，眼睛仍旧停留在鬼军师的脸上，等待他的答复。

鬼军师眼珠子一滚，又清了下嗓子，一字一句道：

“她的真名叫——沐——雨——瞳！王，您不会不知道她吧！”

……

话音落下，一阵致命的沉默。

他擦了下额头的汗，又补充道：“宫中的内线曾经见过沐雨瞳的相貌，他此番来山庄，无意间见到这夕落姑娘，他当即非常肯定她就是沐雨瞳。”

“听说那朱祐樘的白虎殿中，有沐雨瞳的画像，属下立即差人偷偷临摹过一份，的确是她没错！”

“听说，朱祐樘极为倾心于这沐雨瞳，甚至动过立她为后的念头，只是后来因为群臣皆反，沐雨瞳最后逃了出来，生死不明，只是没料到她竟然会在这里……”

鬼军师喋喋不休地说着。

雨瞳的脚已经开始发抖，但她还是克制着自己不倒下，柳夜朔缓缓转过头，眼神剑一般刺上了她的脸，那不容逃脱的目光，像是在无声地质问，寻找答案。

她心一沉，知道此次即使自己辩解，也是回天乏力，想到这些，反而镇定下来，嘴角一弯，淡淡地冷笑了下。

鬼军师也没想到她竟如此镇定，心中倒有些敬佩起来，转过头，试探性地望着柳夜朔，却发现他脸色森寒，看不出什么表情，但见两侧太阳穴处，青筋暴涨，仿佛下一秒就要冲破血管……

鬼军师跟了柳夜朔那么多年，对他的性情极为了解，他知道每当王盛怒之前，往往是最沉默的。就像是暴风雨即将到来，那蓄势待发的热量，一旦爆发，简直不可想象。

不知过了多久，柳夜朔忽然右手猛地一张，一股强大的内力奔腾而出，雨瞳的身体被这内力一扯，竟就这般隔空瞬间被拉到了柳夜朔的面前。一时间，愤怒的气息，如火般喷射在她的脸庞上，让她逃之不及。衣领则被他狠狠攥紧，整张脸憋得惨白，几乎断了气。

然这一瞬间，她反而没有丝毫恐惧之意，任凭他的目光在自己的眼神中生吞活剥，反而冷冷地在嘴角堆起一阵笑意。

柳夜朔是何等聪明之人，就这么片刻之间，就将她为何会变得如此温顺的来龙去脉都想清楚了。

指节森白，咬着牙，狠狠地抛出一句。

“原来只是个脏东西！”

一句如同地狱般的声音，空灵地响起。随着这记声音，雨瞳的身体如抛物线般被抛起，又重重落到了远远的雪地上。

滚，这皇帝的女人，这痴心妄想的女人，这伤自己如此之深的女人！

……

浑身的骨头几乎震碎，雪花沾满了发梢，忍住痛，抬起头来，却看到那柳夜朔头也不回地向山庄走去。

一阵冷风吹过，这雪天，更阴冷了。

2

雨瞳被侍卫拖着扔进了狱房，重重摔在了地上。腐臭扑鼻而来，但却已不在乎。

不知怎的，她似乎已经习惯了，自从来了古代，已经记不清自己第几次进入牢狱了。

每次，都是命悬一线，想死，却死不了。

这次，她倒真的想就这么干净地死掉，倒也痛快。

骨头被扔得发痛，表情却是淡定得很，只是默不做声地轻揉了下自己的肩膀，干脆闭上了眼睛休息。

身后上来一个身影，似是观察她很久，可能是被她的淡定所动，道："沐姑娘的确不凡，在下佩服。"

话音落下，雨瞳却仍闭着眼，似乎根本没听到他说话。

这女人，不是太过冷静，就是太过愚蠢，她难道不知道自己已被打入十八层地狱吗。

柳夜朔对人，从来就只有讨厌而已，但此刻的女人，已是他所恨之人。

讨厌已经如此，如若是恨，他会变成怎样，连鬼军师都不敢推测……

"姑娘若是信得过在下，在下定在夜朔王面前为你说些话，以保姑娘的周全。"

他的献媚让雨瞳恶心。她眯开眼帘，风清云淡地睨了眼鬼军师，冷笑了下，道："保我周全？军师莫说这些唬人的话语。雨瞳不是三岁小孩子。"

"依我看，军师只是觉得我这沐雨瞳活着还有用，能拿来威胁皇帝也说不定……"

"不过，柳夜朔也是个聪明人，这点他早想到了，所以不用军师保，他也不会杀我，不是吗？"

鬼军师被她说中了心事，脸色灰白。他没想到，这女人在如此窘迫之境，思路还那么清晰。

这女人，果然不一般。难怪朱祐樘会倾心于她，也难怪夜朔王也被她迷惑了那么久……

他干笑了下，从怀中取出一巾，微微擦了下额头上冒出的汗，又忽地莞尔一笑："姑娘所言极是，只是，死又何怕，只怕是生不如死。"

雨瞳心一紧，知道他这话不假。

"谢过军师，雨瞳的命，雨瞳自己会担心，就不劳驾军师了。"

"既然这样，在下就不多语了，姑娘自己保重。"

最后两个字"保重"说得很生硬，也故意提高了声调，像是在告诉她接下去的日子不好过。

挥袖转身正欲离去，身后却传来雨瞳不紧不慢的声音。

“《小星星》很好听，不知军师会不会唱其他的儿歌呢？譬如《小白船》，又或者是《让我们荡起双桨》……”

鬼军师一惊，僵硬住脚步，雨瞳没头没脑的话，像一颗惊雷在他脑中砰一下炸开了。

她的话，别人听不懂，但他却听得懂……

僵尸般地转过身，不信似的上上下下仔细打量着沐雨瞳的全身，那目光简直要将她剥了几层也不知。

一个念头陡然而现。

这个女人？难道也是……他干干地颤抖着嘴唇，瞠目结舌。

雨瞳看在眼里，心中更是确认自己的推测。事情到了这儿，干脆摊牌吧，说不定还能对大局有所转机。

她忽然从地上起身，缓缓走到鬼军师面前，紧逼着他的眼，一字一句道：“我来自2010年。军师，你呢？”

她的话落下，鬼军师控制不住地向后倒退了三步，身体一软，连忙努力扶住墙，才没有倒下。

这个事实来得太过突然，所以他要消化一下。

什么，眼前这个女人，也是现代人？

现代人？

自己来到古代已经近二十年，早对那个时代淡去了记忆，今日突然见到与自己一样的现代人，心中更像是打翻了五味瓶，不知是惊，是喜，还是怕。

声音卡在咽喉，发出奇怪的咔咔声，活了几十年，第一次找不到说话的音节，这种感觉很奇怪。

终于控制下情绪，身体也站直了些，颤抖着声音道：“沐雨瞳，你是现代人？”

雨瞳淡然一笑，又道：“军师不也是？”

鬼军师见已没有必要隐瞒于她，心倒是定了下来，默许了下。

“敢问军师为何而来。”雨瞳不想绕弯子，单刀直入。

像是沉思了很久，沉默了好几分钟，低叹了口气，道：“说来话长。”

“雨瞳洗耳恭听。”

“沐姑娘是怎么来的？”他反问。

“隧道，我出了车祸……”雨瞳回想起那生死一幕。

“隧道？”他听闻，自言自语道，“想不到时空转换也有其他入口……”

“军师的意思是……”

他却没有直接回答雨瞳的问题，只是木木地走上前，若有所思地将目光抛向窗外，沉默了很久，像是在回忆什么。

雨瞳没有打扰他的思绪，只是静静等着他的回答。

终于，他开了口：

“我的真名，叫徐尊义。”

他的话一出，雨瞳就差点叫出声。

什么，他说他是徐尊义？

雨瞳额头直冒冷汗，断断续续地问道：“你不会……不会就是那个失踪的科学家徐尊义吧……”

这个人太有名了，报纸杂志上经常报道他，是著名的科学家。他的论述和研究也很奇怪，是有关异时空的……2009年的某一天，他突然失踪了，抛下当时只有5岁的女儿……

他说他是徐尊义，的确有可能，因为他进入时空隧道……可是，她记得徐尊义是一个相貌端正、文质彬彬的男人，这眼前像鬼一样的老头，根本……根本和他搭不上边呀。

徐尊义见她的反应，苦苦一笑，道：“你说得没错，我是那个徐尊义，花了毕生的精力研究超时空理论。我发现，近五百年，是西方文明发展最快的时期，正是在这个时期，中国这个原本是世界上最强大的国家，却慢慢落后了。在35岁那年，我立下一个对我一生意义重大的决定。我决定通过时空穿越到古代，通过我的努力，将中国提早带人工业化社会，将这个国家的发展提前几百年。这样，中华民族近百年的屈辱史将不复存在！”

他的话音落下，雨瞳倒吸了口凉气，浑身开始发抖……

改变历史？

这个人疯了……

她还未反应过来，那徐尊义却已滔滔不绝：

“我已将生死置之度外，为了一生的梦想，我连最心爱的女儿也可以放弃！”

“我真的成功了，穿越至此，见到了当时的皇帝——明宪宗！”

明宪宗？

朱祐樘的父亲？

“明宪宗是个庸君！”他一边说着，一边咬牙切齿，似是想起了什么不堪之事，“我试着想说服他，开展一系列的研究和改革，但这老家伙非但没有听我的话，反而将我作为妖魔抓了起来，在当时的锦衣卫所吃尽了苦头……”

说到这儿，他忽然停了下来，脸突然探到了雨瞳的鼻尖前，那突然放大的鬼脸，差点没把雨瞳吓坏，不由自主地退了一步，倒抽了口气。

见她的反应，徐尊义惨淡地笑了几声：

“看吧，这张可怕的脸，就是拜锦衣卫所赐，他们这群魔鬼，像是折磨人上了瘾，他们把一个人，生生地整成了魔鬼！”

他最后一句，几乎是咆哮着的，简直一口要吞下什么似的。看着他这般模样，雨瞳也心生怜悯。一个人，被整成人不像人鬼不像鬼，其中的痛苦，常人是难以体会的。

“所以，逃出来以后，我对着天地立下了誓言，我要推翻这个王朝，我要成为新王朝的主人！我要亲手来改造这个国家的历史！”

说完，他忽然哈哈大笑起来，那笑声，凄厉恐怖，像是从地狱中传出来一样。

雨瞳浑身发冷，不由得跌坐在地上，半晌说不出话来。

原来，他被明宪宗拒绝，就心生怨念，投靠了柳夜朔，想借柳夜朔推翻大明，重写历史。

改变历史，那就意味着从那一刻起，所有的人、事、物，都将不复存在。世界将进入另一个时空，那么，所有的一切，都完了！

想到这儿，心跳几乎停止。

她鼓起所有的勇气，刷一下站了起来道：“你想怎么办？难道创造一支现代军队，推翻大明？”

他听毕哈哈大笑起来。

“沐雨瞳，你知道吗，明朝原本就是将火药运用到军事上最为发达的时期，早在永乐年间，火器制造就有了很大发展。驻守京城的京军五军营、三千营、神机营，配备有当时世界上最先进的火器和最强的兵力。只是，到了中后期，特别是到了清朝，中国的武器建设就开始停滞不前，甚至是倒退了。我到了这里，就是要继续保护这种优势，而且还要将这优势发扬光大。这样，我们就永远可以称霸天下！你可明白？”

“可是，历史有它的规律和进度，你怎么可以随意改变这一切？你女儿在21世纪，如果历史改变，她也就不存在了。不是吗？”

她的话，说到徐尊义的死穴，他脸色一变，阴沉不定。

“原本……原本，我还是可以回去的……只是，我落成了这般魔鬼的样子，即便回到21世纪，我的女儿还会认识我吗！”他说着，带着些落寞，但后来语气又急了起来，突然猛地盯住雨瞳，森森地道：“二十年了，我已无所惧，无所念，心中只有一个愿望，要取这大明朝。凡成大事者，哪个不会牺牲自己的最爱！”

站在眼前的人，早已不是徐尊义，而是一个十足的疯子！

原来，他根本已没有回去的念头，他根本就只想在这里做皇帝的千秋大梦！

他虽然是现代人，但比这里每一个古代人都要可怕，都要危险！

雨瞳是个聪明人，她忽然明白现在的处境，可能比先前更糟……

脑袋开始作响，一时间，失了方寸。

浑浑之中，那徐尊义却冷笑上前，眼神中透着杀气：

“沐姑娘，我的故事，你可满意？”

见她一言不发，他鼻子哼了下，道：“我相信沐姑娘定是很想回去现代，我也当帮你一回，提醒一下姑娘。明年，将出现九星连珠之日，那一天，将有巨大的能量流，可以帮助姑娘回家。”

雨瞳一惊，没料到他竟然告诉自己回家的方法，心中快速转着，想着他到底是什么阴谋。

徐尊义却意味深长地笑道：“只是，沐姑娘，你要保证自己可以活到明年！”

第三十三章　吾恨绵绵

1

时间在悄然流动，在这昏暗的牢房中，根本不知白天黑夜的交替。

侍卫偶尔会扔起来半块发臭的饼，她却连拾起来的力气也没有。

若不是那周围日夜不停的惨叫声和哭泣声起伏，雨瞳真怀疑自己是否还活着。

柳夜朔似乎已经忘记她了，这个可怕的男人，会这么轻易地放过她？让她自生自灭？

不可能。

性格阴暗的人，往往报复心极重。接下去等待她的，定是可怕的事。

死也好，受罪也好，都没有关系，只是这一生，恐怕再难见到心中那个他，见到深情一片的七王爷，还有那恩重如山的尉副使……

……

牢门不知何时开了，进来两个目无表情的侍卫。其中一人手中持着一个托盘，上面放着一排银针。

气氛骤然冷了起来，雨瞳有种不祥的预感。

她动了下僵硬的身体，想从地上挣扎着起来，却不料一个侍卫箭步上前，刷刷刷点了她身上几处穴道。她的身体，一下便动弹不得，只能瘫倒在地上，像死尸一般。

干涩的喉咙努力地哼出一句："你们要干什么！"

那人却像聋了一般，根本无视她，只是麻木地取出盘中的一根银针，对着一抹光线，比对了下，在雨瞳的脑后，伸出手指按压了一会，忽地就对准其中一个点，刺了下去。

在那一瞬间，雨瞳忽然明白了。

她是懂针灸的。

记得爷爷在小时候曾经告诉过她，从古到今，这个领域是世界上最神秘和最待开发的一门学问。人身上有很多穴道，影响着所有的神经、骨骼、血肉……若用针到最高境界，是可以取人性命、改变人的器官和样貌的。

想到这儿，耳后的针已入肉，一阵撕心裂肺的疼痛却传了过来，瞬间将肌肉和骨骼撕开一般。她来不及发声，眼前一黑，晕了过去……

终于沉沉醒来。

眯开眼睛，却见自己躺在一干净的榻上，下意识地伸手去摸了下脑后，却平滑得很，但隐约还是有些疼痛，动了下巴，还听到轻微的咯咯声，像极了平时落枕的声音。

她努力扬起头，发现房内空无一人。

找回回忆，想起自己晕倒之际，似是有人对她用了针，但此刻，却似乎什么事都没有发生，而且场景也从牢内转移到了一个干净的房间。

四下静寂寂的，安静得出奇，这反倒让她有些紧张起来。

挣扎着从榻上爬了起来，想出去探寻一番，身体游过那一侧的铜镜，本是无心一瞥，但见那镜中的影子，却差点没晕过去……

那……

那是……

雨瞳大口大口地吸着气，捂着胸口，蹒跚着步子，跌坐，不可思议地将脸探了上去……

镜中，那是一张陌生的脸……

大眼睛、高鼻梁、薄薄的嘴唇，虽然是个美人，却完全不是自己原来的脸。

大千世界，芸芸众生，大家都是一对眼、一个鼻、一张嘴，然而……

人的五官是很奇怪的东西，只要一些细微的变化，相貌就大相径庭。

这张脸，虽然与自己从前有些相似，但完全是另一个人！

这个变故太过突然，雨瞳心脏瞬间停止了跳动，嘴唇瑟瑟发抖，几乎不敢相信这是真的……

雨瞳自认为冷静于常人，但再稳重的人，也无法接受自己在未知情况下，突然变成了另一个人！

五雷轰顶般，整整十分钟，没了思维。

……

终于，回过神来，忽然想起那用针的一幕。

隐约记得爷爷说过，对风池穴等几处穴道用针，就可以改变一个人的脸部骨骼、肌肉形状、五官的位置……

天哪，难道，这就是用针的最高镜界？

原来，这就是柳夜朔报复自己的方式？

将自己变作另一个人……

想到这儿，一股冷气从脚底抽起，迅速漫布全身，让她控制不住颤抖……

房门大作，忽地就进了几个人。

还未等雨瞳反应，两个同样目无表情的侍卫大步上前，架住了她，不由分说地将她僵硬的身体向门外拖去……

2

雨瞳跪着，膝盖被冰冷的青石板硌得生疼生疼，几乎没了感觉。

大殿四侧炬火通明，但仍赶不走它无处不在的恐怖之气。那火光层层，魔影重重，即使是盛夏时节，也会让人心生寒意。

抬起头，不远处的宝座上斜靠着一个修长的身影。

再熟悉不过的面庞，风度绰约的身形，此刻却已着了件黑色漆金长袍，脸上没了一丝生气，远远望去，目光如地狱之光，单是望上人一眼，便可取了三分魂魄。

四目相投，竟隐约有闪电交错。

一边走上鬼军师徐尊义，面带冷笑，细细打量了下已经面目全非的沐雨瞳，有些兴灾乐祸，绕着跪着的身影，缓缓走了一圈，蹲下，意味深长道："此后，你名叫寻莺，可明白？"

寻莺？

这便是今后自己的身份？

雨瞳怔了下，但很快恢复了神情，并未多语。

"王给你一次机会，来证明你对王的忠心。成为宫中的内应，参与王的计划，亲手取下朱祐樘的脑袋，如何？"

脑子当头一棒；忽然明白了自己被变相的原因。

原来……

原来他要让自己入宫，成为内应……

所以，自己被变了相。

被变了相，皇上就认不出自己，所有的人也认不出自己。

眼睁睁地看着爱人就在眼前，却不能相认，还要成为他的敌人，成了柳夜朔的帮凶，百口莫辩，因为没有人会相信自己还是沐雨瞳！

原来，这便是柳夜朔的报复。

有什么，比亲自参与杀死爱人更恐怖，更痛苦的？

他好狠，他知道她倾心于朱祐樘，他要亲眼看到她毁了爱人，或是被爱人毁了，才解恨。

这一招，的确伤了她的死穴。

徐尊义继而阴冷一笑，又道：

"在下还要提醒一下寻鸳姑娘。你身上已中夜朔王的毒蛊。五日不服药，便会全身溃烂，剧痛而死。宫中自有人会定期送药与你。姑娘若是对王忠心，有朝一日，王定会解了你的蛊，你可明白。"

只觉手脚冰凉，丝丝抽紧。

柳夜朔果然是阴险到了极致，他知道自己入宫，如放虎归山，这一毒蛊，是控制自己的法宝。

眼睛开始朦胧出一片迷雾，唇一咬，心中呼喊，绝不能被他打倒，绝不能！

不知哪来的勇气，让她又重新竖直了胸膛，紧盯住柳夜朔，语气平静地道："好！那场火，已让雨瞳对他死心。雨瞳对他，也只有恨。"

她语气坚定，说得极为真切，柳夜朔心中一闪。

手指轻拂起一侧腰上的玉石挂件，把玩起来。一时，殿内气氛凝结，连呼吸也变得小心翼翼起来。

不知多久，柳夜朔忽地从宝座上起身，步伐轻盈，鬼魅般地走到雨瞳跟前，眼神冷清清，似看非看。

声音空空落落地传来，竟变了许多，尖细缥缈，没有一丝情绪，似乎根本不是人在说话：

“好，本王会看着你的恨!”

第三十四章　破尘归来

1

已经二月出了头，只是这天气，阴得丝毫还未有春天的影子。西北风呼呼地任性刮着，京城里灰蒙蒙的一片。

紫禁城内。

孙淳是宫内尚膳监的监工太监，算不上什么大职务，但最近司礼监掌印太监李公公下了任务到尚膳监，新招一些宫女太监入宫，这可足足把他忙坏了。

他揉了下疲倦的双眼，仰头看了这该死的天气，低叹，掀起厚厚的帘子，往里屋走去。

屋子里暖得很，炭火噼噼啪啪地冒着火星，围着炉子，坐着一圈人，见到他进屋，齐刷刷地起身行礼。

“孙公公好。”

“都坐下吧。”孙淳是个和善人，对这些底层的太监和宫女们从来没什么架子。

他 25 岁进宫，做了十年，才升到一个监工职位，可能是自己没这个富贵命吧，他经常这样安慰自己。

“这鬼天气。”他咕哝了一句，从炭火炉子里捞出个山芋，手抖索了几下，粗糙的手指麻利地剥开那层薄薄的皮，咬了口肉，嗖嗖在口中翻腾了几下，好不容易咽了下去。

他心满意足地舔了下嘴唇，环视了下炉边的人。

只见二男三女均是新面孔，刚刚招来的新人。

“都是哪儿人？”他微笑着打量着他们。

“禀孙公公，我是山东人。”

“我是河南人。”

……

一群人七嘴八舌地回答着，孙淳点了下头，道：“嗯，记得，在这宫里，没什么我，只能称奴才，懂吗？”

“奴才明白。”大家连忙改口。

“这尚膳监是干什么的，都可明白？”

“明白。”一个唇红齿白的小姑娘连忙接上，“尚膳监是掌管皇帝及宫廷膳食及筵宴等事。”

“嗯，”孙淳满意地点了下头，眼光落到她身上，问道：“你叫什么名字？”

“奴才叫映雪。”

“映雪，这名字不错。今年多大了？”

“十五。”

“嗯，看你机灵模样，长得倒是挺喜人的。”目光流转，落到一身影上，只见她低着头，默不做声很久了。

“你叫什么？”

“奴才叫寻莺。”一记平稳略带沙哑的声音传来，随即抬起了头，那是一张长相清丽的脸庞，只是眼神中透着一股难得的成熟，泄露了她的年纪。

孙淳一惊，心中犯着嘀咕怎么把年纪这般大的女子招进宫来？

他咽了口水，想这宫里关系错综复杂，那些权势太监们借招人之际，壮大自己的派系力量，本不是什么新鲜事。

正想着，一边的映雪却插嘴了：

“孙公公，寻莺和我住一屋呢。听说她擅长美容之道，特招进来，可以专门研究后宫娘娘们的养生美容之事……”

孙淳听毕，点头，又若有所思地睨了眼，道：“映雪，以后记得，别乱插话。主子问，你再答。多嘴多舌，搞不好，小命就没了。”

他平稳的语气并未带着多少责备，然而映雪的脸却突地就红了，伸了下舌头，连忙闭上了嘴。

孙淳的目光又落到雨瞳的身上，不知怎的，他对眼前这位叫寻莺的姑娘很好奇，只觉她眉目之间，透着一股与众不同的气质。

历年特招之人，都是宫中争斗的棋子，自己只是个小监工，不但不能得罪这些权贵，更不能搅进这些是是非非。

十年了，虽然没有升官发财，但至少保了个平安，这与自己的与世无争密切有关。

他想着，又望了一眼雨瞳，道：“寻莺姑娘，既然你精通美容之道，那么安排你去同妃娘娘那儿去服侍如何？”

同妃娘娘？

他何时封了嫔妃？

心中一紧，却很快恢复，不紧不慢道：“谢过孙公公。”

……

夜深了，睡在带着一丝皂角香的花被中，却辗转难眠。

雨瞳很清楚。

柳夜朔将自己扔进这宫殿，一面是报复，一面是考验。

他将自己放在朱祐樘身边，就是为了考验她是否对朱祐樘还余情未了。

但是，从好的一面来看，柳夜朔仍对自己抱有一丝希望。

她说不定可以利用这丝希望，帮助祐樘，躲过一劫。

只是，身中毒蛊，这宫内又肯定有千双眼睛盯着自己，自己的处境，恐怕是凶险到了极点。

死无所惧，只怕是自己帮不上他。

……

映雪的话语又响耳边：

“寻莺姐姐，你可知同妃娘娘的事？”

“我听宫里人说，她是当今皇上最宠爱的女人，甚至比……比皇后还有地位呢。只是她从未听封过，但由于皇上眷恋于她，已是公开的秘密，所以，宫里的人私下都称她为同妃娘娘。”

……

眼睛湿迷起来。

七年。

整整七年。

如今的他，变作何样，心中何人，早已不得而知。而自己也是面目全非，伤痕累累。

只是，心中那份思念，却从未淡去，反而，再次触到这红砖金瓦，回想起那时与他的点点滴滴，耳鬓厮磨犹在眼前，痛得很，伤得很！

狱中，绝望离去的背影，成为这份感情槁木死灰的墓碑，一寸一寸，血淋淋地钉进心的最深处……

她以为，那一场火，已经结束了一切。

然而，再次睡在这深幽似锁的宫殿之下，她才明白，一切，才刚刚开始。

……

一滴泪不由自主地湿润了眼角，很快蓄成了一颗珠子，淡淡地落入发鬓，忍不住哽咽了一声，一边却传来映雪含含糊糊的声音：

“寻莺……”

雨瞳一惊，连忙擦干泪珠，转过头嗯了一声，却只见她微闭着眼皮，嘴唇轻磨，原是在说梦话。

“参见皇上……”

她呢喃着，胡言乱语。

雨瞳苦笑了下，将她落下的棉被又拉紧了些，怜爱似的望了她一眼，微叹：

“年轻真好，有梦真好。”

2

天未全亮，屋外已是稀疏人声渐起，宫里人已经开始忙碌了。

雨瞳神情有些恍惚，强撑精神，随着一群宫女到了御膳房领命。

屋里人进人出，每个人都很紧张严肃，却是有条不紊，忙而不乱。

雨瞳则被领到了专门负责长春宫饮食的嬷嬷那儿。

嬷嬷上下打量了下雨瞳，一脸疑惑，但也未多言，只道：

“同妃娘娘身子弱，每天一般都要过辰时才起床，待巳时左右要喝一碗乌骨鸡汤，未时左右喝燕窝粥，酉时用晚膳后，一般喜食清口水果，这些顺序不可打乱……如果皇上移驾长春宫，所有饮食、茶水、点心将交由御膳房统一调配……”

嬷嬷喋喋不休地说着，如数家珍。雨瞳只是低头听着，用心记着，也不插嘴。

嬷嬷说着烦了，忍不住问了句：

“可记清楚了?”

雨瞳点了下头，算是默许。

“复来说一遍。”嬷嬷神情严肃，谁也别想在她这里打马虎眼。

雨瞳倒也不惊不怕，只是淡淡地将她的话又复述了一遍。说毕，嬷嬷的脸上现出异色，她是被这女子的淡定从容吃了一惊。

此时，一个小宫女蓬头散发地捂着脸冲了进来，一边跑，一边哭，一见到嬷嬷，刷一下就跪了下来。

“怎么了?”

小宫女一边抽泣一边回答：

“同妃娘娘不知怎么回事，天未亮就醒了，嚷着要喝燕窝粥。奴婢一早只是准备了乌骨鸡汤，来不及准备燕窝粥，怠慢了几步，被掌了嘴……”

她话音落下，雨瞳才注意到她的脸已经肿得大了一圈，看似真的受了好生一回打。

嬷嬷倒是不慌乱，似是习惯了这些情形，冷眼道：“谁叫你怠慢了，挨主子打是活该!”

“嬷嬷，奴婢冤枉，燕窝粥炖得极慢，一时三刻哪里上得了……”

她话还未说完，一个耳光从天而降，扇得她身体滚向一侧，一颗泪珠子含在眼眶内，竟是不敢流下来。

喝声随即而至：“该死的奴才，给我听清楚了，主子要喝什么就喝什么，就算要喝你的血，你也立马横刀利剑地给我切下去，懂不?”

“噢……唔。”

小宫女低头再不敢言语，雨瞳在一边却听得心惊胆战。

不按规矩来要受罚，按规矩来也一样受罚。

看样子，这同妃看来不易伺候。而这宫内的人，也都是狠角色。

她只见四周忙碌的人依旧忙碌，对这一幕根本熟视无睹。想必这些打骂，本是家常便饭。

一侧的孙淳听到了声响，倒是负责任地走了过来，打发走了可怜的小宫女，继而询问道：

“娘娘这些日子好生奇怪，总是喜欢喝燕窝。这东西，寒气太重，娘娘没生育过，喝多了不太好吧。”

嬷嬷叹气道：“这不是发了一脸的痘子，几日都不见好，幸好这几日皇上没有驾临长春宫，若是到了，还真不知如何是好。因而这些日子心情不太好，已经损了好几个奴才了……”

言毕，转头看了下一边不语的雨瞳，精光一闪，道：“寻莺，赶快把粥给娘娘送去。”

接了命令，雨瞳脸色沉着，只是淡淡应了句，转身领命而去。

一边的孙淳看她宠辱不惊，心中甚是佩服，忍不住伸手拦下她，关心似地补充了句：

“当心些伺候。”

他的语气中掺着些关切。雨瞳心领神会，朝他笑了笑，表示感谢。

3

雨瞳没绕什么弯路，碎着步子很快到了长春宫。

“都是群没用的东西！”

里面传来一怒喝的女声，响彻屋顶，惊得雨瞳猛地收住了脚步，一颗心忽地就拎到了喉咙口。

同妃娘娘的脾气不太好，似乎是真的。

未见其人，已闻其声，多少都听得出来，今后自己的日子不太好过。

抬起头，看了下天空。

天才蒙蒙亮，一丝无助的署光，斜斜地挂在窗廊上，在地上落了交错复杂的投影，又反射到雨瞳的眼上。她的眼睛一酸，不知怎的，就想起了那年选秀回来，自己也住在这里，也是这时辰，七王爷“霸道”地冲进她的房间，将她从床上擒到了太学院当先生，她把满满一堂的学士放出去做访谈，然后，皇上就来了，然后，她成了皇子的老师，然后，他就吻了她，然后……

眼角突地就湿润了，然后，她再也不敢往下想。

回到宫中，对自己是个考验。

因为，回忆无处不在，每一次，都筋疲力尽。

收起思绪万千，提气高声念道：

“娘娘，燕窝粥送来了。”

得到许可，屏气进了殿内，不敢抬头，只是低低瞟见一娇弱的身影，坐在铜镜前，而周围则跪着三四个宫女，颤抖加哽咽，像是正在受到责备。

“放下吧。”同妃身边贴身伺候的嬷嬷，声音冰冷，听不出一丝情感。

起身，无意一瞟，清楚地看见铜镜前同妃的容貌，脑子嗡的一声，呆立在那儿……

这眼睛，这鼻子，这样貌……

这……这根本是原来自己的翻版！

同妃竟然长得和自己一模一样！

这情形实在太过突然，雨瞳张大了嘴，直直盯住同妃，几乎不相信自己的眼睛。

她还来不及反应，忽然一个耳光冷不防落在她的右脸上，力道极重，身体一个趔趄，被扇倒在地。手上的燕窝粥也躲闪不及地整个泼洒下来，一半落在地上，一半洒在裸露的皮肤上，那粥是极烫的半流质，落在皮肤上，瞬间一片赤红，痛得她忍不住惨叫，浑身开始颤抖起来……

嬷嬷冰冷却又带着微怒的声音，隔空传来："死奴才！同妃娘娘是你这般可以看的吗！"

痛楚钻心，那一片红，已变成了星星点点的水泡，肆无忌惮地冒了出来。但很奇怪，她突然感觉不到身体的痛了，潜意识中，竟有种欣喜若狂，当看到同妃长得和自己一模一样时，欣喜若狂。

原来，他一直想着自己。

一想到这儿，她的心就从胸膛中雀跃而出，忍不住在嘴角堆起一股笑意。

嬷嬷见到眼前这宫女，被打之后，非但没有求饶，反而还隐隐发笑，这让她又气又怒，上前一把将她从地上拎了起来，死死盯住她的眼眸，狠道："相不相信，我把你眼珠子挖出来？"

雨瞳被她拎住衣领，气息几乎被憋住，但仍然目光淡定，似乎根本不把她的话放在眼里。

"李嬷嬷，这宫中越来越没规矩了，尽是些脏东西进来。"

一个娇细却冷得像寒风的声音，不紧不慢地在后面响起。雨瞳眼睛一瞟，看到同妃的神情比声音更冷。

雨瞳心中苦笑。

这种感觉很奇怪。明明样貌长得一样，说话做事却是完全另一种风格，这个同妃，既熟悉又陌生。他，如何会喜欢这样的女人？

她思绪飞扬，眼睛空空落落地停在同妃的脸上，似看非看，却引得同妃更生气，咬下皓齿狠狠道："挖了眼睛，赶出宫去！"

李嬷嬷没料到这同妃真的下了令，心头也凛了下，吞了口水嘴角堆起兴灾乐祸的笑容，一把放开雨瞳的衣领，拍了拍手，道："来人哪！"

到了这时，常人一般都会跪地求饶，哭天抢地都来不及，却见雨瞳非但没有哭，反而拂了拂凌乱的衣物，淡然一笑，话锋转道："奴婢有办法治娘娘的脸。"

本来就性格沉稳的她，经历了那么多，早已变得愈来愈波澜不惊。

求饶非但没用，而且还助长了她们的气焰。这种小人，利益相诱是唯一办法。

雨瞳很清楚这点，同妃需要她，所以，她杀不得她。

果然，那同妃一听到雨瞳的话，惊得一下从座位上站了起来，三两步走到她面前，死死盯住她的眼，不信似的上上下下打量了她一遍，急切地问："当真？"

这些日子，为了这脸上的红痘，她急得寝食难安。皇上从皇陵祭祖马上返程了，这几天时间，若是治不好这脸，如何见得了皇上？

试了无数的法子，也不见好转，再下去，厚厚的脂粉也无法掩盖这恼人的红点……

这宫女说能救她的脸，这让她心中又燃起了一阵希望，又急急地补充了一句：

“你若能治，我便饶了你。”

雨瞳看着她急切又复杂的脸，心中冷笑。

这同妃，除了脸长得和自己像以外，其他倒是没一点共同处。

脾气暴虐，一个小错，便可挖了别人的眼睛；性格浮躁，他人一句话，便让她坐立不安。

这种女人，在宫中要生存很难，能活到现在，恐怕是另有其因吧。

雨瞳极为聪明，几下便想通了她与皇后的关系。

看来，她也只是个小棋子而已。

只是，祐樘，你何至于要如此疼爱一个女人，只是因为她长得像我雨瞳吗？

想到这儿，心中反而隐隐作痛起来，眉头一皱，回过神来，对着同妃淡淡道：

“是的。”

同妃一阵欣喜，控制不住的声音颤抖起来，道：“好，现在就治！”

一边的李嬷嬷上前，补充道：“你可要当心治，娘娘可是当朝天子最宠爱的妃子，你若是伤了半分，就是赔上全家性命也不够！”

雨瞳瞟了眼前的狐假虎威，脸上毫无惧色，只是低眸道：“奴婢明白，请容奴婢细细看一下娘娘的脸。”

同妃迟疑了下，许了她的请求，凭她上前端详自己的脸。

雨瞳细看了下，心中已了然，微微俯身道：

“娘娘的脸不用治。”

她的话落，同妃一惊，继而又转怒，喝道：“一派胡言，拿这些话来搪塞！”

“奴婢的话还未说完！”雨瞳打断了她，语气仍然平淡。

同妃忍住怒火，压抑着道：“哼，那就听你说完！”

“娘娘只需要每天早晚用心清洁皮肤，完了以后，莫要涂抹任何胭脂香粉，保持肌肤的透彻干净便可以了。坚持四五日，即会恢复正常。”

同妃心中又起了疑惑，怕是这女人为了逃避惩罚，胡乱唬她，怒气盘踞在胸口，差点又要发作出来，但转念一想，这可能是最后一丝希望，放弃不得，所以只得把这股气又生生咽了回去，冷哼了一声道：

“你这般说，可有根据？”

雨瞳淡淡道：“娘娘的问题是出在油脂分泌过旺，毛孔阻塞，细菌滋生，引发了暗疮，之后，又拼命用脂粉掩饰，导致皮肤无法正常代谢，于是便更严重了。只要清洁完肌肤，让它能顺利呼吸，过几日，机体自身会代谢掉毒物，自会好了。”

她平静地说着，淡得像水一样，那些话，掺杂着许多听得懂听不懂的词语，说得在场的人一愣一愣，面面相觑。那同妃脸上青一阵白一阵，但又隐约觉得她说的有些道理，于是冷笑道：“好，就按你的法子试一下，治得好，自有赏赐，治不好，剁了你的手脚！”

听了她的威胁，雨瞳非但没有怕，反而抬头，淡雅一笑，那神情竟有种说不出的仙骨道风。

这种感觉令她很不舒服，不由自主地咽了口唾沫，干哑着道："你叫什么?"

"奴婢寻莺。"

一边的李嬷嬷上前，补充道："禀报娘娘，这寻莺是最近特招进宫的，昨天孙公公将她安排到长春宫做事，听说她擅长美容养生，想必方才那番言论也不全是胡说。"

听到这话，同妃心中倒是放下几分，脸色也缓和了许多，但眼神仍旧冷淡。

她哼了声，从喉咙里滚出一句：

"好，那就看看你寻莺的本事!"

……

"唉，我听宫里人说了，这同妃难服侍得很，你以后可得小心一些啊……"映雪一边拿起雨瞳的手小心地抹着药膏，一边喋喋不休地反复说着差不多的话语。

雨瞳感激地望了她一眼，却没有接上她的话，奇怪的是，手中的伤也丝毫没有痛感，仿佛不在自己身上一般。

思绪早已飞出窗外，挥之不去那张熟悉而陌生的脸庞。

另一个自己，陪在他身边，不知照顾他怎样，他是否开心。如若开心，她便放下一些心，然刚刚放下心来，又愁上心头。

他，毕竟不会喜欢这样的女人。

"雨瞳，能答应朕，永远陪在朕身边吗?"

眼前浮起那个劲酷清瘦的背影，耳边便响起了这句话。忽然间，心就难过起来。

祐樘，你终还是孤独的。

不知是我错了，还是什么错了。然而寻找理由，已毫无意义。

抬起眼来，窗外浮云连天，眸底迷蒙一片。

叹……

又将如何?

第三十五章　胭脂祸来

1

几日下来，同妃的痘好了许多，脸上顿时有了喜气，欣喜之余，也未忘记雨瞳，时不时问些美容知识。雨瞳倒也是对答如流，头头是道。

“都听说燕窝美容养颜，为何本宫食了这么多，对肌肤却没一点用处?”

同妃在镜前顾盼生姿，忽地冒出一句话。

雨瞳低眸，轻道：“肌肤是体内是否康健的晴雨表，身体好的，肌肤自然漂亮。而凡食材虽各有其效，但无论多好，吃多了都不利于身体。均衡饮食才是关键。”

“那又如何个均衡法?”同妃又忍不住追问。

雨瞳顿了下，看了一眼这个镜前为了美丽快要发疯的女人，不知怎的，心中忽地就同情起她来。

将所有精力放在维持自己的青春美貌上的女人，无疑是可悲的。

更可悲的是，她尚未听封，便以“本宫”自居，这样的女人，下场一般都很惨。

想到这儿，苦笑了下，思绪转回道：“均衡就是什么都要吃，五色五味，温寒燥平，多种食物，都要尝一下。”

“噢。”同妃似是听明白了，道，“下次，本宫的食谱由你来安排如何。”

“奴婢遵命。”雨瞳点了下头，脸上仍是不惊不喜，对这样的提携根本无动于衷。

同妃见她这模样，心里极不舒服。平时身边无论哪个见到她，无不点头哈腰，唯唯诺诺，只有这宫女，一副不亢不卑的样子，极不把她放在眼里。一股无名火又上来，脑中忽生一念，冷抛出一句：“昨日个老家捎了些神仙干果来，你现在给坤宁宫送去。”

她话音落下，雨瞳心中一紧，便知此中意图。

同妃只是宫里一普通女子，按规矩，应该直接觐见皇后，呈上礼物才合大统。然而她只是使唤一个下人去送礼，这明摆着是与皇后平起平坐。皇后如果发怒，必将怒气发泄到自己身上，此番自己若是去了，恐是凶多吉少。

心中思绪浮动，脸上仍是风平浪静，也未多说，只是微微点了下头，领命而去。

望着她离去的背影，同妃冷冷哼了下，对一边的李嬷嬷道：“不知厚薄的下人。”

李嬷嬷浮起了个冷笑，道：“娘娘真是厉害。”

同妃轻笑了下，忽地想起什么，问道：“对了，皇上什么时候回宫?”

李嬷嬷道：“奴婢听说，皇上已经回宫了。”

“啊!”同妃突地站了起来，嘴半张在那儿，似是又惊又难过，半天说不出话来。

皇上回宫，却没有第一时间来看她，这让她很失望。

虽然，大家都说，自己是这个宫中最得宠的女人，但实际上，只有她知道，这种所谓的得宠，是什么状态。

他每次来找她，都似乎心不在焉，眼神虽是望着她，却是似看非看，不知心里想着什么。她费尽心机，取悦于他，他却从未在她面前笑过，甚至，连话都很少和她说。

有时，他会望着那幅画怔怔发呆，眼神中流露的温情，却远甚于看她的时候。

她总是觉得，自己竟连一幅画都不如。

而现在，分开了近一月，他甚至都不急着来看她，这多多少少又让她的心落了空。

眉一皱，似是想起了什么，转过身，对着李嬷嬷道："去，帮本宫取几件光鲜衣物来，本宫要好生打扮一下。万一皇上突然光临，就来不及了。"

……

坤宁宫。

青烟徐徐，深幽似海。

小青立在一娇美身影之后，小心地用牛角梳抚过那一泻而下的墨发，手指灵活穿梭于发丝之间，绾起如云发髻。

镜中人，螓首蛾眉，朱唇轻点，冰肌玉骨，星眼含春。

然而，嘴角含着的笑意，却透着不经意的冷。

"这宫内，愈来愈没规矩了。"不知怎的，忽地就吐出了一句。

小青的手一停，嘴角一动，又复而小心梳理起来："娘娘莫和一般人见识。"

张皇后嘴角寒意更浓。

"一般人？哼，她只是条狗，算得上是人吗？"

"娘娘说得极是。"

"一条狗，还自诩是同妃娘娘，她受封过吗？人前人后地一口一个娘娘，再这么下去，还当不当本宫存在！"

"娘娘莫动气。这妇人行事张扬，不成体统，根本构不成对娘娘的威胁，您放心就是了。"

……

"娘娘，长春宫差人过来了。"

张皇后脸色一凝："宣。"

雨瞳碎步进来，深埋着头，盈盈跪下，手中捧着那盘干果。

"禀报皇后娘娘，这是方姑娘家乡特产——神仙干果，姑娘命奴婢送来给皇后娘娘尝一下。"

她说着，膝盖抵着汉白玉石的地面，阴冷阴冷，一直透到骨头里。

……

张皇后见是一生面孔，便回了神，冷笑一声道："哪个方姑娘，本宫不记得了。"

见雨瞳怔怔发呆，一边的小青冷哼一句道："娘娘问你话呢，怎么不回答？"

雨瞳知道接下去凶多吉少，心中也反而了然，淡淡道："娘娘记得，便有方姑娘；娘娘若不记得，便没有方姑娘。"

她话音落下，张皇后倒是一凛，没料到她竟回答得这般滴水不漏，倒是有些佩服似的又细细打量了下雨瞳的脸。

收起心思，皇后淡然一笑，又道："若没有方姑娘，你又来干什么?"

雨瞳嘴角一动，沉声道："主子如何，奴婢不知，奴婢也管不着。"

"若没有主子，你这奴婢又从何来?"

"宫里所有的奴婢都是皇上和皇后娘娘的，奴婢不知其他的主子，奴婢只知道皇后娘娘是奴婢的主子。"

她娓娓道来，根本没有一丝害怕的情绪，说话又绕着弯子，听得皇后思绪有些混乱，却又隐约觉得受用，竟找不到一个可以发作的点，不由得皱了下眉，若有所思道："你叫什么名字?"

"奴婢寻莺。"

"寻莺，倒是个机灵人。"皇后不由自主地感叹了一句，决定放过她了。道，"把干果放下，走吧。"

……

"回同妃娘娘，奴婢将干果送与皇后娘娘了。"

回到长春宫，雨瞳俯身跪下复命。

同妃见她完好无损地回来，嘴角浮起一丝冷笑，道："谁让你去了？本宫明明让你送干果到御膳房给各位爷们尝尝，你缘何去了坤宁宫?"

雨瞳一怔，没料到她竟翻脸这么快，脑子嗡一下，忽然意识到了什么。

同妃却举步上前，忽地伸手，就给了她一耳光……

"狗奴才！皇后娘娘是什么身份，你借着本宫的名头，送礼过去，岂不是羞辱皇后娘娘，陷我于不仁不义之地吗？你是何居心！快说!"

雨瞳听了，忽地轻蔑一笑……

这个同妃，真的坏到骨子里了。

也不辩解，只是冷冷看了她一眼。

"来人，将这丫鬟拖到坤宁宫罚跪认罪，听候皇后娘娘发落!"

一声令下，两个嬷嬷进了门，一把架起雨瞳弱小的身体，生生地往门外拖去。

奇怪的是，她却没有挣扎，甚至连一句求饶都没有，当身体在门口消失的那一瞬间，落下的那对眼神，坚定，坦然，反而透着一丝轻蔑。

同妃心中咯一声，脸上竟有些火辣辣的疼。

2

春寒料峭，那宫殿外的汉白玉地，是极冷的。雨瞳身着单薄衣物，低头跪在坤宁宫前面，如一弱柳在风中摇摆。

"娘娘，宫外跪着长春宫的丫鬟，说是不识体统，叫她来谢罪的，并请皇后娘娘发落。”

皇后眉头一皱，哼了声：

“本宫还未动，疯狗却开始咬人了！”

小青上前一步道：“娘娘，那同儿明摆着是向您挑衅。你若是罚了这宫女，便落了她的圈套；你若是不罚这宫女，便失了皇后的体统。所以，此刻，娘娘莫妄动，先默上一阵，反而是上策。”

皇后点头。

堂堂一个皇后，怎可被一普通女人牵着鼻子走。皇后，自然要有皇后的架子。

……

已过了近三个时辰，雨瞳的膝盖早已出了血，渗透了薄裙，粘连在布料上，稍稍一动，便痛得入骨。冷风一阵阵地吹来，丝毫不给她留情面，一头青丝早已吹散一气。来回的宫女太监们指指点点，又是叹息又是嘲笑，她却似乎根本不在意，只是闭上眼睛，淡然自若。

这些年，她早已宠辱不惊。

世界仿佛安静下来，耳边却只有呜咽风声、侍女们裙裾鼓动的声音……

忽然，一记悠悠长长的声音，从遥远的宫墙中穿出，回荡在空气中。

“皇上移驾坤宁宫……”

她心一提，脑子嗡一声，竟几秒未敢睁开眼睛。

是他！

是他来了！

此番进宫，见到他原是意料之中，但真的到了这一刻，身心却仍旧是惊慌失措的，一瞬间，竟不知如何反应，只觉得天昏地暗，神魂颠倒，全身血液沸腾。

鼓起所有勇气，努力睁开双眼，却见那触目惊心的明黄色，离自己愈来愈近。

整齐的脚步，在她的眼前缓缓走过，接着，便是那金黄金黄的銮驾宝座，庄严郑重地出现……

她知道上面是谁，一颗心已经快跳出胸膛，若不是用尽所有力气撑住，她想自己一定会哭出来。

拎着那颗心，微微抬起头，偷偷瞟起眼角，却只瞟见窗帘透出一侧影，隐约看到高耸的鼻梁，微翘的嘴唇，心潮在那一刻如决堤般汹涌而出，忽地，眼角就湿了。

那场火，让她以为此生再难见他，而此番相见，却是这般情形。

她，变作奴，而他，仍是天。

原来，原来，这便是人们所说的咫尺天涯！

……

朱祐樘瞟见銮驾前，有一宫女跪着瑟瑟发抖，甚是可怜，便忍不住问了一句身边的李广：“此人是谁？为何跪在此地？”

李广连忙一打听，回报道：

“此女是长春宫的人，听说犯了错，正听候皇后娘娘的责罚。”

长春宫的人，为何会由皇后来责罚?

他英眉一皱，走下銮驾，三两步走到雨瞳面前，轻声问道："你犯了什么错?"

一对明黄靴子出现在眼前，雨瞳没料到朱祐樘竟然会上前亲自问她话，熟悉的声音空空落落地下来，像天籁之音一般好听，想起，曾经这样的声音，怀抱自己入眠，在耳边温柔相伴，不由心头又一紧，差点就要泪流满面。

她忍住泪，只是深埋着头，颤抖着刚想回话，却不料那宫殿里张皇后出门迎接，俯首跪下，高喊："恭迎圣驾。"

"皇后请起。"他嘴角一动，轻轻扶起了皇后，便不再理会雨瞳，径直向宫殿里走去。

望着他英武的背影，那抹明黄渐行渐远，雨瞳终于控制不住，忽地就瘫坐在地，泪流满面。

……

朱祐樘拂了拂衣袍，缓步走到中间的榻上坐下，一边的宫女连忙递上了热茶。他轻呷了一口，眉头展开，道："皇后这些日子可好?"

话语虽是关心，却透着隐隐的陌生感。此番去皇陵祭祖，竟然破天荒地不带上她，这已让她很不舒服。

这些年，她已经习惯了。他能来看她，已经很好了。

"谢谢皇上关心，臣妾身体很好。"皇后柔声回道。

"朕听说昌国公病重，过些日子，朕随你一同去看看他老人家。"

皇后心头一热，忙道："谢过皇上关心。"趁热打铁道，"开春的春季狩猎，臣妾陪皇上一起去吧。"

祐樘淡瞟了她一眼，道："皇后，你父亲病重，还是多陪陪他老人家吧。同儿陪朕去就是了。"

"可是，皇上……"张皇后一阵失落，连忙辩解，却不料祐樘打断了她，问道："长春宫的宫女缘何在此受罚?"

皇后微叹道："这些只是后宫小事，原本，臣妾也不应该让圣上烦心，只是臣妾也想不好怎么处置这宫女，长跪于外面也甚为可怜，干脆请圣上来定夺吧。"

祐樘道："何事?"

张皇后三言两语将经过讲了一遍，祐樘的眉头也拧了结。

他自是聪明之人，很快想明白了此中的干系。

这两个女人，明争暗斗也不是一两天的事。

他沉思了下，道："皇后仁慈，自有治理后宫的分寸，朕信你。"

张皇后一喜，知他心中有数，便知会了身边的小青一声，道："叫那奴才自己去领二十鞭子，长好记性。"

她这一刑罚已算是最轻，显得极为大度得体，自是皇帝满意的那种。

第三十六章　步步惊心

1

天下乌鸦一般黑。

几个侍卫缚起雨瞳的身体，玲珑有致的身材引得几个大汉口水直流，一脸的淫秽写在脸上，只差是下一口便要吞了她。

其中一人走上前，双手摸索到她胸口，粗暴地连搓带揉，揩了几下油，又猛捏住雨瞳的下巴，贼笑着道：“唤声大哥，我这鞭子便落得轻些……”

他话未说完，一口水猛地吐在他丑陋的脸上，他恼怒地擦干净脸，看到雨瞳一张愤怒与不屑的表情。

“贱货。”

他说着，退下几步，手中的鞭子落下，随着那声尖细的风声，重重地拍打在她裸露的肌肤上，顿时，一条鲜红的血印，悍然而现。

雨瞳只觉得撕心裂肺的痛楚铺天盖地而来，忍住不叫出声来，却没料到第二鞭又落了下来……

嘴唇已咬出了血，但她仍咬住牙不喊一声。

她脑子里不断浮现白天见到祐樘的一幕，心头的痛楚，竟远甚于身体上的。

再见，却不能相认。

还有哪种痛，能痛得过这种感觉！

此刻，她是一个卑微到极致的奴才！

被人陷害、凌辱，却只能默不做声！

甚至……甚至连抬头看他一眼的勇气都没有……

鞭子却没有停，一鞭又一鞭地落下来，越来越急，越来越重。肌肤上战栗起一阵阵的涟漪，鲜血模糊……

身体像飘荡的落叶般，左右摇摆，终于忍不住呻吟了一声。

她这番模样，引得几个汉子更是躁动不安，饿狼似的围在一边，恨不得马上冲上来将她生吞活剥。

“大哥，我忍不住了，让我先玩上一把吧。”

……

一个贼眼溜溜的男人，正欲冲上前去，却不料脚步一僵，竟定在那儿，半日动不了身体。

其余的汉子没反应过来，傻傻看了他一眼，正想上前询问是怎么回事，却冷不防从屋外传来嗖嗖嗖几响，只见不到片刻，一屋子的汉子就这么无声无息地向地上倒去，折腾了几下，便没了活气……

黑暗中，一个黑衣人，如幽灵般向雨瞳走去。

2

白虎殿。

“听说昌国公病了?”

龙椅上的男人，气定神若，英威逼人，一道旭日般明亮的目光，淡淡扫过殿中坐着的新内阁大臣——刘健、李东阳、谢迁。

谢迁回道：“回陛下，昌国公前些日子确实病得很重，不过宫里新进一名太医，叫司马斌，施了几针，立马就好了。”

“噢？司马斌？有这等神人?”

“回陛下，这位司马医师自进宫以来，已医治了不少疑难杂症，在宫里小有名气。”

朱祐樘赞许地点了下头，道：“宫中是需要这类人才，这位司马医师朕倒是想见一下。”

……

司马斌很快带到了。

第一次觐见皇帝，有丝紧张，但面上却还算是镇定，刷一下在殿中跪下，低头抱拳道：“司马斌拜见陛下，吾皇万岁万岁，万万岁!”

朱祐樘坐直了身体，细细打量眼前的司马斌，只见他身形修长，虽是中年，却炯炯有神，看不出一点老态，心中甚是欢喜，微笑道：“司马医师，请起。”

“谢陛下。”

司马斌有些局促起身，眼角无意一瞟，却瞟见墙上一幅画，本是无心，但见那脸庞，却当头一棒，竟愣住张大了嘴，半天合不上。

这……这画上的女子，不正是……不正是夕落吗!

他进宫已经两年，头一次进了白虎殿，现在才知道，白虎殿的正中央，竟挂着夕落姑娘的画像。

他由于太过惊奇，差点忘记自己正身处龙殿，等回过神来，连忙脸色一转，恢复了平静。

毕竟，在皇帝面前，自己千万不可失礼，心中的疑惑冒到喉边，也不可乱说。

朱祐樘早已看出他的恍惚，心咯一声，忽然意识到什么，仍旧镇定道：“司马医师似乎对朕的这幅画很感兴趣?”

司马斌倒有些慌了手脚。

他因为不明这画上女子与皇帝的关系，自己若是说错了，或说多了，是场灾祸也未定，一时间，心情复杂得很，不由自主地搓起了一侧的衣角，脸色则变得青灰。

朱祐樘看出他的疑虑，和风细语道：“司马医师莫怕，你就照直说便是，朕不会罚你。”

司马斌倒吸了口气，控制住心情，道："禀陛下，臣见过画上的女子，但不知是否为同一人。"

"啪！"

一声轻响，朱祐樘手中一直把玩的玉如意，不知怎的，落到了地上，发出了清脆的声响。

殿里安静得出奇，所有人都屏住呼吸，只听得到怦怦的心跳声。

脑中如闪电掠过，嘴唇也不由得颤抖，再不敢出声问下去，生怕这一问，这一切又都回到原点。

许久，喉咙里干哑地吐出一句：

"说下去！"

司马斌自是没有看出皇帝的变化，只是自顾自道："臣前些年在哈密卫草原上行医，救过一女子，叫夕落，她长得与这画上的女子极为相像。"

"夕落？"朱祐樘一怔。这个名字是陌生，但司马斌说他在哈密卫救了她，倒是极有可能是雨瞳。毕竟，情人谷离哈密卫那么近，而她的尸体也一直没有找到。难道，她真的被救了？

想到这儿，心一下激动异常，脱口而出："可细细描述一下这夕落？"

司马斌没料到皇帝这般紧追不舍，知这女人定不是一般人，他顿觉事态的严重，神情严肃了许多，不由自主地抚唇想了下，忽地想起了什么，道："她经常拿着一白玉兔雕把玩，极为喜爱，不知是不是……"

他话还未说完，朱祐樘刷一下从龙椅上站了起来，吓得司马斌还以为自己说错了什么，啪一下在殿中间跪下了。

朱祐樘大步上前，一把扶起司马斌，声音颤抖地道：

"那，她现在人在哪儿？"

司马斌擦了下额头上的冷汗，连忙回道："臣已离开草原数年，和部落早失了联系。不过，陛下若是去那一带草原上仔细找找，她应该还在那儿……"

话音刚落下，一边的谢迁便一步上前，抱拳道："臣立刻派人去找！"

朱祐樘心中虽想亲自去找她，但身为天子，自是不能轻举妄动，只有掩住心头的激动，点了下头，对谢迁道："叫上尉青，好好找！"

说完，他似是想起了什么，对着三个内阁大臣道："你们先退下吧。"

待人走完了，朱祐樘凝视窗外浮云良久，忽然转身，眼神伤感了许多，淡淡问道："她这几年在草原过得怎么样？"

司马斌感慨万分，轻叹道："夕落姑娘的善良和才情，让臣深深佩服。只是，臣总是隐约觉得她很不快乐，很少见到她笑，即便笑了，也仿佛有很重的心事……"

司马斌说着，朱祐樘听着，心却一点一点纠结，不由自主地眼角湿润起来。

回忆一幕幕涌现。

"雨瞳的世界，圣上不可能理解，朝臣们也不会理解。雨瞳就是妖魔邪道，雨瞳从哪儿来，就回哪儿去……"

狱中，挫骨断肠的话语犹在耳边，只是，心已碎成那般，她却如何说得出口。雨瞳，你为何对自己这般狠，狠得让朕心疼！

3

一黑衣人脸上带着一灰色面具，正凝视着雨瞳不语。

虽戴着面具，但那对深幽似水的冷眸，隐约泛出珠玉光华，心下了然，已猜出他是谁。

思绪一涌，说不出是什么滋味。

送自己入宫，让自己受辱的人是他。

然而，在关键时刻，挺身而出救她的也是他。

为何，自己会落到这番田地，生死之际，竟然会需要一个恶魔来救自己？

干哑着声音道："何必杀了这些狱卫？我受辱是小事，这事若是闹大了，恐怕别人会怀疑我的身份……"

黑衣人却一言不发缓缓上前，冷眸含雪，像是一眼望进她的心里，嘴唇轻探上来，似是要吻她，却没有吻下去。静了一会儿，将一纸包悄悄塞到她背后被缚的手心上，雨瞳手一捏，知是什么东西。

进宫以后，总是有人神不知鬼不觉，将这种小药丸交给她。

若是不吃药，自己活不过五天。

柳夜朔不但在这宫内人脉广泛，连自己出入这宫殿也是来去自由。这男人，太可怕了。

只是，他到底想干什么？

雨瞳屏息沉思，他却探到她耳边，声音空灵似有似无道："设法接近皇帝。"

他淡淡地下了指令，雨瞳听着，眼睛却忽地就模糊起来。

他要罚自己到何时，利用自己到何时。

一滴热泪悄然而下，哽咽着道："要怎么，才放过我。"

柳夜朔轻轻掠起她胸前被撕裂的衣物，小心地整理好，又凝视她片刻，没有回答。

一闪，竟就这么没了影子。

……

夜色凝重。

月光无力地洒着，在宫墙砖瓦间，投射出斑驳的灰影。

黑衣灵动，鬼魅一般穿梭于灰影间，忽地，就停下了脚步。

眼前，一银白色身影迎风而立，秀足轻点在狭窄的宫墙上，竟如泰山般纹丝不动。

一把折扇轻打而开，淡然而不屑的声音响起：

"这位仁兄，怎么不打招呼，就走了呢。"

柳夜朔见他面如冠玉，绝世风华，又手持一把折扇，猜出他应该就是传说中的七王爷，心一惊，想此人不好对付，但面色仍旧不改，只是内力一提，转身向夜色中跃去。

朱祐樘见他要走，也提气飞身一跃，瞬间挡在他前头。柳夜朔收住步子，觉得他轻功不在自己之下，于是长剑一挥，发起一个凌厉的攻势，向朱祐樘袭去……

朱祐樘见他来势汹汹，其招势看似简单，却变化无穷，知这是绝顶高手，也不敢大意，躬身一避，躲开了他这一袭，却不料那剑气如虹，竟凛凛地在他袍子上划开了一条大口子。他倒退了几步，深吸了口气，才定下身形，还未半刻，那柳夜朔又转身向他刺来，朱祐樘却也不慌不乱，运气会聚于折扇，看准他的长剑，轻轻一推，四两拨千斤，就这么化了他的攻势，又趁他不备，挥掌朝他的背后攻去。柳夜朔听到掌风所至，一惊，连忙提气一跃，在空中翻腾了几周，落下地来，虽落地稳如泰山，却也气喘吁吁，心里直呼好险。

他自出江湖，从未遇到过敌手，凡人接他一招，必死无疑。这眼前的七王爷，不但接了他的招，还差点伤了他，这让柳夜朔有些吃惊。

而七王爷也心中暗叹。

刚才那招，黑衣人竟快过自己，凡武功之最高境界，无不在一个“快”字，他，功夫深不可测。

他到底是何人？

朱祐樘正思量着，没料到柳夜朔又飞身攻了过来，此招剑在前，厉掌在后，朱祐樘大呼一声“不好”，等到意识过来，已经来不及了，身体如倒柳般向后倾去，总算是躲过了剑风，却没躲过掌风，身体冷不防被掌风所刮，一个不稳，如落叶般向宫墙下掉去，半摔半跪地落到了地上。等到抬头看去，那黑衣人却早不见身影。

朱祐樘起身，这才发现自己的手臂上殷红一片，受了伤。

他凝起俊眉，知再追已毫无意义。

小道上已冲出了一群宫廷侍卫，一见他受伤，惊叫道：“王爷！”

他摆了下手，表示没大碍，那侍卫又道：“禀报王爷，刑室那儿出事了！”

一行人冲进刑室，却见一地的尸体，而中间的刑架上，缚着一昏死的宫女，似还有一丝气。

朱祐樘脸色严肃，正思量着其中蹊跷，门外却又进了一行人，带头的正是尉青。他听到这里出了事，第一时间赶了过来，一进门，见到朱祐樘手臂的伤，紧张地问道：“王爷，您受伤了？”

朱祐樘道：“刚刚和那刺客交上几回。只是皮外伤，无事。”

尉青也皱起了眉头。七王爷的武功是极高的，几个回合便能伤了他，那人定是高手中的高手。

只是，这般厉害的高手，缘何进了刑室，只杀了几个不相干的侍卫？

二人带着同样的迷惑，目光落到了中间奄奄一息的雨瞳身上。

尉青上前，轻按住雨瞳的人中。雨瞳缓过神来，眯开了眼睛。

其实她早就醒的，也早知道进门的二人是谁。

事隔这些年，见到他、他，还有他，竟然都是这般狼狈之样。

掩住内心的落寞，只能装作一脸惊恐的模样，弱弱地迎上尉青星一样闪亮的眸子。

“她是谁?”尉青问一侧侍卫。

“她是长春宫的丫鬟，受了皇后娘娘的罚，在这儿领鞭子呢。”

尉青这才转过头，望着雨瞳道：“你刚刚看见什么了?”

雨瞳知道此种情况下，装疯卖傻才是上策，脑子一转，忽然哇的一声哭了起来，只哭得梨花带雨，肝肠寸断，一边哭，一边哽咽着道：“奴婢什么也不知道，奴婢什么也不知道！奴婢求求皇后娘娘不要再打奴婢了……”

尉青被她这么一哭，倒是有些不知所措起来，身后的朱祐樘缓步上前，道：“放她下来。”

侍卫将雨瞳从刑架上放了下来，朱祐樘上前，细细打量着她，眼睛一路往下走，落到了她捏紧的拳头之上……

雨瞳脑子嗡一声，意识到他若是看到，定会怀疑，心思如飞梭般转动起来，忽生一念，也未多想，猛地探上身去，用嘴唇盖在朱祐樘的唇上……

这突如其来的一幕，惊得在场的人目瞪口呆，所有的人如木头人，室内静得死水一般。

朱祐樘也没料到这小宫女，竟突然吻住自己，一对星眸骤睁，嘴唇僵硬，也没来得及躲闪，就这么生生地保持了几秒钟……

他的嘴唇绵软如水，雨瞳本是情急之计，但此番再吻住他，却在那一刻，忽地就想起了从前……

“雨瞳，本王想要你。”

……

甜蜜的情语，此刻历历在目，只是过眼云烟，难再续……

她心中一沉，眼睛忍不住又湿润起来。身体却已被一边反应过来的侍卫一扯，重重地摔倒在地上……

“王爷，这宫女受惊过度，疯了!”

朱祐樘回过神来，俊眉深锁，手指下意识地抚上唇，上面余温残留，竟透着一丝奇怪的熟悉感。他心一凛，不由得多看了雨瞳几眼。

“带她下去，把伤治了。”

他淡淡说了句。

雨瞳恋恋不舍地偷望了他一眼，身体却已被侍卫架着朝外面走去，弥留之际，耳边却隐约听到尉青的声音。

“王爷，皇上派我明日出发去哈密卫。雨瞳有消息了……”

他的话，如一剂强心针，瞬间点亮了朱祐樘的神色，他一喜，控制不住地抓紧尉青的手，道：“真的?”

二人欣喜相视，雨瞳却与这一幕交错而过，一颗心，放下又拎起，拎起又放下，最后，如这深不见底的夜色，渐渐地沉沦下去……

……

“唉，伤得这么重。”

见到雨瞳的伤势，孙淳难过地摇了下头，他只听说这新来的宫女，气节清高，得罪了同妃，这番受了打，还不吭一声，这着实让他更佩服不已，连忙对着身边的映雪道：“快，去把司马太医叫来。”

司马斌自进宫，向来与他交好，虽为太医，也常为底层的太监宫女免费看病，这回，得请他了。

很快，司马斌抱着药箱急急地赶来了，他一进门，雨瞳便惊得从床上嗖一下坐了起来，差点就叫出“司马师父”四个字，但话到嘴边，又生生咽了下去。

司马斌自是不识此时的雨瞳，只是仔细看了下伤势，开了药，对着一边着急的孙淳说了句：“性命无事，都是些皮外伤，好生休息几日便是了。”

孙淳与映雪答着谢，司马斌也就温和地点了下头，掀帘而去。雨瞳望着他的背影，满是恋恋不舍。

映雪上前道：“姐姐，以后莫再得罪娘娘了，受这些皮肉苦，不值得。”

雨瞳点头，又对着孙淳道：“谢过孙公公。”

孙淳敦厚笑道：“你休息几日，我替你去长春宫请几日假，养好伤再去。”

雨瞳弯唇一笑，点头默许。孙淳心咯一声，不由得脸红起来。

……

4

有了司马斌的药，雨瞳的伤很快好了。

那同妃上次出了口气，也未再寻她事，倒也落得她几日平安。

这天，完成了一日的工作，正想休息下，眼光却落在正在配料的一个太监手上。

他正熟练地揉着面粉团子，但那面粉的颜色却让她生了疑。

她走上前，仔细看了下，问道：“这面粉可是新鲜?”

“是新鲜的。”

她一怔，想通常的面团子虽是淡黄色，但不会黄成这样不自然。

雨瞳虽算不上中医，却遗传了爷爷对食材极其敏感的态度，爷爷常说，凡物必有其色其味其形，若是变了，功效也会发生变化。

同妃不喜食辛辣性热之物，脸上却仍频发恶痘，这种情况，不懂医的现代人都知道，那是内分泌失调造成的。

她心中揣摩着，趁着不注意，偷了一把未加水的面粉，用手帕一包，顺手放入了怀中。

正在这时，一个仕女冲了进来，道：“寻莺，皇上来长春宫了。娘娘让你快准备茶水。”

她回过神来，不慌不乱地问道：“皇上从哪儿来?”

"皇上刚刚下朝!"

雨瞳听毕，低下头，思量了下，忽地抬头淡淡吩咐道："你去准备二钱菊花，一钱槐树花，一钱玫瑰，三碗水煮沸，过水泡二遍再上。"

那仕女一怔，雨瞳一笑道：

"皇上刚刚下朝，心烦气躁，这茶能安神。"

仕女这才反应过来，弯唇一笑，连忙去准备了。

雨瞳静下心，倚在墙边的椅上坐下，眼光落到了远处的宫殿之上，心中暗叹：

虽不能相认，但却可以默默为他做些事，足矣足矣!

……

皇上当晚虽没有留宿长春宫，但同妃的心情仍然大好，一大清早便唤了雨瞳到长春宫问话。

雨瞳一进门，那股喜气便扑面而来，抬头，便看到了同妃喜气洋洋的脸庞。

她招着手，一把拉过雨瞳的手臂，问道："皇上几日后要去北郊狩猎，还要带上本宫呢。快告诉本宫，要带上哪些材料，如何保养肌肤才好?"

雨瞳道："北郊狩猎，旅途劳顿，皮肤容易疲劳，自是要带些修护补水型的面膜才是。"

"哪些材料可用?"

"藏红花、金银草，或是黄瓜等，都有作用。"

同妃满意地点了下头，道："记住，你随本宫一起去。"

雨瞳也未多说，只是点头应了下。这时，门外进来一仕女，禀报道："禀娘娘，七王爷派人来了。说是让寻莺入府住几天，为王爷的妻妾授些美容知识。"

仕女的声音落下，雨瞳的心却提了起来。

这七爷，怎会莫名其妙派人来长春宫?

同妃咯咯笑了下，道："你这奴才，名气都飞出宫了，快快随着去吧。"

雨瞳心一沉，知道这次去凶险得很，但脸上仍是不惊，只是淡淡点了头，走出屋去。

……

入了王爷府，那王府的人只是客气地将她安排在一干净的厢房中，也未多说什么，只是好吃好喝地备着，竟这样过了两三天。

这次，她有些急了。

那控制毒蛊的药丸不在身边，若是再不吃药，恐怕熬不过五天。这两日头已经开始莫名其妙地嗡嗡作痛，似有许多的小虫子在细细啃咬着，而这种痛楚，随着时间的推移，变得越来越重……

到了今天，那痛楚，已经蔓延全身，肌肉开始撕裂般疼痛起来，身体几乎站立不稳……

心中一紧，忽然明白了七王爷的意图。

传授美容，只是借口，他将自己关在此处，恐怕是为了试探自己。

正在此时，房门开了，忽然进来一翩翩身影。

月光如华，淡洒于身，如星月般完美的男子带着一抹不经意的笑，浅浅望着她。

再见七王爷，回忆如潮，心乱如麻，强忍住疼痛，跪下身去，道："参见七王爷。"

朱祐樘一斜眼，冷笑道："你认识本王？"

雨瞳心一咯，想自己说漏了嘴。

一个普通宫女，怎么这么肯定地就叫出七王爷呢。她脑子快速一转，继而回道："寻莺那日见过王爷后，宫里的人告诉奴婢的。"

朱祐樘上前一步，用折扇撩起她的脸，仔细看了下，又道："原来，你没有疯。"

雨瞳想起那突如其来的一吻，脸一红，道："奴婢那日太过惊吓，失了方寸，冒犯到王爷，请王爷饶命！"

朱祐樘却似没有听到，只是若有所思地吟道："你让本王想起了一个人。"

雨瞳脸一闪。

那朱祐樘扔下句："起来吧。"

忍住全身的疼痛，颤颤悠悠从地上起了身，这一细节，全落在了朱祐樘的眼里。

他倒不语，只是坐下，低眸饮了口茶，继续饶有兴趣地观察着雨瞳。

雨瞳被他看得浑身火辣辣，身体僵硬起来，努力镇定下情绪，道："王爷，奴婢来府上四日了，何时替各位娘娘们授课？"

他眼神一闪，忽然冷冷道："过来，服侍本王。"

他这一句，差点没把雨瞳击倒，那朱祐樘却已起身，双手一张，摆好了姿势，似是等她上前来宽衣。

她头脑发嗡，手脚发冷，嘴中碎碎念道："王爷……王爷……这是做甚……"

朱祐樘懒懒瞟着她道："你吻本王的时候，似乎比现在胆量大多了。"

"呃……"

雨瞳额头冒着冷汗，一瞬间，脑子回复清醒，明白过来。

他这是在试探自己。

现在的自己，身中巨毒，疼痛难忍，却要装作若无其事地服侍于他，只有顺着他的意图做完，他才会消除对自己的怀疑。

自己已经没有退路。

眼中水雾一片，心中却反而淡然。

……

定下神，缓缓走到七王爷面前，小心地替他解开身上的衣袍，动作从容自然。朱祐樘低头仔细盯住她的动作，心中诧异。

他知道，夜朔王的下属，若是不食药，五日内便会发作，痛不欲生，看她的坦然自若，却不像是中毒蛊的人。

他正想着，那雨瞳却已开始脱去自己身上的衣物，只留下一袭内衣，小心地走到床边，目光浅浅地望着他，似乎在等着他上前。

朱祐樘一怔，这下倒轮到他犯了神。

他迟疑了下，挪着步子，走到床边，定定看了眼雨瞳，忽地伸手一推，将她推倒在床上……

这一幕，竟然如此熟悉，雨瞳想起在妓院遇到他时，他也是这样，将自己扔到了床上，嬉笑着说："底子还不错，难怪开美容工坊生意那么好……"

今日，物是人非……

眼中忽然一热，再一刻泪水便要夺眶而出，连忙别过头去……

朱祐樘俯下身去，手指滑过她洁白的皮肤，抹过那一道道新长成的疤痕，落到那单薄的亵衣之上，隐隐之中，竟然有种似曾相识的感觉。

曾几何时，他似乎见过这身体的主人。

为何，对一个普通的宫女，有这样的感觉……

他心神一闪，有些控制不住地吻了下去，双手却不自觉地伸进了亵衣……下一步，便要抹去那道最后的防线……

雨瞳却忍不住低吟了一声，诱惑之极，他眉头一皱，反应过来，冷哼了一句：

"只是个贱奴！"

说完，竟头也不回地将袍子一披，快步走出门去。

望着他的背影，雨瞳终于控制不住，身体弓作一团，泪水却如断了线的珠子一般流了下来……

5

同妃差了人，将雨瞳从王爷府领了回来。当然不是救她，只是马上就要去狩猎了，少不了她。

雨瞳死里逃生，才安定，却又挂念起一件事。

"你是……"司马斌见到眼前的宫女，只觉得眼熟，想了半晌，回过神来，道，"你是长春宫受伤的那个丫鬟吧。"

雨瞳点了下头，向司马斌行了下礼，道："司马医师好，那日，多亏医师妙手回春，寻莺才拾回一条命。今日来，是向司马医师答谢的。"

"姑娘客气了，这只是小事。"司马斌憨直一笑，眯起眼又细细打量了下雨瞳，凭着医师天生的敏感，他总觉得这姑娘的脸部肌肉有点怪。

雨瞳见他发着愣，连忙道："司马医师，寻莺还有一事相求。"

"噢，什么事？"司马斌问。

雨瞳从怀中取出那包偷带出的面粉，递到司马斌面前，道："这是寻莺家乡捎来的面粉，但寻莺只觉得这粉色泽有些怪异，怕是路上掺了什么不干净的东西。司马医师医术高超，对各类食材定有研究，能不能替寻莺瞧瞧。若是无大碍，寻莺这便给宫里的兄弟姐妹们吃些，也免得他们吃坏肚子，怪得寻莺头上。"

司马斌点了下头，道："此事简单。"

他接过雨瞳手中的面粉，皱着眉看了下，伸出两个手指拈起一小撮粉，在指尖上摩搓了下，又凑到鼻边闻了下，一愣，又拈起一撮再闻，神色开始变得有些不解，过会儿，变得愈来愈严肃，最后，眯眼沉思片刻，像是在思量着什么关键问题。

凡中医之高超者，口耳眼鼻都是极为灵敏的，几百种药材在他这里，可以分辨得一清二楚，准确地说出名字。

见他神色复杂，雨瞳的心也提了起来。

过了一会儿，司马斌沉声道："寻莺，你是否经常肺燥咳血，又或者有黄疸痔瘘等病症？"

雨瞳一怔，很干脆地摇了下头。

司马斌抚须道："这就奇怪了，这面粉中掺了许多的天花粉。你若是没这些病，何必掺这料。这料，对女人不利。"

他说着，雨瞳的心却已不平静起来。

雨瞳有些中医知识，知道这天花粉是什么。

这种植物原本的功效是清热泻火，消肿排脓，但它有个最大的致命伤，就是会导致不孕。

在面粉中如此，不用说，在其他食材中也肯定有这种天花粉。

难怪这么多年，同妃一直没有怀孕。

所有的线索指向一个结果：

有人不想让同妃怀孕。

这个人，不用说，也知道是谁。

只是，这般明显的手脚，膳房里这么多宫女太监，居然无人发现？又或者是，他们早知道，只是没人敢说而已……

想到这儿，心都不由得发冷。

皇后，真狠！

回宫路上，雨瞳思绪万千。

自古宫廷饮食，都是权力欲望和阴谋的手段之一，这些情节，雨瞳在宫斗剧中看多了。

虽然此事与自己无关，但皇后这般手段，不但伤害了同妃，也伤害了他，实在过分了些。

只是，现在的自己都自身难保，又怎能插手此事呢。

想着想着，心情愈来愈复杂，却不料身后忽地响起一个声音：

"寻莺，你怎么在这里？"孙淳笑盈盈地站在身后。

她没料到孙淳会突然出现，连忙俯身回礼。

他干咽了下口水，心中复杂难解。

这寻莺那回在膳房中偷了面粉的事，皇后娘娘已经知道了。这回，她去找司马斌的事，也早在宫里的监视之下。这女子，已经走到了危险的边缘，却还丝毫不知。

孙淳是有些喜欢眼前这个女子的。

虽为太监，但也有七情六欲，只是这份感情，一直放在心里，也没太大的奢求，只希望她能平平安安，少受些罪。

只是这次，因为她的好奇心，却惹来了灾祸，自己只是个小监工，又怎帮得了她呢。

想着想着，神色更是沉重了些，生硬地笑了下道："这是去哪儿了？"

雨瞳见他神色有些不对，心中疑惑，但仍淡定地道："奴婢去司马医师那儿，答谢他救命之恩。"

孙淳道："倒也是应该去下。"他说着，故意把"应该"二字说得极重，雨瞳听着，心中一咯，只觉得他话中有话。

应该去？那么有什么是不应该的呢？

她是个极聪明的女子，见孙淳的眼神和语气，都已经猜出一大概，心里一紧，知道自己可能惹上了不必要的麻烦。

也未表现出来，只是淡淡地俯身道了句。

"奴婢先告退了。"

……

文华殿议事结束，朱祐樘急急地回到白虎殿。他听说尉青已经从哈密卫回宫，正在白虎殿等候回命。

心中挂念着雨瞳的消息，连步伐也有些急促起来，冲进殿内，一见尉青孤瘦身影，独立殿中，而那脸色，更是一脸的失望之意。

猛地收住脚步，心却慢慢沉了下去。

看样子，他是没有收获了。

尉青上前，声音颤抖着回道："臣查到了雨瞳的行踪……"

"如何？"虽然知道结果，但仍不甘心地追问。

"她的确是随草原部落住了一些年，但三年前，那个部落被柳夜朔所灭，听说，无一生还……"尉青说着，声音哽咽起来。

眼睛迷蒙起来，一颗心落到了谷底。

她，终还是没有逃过一劫。

柳夜朔！朕定要将你千刀万剐！

身体却不由得一晃，趔趄一步，失身倒在一侧的椅上。

尉青见状，急上前道："皇上，您没事吧。"

他一挥手，淡淡摇了下头，表示没事。只是过了半刻，才回过神来，道："她可有遗物？"

"臣仔细查过，没有遗物。"

尉青是极其仔细的人，他说没有，定是没有。

朱祐樘苦笑。

人都死了，见到遗物，又有何意义。

一个弱女子，流落天涯，处处凶险，要保住性命谈何容易！

只是身为天子，却无力保护心爱之人，只能眼睁睁等到这般结果。

……

深吸了口气，回过神来。缓缓起身，转了话题：

“最近，京城可有动静？”

尉青一脸平淡，坚定回了句：“出了一些生面庞。”

朱祐樘眼神一闪，道：“嗯，小心留意些，接下去，恐会有些事发生。”

尉青意识到皇上的话有深意，神情严肃了许多，沉沉道：“属下早已派人跟踪一段时间，只是没见他们有什么异常。只是做些普通生意活。”

朱祐樘点了下头，缓步走到窗前，望着半明半暗的天空，思绪飞扬。

常人只见皇帝傲视天下，威不可挡，却不知，这个皇帝，当得有多累……

这一切，只有她才懂。

只是，上天就这般，生生地夺走了她。

此生漫漫，却再也无法相见。

这痛，痛到了骨髓里，痛到了血液里，却只能深埋心中。

迷蒙起双眼，心中直叹：

雨瞳，若能再拥有你，朕这个天下，不要也罢！

第三十七章　天子出行

1

春季皇家狩猎，天子出行，九城戒备；街坊路间，步步为营；御驾所经之处，皆张以黄幕；黄土道上，迤逦的仪仗队伍，连绵数十里。各人均神色严肃，连一声咳嗽也没有，只听到车轮辘辘，沉闷地滚动……

至晚间扎营，那人马营帐连绵山间不绝，炬火通明，竟将天空也照得雪亮，如白昼一般。

同妃随驾出宫，雨瞳也随着大队人马扎下营来。

“寻莺，怎么在这儿？娘娘正找你呢。”

随着映雪的身影，快步向一大帐走去，越走却越疑惑。

前三排后三排侍卫林立，表情个个森严、荷枪实弹的模样。行到帐前时，更是站着一排不配刀的侍卫。她心一紧，忽然便知道这是谁的大帐了。

屏住呼吸，在帐前跪下，帘子一掀，出来一人。

李广神色漠然，声音空灵，唤了句：“宣长春宫寻莺见驾！”

她心一惊，屏气跟着进了大帐。

行至帐内，只觉一片明黄，逼目而来，深埋下头，在帐中间跪了下来，弱弱地回道：“寻莺参见吾皇，万岁万万岁。”

一阵窒息的沉默，忽从前方的龙座上，传来一个娇媚的笑声，道：“皇上，这便是同儿宫内的仕女寻莺，皇上要找的可是她？”

一个熟悉而心跳的声音淡淡传来：“抬起头来。”

缓缓扬起头，迎上那对刻骨铭心的眼神，如有魔力般，只是淡淡望着，却也像是心被人用最利的刀刃，缓缓地切割，再切割，一点一点流着血，却痛得欣喜若狂。

七年来，这便是第一次，真真切切清清楚楚地望见他的脸庞，只是，一切的一切，只能默不做声，隐藏在这张不属于自己的脸庞下，压抑，再压抑！

如果是梦，这一刻，便冲上前去，将那健硕胸膛紧拥入怀，将那满腹的情话，如潮水般倾吐，皇上，你可知？雨瞳有多想你，有多想你……

袖下的指尖深深刻入了皮肉，却感觉不到一丝痛苦，心潮汹涌，却化为面上那一抹风清云淡，自己原来比自己想象的勇敢多了。

迎上雨瞳的眼神，朱祐樘心忽地一动，这眼神，似乎见过，似乎爱过……

只是，眼前的陌生人，怎么让自己有这种感觉。

一瞬间，思绪竟有些混乱，竟就这般怔怔地望了雨瞳半刻，四目相对，帐内透着一股奇怪的寂静。

直到一边的同儿干咳了一声，又强调了一句道："皇上，这便是皇后娘娘说要赐婚的寻莺。"

朱祐樘才回过神来，干咳了声问道："嗯，你便是寻莺？"

赐婚？

皇后要赐婚于她？

好好的，怎么突然要赐婚于她？

又要将她赐给谁呢？

她控制住自己混乱的心情，回道："奴婢正是寻莺。"

朱祐樘回复了威严的表情，道："这次出宫前，皇后与朕说想成后宫一件美事。尚膳监太监孙淳为人忠厚，处事得当，长春宫寻莺贤良淑德，本是天造地设一对，欲赐婚于你们二人。朕也不强迫你，只是问你，你愿意嫁与孙淳吗？"

他的话音落下，雨瞳脑袋一片空白，几乎差点跌倒在地。

嫁与孙淳？尚膳监的一个太监？

这八杆子打不着的事，竟落到了自己的头上。

她只觉得手脚开始瑟瑟发抖，手心全是冷汗。

惊慌失措之后，脑子瞬间冷静下来。

这事，看似无厘头，却定有深意。

肯定与那次自己发现长春宫饮食的秘密有关。

皇后已经出手了！

只是，为何要将自己嫁与孙淳，而不是直接杀了她呢？

现在皇后要赐婚于她，她怎么可能拒绝，如果拒绝，定是死路一条！

……

来不及多想，却只能默默跪拜回道："奴婢愿意。"

朱祐樘倒是一惊，没料到这宫女竟然真愿意嫁给一个太监，他倒吸了口气，轻笑道："这倒真好，朕原本还以为你不愿意呢，既然如此，那么择个好日子成亲吧。"

"奴婢谢过陛下，谢过皇后娘娘。"雨瞳的语气仍旧淡定。

一边的同妃却有些尴尬，毕竟雨瞳是她的人，这么说给谁就给谁了，她面子上还真有些挂不住，但她又不能多说什么，只有干笑着道："寻莺，你福气真好，孙公公是大好人呢，能嫁给他，你可有依靠了。"

"你下去吧。"朱祐樘淡淡下了令。

雨瞳神情恍惚，梦游般回到帐里，刚刚掀开帘子，双腿猛地发软，瘫到了地上……

整整五分钟，那口气才回了上来，胸口剧烈地起伏起来……

不知怎的，忽然想起那次，七王爷求皇帝赐婚，他却紧守防线，再怎么也不愿意将她拱手让人；而这次，他这样随随便便地便将自己赐予了一个太监，这情形，只怕是哭笑不得罢。

但又怎能怪他？

他是皇帝，他需要摆平皇后，摆平后宫。皇后一个小愿望，他又怎会拒绝，更何况，他需要在同妃面前摆好姿态，需要告诉她，她的人是皇后娘娘的，皇后娘娘要给谁，就可以给谁，轮不到她干涉。

只是，自己可笑又可怜，在这其中，只沦为一个不起眼的小棋子，任人摆布，甚至，还要接受心上人亲手将自己赐予别人！

她想着，再也无法控制自己的情绪，忽然抱住床沿，放声大哭起来……

2

天才蒙蒙亮，帐外已是人声骚动，动静异常。

雨瞳也不敢怠慢，稍稍洗漱了下，便随着一群侍从赶紧出了帐候命。

低头瞟去，只见锦衣卫亲军都指挥使司数百骑皆出营，迂道绕出围场前后三十多里，由远及近将众兽赶往围场合围，前三层，后三层。那些野兽珍禽，皆如没头苍蝇般乱逃乱窜，却无奈生生地被合围于中间。

整个猎场沙尘涌动，飞骑如风，好一派皇家狩猎之景。

她来自现代，从未见过如此雄伟的大场面，不由得心中惊叹。

她正想着，又见远远一处，前拥后簇，一马当先正是皇帝朱祐樘，身着轻便猎服，俊脸生辉，意气风发，精神抖擞。而一侧跟着同妃，一侧跟着七王爷等诸位王爷。那朱祐樺身着银白猎服，即便那么远，也能看见他如钻石般闪亮的眼眸。

两位如太阳般明亮的美男子，头回见他们同时策马扬鞭，相辉相映，竟如人间之绝美画面，任何语言也无法描述。

正在此时，一匹快驹疾驰而至，马上人英姿飒爽，白衣袂袂，近侍数百名将士，唯他斜挎一锦绣宝刀，正是御前带刀侍卫尉青。他策马行至御前，抱拳高声道：

“陛下，合围完成！”

朱祐樘微点下头，冷眸扫视一周，声音洪亮如山钟：“散开！”

尉青听令，转过马头，便大声疾呼起来：“有旨，散开！”

只听一声一声飞骑传出：“散开……散开……”

震荡山谷，如同回音。

包围一散开，那些野兽顿时如脱缰的野马般四处逃窜，一时间，又扬起了如火如云的沙尘，场面极其壮观……

祐樘转头对祐樺，弯唇笑道：“你先来，如何?”

祐樺迎面回笑，也不推辞，从身侧拎出一支白翎羽箭，熟练架于漆金长弓之上，凝气一拉，只听“噔”一声，那箭如闪电般窜出，准确地落到一只奔跑的野猪身上。只见那畜生竟被生生钉在了地上，挣扎了几下，便没了动静。

“好！”

三军齐呼，叫好声震耳欲聋，响彻云霄。

朱祐樘也不由得高声叫了句“好”。七弟的好箭法起了他的兴致，他微微扬了下眉，抽出一支羽箭，架在御弓之上，目标对准了一只四处逃窜的羚马，缓缓地拉开了弦……

场面上顿时安静下来，所有的人都屏住呼吸，凝视着这天子的一箭……

就在千钧一发之际，滚滚尘沙之中，突然冲出一个红色的影子，速度如疾风，直直地朝着朱祐樘的御驾奔腾而去……

这突如其来的变故，惊得在场的王爷军士们目瞪口呆，脑子空白了半刻。七王爷第一个反应过来，厉声高叫："保护圣驾！"

他这一喝，所有的人才反应过来，远处护卫的军士惊慌失措地架起长弓，箭在弦上，齐齐对准了这飞奔而来的红色身影上……

站在不远处的雨瞳见到那红色身影，却立时呆住！

那……那不是焰龙吗？

那年在草原失散以后，便不见它的身影，谁知它日行千里，竟然到了这皇家牧场……

见这样子，应该是受了惊，才会不顾一切朝圣驾奔去……

几百支箭齐齐对准了它，下一刻，就会被扎成马蜂窝了……

她来不及多想，以最快的速度冲上前去，一边跑一边口中发出"嘀"。一声长哨，这是焰龙熟悉的指令。

果然，那焰龙听到这哨声，突地就收住了步伐，在离圣驾四五米处，来了个急刹车……

一阵黄尘落下，整个场面又陡然安静下来。

所有的军士见这一幕，也不知是该射还是不该射，手中的箭与弓哗哗作响。

雨瞳却顾不得那么多了，三步化为两步，冲到了焰龙身体前面，双手一张，没头没脑地就喊了声："不要伤害它！"

她的话音落下，场面更是一阵寂静。

所有的人都傻了，比刚刚看到焰龙冲击圣驾那一幕，还要犯傻！

这个女人，是不是疯了？

为了一匹马，竟然敢冲到皇帝面前！

而且，所有的人都在保护皇上，而她却冲上来保护一匹马？

疯了，真的是疯了！

不知是谁先吭了声，一时间，人群立刻骚动起来，大家都把目光齐刷刷地抛向了马背上的朱祐樘，等待他的裁决。

朱祐樘眯眼看了下眼前的女人，忽然想起她便是昨晚那个赐婚给太监的女子，眉头一皱，淡淡道："朕记得你叫寻莺是吗？"

雨瞳应声跪下，控制住起伏不定的呼吸，坚定地点了下头，道："正是奴婢。"

其实，她心里是慌的，这番行为根本没经过大脑思考，只觉得是条件反射蒙着头就上了。

但，这般行为，罪可大可小，可能直接拖出去砍头也说不定……

她额头上已隐隐沁出了汗，但眼神依旧淡定。

朱祐樘见她表情，如此窘境竟还自若如初，不由得回想起第一次在讲学会上见到雨瞳时，也是这个表情，不由得心揪了下，五味杂陈。

收了心思，沉声问道："为何拼命救一畜生？"

雨瞳俯身，不紧不慢道："此马为草原第一骏马，名叫焰龙，奴婢在草原曾经和它生活过一段时期。与奴婢失散以后，它便流落于此，没料到会惊动圣驾，但请皇上饶它一命。"

"噢？你说你在草原生活过？"朱祐樘一惊，探上身去。

雨瞳点了下头，道："是。"

"哪儿？"

"哈密卫。"

"你在哈密卫生活过？"

雨瞳又点了下头。

朱祐樘凝神一怔，手指轻抚过鼻尖，似是在想什么，又眯着眼细细打量了雨瞳，忽而又道："此马冲撞圣驾，本是死罪，而你又上前护它，这死罪又落到了你头上。朕是杀你好呢，还是杀它好？"

雨瞳也不惊，只是抱拳回道："皇上杀奴婢吧。奴婢识得皇上，焰龙却不认识，所以它是无心之过。无心者无罪，有罪的是寻莺。"

她这话落下，周围的人都开始交头接耳。

一边的七王爷也一惊，眼光游离在这女子身上，只觉得她从容淡定出乎常人，探究的心理越发浓重起来……

朱祐樘一笑，回道："好一个无心之罪。这样吧，朕念在你当它是草原第一骏马的惜才之心。如若你能证明它确有价值，那么朕就不杀你，也不杀它，如何？"

"皇上要如何证明？"

朱祐樘淡淡地指了下胯下的马驹，道："此为蒙古进贡之汗血宝马，听说，自长成以来，未慢过任何一匹良驹。你若是能跑过朕，朕就饶了你和焰龙。"

他说着，也没等雨瞳反应，抽了下缰绳，那汗血宝马立即踱着碎步，轻悠行至一黄土跑道前，待马停下，他又微微一转头，瞟了眼跪在地上发呆的雨瞳，道："怎么？你不敢吗？"

与皇帝比马，雨瞳没想到自己还有这一天。

但眼前的情形容不得她多想，她弱弱咽了口水，也未多说，直接翻身上了焰龙的背，又凑上前，嘴唇在焰龙的耳边轻喃了几句。那焰龙极为灵性，立刻坦坦悠悠地晃到了道前，前蹄在沙土上来回搓了几下，似乎在摩拳擦掌，蓄势待发。

"驾！"

一声洪亮的喊声响起，只见那汗血宝马如箭般向风中跃去，转眼，朱祐樘的背影便只剩下一个小黑点……

雨瞳不由得倒吸了口凉气，身下的焰龙却兴奋得很，忽地前蹄高高扬起，在风中发出一阵清脆的啼叫，"嗖"一下，朝朱祐樘追去。

见二人瞬间没了影子，七王爷连声下令："尉青，带上缇骑二十，跟在后面，保护皇上的安全!"

……

焰龙的速度极快，完全在汗血宝马之上，但雨瞳的骑术却远远及不上朱祐樘，这一来一去，两马反而不相上下，在平原上驰骋，展开了拉锯战。

而那身后的锦衣卫缇骑，早被远远地抛在了后面，没了影子。

朱祐樘也暗惊，汗血宝马本是天下无敌之奇驹，却没料到那焰龙竟然就这么轻轻松松地与它并驾齐驱，甚至还略胜一筹。

只见雨瞳的身影愈来愈远，朱祐樘也一急，扬起鞭子，又高喝了声："驾!"追上前去。

正在此时，却见前面的焰龙马前蹄一绊，突然止住脚步，整个向前倒去，而那马上的身影跟着这势道，猛地腾空，向地上摔去……

朱祐樘暗叫一声："不好!"没来得及多想，从马上飞身跃起，他的轻功是极好的，早一步落到了地上，一把接住落地的雨瞳，又顺势转了几圈，稳稳地将她抱在怀里……

雨瞳被这突如其来的一幕，震得有些头晕眼花，等到回过神来，才发现自己竟然落在朱祐樘的怀里。那一瞬，所有的血液涌上脑门。

熟悉的气息扑面而来，一抹日光，淡淡洒在他的轮廓之上，泛着一层金黄。那一刻，心跳忽地止住，只觉若这般，死去也无妨。

终于找回了意识，连忙身体一抖，从他的怀中挣脱而出，在地上刷一下跪了下来，连声道："谢皇上救命之恩!"

朱祐樘却似没听到，凝眉走上前，仔细观察在地上瑟瑟发颤的焰龙的身体，没过多久，从它的蹄上拔出了一铁钉，自言自语吐了句："原是这样。"

它踩中了铁钉，难怪会受伤摔倒。

雨瞳听到朱祐樘的话，正想起身回话，却不料怀中掉出一物，啪一下掉在了地上，虽然声响很轻，却没逃过朱祐樘的目光。

他转过头，看见地上那洁白晶莹的白玉兔雕，脸色一变，三两步走上前来，快一步拾起了它，仔细看了下，急急地问道："你怎么会有这个玉雕?"

雨瞳见这一幕，思绪快速转动着。

柳夜朔命令自己接近皇帝，这是个机会。

她暗暗打算好，故作惊恐状在地上重新跪了下来，断断续续道："这是奴婢在草原上生活时……一位友人的遗物……"

遗物？友人？

朱祐樘心下一骇，有些失控地一把抓紧雨瞳的双臂，道："什么友人遗物？快快说来!"

雨瞳见他如此在乎的模样，心里隐隐觉得欣喜，但仍面不改色，恭敬地回道："奴婢的好友叫夕落，听说原为中原人氏，奴婢与她虽不在一个部落生活，但偶尔也会相约谈心，甚为投机。只是有一晚奴婢再去找她时，却……”

“却怎么样?”朱祐樘的心也拎起。

雨瞳深吸了口气，心忽然有些纠结起来。

他那样在乎自己，自己却要亲口编织谎言，伤他的心。

皇上，原谅我……

她整理下情绪，装作哽咽，道：“奴婢再见她时，她已经被人所害……奴婢伤心欲绝之际，便取了她的白玉雕，留些纪念。”

朱祐樘听毕，额头一冷，脸色沉了下去。

这回，他真真切切地听到了雨瞳的死讯，真的，真的，是一点希望也没有了。

他喉咙黏结起来，半晌发不出一个音。

……

正在此时，身后的缇骑们已追了上来，一见二人的样子，连忙齐刷刷跪下，疾呼：“皇上，您没事吧。”

朱祐樘起身，挥了下手，又像是想起什么来，转头眼光落在雨瞳身上，道：

“你来乾清宫侍茶吧，朕想多听听她这些年的事。”

说完，他长袖一挥，转身而去。

雨瞳见他的背影，万念叠生，百感交集。

真想不到，自己居然也利用了自己一回……

第三十八章　镜花水月

1

华灯初上，酒过三巡，这是孙淳的大喜之日。他脸有些泛红，兴奋之情溢于言表。

他怎么也没想到，做了十几年太监，居然还有机会娶媳妇，而且还是自己喜欢的那个。

婚礼很简单，只是请来了些尚膳监的同僚们好吃好喝一顿。

大家都起哄向他道喜，又说是那寻莺借着他这福将的喜气，居然得了圣上的赏识，安排为御前侍茶一职，可谓是一步登天。

他听着，虽然知是玩笑话，但也极受用，脸上乐呵呵的。

这一来一去，又被灌下好几杯。最后被同僚们半推半攘地到了“洞房”。

所谓的洞房，也只是在屋子里挂着些红色的喜带，没有乐声，也没有喜婆侍候，房里静静地坐着一个身影，盖着红盖头。一见她，孙淳的心便提了起来，若不是借着酒劲，他还真不敢推门进去。

小心翼翼地走到雨瞳面前，他有些局促，搓着那半旧的大红袍袖子，支吾了半天，实在找不出话来，只好僵着身子，在一边坐下。

同僚们见着无趣，打笑了会，都散去了。一间屋子，只留下他二人，默默不语，竟就这么不知不觉地到了半夜。

雨瞳见时辰已晚，便伸手自己掀了红盖头，一双秋水眸子淡淡扫到了孙淳的身上。孙淳浑身发冷，不由得干笑了声，吐了句：“我……我给你倒杯水。”

淡淡接过水杯，眼睛仍然没有放过他，又是秋风扫落叶般。他目光逃避，干咳了声，复而坐下，像是鼓起勇气，终于道：“寻莺，莫怪我。”

他说着，脸色沉重起来。

“真的，莫怪我。已经没有法子了，只有这样办。”

雨瞳仍旧面无表情，只是淡淡地望着他，听他说下去。

“寻莺，我也知道，嫁给我你太委屈了些。只是……只是宫内的事，很危险，你……你好奇心太强，已招来了灾祸……你恐怕是无意，但却是到了万丈悬崖边，若不是我苦苦相求李公公帮忙，恐怕……恐怕你未必能活到现在……”

雨瞳脸色一变，知道他说的是什么。

忽然间，她明白了自己为什么会嫁给他，一定是他想救她，所以就求了李广帮忙，让皇后下旨赐婚。

如果她成了他的人，就不会把秘密说出去了。

从他的角度来看，这确是救她的唯一途径。

只是……只是……孙淳啊孙淳，你是否天真了些呢。

皇后娘娘的心，雨瞳比你了解多了！

……

她想着，脸色温和下来，缓缓起身，走到孙淳面前，忽地就拉起他的手，道：“孙公公，我明白你的好意。”

孙淳不信似的反复看了她几遍，转而惊喜一笑道：“你真的愿意嫁给我？我还担心你不会同意呢……不过……不过，你放心，我不会碰你的，我只是个太监……我只会尽我的全力，照顾你！”

他话未说完，雨瞳便打断他道：“孙公公，寻莺不怪你，寻莺还要谢谢你！”

“真的？”孙淳喜极而泣，差点就要掉泪珠子了。他紧握住雨瞳的手，像珍宝似的放入怀中，喃喃自语道，“寻莺……我会对你好的，一定会对你好的！”

望着他情真意切的模样，雨瞳的鼻子也不由得一酸，万般滋味在心头。

着喜服，掀盖头，古代，自己已第二回成新娘了。

第一次，是和柳夜朔，第二次，是和宫里的太监。

这趟古代之旅，可真是刺激过了头。

2

清晨。

一声尖细而悠长的传唤声在屋外响起。

“皇后娘娘赐御酒，孙淳寻莺领命……”

雨瞳和孙淳连忙在屋中间跪下，一行太监宫女缓缓入屋，手中捧着一托盘上，放着一晶莹剔透的酒壶，和两个杯子。

带头的正是尚膳监掌事太监，他神色严肃中带着一丝阴冷笑容，瞟了一眼地上二人，清了下嗓子，道：

“皇后娘娘说了，孙淳寻莺情投意合，天造一对，本该天涯海角做神仙伴侣，特赐神仙美酒一壶，送二位上——路。”

“上路”二字落下，孙淳和雨瞳的脸同时变得煞白，只觉得这二字背后深意已十分明显，额头开始冒汗，知道这回是死路一条。

皇后，果然不会放过他们！

孙淳的脸已转为青色，身体不住地发起抖来。他缓缓转过头，瞟了一眼雨瞳，这一瞟，掏心剜骨，痛得雨瞳心一惊，似乎意识到了什么。

“寻莺，放心，我会对你好……”

说完，他突地上前，一把抓起那壶清酒，对着嘴，咕噜咕噜，竟几秒之内，一饮而尽。

这一幕，惊得在场人目瞪口呆。雨瞳更是脑子嗡一声，明白过来他在干什么……

一片寂静之后，孙淳战栗着跪下，断断续续地道："麻烦……麻烦公公回禀娘娘……孙淳得此御酒……情难自控，就先喝完了……"

说着，一口血从喉中奔腾而出，竟吐了数尺之远。雨瞳见状，凄叫一声，冲上前去，泪水夺眶而出。

"孙公公!"

孙淳已是全身发黑，不住地颤抖，但见雨瞳抱着他的身子，却仍清淡一笑，用尽力气道："莫叫我公公……叫我孙淳。"

"孙淳……"雨瞳已泪流满面，不住地抽泣，"寻莺何德何能……要你这般对我，这般对我……"

他却惨淡一笑，道："孙淳活了三十多年，昨夜……才像回真正的人……昨夜，才知道，孙淳也能保护一个女子……孙淳很开心，很开心……"

那声"开心"落下，声音却愈来愈轻，直到最后，身体一僵，紧握住雨瞳的手，突地没了力气，朝地上瘫去……

"孙淳!"

雨瞳再也无法控制自己，一把将他的尸体搂进怀中，放声大哭起来……

……

惨淡的夜空，月亮无力地在树梢张望。

树下，雨瞳小心地点起几张纸钱，对着那两根挂泪的红烛，磕下三个头，嘴中淡淡念着："孙淳，你一路走好。"

一个太监死了，在这宫里，谁也不会在意，谁也不会声张，尸体就这么随便地送出宫去，甚至连最后一眼，也没有让雨瞳见到。

唯有在这夜深人静之时，点起两根红烛，三支清香，一把纸钱，告慰他的在天之灵，告诉他，在这里，有人记得他，有人想着他……

泪水早就挂满脸庞，然而，温度却是冷的，仿佛从心头那块最冰冷的地方，缓缓流淌而出，凄凄掉落，碎碎化为乌有。

一人喝完毒酒，走上死路，只为保全她。他知道，二人中，必要有人死，皇后才可能放过他们……

他，还是太傻了，又或说，是太痴了。

如何为了这么一个不相干的女子，就这么随随便便地丢了性命。

他太不了解皇后，也太不了解雨瞳。

皇后不会因为他娶了她，便饶过他们；而雨瞳也不会因为没有嫁给他，就命归九泉。

他不知道，雨瞳在这宫中，再苦再难，却一定死不了。

因为，有人监视着她，同时也保护着她。

那人不让她死，谁也动不了她。

如果自己不掺和天花粉的事，他就不会死!

想到这儿，心难过得碎裂开来，泪水更是如断了线般往下流。

一阵急促的脚步碎碎传来，似是有很多人朝这个方向而来。

雨瞳一惊，连忙收拾了下东西，窜进了一侧的草丛中。

果然是两群人从不同方向疾步而来，到离雨瞳不远处交汇停了下来，其中一个带头的问："出什么事了？"

"听说宫里出事了，同妃正领着一帮人大闹坤宁宫呢，快去看看吧！"

雨瞳大惊，见他们走远，也连忙掸了下身上的灰尘，朝坤宁宫的方向小跑而去……

到了坤宁宫外，场面却已散了，雨瞳拉住一宫女，问道："出什么事了？"

宫女小声回道："听说华盖殿的丫鬟映雪到同妃娘娘那儿去告了密，说是皇后娘娘在她饮食中掺了不干净的东西，让她久久怀不上龙种。同妃娘娘听了便抓了狂，冲到皇后这里讨说法去了，连皇上都惊动了……"

雨瞳脑子嗡一声，神经顿时紧绷。

映雪？

她如何也知道天花粉的事？

而且还去告密？

她脑子怎么这么糊涂！

当这出头鸟，她不想活了吗？

"那现在怎么样？"她又急着问道。宫女摇了下头，道，"还不知道，但听说皇上派人彻查此事了。"

宫女说完便走了，留下雨瞳一人怔怔发呆。

直到现在，脑子还是嗡嗡作响，没回过神来。

映雪……你是真糊涂还是假糊涂，你是太年轻了还是怎么，怎么会做此等傻事！

同妃……你也是个十足的糊涂蛋，你的末日终于来了。

3

果然不出所料，查了几日，也没查到皇后下毒的证据。尚膳监所有宫女太监众口一词支持了皇后的清白，而最后的罪名则落到了映雪身上，说她陷害皇后，祸乱后宫，即日被打入大牢，五日后问斩。而同妃也因处置不当，轻信小人之言，被打入冷宫。

被带走的那日，同妃从雨瞳身边经过，浮肿的双眼，蓬头垢面，死寂的目光似乎没了活气，似看非看地瞟了眼雨瞳，雨瞳的心却紧了。

虽说她罪有应得，但见这模样，忽然就想起了自己那时被处刑的时刻。那一刻，才明白，什么是浮华人生、过眼云烟。

再尊贵，再辉煌，也有落幕的一天。只是这一刻，谁还会记得你，记得你当年的辉煌。

……

映雪将受刑，雨瞳心情更是说不出的难过。买通了侍卫，雨瞳没花多大工夫，便到了映雪的牢前。

眼前的人，浑身血迹，一头青丝如稻草般枯黄凌乱，眼窝深深地凹陷，神情惨淡如同快离世的老人，根本无法让人同一个十五六岁的小姑娘联系起来。

见她的模样，雨瞳心如刀绞，忍不住含泪唤道："映雪……你怎么这么傻……"

映雪抬起头，望着雨瞳，却只冷冷一笑，那笑，笑得陌生，心寒。雨瞳不由心一抽，难受极了。

眼前的人，陌生而遥远，似乎完全是另一个人。

难道，死到临头，她连性情都变了吗？

……

"你怎么了？映雪，你不认识我了？"雨瞳急了，一把抓紧她虚弱的双臂。

映雪却生硬地摆开了手，声音冷得像二月里的西北风，然而，她接下去说的话，却如惊雷般，在雨瞳脑海里炸了开来。

"沐雨瞳，以后记得，少管闲事！"

……

从映雪的牢中走出，雨瞳的身体和脑袋都是掏空的。

直至走到住所，僵坐在炕上，那感觉也久久恢复不过来。

当映雪唤自己"沐雨瞳"那一刻时，她忽然什么都明白了。

映雪是柳夜朔安排在自己身边的一个眼线。她的作用，一是监视她，二是保护她。

难怪，雨瞳的一举一动，柳夜朔都知道，也难怪，她的房间里总是会莫名其妙多出一些小药丸。

但她真的没想到，如此天真可爱的小姑娘，居然也是这个魔王的人……

想到这儿，更是一头冷汗。

柳夜朔很清楚，天花粉的事，如果没有一个了结，皇后是不会放过雨瞳的，只有干脆灭了这同妃，雨瞳就成为毫无意义的威胁。

所以，映雪去告发皇后，是因为她要代雨瞳死……

柳夜朔真的很狠，宫里的每一个人都是他的棋子，随时可以杀掉雨瞳，或是为雨瞳而死……

在那一刻，雨瞳才知道，什么是真正的害怕！什么是真正的悔恨！

害怕的是，柳夜朔如幽灵般无处不在。

悔恨的是，无意的好奇心，却害死了两条人命！

想到这儿，心潮涌动，却发现眼眶干涸，根本流不出一滴泪，只觉得这恐怖的夜色如魔障般，一点，一点，慢慢慢慢地将自己吞噬……

第三十九章 韶华几许

1

“京城内谣言四起，街头巷坊，皆在议论一些话。”

谢迁一脸担忧，俯身向朱祐樘禀报。

“什么话?”

谢迁抹了把额头的汗，道：“话说今年有天皇星降临凡间，届时，雷霆万钧，天摇地动，白光之下，夜朔称霸……”

他话音刚落，只听“砰”一声，满桌子的物件被掀翻一地。朱祐樘怒发冲冠，从座上一跃而起，狠狠喝了声：“他们把朕当什么了！要这些下三滥的把戏!”

天子这吼，余音震荡。雨瞳刚刚从侧门进殿侍茶，听这震怒的吼声，连忙脚步一收，那茶水也不由得一荡，差点没晃一地……

见到一地狼藉，她犯了难，这是上茶，还是不上茶呢。

一时，竟怔立在那儿，进退两难。

气氛有些凝结，时间停了几秒，一颗心却起伏不定。

这些日子，皇上的心情是极差的。

内忧外患，这个皇帝，真的不好当。

换作以前，自己定当将他拥入怀中，用蜜语甜言抚慰他，用温柔轻吻融化他……

思绪就这么胡乱地飞到从前，竟一发不可收拾。

光线从一侧窗上，斑驳洒进，反射到眼中，不觉得有了些热热的液体。

朱祐樘定下神，眼角瞟见一宫女伫立一侧，觉得眼熟，这才想起她便是前些日子安排御前侍茶的寻莺。

但见她眼神空空落落地瞟向殿外，似是在想着什么心事，那一脸的忧伤情怀，似是与这个世界无关，不由蹙了眉，又探究似的打量了她一遍。

一边刘健却忍不住了，上前呵斥道：“你这丫鬟，愣着干吗，还不快给陛下上茶!”

刘健的一声喝，把雨瞳的心拉了回来，她连忙碎步到桌前，小心地放下茶盅，又赶紧退到了一边。

朱祐樘缓缓在龙椅上坐下，这才觉得有些累了，合上眼帘，就这么闭目养神起来。

大殿里又陡然安静下来，三位内阁大臣大气不出一声，只是静候着圣上的旨令。而雨瞳更是局促地站在一边，呼吸都变得小心。

过了一会儿，朱祐樘忽地淡淡地吐了句。

“三位大人，先行回去休息吧。我们改日再议。”

三阁臣连忙作礼退下，而雨瞳却怔在一边，不知该下去，还是该留下。

皇上只是让大臣走，似乎没让她走。她走不得，只有僵着身子，静静守在一边。

时间一分一秒过去，殿内很静，只是听一细微而均匀的呼吸声。

雨瞳鼓起勇气，抬眼看去，只见朱祐樘闭着双眼，身体一动不动，似是睡着了。

他可能已经忘记了自己的存在，也好，竟让自己有机会，可以放心地，快乐地，贪婪地，好好看看他。

这张魂牵梦萦的脸庞，无数次地在梦里出现，此刻却近在眼前，心，又痛，又怕，又开心，又感慨，只觉这一刻，静止下来，永远不要往前进，也不要往后退，就这样，静静直到最后。

双手颤抖着，不由自主地伸上前，想触碰一下那浓密的眉，如翼的睫，轻薄的唇，只是，留到那最后一毫米，却隔着千山万水的距离，怎么也，碰不得……

泪水悄然无息，慢慢滑过脸，触电般收回了手，偷偷哽咽了一声，却不料那双星目突然睁开，迎上了她迷雾朦胧的双眼。

她一惊，没料到朱祐樘竟然醒了过来，吓得她惊慌失措，差点没失声叫出，脑子闪了下，连忙收起眼泪，低下头去……

这一幕，清清楚楚落到了朱祐樘的眼底，心中疑惑闪过，也未表现，只是坐直了身子，淡淡说了句：“什么时辰了？”

“回皇上，已是未时一刻。”雨瞳仍是心神不宁，连声音也是抖的。

朱祐樘瞟了她一眼，清微淡远地吐了句：“朕听说你丈夫死了？”

“呃。”雨瞳没料到他竟突然问起孙淳的事，一时半刻没反应过来，竟愣愣地不知如何回答。

朱祐樘见状，也没怪她，接过茶盅浅浅地喝了口茶，若有所思地又继续问了句：“朕好奇，你如何会想嫁给一个太监？”

“……”雨瞳仍是无语。

“凡进这皇宫的女人，无论高矮胖瘦，美恶贱贵，都只有一个愿望，就是想嫁给皇帝……只有你，却和别人不一样，却愿意嫁给一个太监。朕真的很好奇。”

雨瞳听了，苦笑。

古今中外，所有的女人，都想拥有最有权力的男人。

然而……

当初，他怀抱自己，说想立她为妃时，她竟拒绝；而这回，嫁给孙淳，她却云淡风清，坦然接受。

嫁给一个皇帝，或是嫁给一个太监，这种选择，在很多人眼里，根本不用选择，但她沐雨瞳，却选择了后者！

收回心思，雨瞳反倒平淡了许多，眼睛却迎上了朱祐樘，淡淡吐了句：

“在皇上，或是很多人眼里，他只是个太监，死不足惜，但在寻莺眼里，他是个堂堂正正的男人，是个正义凛然的大丈夫！”

她的话音落下，朱祐樘眯起眼，上上下下打量了一番雨瞳，总觉得有些熟悉的感觉，挥之不去，但又说不出是什么，沉默了半刻，干哑着道：

“方才，是为了他哭吗？”

他这话一出，雨瞳语塞，微怔了下，苦笑着，生硬地点了下头。

如何能告诉他，这泪，原本是为他流的……

……

一只温暖的手掌忽然伸上来，轻轻拾起她的纤手，微一用力，身体躲闪不及，倒入他的怀中……

这变故，惊得雨瞳大惊失色，待定下神情，才发现自己已经落在朱祐樘的怀中，而那轻薄如水的嘴唇，忽地就凑上前，在她的唇边似有似无地触碰着，绵柔的声音空灵地响起：

“若朕喜欢你，你还哭吗？”

那吐气胜兰的气息，深幽如星空般灿烂的眼眸，近在毫分，无数次在梦中出现的场景，此刻竟然真的发生……

雨瞳几乎不相信这是真的，身体如上了迷药般颤抖起来，再也无法控制自己，迎住朱祐樘的嘴唇，便吻了上去……

只是还未碰到那温柔乡，身体却被重重地一推，似弹簧般弹了出去，重重地落到了地上。她惊恐地从地上爬了起来，定神一看，却看到朱祐樘不屑的神情。

朱祐樘轻拂了下衣袍，似是极为厌恶地皱了下眉头，冷嘲热讽地抛下一句：

“朕还以为你真是清欲寡欢、洁身自好的女子，还真在那一刻信了你，把心交给一个太监，不为繁华所动……但此刻看来，你也只是个俗人而已……”

他说着，忽地起身，又像是想起什么，眼神空空落落地望着前方，道：

“这宫里的女人，都一样！除了她……”说了一半，似是心痛极了地顿了下，定了下神，又道：“只有她，可以拒绝一个皇帝，可以放弃所有浮华……全天下，原来真的只有她……值得朕交心……只是，只是朕，再也见不到她了……”

说完，紧闭着双眼，竟是一滴热泪滚下，拂袖推门而出……

望着他的背影，雨瞳身体一软，倒在地上……

老天爷，你要折磨雨瞳到何时？到何时！

2

烛火忽明忽暗，偶尔，发出嗞嗞的燃烧声。

殿里，安静得出奇，殿外，隐约传来皇家宴会热闹的鼓乐声及人声。

雨瞳静静站在殿的一侧，李广让她守候圣驾回宫，她便这般等着，双腿已经发酸，但却没想过偷着坐下歇会。

这些年，这身体受的苦太多了，连自己对它，都残忍地习以为常。

“飒飒……”

一阵风吹过，似是树叶作响的声音，余音回荡，更显得这空间清冷寂寞。她一个寒战，双手缩进了袖子，轻轻搓了下。

“圣驾回宫……”

清清远远的声音响起，她脑中激灵，突地就精神起来。

三四个人，扶着一个踉踉跄跄的身影进了门，才知是皇上喝醉了。

见他双眼微醺，走路晃悠，似乎是醉得不轻。

几下手忙脚乱之后，扶着皇上进了内寝，服侍他躺上龙床，正欲转身，却不料那强壮的手臂忽地就爬上了她的肩头，一阵力道传来，竟就这么搂住她的上半身，紧紧地贴在了他的胸膛之上……

这一举动，惊得在场的人一愣，而雨瞳也没料到皇上竟就这么抱住她，躲也不是，推也不是，只有无奈地转过头，询问似的望向一侧的李广，似乎在问他，怎么办？

李广怔了下，脑中快速转动。

皇上抱住这宫女，不知是有意还是无意，但不管怎么样，他不敢轻举妄动。

于是朝着雨瞳点了下头，示意她不要动，又转头瞟了眼其他人，一行人就这么默默地退了下去……

夜静似水，那朱祐樘紧闭双眼，沉沉睡去了。而雨瞳俯在他胸膛之上，却是情难自控，面红耳赤。

那健硕的胸膛，她是熟悉的，几载起伏，受尽苦难，再怎么，也不会忘记这温暖的怀抱。

微醺的呼吸，如大地间最美的乐声，每一声，都甘露醇香留在心底……

忽然想起人鱼公主的故事。

步步带血，却也要与心上人共舞，王子不懂她也不知她，她却面带微笑，甘愿化作海洋中最美的泡沫……

原来，所谓的爱情，果真只是一个人的事。

“你可知，那玉雕，是朕送给她的……”

清冷的空气中，忽然传来这声厚实而带着磁性的声音。雨瞳回过神来，才知朱祐樘不知何时醒了。

她心一疼，竟有热泪含在眼眶，却只能不动声色，轻声回道：“奴婢不知。”

“那时的她，已经爱着朕，却默默放在心里……”

他只是娓娓自语，陷在回忆中，眼神空落地看着顶部的漆金腾龙花纹，绕着，绕着，就这么，缠绕着心头，丝丝做扣，隐隐带血。

“把一份爱恋，默默放在心里，原来，是需要勇气的……朕以前不知，知道了，很痛，痛得无法言喻，痛得荡气回肠……”说着，声音渐渐加重，而怀抱着雨瞳的手，也紧了三分……

泪水已爬满她的脸庞，却只能躲在一侧，努力不让他看见……

原来，他那么辛苦，那么难过。

看着他的样子，知道这些年他每一晚的辗转反侧，夜不成眠，想见却又见不到的思念，才知，那时的自己，错过了什么……

心中的那句呼唤，如凤凰涅槃般下一步就要奔腾而出，告诉他，他爱的雨瞳，近在眼前……

只是，只能盘踞在声带的最末，胶着燃烧，厮咬折磨，痛不欲生……

到这儿，再也难以控制自己，忍不住喉咙里翻腾出一个哽咽，想收，却收不回去了。

朱祐樘却也没在意，他只是陷在半思半沉的回忆中，一对璀璨星目，带着一抹睡意，又渐渐合了上去，搂住雨瞳的手，慢慢地松了开来……

雨瞳慢慢站直了身子，留恋似的望着熟睡的朱祐樘，轻拭了下脸上残留的泪水，忽地就化成一丝笑意，道：

“雨瞳一直爱着皇上，来世五百年，雨瞳也会等着皇上……”

……

晨光初现，龙床上的男人，从宿醉中沉沉醒来。

不知是真的，还是幻觉，他似乎听到了雨瞳的声音。

“来世五百年，雨瞳也会等着皇上……”

缓缓转过头，一抹亮白映入眼帘。

白玉兔雕清新淡雅地卧在他的床头，似是无声呢喃，翘首以盼。

拾过它，抚在心头，目光深深落到窗处，眉头却爬上了复杂的心意……

第四十章　梦魂孤烛

1

阳春三月，百花齐放。

春季御花园赏花，本是每年必定节目。

皇帝设宴御花园，携皇后娘娘，邀诸位王爷及大臣，一齐到花园品诗赏花。

一时间，御花园内春光融融，歌台暖响，粉白黛绿，风髻雾鬓，一派人间极品美色。

朱祐樘与张皇后居中设席，而大皇子朱厚照则坐侧翼。

各位王爷及各文武大臣则分坐两侧。尉青今日也着了件暖青色袍子，站在朱祐樘的身后。

雨瞳被安排在一侧候茶，负责为各位增添茶水。她小心地提着壶，穿梭于场地中间，眼神流转，却瞟到七王爷的目光，总是有意无意地停留在她身上。

她心一紧，却也没表现，低低地垂下眼，顾自忙碌着。

几番轻言戏语之后，气氛轻松了许多。一位白发苍苍的老人，颤颤悠悠从席上站起，走到中间，复而跪下。此人正是原内阁大臣刘吉，这些年被安排个闲职。

皱纹满面，压住一对枯黄的眼珠子，显得风蚀残年，老态龙钟。

他深知自己的日子不好过，就尽可能在皇帝面前少露脸，偶尔出现，也是可怜兮兮，皇帝便也不忍心动他了。

躬身道："有一事，老臣不知当讲不当讲。"

"讲。"

"开了春，皇子已过十四了，已到了娶妻的年纪了……"

刘吉是个聪明人，他知道自己在这朝中要混下去很难，但又不甘心。他孙女今年刚满十三，这朝中，再没其他官员的孙辈能比她更合适嫁给皇太子了。

他的话音落下，众臣都啧啧议论起来。那朱祐樘眯起眼看着刘吉，心中想明白了他的小算盘，但也未开口回驳，只是静观其变。

刘健是个急性子，上前一步道："刘大人，你这是想把孙女嫁给皇子是吗?"

他直截了当地指出刘吉的心意，惹得他脸红一阵白一阵，有些尴尬，支吾了半天，也说不上一句话来。

王恕道："皇上，皇子确实到了该娶妻的年纪，至少也要先封上一两个侧妃才是……毕竟，这朝中只有一位皇子，若能早些婚娶生育，便可留下大明朝的血脉……"

"我不要娶妃!"

一记响亮而略带稚气的声音忽地响起，惊得在场的人都一愣。所有的目光都落到了那个声音的主人身上。

只见朱厚照刷一下从座位上站了起来，小小的脸庞上，一脸严肃，透着与年纪不符的成熟。

“照儿!”张皇后忍不住唤了声，示意他应该坐下。谁知这朱厚照根本不理，反而上前一步，对着众臣高声叫道，“要娶，我也要娶沐先生!”

他的声音落下，雨瞳腿脚一个发虚，差点没将茶水洒一地，还好反应极快，才没被人发现，等定下神来，才发现额头全是汗。

朱厚照这话，也惊得在场的人目瞪口呆，下巴都快掉地上了。

一时间，乐声也停了，所有人的呼吸也停了，场面内，寂静得可怕。

沐雨瞳，这个阴魂不散的女人……张皇后气得拳头捏得咯咯作响，差些没一巴掌抡过去，但终于还是控制住了，狠狠看着朱厚照，道：“照儿，不得胡言乱语!”

“我没胡言乱语!”朱厚照年龄大了，胆子也大了许多，他刷刷刷走上前，指着王恕的鼻子骂道：“就是你这老家伙，害死了沐先生！你赔我沐先生!”

王恕被他骂得青筋暴涨，脸赤心跳，嘴唇颤抖着，捂着胸口，一屁股坐在了地上。

“照儿，不得放肆!”朱祐樘终于开了口，冷冷地对一边的侍卫说了句，“带他下去。”

一行人连忙上来，拖着朱厚照的手急急地往外走。

快走，再不走，这里就要爆炸了……

场面一时紧张，刘吉没料到自己点了个火药包，赶紧缩着脖子躲到了一边。而王恕则捂着胸口大口大口喘着气，还未缓过神来。

要命的寂静以后，张皇后终于盈盈起身，三两步走到中间，转身对朱祐樘跪下，道：

“皇上。虽然照儿为本宫亲生，但因本宫管教不严，致他顽劣失礼，实为失君王之所道。臣妾斗胆直言，恳请皇上速速立下侧妃，为皇室增添子嗣，添叶加枝，以备王位之最佳人选!”

她的话音落下，众臣都啧啧称赞起来。

这皇后，真是大公无私，竟鼓励皇上立妃，愿意将唯一的皇太子之位拱手让人……真是贤良淑德的典范。

但见朱祐樘只是低眸凝思，看不出一丝情绪，让人捉摸不透他到底在想什么。

时间一分一秒地过去，大家都在等着朱祐樘的反应。

他缓缓地抬起了头，一把擒过正在一侧倒茶的沐雨瞳……

雨瞳“啊”一声，脑子一片空白，身体僵硬，血液凝固，却不料耳边响起朱祐樘桀骜不驯的声音：

“好，就听皇后的。朕今日，便立个女人为贵妃!”

口中说着立她为妃，手却狠狠一推，雨瞳的身体瞬间被推到了几丈之外，滚落在中间……

这一变故，让场面足足静了十秒。

周围的大臣们窃窃私语起来，却无一人敢上前反驳。

所有的聪明人，都看出了皇帝的用意。

皇后脸上则是青一阵白一阵，难看极了。

雨瞳挣扎着爬了起来，骨头生疼生疼，忽然就泪眼蒙眬。

她也是聪明人，她完全明白。

封她作妃，不是爱她，也不是疼她，只是……在向皇后挑战！

因为，他已无法忍受皇后的两面三刀，虚假心意，他只是拿自己这无足轻重的宫女来向皇后宣战！

他要告诉皇后，他想立谁就立谁，哪怕是个死了太监丈夫的寡妇！

贵妃……

这个贵妃，封得单薄，封得残忍。这个贵妃，没有包含他的一丝情意，只有他对皇后的恨！

心如刀割，只觉是痛楚铺天盖地地袭来，两行热泪再也无法控制，忽然，她颤抖着哭泣起来。

这一哭，所有在场的人彻底傻了……

只听说过死了丈夫哭，失了荣华要哭，而此刻这女人，被封做贵妃……竟哭了，而且哭得那么伤心。

是不是开心得疯了……

一双明黄靴子，不知何时落在雨瞳眼前，抬眼看去，见到朱祐樘冷漠的神情，孤傲如天神，声音高高落了下来：

“怎么，你不愿意嫁给朕？”

迎上他淡漠没有一丝情意的脸庞，雨瞳忽地就收住了眼泪，咬唇，一字一句道：“请皇上收回成命！”

她这话，如一声惊雷，在场内瞬间炸开了锅，顿时，人群骚动起来……

一侧的朱祐樺也呆了，俊眉如打了个结，拧了起来。

他向来自诩看人极准，但唯有眼前这个女人，他却怎么看，也看不懂！

连一侧的张皇后也不由得大惊，微微探上身来，仔细地看了下雨瞳的脸。

这个女人，她到底想干什么？

祐樘也一怔，但神色仍旧镇定，只是道：“你想抗旨？”

“是的。”雨瞳毫不犹豫地回答。

如果就这样嫁给他，是对这份感情的奇耻大辱，她宁愿死，也不会以这种身份，和他在一起。

她宁愿……宁愿……在夜深人静里，想着他，看着他，也不想成为他对付皇后的一颗小棋子！成为他玩弄于股掌的一张牌！

想到这儿，表情更是风清云淡，道：“奴婢要为丈夫守孝，不能嫁给圣上，请圣上收回成命!”

“你可知，抗旨的后果!”朱祐樘脸上已有了怒色。他没料到，一个小宫女，竟敢当面顶撞他。

雨瞳低眸道：“寻莺知道。”

一侧的张皇后却站了起来，大声喝道：

“糊涂妇人！皇上一片好意，却被你这般糟蹋，应将她投入大牢，即日问斩!”

朱祐樘眼神一闪，并未理会皇后，只是沉吟了下，忽然抬头咬唇一字一句道：“念你对丈夫痴心一片，不杀你了。拖下去，鞭二十，罚跪三日!”

闻言，所有的人都长长吐了口气。

不是死罪，已是万幸……

但是这弱女子她是疯了，还是傻了，居然以死相争……

两个侍卫走进，正想架起雨瞳弱小的身躯，她却干净地一拂袖，甩开了他们的手，气定神若地走在前面，经过朱祐樟身边时，迎上他吃惊的目光，忽然微微一笑，笑得淡定从容，笑得朱祐樟心嘣嘣漏跳了两下，难受极了……

2

一声春雷，响彻天地，不到片刻，大雨如倾盆之水，奔腾而下，瞬间将整个世界变作一片水色。

宫殿前，冰冷的汉白玉石地上，跪着如清柳般细弱的身影。狂风，恣意在她四周挑衅，仿佛下一秒便要将她卷入暴风雨幕、汪洋大海……

血，缓缓地一点一滴地从每一处伤口渗溢而出，被雨水无情地打散，化作淡红色的液体，染了地上一大片都是红的。

雨水，血水，模糊了那对清澈的双眼，然而神情却淡如清风，静如雅竹，没有哭泣，没有呻吟，甚至连叹息也没有。

一群宫女撑着伞，在她身边停留了下来。

“原来是那个太监的老婆……”

“肯定是个疯婆子，皇上要娶她，她都不愿意……”

“唉，在这儿跪了快三天了，也不知撑不撑得过去……”

“你管她，她这是活该!”

几个人细细地扔下几句，便走了。

雨瞳却始终闭着眼，任凭雨水流淌，冰冷地、冰冷地流进了肌肤，流进了心里……

一念嗔心起，百万障门开。

她不知怎的，忽地就想起了这句话。

记得小时候，父亲抱住自己入睡后，常常会拿出佛经来读。她听着，又听不懂，但又听着，然后，就记着了这句话。

此刻，她不恨他，也不恨别人，也不恨自己，也不恨这个世界。

原来，没了恨，才什么都不怕了。

一把油伞，不知何时挡在了她的头顶。雨水戛然而止，那股木棉花味淡淡传来。她知是谁，却仍旧没有睁开眼。

朱祐樘望住眼前被雨水浸透的女子，一身风华早已不复，但虚弱飘零间，不惊不慢，不亢不卑，浑身上下透着一股难得的气节，心下骇然，竟有种隐痛，萦绕心头，咬唇轻念道：

“告诉本王一个理由，本王想知道。”

他的声音清灵飘逸。

时间在这一刻凝结。

曾几何时，眼前这个男人，因为爱，守护在她身边，惊天动地地喊出：

“你在大牢，本王陪你在大牢。你上刑场，本王陪你上刑场！”

……

如今，一把油伞，满袖清风，如谪仙般立在自己面前，却只是可怜她而已。

这一刻，宛若隔世重生，那一尺距离，比世上任何距离都要遥远……

七王爷，走吧，莫在雨瞳的心里激起半点涟漪，这样，雨瞳会更难过……

空空地睁开双眼，雨水如碎玉挂坠，却又悄然滑落，扫去眼底最后的那丝情愫，迎上钻石眼眸，平静似水，道：

“寻莺不谈理由，因为……”她说着，忽然停了下来，似有似无，一丝梦幻般的叹息响起，“因为，爱我的人不需要，不爱我的人不信……”

又一声惊雷，天地间忽然闪过光华。

雨更大了……

远远地，站着一颀长身影。

黑金龙袍加身，目光如炬，却隐隐带着一丝不经意的怜惜。

目光停留在风雨中那弱小的影子上，心却一点一点地厮咬开来。

她难道真的只想证明，自己愿意嫁给一个太监，而不是一个皇帝？

从第一眼看到她起，就对她有种复杂的感觉。

想抱她，又想推离她，想吻她，又想折磨她。

而此刻，她在风雨中飘摇，自己的心却痛得这般厉害……

雨瞳，朕说过，从此心为你封闭，再也不开启。难道，朕错了吗……

雨终于停了。

空气中弥漫着潮湿的气息，断了线般的漉漉雨水从屋檐滑落，在地上，化作一轮一轮的叹息……一如司马斌此刻的心情。

他已经听说了雨瞳的事，匆匆赶了过来，见到广场中那孤单的身影时，整个人震撼了！

“寻莺姑娘，时辰到了，我们回去吧。”他心痛地喊出一声，却见雨瞳毫无反应，心中一急，也顾不得那么多，抚上她的额头，却“呀”一声叫了出来。

那额头烫得几乎吓人。

司马斌直呼“不好”，正想扶起她，却只见她身体一软，缓缓地向地上倒去……

白虎殿，朱祐樘、朱祐樺、尉青三人，正秉烛议事。

正在此时，一侍卫进殿禀报。

“禀陛下，那长春宫的寻莺跪罚完毕，昏过去了。”

他的话音落下，殿内一片沉默。

尉青转过头，望了一眼朱祐樘，只见他眉头紧锁，却一言不发，乌黑深邃的眼眸中，闪过欲言难止的痛楚。

一侧的朱祐樺也心一提，转眸看了一眼朱祐樘。

他与尉青一样，十分了解皇上的心意。

皇上虽不言不语，但很明显，他这是在心疼。

久久地，回过神来，道：“可治了？”

“回皇上，司马斌医师正全力救她。”

脑中忽闪过一丝冲动。

但最后，这念头还是放了下来，只轻轻挥了下手，示意侍卫退下，又转身对着朱祐樺和尉青道：“你们回去吧。”

第四十一章　酒入愁肠

1

天刚蒙蒙亮，雨瞳忽地就睁开了眼睛。

记忆有些模糊，她只是隐约记得自己晕倒，记得自己被司马医师救走，后来，她醒了，又晕了，晕了，又醒了，不知道多少次……

这次，她是彻底醒了。

……

门吱呀一声来了，进来了一个挺拔的身影。

"司马医师……"她艰难吐出一句，挣扎着起了身，忍住痛躬下身，道谢，"寻莺在此谢过救命之恩……"

司马斌一步上前，示意她不要乱动，神情却满是欲言又止的迟疑。雨瞳心一惊，觉得他似乎觉察到什么，迎上他的脸，一阵灼热的探究，她骇然，连忙避开司马斌的眼神。

司马斌缓缓在床边坐下，低头思索了良久，忽地抬起头来，道："夕落，不，又或是否应该叫你沐雨瞳才好。"

他的话如一声霹雳，在雨瞳脑中炸了开来。

她杏目圆睁，脸色煞白，整整呆了十秒钟，也说不出一句话来。

他是怎么知道的？

脑海翻腾，思绪极乱，只觉是金星乱坠，嗡嗡作响，一时间，竟没有方寸。

许久许久，才断断续续吐出一句："司马医师……你，你在说什么？寻莺不明白……"

"你忘记我是谁了吗？"司马斌毫不犹豫地打断了她，眼神更加凌厉起来。

雨瞳听毕，忽然明白了。

他是一代神医，又怎会不知针灸易容之术？这几天，他夜夜为自己疗伤，又怎么会发现不了她穴道上的异常？

……

想到这儿，她忽然意识到什么，呼一下爬了起来，冲到了铜镜前，反复照看着自己的脸。

身后却传来司马斌苦笑声："放心，你，还是寻莺。"

雨瞳怔立在那儿，思绪如麻，深深吸了口气，缓缓转过身，道："还有谁……谁知道？"

"我未告诉任何人。"司马斌淡淡回了句，忽然起身，走到雨瞳面前，怜惜般地望着她，轻吐一句，“我想，你必有难言之隐，所以，没有告诉任何人。你忘了？我是你的师父……”

他那句“师父”落下，雨瞳忽地就泪水夺眶。

曾几何时，自己已经忘记，原来，在这个世界上，还有亲人，还有师父……

再也无法控制自己的情绪，忽然扑入他的怀里，放声大哭起来……

她这番痛哭流涕，似是受了极大的委屈，司马斌一时间有些手足无措，但很快又神情凝重，怜惜地合上双臂，将她搂进怀中，一边拍着她的肩，一边任由她的泪水将胸前衣襟打湿一片……

认识夕落很多年，从未见她流泪过，但今天，他才知道，她真的……真的受了很多的苦，很多的苦。

……

夜深似海。

司马斌的心情，却再难平静。

他刚刚听完了雨瞳的故事，知道了她与皇上的关系，也知道了她为何易容进宫的前因后果，知道了眼前这女人忍辱负重的坚强与勇敢，他的心被深深深深地震慑，却找不出一句语言来表达自己的心情，只有含着泪，拾住雨瞳的手，久久、久久地说不出话来。

终于，他哽咽一声，道：“雨瞳，你真的很勇敢。”

雨瞳眼底拂过一丝黯然，道：“司马医师，莫忘雨瞳的请求，千万……千万……不要告诉任何人，尤其，尤其是皇上……”

见司马斌低头不语，她又补充道：“此事关系重大，雨瞳必要保持原有的身份，才能获得柳夜朔的信任。司马医师，为了皇上，为了大明，请你一定要保守秘密！”

一阵沉默以后，司马斌抬起头，泪光盈盈，道：“司马明白……”

说着，又想起什么，道：“你身中柳夜朔毒蛊之术，师父没办法去除，要知，凡中蛊者，唯有下蛊之人才能解，其余医术再高，也是无能为力……”

“雨瞳明白，雨瞳早已将生死置之度外。司马医师就别担心我了。”雨瞳眼底一抹清淡笑意，看得司马斌心都揪起来了。

“傻姑娘……”他眼中泪意更浓，忍不住抓紧她纤细苍白的玉手，深深长叹了一句。

2

李广碎碎叨叨地说着规矩，领着雨瞳到了白虎殿。

殿中，一挺拔身影，伫立案前，正凝视一桌奏折，似是入了神。那烛火跳跃，衬着新月般秀俏的轮廓，仿佛裱上了一层金光，竟如画一般……

雨瞳不敢再看，收回目光，眼角却又瞟到了墙上那幅仕女图，一见上面的人物，心又漏下几拍，失了神，连忙收住脚步，站稳了身体。

她连忙屏息向一边站去，却没料到朱祐樘忽地抬起头来，目光落到了她身上。

她一惊，局促地低下头去。

受罚以后，他还是头回见到她。

见到她，朱祐樘眼神一闪，也未言，只是低下头去，又凝神看起奏折……

就这样，默默守到深夜，直到那月亮隐入了云层。

远远传来蝉声蛙鸣，似有似无地传入了白虎殿，更显得空旷寂静……

"什么时辰了？"

朱祐樘的声音忽响起，空荡荡，沉甸甸。

一边的李广忙回："回皇上，已是子时。"

"嗯。"祐樘淡淡应了声，似是有些疲倦之意。

"让寻莺陪圣上走走如何？"李广是个聪明人，他总是在适当的时候，提出合皇上心意的提议。

朱祐樘也不语，似是默许了，抬脚便往殿外走去。李广见状，向雨瞳使了个眼色。雨瞳领会，连忙随着他的身影，碎步跟了上去……

……

这片湖，雨瞳熟得很。

"来，陪朕喝一杯。"

那大石上，不知怎的，多了一壶酒。

雨瞳正愣着，却见祐樘上前一步，在石头上缓缓坐下，又扬起头看了雨瞳一眼。雨瞳这才反应，连忙刷一下，在他身边跪下。

"坐下吧。"他似看非看地扔下一句，目光却转到了湖面上。湖光粼粼，金色洒满了他完美冷峻的面庞。这一幕，雨瞳竟看得痴了。

她局促地起身，弱弱在一边坐下，想起曾几何时，自己也这番幸运地与他平起平坐。正是那一晚，彻底地恋上了这个大明皇帝，从此万劫不复……

思绪一下飞了极远，再也收不回来，眼角却渗出些湿润来，再隐藏也难。

这一幕出卖了心思，被祐樘看在眼里。

这女子，若有所思的模样，为何，自己的心也跟着一起纠结。

他倒抽了口气，拾起一酒杯，仰面而尽。

雨瞳一惊，回过神来，连忙拿过酒杯，也满上一杯，迟疑了下，对着嘴唇，一饮而尽，却不料这酒极呛，滚在喉咙里，火烧似的痛，忍不住一阵猛咳，脸上泛起一阵红晕……

祐樘回想起某人，忽而冷笑："你这是在勾引朕？"

雨瞳听着，脸色煞白，正不知所措间，身体却被一只大手揽过，猛地进了他的怀，耳边响起声音：

"你倒是花了心思，揣摩她的神韵意象……先前，用苦肉计，证明自己的清白。不过，朕为何觉得，你这招叫欲擒故纵吧。"

他的声音虽轻，却冷漠清淡得很，一点一点，在雨瞳的心头割着，一点一点，将痛楚漫进神经……

她很明白，非常明白。

所有的一切，在他看来，都是手段，接近他的手段。

自己和那同妃一样，也只是个想得荣华富贵的冒牌货而已！

心中不由苦笑加惨笑，装作恐慌状，微弱着声音道："奴婢不敢……"

祐樘的手却加了三分力，嘴唇更凑了上来，那一刻，呼吸交融，四目相对，唯有猛烈的心跳，清晰可闻。

雨瞳的心都快跳出胸膛了，血液如沸腾一般，四肢手脚却无力地凝在空中，不知该动，还是该逃……

她还来不及多想，祐樘的唇却已经落了下来，猛烈如暴风骤雨，堵上了她的唇瓣，又霸道地，肆无忌惮地，将舌尖抵了进来，缠绕流转，吮磨慢吸……

"唔……"雨瞳的头无助地往后仰着，不由得朝地上倒去，那祐樘却没放过她，反而整个人压了上来，再次地如饿狼般捕获了她……

男性的气息扑面而来，一声磁性而性感的声音，在耳边浮起：

"你比同儿贪心，她只想得到朕的人，而你……却想要朕的心！"

话音落下，一只大手，却嗞一下撕开了她胸口的纱衣，手指粗暴而上，抓住她胸口的柔软，痛得她"啊"一声，失口叫出，晶莹的泪水顿时充满了眼眶，却一个字也说不出来，只有别过脸去，再也无法面对他的双眼……

他却没有放过她，嘴唇又落到了她的额头、脸颊、胸口……似乎下一秒，便要将她整个吞噬……

这一切，没有爱，没有宽容，没有怜惜……

这一切，比他打在自己身上的鞭子还要痛，比那硬冷的石板地还要让人心寒……

他，为何要这般折磨自己……

为何！

泪水如断了线般流下，不知哪来的力气，猛地推开了他伟岸的身躯……

颤抖着站立了起来，湖光闪烁，映着她泪眼蒙眬，千言万语，却只是抽作凄冷一笑，俯身跪下，抛下一句："奴婢……请皇上原谅……奴婢，要先回去了……"

说完，转身头也不回地逃跑而去。

朱祐樘怔怔望着她的背影，却没有开口留住她，胸口却如蚂蚁啃咬般，所有的神经刺痛起来……

雨瞳冲进了屋子，突地跪下，抱住炕头，想哭，却发现没有一滴泪水。

这样的折磨，还要到何时，到何时！

自己真的撑不下去了……撑不下去了……

老天爷，雨瞳做错了什么，你要这样惩罚我！

眼睛落到桌上的那把剪刀，真想对着自己的手腕，就这么狠狠、狠狠地刺下去……结束所有的一切！

拾着剪刀的手不住地颤抖，那熟悉的声音又重回耳边：

"雨瞳，能答应朕，永远陪在朕身边吗?"

终于，泪水夺眶而出，身体却无力地向地上瘫去……

原来，活着比死难多了……

一缕风，轻轻地溜进了屋子，探到了雨瞳的脸颊一侧，轻轻地，柔柔地，拂起了她的神志。

她缓缓睁开眼，这才发现，天已经亮了。

泪痕已干了，终于，自己还是活了过来。

现实，毫不留情地到来。

太阳依旧升起，一切，仍然要继续……

深吸了口气，缓缓起身，却觉得枕下有异常，手摸了下去，心却提了起来。

一张纸条，神不知鬼不觉地出现在她的枕头下，颤抖着摊开，纸的中间，却只有一个字：

"杀。"

第四十二章　且留双泪

1

天边，雷声滚滚，又一场春雨将至。

雨瞳刚刚从李广手中，拿到了一粒药丸，耳边仍回响着李广的声音：

“这粒药，采自西域奇毒，入水后无色无味。侍茶时，你找机会，放入此药即可。”

最后，他又说了句：

“夜朔王说了，他会看着你的恨！”

魔咒回荡，她的心在那一刻，几乎凉透了。

算天算地算尽，她也不会算到李广居然也是柳夜朔的内应。

又或者说，此“李广”非彼李广，原来的李广，早被柳夜朔所灭，而偷梁换柱成一个假“李广”，潜伏在朱祐樘身边……

亲手杀死最爱的人，才能证明对柳夜朔的爱。

他，只想看这！

心中寒意更甚，心情却反而平静下来。

终于，还是来了。

今晚，是“李广”通知的行动时间。

龙椅上，身影清冷孤瘦，目光深远流长。

手中端着参茶，不经意地瑟瑟发抖。

她连呼吸都是复杂的。

眼睛一瞟站在朱祐樘身边的“李广”，却见他眼神中带着一丝深意，似笑非笑地望着她，心一沉，却越发得生冷，默默走上前，轻轻放下托盘，又小心地往一茶盅里，细细地倒上半杯茶，一边倒，一边从袖口中漏出了一粒粉红，神不知鬼不觉地落进了茶水中。

这一切，悄然无息，浑然天成，龙椅上的朱祐樘始终没有抬头，只是默默看着奏折。而雨瞳的手心里，已全是冷汗。

她不自觉地又瞟了眼“李广”，“李广”则满意地微微点了下头。她吸了口气，起步将茶端到了朱祐樘的右手边。

“皇上，您累了，喝点茶吧。”“李广”小声地说着，声音淡定。

朱祐樘却没有直接回应，反而微抬下颌，眼神落到了一侧的雨瞳身上，一伸手，一把将她揽进怀里。她顿时面红耳赤，好不尴尬……

时间一分一秒地过去了，朱祐樘却只是怀抱住她，眼睛认真地翻看着奏折，也没其他动作……雨瞳无奈只有僵硬着身体，一边屏住呼吸，静待。

窗外，暴雨骤急。忽地，一阵风咣当一声，推开了窗，溜进了殿内，如不速之客，骚扰了这份平静。一侧的宫女连忙上前关上了窗……

“李广”终于忍不住，轻声道：“皇上，茶凉了。奴才给您换一杯吧。”

“不用了。”朱祐樘却打断了他，忽地抬起头来，似笑非笑地说了句，“一杯好茶，都是心意。莫浪费了……”

他这话，颇有深意，二人都心一提，到了喉咙口，差点就要跳出来了。

然而，他却没再多说，只是拾起那杯茶，径直送到了嘴边……

“皇上……”

雨瞳再也无法控制，失声叫了出来。

他动作一停，低下头，看了一眼有些失态的雨瞳，疑惑地皱了下眉，道：“怎么了？”

“噢……没什么。”雨瞳能察觉到一边“李广”灼热的目光，浑身冷汗，只能装作镇定道：“奴婢，奴婢只是怕参茶凉了，不好喝……”

祐樘放下茶盅，又搂紧了她三分，弯唇道：

“原来你也懂得心疼朕？”

她反应不过，却只能被动地“唔”了一声。

朱祐樘却若有所思地微微一笑，缓缓起身，牵着她到了窗前。

窗外风雨满园，窗前，身影叠叠。

他不语，她也不语。

时间在这一刻凝结，画面也在这一刻静止。

悄悄望着他的侧面，被光线勾勒得像雕塑般完美，修长的睫毛如蝶翼颤动，给这份男性的坚毅中，带上了几许温柔……

明日，自己便可能永远见不到他。

在这宫中，受苦，受罚，受辱，身心俱疲，却从未后悔过，但真的要离去了，自己却舍不得了。

真的，舍不得了。

“你哭了？”

祐樘的声音响起，雨瞳这才意识到自己不知不觉竟有了泪水，连忙一拭眼睛，慌张道：“没……奴婢只是，只是灰尘落了眼睛。”

他深吸了口气，面色复杂，许久，低声道来：“你知道吗？朕错了。”

转头，似有似无地看了下她，眉头却渐渐地紧蹙起来……

“朕一直以为，你是个贪慕虚荣的女子，但……”

忽的一声惊雷，白光划过他的侧面，雨瞳的心嘣嘣狂跳起来……

他的目光凌厉起来，生吞活剥似的盯住雨瞳，看得她心发了毛。他深叹，一字一句道：

“但是，原来……你是来取朕性命的……”

身体如被掏空一般，一个虚晃，却被他一把擒住，又用力将她往自己方向一扯，直至目光直逼住她的双眸，冷冷地，却又似冒火，恨，却又像是不忍，就这般复杂地望着她很久，才缓缓道：

“她说过，相信别人，才不会孤独，朕真的真的很想信你……只是，你还是让朕失望了……”

说完，手用力一推，雨瞳瘦弱的身体如秋叶飘零般，远远地落到了墙角中……

一行人从殿外鱼贯而入，带头的，正是七王爷朱祐樘和尉青。

“李广”已被两个侍卫制伏，动弹不得，而七王爷朱祐樺大步上前，拾起那杯茶，闻了下，哼道：

“李公公，你早在宫里的监视之下，不过，用这种下毒的伎俩，柳夜朔也着实粗劣了些。”

说着，朱祐樺又冷笑着瞟了雨瞳一眼，看得她骨头里发冷。

他们，终于还是知道了。

不过，这份知道来得措手不及，却是意外之喜。

这样也好。

这样最好。

挣扎着从地上支起身体，扬起头迎上朱祐樺的目光，忽然间，没了一丝害怕和退却，反而，嘴角浮起一丝笑意，带着欣喜，带着释然，带着从容……

……

目光最终落到朱祐樘身上，贪婪地再看一下他俊朗的脸庞，只想把这张脸，永远永远地记在心底。

曾经的自己，穿越百年来此，对着星空高呼，在这个未知的世界中，孤身一人，很孤独！

但是，流落这么多年，心中带着这份思念，每一夜，夜不成眠。此刻的他，近在眼前，却成为陌生人，成为敌人……

绝望，只化作一滴泪，冰冷滑落，语气，却淡得挫骨扬灰：

“皇上，你知道吗？一个人，不孤独，想一个人，才孤独。”

……

空灵飘逸的声音，回荡在殿中。那一滴泪，绵远流长地流进了心里，朱祐樘忽地觉得心被生生地拉开了一口子，血一点一点地渗出来，沉沉甸甸地压在心底……回看过去，却见她凄厉一笑，身影如惊鸿一般，快速向一侧的柱子撞击而去……他惊叫一声，正想冲上前去，却只见殿内忽然黑影一闪，又听“嘭”一声爆炸，一阵浓烟骤起，殿内迷雾一片，伸手不见五指……

待到烟尘散去，她的身影却已不见了……

2

空气，压抑得很。

……

空荡的殿中，司马斌站着，脸上已失了原本的镇定，只见泪如泉涌，身体却不住地颤抖。

刷一声跪下，在地上连磕了三个响头，高声泣道：

“请陛下恕司马欺君之罪！司马罪该万死！罪该万死！”

……

惊雷，白光掠过。

照得白虎殿如白昼一般，又瞬间暗了下去。

一支烛火嗞一声灭了，冒出了几缕清烟，在空中无力地升腾而去……

司马斌的话，如这惊雷一般，回荡殿中，回荡在所有人的心中。

“陛下，宫女寻莺，是圣上的至爱沐——雨——瞳！”

殿里，死寂一片。

时间似乎停止了。

沐雨瞳三个字落下，所有的人只觉从脚底抽起一股冷气，嗞嗞地往上窜……

“雨瞳被柳夜朔所掳，中了易容之术及毒蛊缠身，万般无奈，进宫做了细作。然，她的目的只是为了迷惑柳夜朔，以得到他的信任，探得他们的阴谋大计……司马为她疗伤，无意发现了她的秘密，司马愚钝，只知为她隐瞒……”

“前日，她来请司马制作了一粒假药丸，以蒙混过关……其实，那药，圣上若是食了，只会假死五日。她只说，待她出了宫，司马再说真相不迟……”

最后，司马斌颤颤悠悠从怀中取出一香囊，道：“沐姑娘临走前给了我这物，说是这香囊原来一对，只要是灵敏利犬，应该可以找到她。她说，那里，便可能是柳夜朔的藏身之处。”

……

一阵致命的沉默，谢迁急急跨上一步，抱拳高喝：

“陛下，莫信他一面之词！这，可能是奸人的陷阱！陛下定要三思而后行！”

谢迁的话，余音回荡殿中。

龙椅前那身影却脸色僵硬如铁，未发一言。

又是一声惊雷，在天边划过……

然后，是静。

可怕的静。

……

缓缓地，沉声道：

“她可还说了其他话？”

司马泪如泉涌：“皇上，雨瞳她说，让司马替她谢过七王爷，谢过尉副使，二位的情意，唯有来生再报……她也请司马告诉皇上，她，真的很爱皇上……她也请皇上原谅，隐瞒了皇上这么久……”

一侧的朱祐樘缓缓地抬起手，空空落落地指向了司马斌，忽然，就冲了上去，一把擒住他的衣领，低声咆哮：

“你，可是实话?”

司马倒地，泣道：“若有一句假话，只将司马五马分尸!”

……

他的话，似乎已经不用考证。

自己的感觉，皇兄的感觉，就已经说明了一切。

她，就是沐雨瞳!

狂吼一声，重重地将司马斌的身体抛了几丈开外……而他自己身体一退，一个趔趄，就这么坐在了地上，久久说不出话来……

……

泪眼蒙眬一片……声音微颤，道：“尉青，找到她!”

尉青刷一下跪下，星目含泪，抱拳坚定道：

“尉青，定找到她!”

……

深夜，雨终于停了。

“皇上在湖边，已经待了一夜了，再这么下去，恐怕会伤了龙体。”

宫女焦虑地向张皇后汇报。

张皇后柳眉紧皱，神色凝重，长叹一声，只道：“让他去吧。”

……

夜色如漆，湖面如镜。

酒，一杯接着一杯，心中的叹息与悔恨，却无以复加。

……

朱祐樿不知何时出现在身后，凄厉一笑，也没容朱祐樘同意，便一屁股坐了下来。

怔了几许，忽然淡淡道：“那李广招了……那迷药的检验也出了……”

说着，苦笑，顺手便倒了两杯酒，一杯递给了朱祐樘，一杯留给了自己。

这些证据，皇兄，不需要……自己，似乎也不需要……

朱祐樘默默接起那杯酒，闭上眼，一饮而尽，再睁开时，已满是泪水。

许久，徐徐道来：

“祐樿，朕，是不是很自私。”

朱祐樿知道他想说什么，也不回答，钻石眼眸，却也湿润起来。

长叹一声，道：“朕，不是一个好爱人，总是有所顾忌，不能全心全意付出，自以为爱她，却伤她至深。朕配不上她的爱。朕，错了，错得离谱!”

说着，又倒下一杯酒，饮干，身体却颤抖起来。

朱祐樿眼一热，心下痛楚难忍，忽而深吸口气，道：“皇兄，莫自责。雨瞳，她明白……”

“你比朕，更懂她。”

朱祐樺却叹道："愈相爱，才会愈看不清对方。若是看明白了，缘分也就尽了。"

说着，莫名伤感涌上眉头，也拾起一杯酒，一饮而尽。

……

夜风阵阵，空气又凉了几分。

忽想起，大雨瓢泼，那孤瘦的身影在风中摇摆……蹂躏着她自尊的话浮上心头，字字带血：

"你倒是花了心思，揣摩她的神韵意象……先前，用苦肉计，证明自己的清白。不过，朕为何觉得，你这招叫欲擒故纵吧。"

……

"一个人，不孤独，想一个人，才是真的孤独。"

原来，这一刻才明白，什么叫挫骨扬灰，销魂断肠……

心在滴血，声音也不由得哽咽：

"朕，真的太傻、太狠。傻到她近在眼前，却不知她是谁，狠到亲手下旨杀她还不够，还要一次又一次地折磨她，为难她，怀疑她……可以想象，多少个夜晚，她是在泪水与孤独的陪伴下度过……她怎么可以，怎么可以，这样勇敢！这样残忍！"

话音落下，手中的酒杯狠狠地一摔，晶莹的瓷体在石头上，砰一下炸开，化做了片片碎玉……

"找到她，皇兄，你还有机会。"朱祐樺的声音淡淡响起。

朱祐樘的眼中闪过一丝光亮，脸色渐渐回转，刷下坐直身体，又缓缓起身，走了几步到湖边，深思片刻，忽然，悠长深远地吐出一句：

"朕，这次绝不放手！绝不！"

3

夜晚，起了风。

从昏迷中醒来，发现自己已经恢复样貌，这份兴奋还未平复，却看到眼前这一幕，整个凛了心脾。

院子中间，矗立着一晶亮物体，架在类似发射台的金属架上，一米见长，前尖后宽，下侧有个小屏幕，闪着诡异的红光……

只出现在科幻电影上的场面，此时实实在在出现在自己面前，让她不由得倒抽一口冷气，

徐尊义的话犹在耳边。

"它的目标，是紫禁城。凌晨，九星连珠，将是它发射之时。届时，整个京城将是人间地狱！这一刻，历史将重写！我！徐尊义，将是改变历史的那个人！哈哈哈。"

他疯了！

真的疯了！

他想要用这东西，炸了整个北京城！

而触发这威力无穷的炸弹爆炸的能量源，居然就是凌晨的九星连珠。

“九星连珠，届时将有巨大的能量流……”

忽然想起，鬼军师曾经对自己说过的话。

星球连体，这宇宙间的能量不可限量，而他，居然研究出运用这开启时空隧道的力量，来摧毁整个城市！

……

忽想起最近京城中的谣言，“白光所至，夜朔称王！”

原来如此，原来如此。

他们知道，光杀了一个皇帝，是不够的，只有用惨绝人寰的灾难，告知天下，震慑百姓，才能收天下的人心。可以想象，若真发生了，天下还有哪个人不服夜朔？哪个还敢与之对抗！

天下所有人的恐惧，比一个皇帝的命值钱多了。

……

袖下香囊已被攥得微湿，神色越发地凝重起来。

他，不知信不信司马斌的话；他，也不知道能不能找到自己……

望了一眼天际，天已漆黑，离凌晨不过几个小时。

时间，真的已经不多了……

反转过头，迎上身后柳夜朔迷离的双眼，泪眼蒙眬道：

“要死那么多人，太残忍了……夜朔，能放手吗？雨瞳答应你，只要你放手，雨瞳这一生，永伴夜朔。从此，只你我两人，策马平川，四海为家，过着与世无争的生活……”

一侧的徐尊义听了急了，上前一步高声道：“王，卧薪尝胆十年，再一步，大业就成了。莫听此女胡言乱语，她这是在扰王的心境！”

雨瞳却没有理会徐尊义，上前一把握紧夜朔冰冷的手，急声道：“你忘记了吗？你是小妖。在雨瞳眼里，小妖是好人，他只会救人，不会害人！”

……

他却没有说话，淡淡地抽回了双手，只这般冷冷地望着她，直望得她的心慢慢地变成了十二月的冰碴子，生出一股子透凉透凉的寒意来……

……

正在此时，院子外突然冲进了四大高手，神色焦急，但语气仍镇定：“王，我们被包围了！”

话音落下，徐尊义一步上前，擒起雨瞳的衣领，咬牙切齿道：“你这不知好歹的女人！我早与王说过，莫将你从宫中带出，随着那流弹灰飞烟灭才好！王却不允，才留下这祸根！”

雨瞳哼了声，道：“你们死期来了！”

“哈哈哈！”徐尊义一声狂笑，道：“沐雨瞳，你太单纯了吧！你可知，此时的山庄外，早已布下天罗地网，朱祐樘来得正好……哈哈。”

雨瞳听毕，心底抽起一股凉气，回头，看着柳夜朔的冷眸，精光浮动，却带着嘲讽的意味，不由腿一软，险些瘫在地上。

这男人，始终还是留了手。

他，从来不会相信任何人！

他还是人吗？他，简直太可怕了！

柳夜朔凤眼一挑，眼神生硬地从雨瞳的身上收了回来，阴冷一笑，对徐尊义道："看住她！"

"遵命！"一把明晃晃的大刀随即架在了雨瞳的脖子上。

……

山庄外，坡上。

旌旗飘扬，火把闪烁。上百名身着飞鱼服锦衣卫缇骑伫立风中，却静得出奇，只听得鼓鼓风声作扬。

带头三骏马上，白衣酷劲，身姿绰约，正是朱祐樘、朱祐樺和尉青三人。

三人神色凝重，目光如炬，坚定地落在那一片屋宇之中。

那儿，灯光朦胧，寂静如水，但这静，太不寻常。

"去探下。"尉青轻哼一句。

两名锦衣卫领命，如闪电般几下便窜到了那漆红大门前，身体还未落定，却只见不知哪个方向，如疾雨般飞出一道道白光，那两名缇骑躲闪不及，身上即刻被扎成了马蜂窝一般，闷哼了几声，向地上倒去……

两人的瞬间丧命，惊心动魄。

然而，队伍仍镇定，甚至连一点骚动也没有。

他们都是训练有素的大内高手，任何情况下，都不会慌了阵脚。

朱祐樺转过头，眉头微蹙："皇兄，可能是个陷阱。"

朱祐樘神色淡定，眼神却凌厉起来，忽地将手中的剑一把持正，从马上飞身下来，头也不回地向那大门走去。

"皇上！"几乎所有的人都喊出了这一句。

尉青几步上前，一把拦住朱祐樘前进的步伐，跪下，道："皇上，此番危险，臣去吧！"

朱祐樘将他扶起，只是淡淡道了句："就让朕全心全意这一回吧！"

说着，展颜一笑，忽然身体轻盈如风，在空中划出一个漂亮的弧线，如大鹏展翅般潇洒落定于门前。只见那白光，铺天盖地向他疾速而来，他却不慌不乱，剑未出鞘，却炫目舞动，在原地竟绕起了一团银光乱花。那道道白光，遇上这团银光，竟如遇磁石一般，统统被吸了进去。一时间，银光更急，却在一瞬间，突地爆发开来。那白光又如疾风，反方向射了回去。只听那草丛中，一声声惨叫不断……

见状，众人忍不住高呼："好！"

皇帝一马当先，众人顿时士气大震……

冲进内院，仍不见一人，但见眼前并排七道绿莹莹的大门，如七张魔嘴，要吞下每一个人……

朱祐樘挥了下手，示意众人停下脚步，却听见沉闷的轰隆声，由远及近，朝他们的方向而来。

“小心。”朱祐樘高喝一声，却已来不及了，那七道绿门忽然如猛虎张嘴，狰狞出血盆大口。只听砰砰砰连续几声，那七道门中，竟喷射出七道火焰，如火龙般向众人腾空而来。

十几名缇骑躲闪不及，身体燃烧成了个火人。顿时，惨叫声不断，如人间地狱。

朱祐樘三人武功极高，自是躲过了这一劫，等站定身形，眉头也忍不住紧锁。

看来，这柳夜朔，果然早有准备。

环顾四周，缇骑损失惨重，但众人仍镇定自若，无一人退却。

朱祐樘唇一勾，道：“再进！”

脚步没有一丝迟疑，心中没有一丝恐惧。

再是刀山火海，也挡不住这步伐。

因为，知她在里面，这一次，朕，绝不放手，绝不！

……

待进到内院，却只见眼前墨黑一片。几十名黑衣人，手持利刃，阵形整齐，目光如豺狼恶虎，似是等他们很久了。

朱祐樘一行，却也不慌乱。众人身形游动，悄然无息间，已摆开了迎敌的阵形。

两队人马，相持而站，一股杀气冲天而起。

……

“皇帝果然情深意切，竟亲自上门救沐雨瞳！”

一声淡漠似水的声音，空空落落地响起。随着这记声音，一个修长飘逸的身影从那群黑衣人后走出。

朱祐樘见眼前人长身玉立，面若冠玉，如仙般绝伦风华，竟不由得感慨道：“你，便是柳夜朔?”

柳夜朔微笑，同样的目光睨了朱祐樘一眼，心下一凛，这大明皇帝，果然气质不凡，人中龙凤。

二人目光一触，那瞬间，竟有丝惺惺相惜之意味。

朱祐樘回神，道：“柳夜朔，你可知，此时山庄外，已有上千名御林军包围，你辈已插翅难飞，还不快放下武器投降，朕可保你个全尸！”

夜朔睨笑，道：“皇帝大可试一下。”

话音落下，徐尊义架着雨瞳从人后走出，横剑当喉，那颈间已有丝丝血印。

见到恢复样貌的雨瞳，朱祐樘又惊又喜又心痛，恨不得立马冲上去，将她解救，但情势危急，还是忍住了。

雨瞳泪水夺眶，头脑却仍清晰，未多想，高喊道：“院子后有一流弹，凌晨时分发射，目标京城！届时，几万人将丧生，生灵涂炭！”

“闭嘴！再说，我杀了你！”徐尊义恶狠狠睨了她一眼，手中的刀却又深了几分。

朱祐樘见状，心中痛楚难当，但却因情势方急，发令道："快去后院!"

一行人向后院冲去，四大高手身形一闪，挡在他们前头，对身后的黑衣阵喝了句："拦住!"

一声令下，相峙了半刻，不知谁先拔了刀，只见两队人顿时厮杀在一起，一时间刀剑交错，杀声连天……

尉青与森罗、魂海杀在一起，刀光剑影，令人眼花缭乱，那二人武功虽及不上尉青，但因是拼尽全力，却也让尉青一时脱不开身。

朱祐樿则与万像及法雀缠绕在一起，只见你来我往，朱祐樿虽以一敌二，却也不慌不乱，那法雀使得一手好鞭，却对祐樿起不到一丝作用，反而处处被他牵制，急得她大喝一声，使出致命绝招，直冲他命门而去……

那儿打得火热，朱祐樘与夜朔却只是四目交视，凝气对峙。

剑已出鞘，杀气无形，一飞冲天。

高手过招，一招即可。

终于，柳夜朔长啸一声，飞身一起，如闪电般向朱祐樘冲去，只见沙石飞舞，狂风乱作，那身影如魔障重重，在昏暗中，竟混沌一片，气势磅礴如泰山压顶，祐樘暗惊："柳之内力，果然是深不可测!"

却见他不慌不乱，只低眸沉气一收，身形飘逸如风，往侧边淡淡一转，便绕过了这扑面而来的攻势，又忽一提气，剑气如虹，一道白光刺出……风沙落定，柳夜朔连退了三步，深吸了口气，好不容易才定下身形，低头，却看到肩上一片鲜红……心下骇然。

他没料到，大明皇帝的武功竟如此之高。

嘴角一斜，冷冷道："皇帝好功夫!"

朱祐樘唇边，也溢出了殷红的血液，刚才那一招，自己虽躲开了，但强大的内力，还是击中了他的内脏，此时的身体虚晃，若不是强忍着，也未必能站定。

微微一笑，道："夜朔好内力!"

柳夜朔微视院内，只见己方已落了下风，四大高手已有三人被制伏，而手下的高手，也被锦衣卫斩杀殆尽。自己与这皇帝，最多也是打个平手，再这么下去，恐怕撑不了多久。

雨瞳看出他的迟疑，大声提醒道："他们这是在拖延时间，处理流弹是当务之急!"

她的话音落下，身体却被柳夜朔掳过，哼道："你们若近后院一步，我就杀了她!"

他这一声，倒是镇了全场，所有人停下手中武器，目光凝重起来。

一时间，院内平静下来，只听到受伤的呻吟声不断。

"不要管我!"雨瞳大呼一声，"流弹一出，整个京城就完了……"

此时，天雷滚滚，乌云涌动。

九星连珠的时间，马上要到了!

见着一行人仍旧迟疑不前，雨瞳急了，也未多想……一把抓紧柳夜朔的手，使劲一用力，让那横着的剑刃，直直地朝自己的喉间抹去……

"雨瞳!"

几乎是在同时，所有的人喊出了这一句。

柳夜朔也没料到她竟会想自刎，脑子嗡一声，也没来得及多想，下意识手一挥，将她抹向脖子的剑猛地抛了开去……

空中白光一闪，只觉胸口一凉，身体却在刹那间柔软起来。怀中雨瞳的脸，却离自己愈来愈遥远。他脑子一醒，嘴角浮起苦笑。

他知道，自己露了破绽……这样的破绽，足可以要了他的命。在场任何一个高手，谁都不会放过这个破绽。只是这个破绽，露得太可笑，太不可思议了。

……

不知怎的，忽然想起，那日落日斜阳，在焰龙身上，搂她并驾齐驱。那一晚共眠，她微笑："小妖，晚安。"篝火会上，牵她手共舞蹈。吐蕃汗军来，她指着自己骂："为何要杀光他们!"

……

"小妖，现在的你，很美，很善良，现在的你，是真正的好人。"

耳边，忽然空灵地响起了这一句，似是很远的地方传来，又似是一直藏在自己的心底，身体轻浮起来，竟是快乐的。

原来，快乐那么简单，却又是这般短暂。

……

就这么想着，笑着，身体，落到了地上，如一片落叶，自然飘零……

雨瞳脑子嗡一声，没料到柳夜朔竟阻挡住她自尽，更没料到，他就这么被尉青刺了一剑……

事情来得太过突然，竟不知所措起来。

只是看着地上的柳夜朔，僵立无语。

朱祐樘见雨瞳脱离险境，急忙上前，一把搂过她，将她拥入怀中。

一时间，雨瞳竟不信似的抚了下朱祐樘的脸，又怀疑似的看了眼地上奄奄一息的柳夜朔……心痛起来，轻轻从朱祐樘的怀中挣出来，不由自主地蹲下身去，将柳夜朔虚弱的身体扶抱在怀中，突然，眼角便湿了。

"夜朔……"忍不住失声。

胸口慢慢、慢慢绽放出一片红色……脸色已是煞白，却只是苦苦笑着，气若游丝。一阵猛咳，嘴角渗出血液，目光，却恋着她的脸，不愿离开。

"算天算地算尽……却算不到最后一步……原来……原来，只是因为我……舍不得你而已……"

她再也控制不住，两行热泪夺眶而出……

艰难地伸手，抚过她的泪痕，知道，这滴泪，是真的。

夜朔，柳夜朔，原来，你是恨她的，恨她不能怀抱你的真心与付出，恨她一次又一次地伤害欺骗你，但此刻才明白，恨之深，却只因爱她至深，深到早已迷失了自己……也才明白，爱一个人，是难，恨一个人，却是苦。

这份苦涩，如秋风落叶，残花流水，只在孤夜一人暗赏，在生命最后一刻，凄美绽放。

夜朔，你要死了。

但，死时，见到她这滴真真切切为自己流的泪，才知，一切都是值得的。

……

“其实……我真的愿意……愿意与你策马平川，四海为家……”

他说着，惨淡的眼神，却透着一丝快乐的灵光，似是思绪飞扬。

她，心却疼着，千言万语，却只化成一个哽咽，将脸深深埋入他的胸膛。

……

他，只笑着，忽然双手一用力，凑上她的唇，温热的液体，绵绵流进了雨瞳的喉咙。她瞳孔骤张，意识到了什么。

用下蛊人的血，才能解她的蛊。

“夕落，记得小妖的恨……好好活下去……”

一股红色喷泻而出。

终于，拂在她眼角恋恋不舍的手，一软，无力地向地上瘫去……

柳夜朔，一代魔王，终于在她怀中，找到了归宿。

灵魂随风而去，他，终是快乐的。

……

雨瞳将他渐冷的身体，贴在胸膛之上，久久，久久，想哭，却哭不出来。

一双大手，从身后搂过她，她回头看到朱祐樘英俊却带着一丝凝重的脸庞。七年了，所有的委屈、痛苦、思念、悔恨、落寞、挣扎……在这一刻，倾泻而出，再难自控，忽地扑进他的胸膛，大哭起来……

朱祐樘怜爱地拥住她瘦弱的身躯，热泪盈眶，却不知应该说什么，只由得她，用泪水浸湿了胸前的龙袍，心，也跟着一起碎了……

终于，她止住哭声，缓缓抬起头，凝望着朱祐樘俊朗的脸庞，颤抖着抚过他高耸的鼻梁、轻淡的嘴角，再难自控，将唇覆了上去。

情绪也在这一刻，如火山般彻底爆发，二人如千年藤蔓缠绕，所有的语言，在这一刻，全变作无力，唯有这吻，告慰了这因爱而分开的两个灵魂，回报这日日夜夜的相思与辗转……

天地光华齐奏，似乎在为这一幕，感同身受……

耳边响起朱祐樘激动却坚定的声音。

“雨瞳，朕不要这个天下了，朕要陪你一生一世！”

夜空赤潮滚滚，几声雷响彻耳……

天空中出现了一个金黄色的深洞……

心中一凛，知是结局终还是来了。

从他怀中挣扎而出，望着他疑惑的双眼，哽咽道："皇上，雨瞳不能陪你一生一世……"说着，却再也说不下去。

收起即将夺眶的眼泪，却转身缓缓走到尉青面前，望着那对如辉星目，恋恋不舍道："尉副使，你对雨瞳恩重如山，雨瞳想说谢谢，但这谢谢太轻，太虚，给不了你，只是，雨瞳会在心里，默默记你的好……"

她说着，尉青却已泪水盈眶，似是想伸手，却还是忍住，坚定地点了下头。

雨瞳又转向一侧的那对钻石眼眸，相视良久，忽然清冷一笑，道："七王爷，你常问我的家在哪儿，我现在与你说，我的家，在五百年后。王爷对我的真心，雨瞳从来都放在最宝贵的地方……"

朱祐樺双眼一湿，一把搂住她，却颤抖着双唇，说不出一句话来。

……

回眸，再次走到祐樘面前。

离别，终须一别。

爱，再深，却抵不过这五百年的距离。

……

雨瞳，你要回家了。

声音却已难控制，似乎用尽所有的力气："皇上，雨瞳必须要回到自己的世界中……因为……因为浩瀚时空，雨瞳的爱，太微不足道了……五百年后，雨瞳会在那儿……想着皇上……念着皇上……等着皇上！皇上！保重!"

尘埃落定，弯唇一笑，义无反顾地飞身向那深洞跃去……

雨瞳!

绝望的呼喊，响彻云霄，穿透时空……

第四十三章　梦醒时分

1

弘治十八年，京城一如既往地热闹。

熙熙攘攘中，一行衣着华丽的人，引得众人侧目。

带头的俊美男人白衣飘飘，气质非凡，正是皇帝朱祐樘，身后则跟着朱祐樺及尉青等人。

“皇兄，你看这民情生活，一派太平安宁，这弘治朝，确实强大。”朱祐樺眯起钻石眼眸，由衷感叹。

朱祐樘却不语，思绪绵绵。

“皇上治理的天下，被大家称作‘弘治中兴’……”

忽然想起，那年九九重阳，与她闲步街头，海阔天空，她说过这话。

那时怎知，她来自五百年后?

浩瀚时空，自己再强大，也与她隔了五百年……五百年，若能再给朕五百年，该多好，该多好……

“这位公子，可要看相?”

……

祐樘回眸一看，一个乞丐衣着褴褛，双腿皆断，半趴在地上，眼睛咕噜转动望住他，只是在眼皮下，精光一闪，极为犀利，奇怪的感觉卡在心头，一时竟晃了神。

好奇地蹲了下来，迎上他，道：“就看相吧。”

乞丐死鱼般的眼珠滚动，在祐樘的脸上反复打量，又是眉一皱，嘴一抿，干笑了声，道：“小的不敢说。”

“有什么不敢说，我不怪你。”一笑。

乞丐坐直了身体，微闭了下眼，似是思考了很久，忽然睁开眼，一字一句地道：“这位公子，天生龙相，富贵之极，此为天子之相!”

身后的朱祐樺及尉青有些急了，上前对着他低吼一句：“不许乱说!”

乞丐淡然闭眼，道：“不说也罢。”

祐樘心中也一惊，没料到他竟看出自己身份，但却镇定地挥了下手，示意他俩不要冲动，只是轻声又问：“你，继续说下去。”

乞丐睁开眼，又道：“这，小的就更不敢往下说了。”

“说吧。”祐樘见他神秘莫测，心中更是好奇，从怀中摸出一锭银子，放在他面前。

他轻瞟一眼，微点下头，道：“只是，这位公子，恐怕活不过今年!”

这话音落下，那朱祐樿与尉青急了，差点就要拔刀朝他头上砍过去。若不是朱祐樘伸手一拦，恐怕他脑袋就落地上了……

这一幕，乞丐却不慌不乱，似乎根本不在乎，反而风清云淡地合上眼，打起了盹。

祐樘见状，收拾好心情，淡然回道："你可细细说下?"

乞丐缓缓睁开眼，诡异地一笑，声音干哑却让人毛骨悚然。

"你，不是想找一个人吗？她，在五百年后。你若是不死，怎么找得到她呢……哈哈哈哈哈……"

声音落下，明明晴好的天气，忽然沙石俱起，狂风大作，整个街道突然昏黑一片，伸手不见五指。

人群四处逃散，拼命地寻找躲避的场所。

待到沙尘落定，却不见了乞丐的踪影。

空中，只回落着深幽空远的回声。

"退却三千浮云，那人只在灯火阑珊处……朱祐樘，回去吧，回去吧……哈哈哈哈。"

2

2011年，北京故宫。

阳光明媚，春风袭人。

"各位，请跟着我往这里走。"一个手持红色导游旗帜的女人，笑眯眯对着身后一大群游客高嚷。

"明朝天启六年，在北京王恭厂一带，一声巨响，狂风骤起，数万房屋成了粉末，死伤达二万余人。而灾后，男女老少均为裸体……到现在，也找不出可以解释的理由。现在有许多学者提出，那可能是最早期的核爆，各位觉得呢?"

人群发出一阵轰笑，一个头戴棒球帽的女人，低头不语。

若是三年前，她听到这话，也会跟着笑。然而，此时，她却笑不出来了。

眼睛朦胧起来，抬眼望去，绵绵宫墙，深幽似海……

五百年了，甚至已经换了几个朝代。

而这里，仍旧是熟悉的。

每次，回想起从前，自己的脚步，便不由自主地到了这里，走走熟悉的宫道，看看熟悉的砖墙，心，也就像是穿越般，回到了过去……

耳边却又空空落落地响起了一个声音：

"雨瞳……雨瞳……你在哪儿?"

转角处，出现了一个黄色的身影……高大挺拔，翩翩如风。

"皇上!"

她惊呼一声，朝着那身影追去……

追至一座殿内，却发现里面空空无一人。

墙上挂着历代皇帝的画像，抬眼，却见正对自己的那张，刚好是明孝宗朱祐樘的画像。

画上的他沉默肃穆，目光威严，她心头一抽，忍不住热泪盈眶。

又是无数次的幻觉中的一个……

自己……自己真的是回不来了……

每分，每秒，他的身影缠绕心间，无论做什么事，都没办法将他从心头赶走。她已分不清什么是现实，什么是梦境，自己的心，根本已经落在了五百年前，如齐天大圣被五指山所压，再也翻不了身……

淡淡地，一个熟悉而磁性的声音，在身后响起：

“这皇帝，真丑。”

她一惊，转过头去，却看到一个身着白色T恤的男人抚唇注视着那画像，嘴角带着一丝玩味，自言自语着。

但一见那鼻，那眼，那侧面……

她只觉天旋地转，眼冒金星……

他来了？

他来了！

因为太过惊奇，她整整一分钟说不出话来。男人却转过头，一脸茫然地看着她，关切地问道：“小姐，你不舒服吗？”

他陌生而无辜的语气，像是给雨瞳倒了盆冷水，那声“皇上”卡在喉咙口，怎么也出不了口，身体却禁不住瑟瑟发抖起来，倒退了三步，一个晕眩差点倒在地上。

男人上前一把扶住她，那健硕有力的臂膀与她肌肤一触，电击似的，她忽然眼一湿，热泪盈眶。

男人脸红了，半晌，抚唇轻笑道：

“小姐，你想听个笑话吗？”

雨瞳站直，表情木然。

“我昨天晚上遇到了个算命先生，他说今天我若是一直往东南方走，一直走，一直走，就会遇到我的真命天女。于是，我今天就一直走，一直走，然后，我就遇到了你。呵，你说，奇怪不奇怪，我好像在哪儿见过你。”

雨瞳脑子嗡嗡作响，那声音仍然卡着，一个字也发不出来，只是贪婪地打量着他的脸。

他被她看得脸发烫，干咳了声道：“呵，其实，你就只当这是个笑话听吧。我还是走吧，否则你非把我当色狼抓起来不可……呵呵，再见！”

……

望着他的背影，雨瞳一个踉跄，坐在了地上，久久地说不出话来，却没有一丝力气上去追他。

不料，他忽地停下脚步，回转身体朝她咧嘴一笑，道：

“他还说，你等了我五百年，信吗？”

……

什么是梦，什么是现实……

曾经很多人，问过这个问题。

你知吗?

我知吗?

又有谁知?

或许，我们一直，都没有醒过。

又或许，我们都有那个五百年的梦，一直在等着自己……

退却三千浮云，那人只在灯火阑珊处。

原来如此，原来如此啊。

（全文完）